평양의 영어 선생님

평양의 영어 선생님

북한 고위층 아들들과 보낸 아주 특별한 북한 체류기

수키 김 지음
· 홍권희 옮김

디오네

나의 어머니와 언니께

한국어판 작가의 말

: 이 책을 쓴 절실하고도 솔직한 이유

이 책은 북한을 처음 방문했던 2002년 초, 평양과학기술대학(평양과기대)의 이야기를 추적했던 2008~2011년, 그리고 평양 체류 기간인 2011년 7~12월의 기사와 메모를 바탕으로 한 회고록이다. 나는 가능한 한 사건과 대화들을 당일에 바로 적어 놓거나 타이핑했기에 대화록을 한 자 한 자 재생하는 것이 가능했다. 내용 확인을 위해 한글과 영문으로 된 지도, 사진, 신문기사 등 몇몇 외부 자료들에 의존했다.

평양과기대 총장인 제임스 김을 제외하고는 선교사들, 감시원들, 학생들의 이름과 신분을 드러내는 자세한 내용들은 바꿨다. 특히 일부 학생들을 보복으로부터 보호하도록 하기 위해 그들의 신분이 드러나지 않게 모호하게 처리했다. 선교사들 일부는 한국식 이름을 가졌지만 이들의 이름을 모두 서양식으로 바꿔 학생들의 이름과 쉽게 구별될 수 있게 했다.

몇몇 사례에서 나는 사건이 일어난 순서를 바꿨다. 예를 들어 책에 나오는 몇 차례의 현장방문 여행 이야기는 더 자연스럽게 흘러가도록 시간 순서를 바꿔서 썼다. 또한 나는 평양과기대를 학교가 실제로 문을 열기 이전인 2009년에 간단한 발표장에서 처음 보았지만 여기서는 그것을 언급하지 않고 내가 2011년에 직접 본 인상을 토대로 그렸다. 사건 자체에 대한 나의 묘사는 바뀌지 않았으며 최대한 정확하게 밝혔다.

한국어의 영문 표기법으로 맥퀸-라이샤워 표기법(1937년 이래 미국에서 사용)과 개정 로마자 표기법(남한의 공식 표기법)을 모두 사용했다. 지명 표기는 통일하지 않고 유행하는 방식을 따랐다. 이 책에서 감시원들, 담당관들, 일부 교사들은 성만 언급했다. 학생들은 성을 포함해 이름 전부를 쓰거나 내가 그들을 부를 때 또는 자신들끼리 부를 때 했듯이 이름만 사용했다.

나는 이 책이 북한의 전체상을 전해 준다고는 할 수 없더라도 보기 드문 일상을 제공해 준다고는 믿는다. 나는 리서치를 하는 동안 탈북자들의 일반적인 탈출 루트인 중국, 남한, 몽골, 태국, 라오스 국경을 찾아다녔고 탈북 브로커들과 탈북자 지원단체 간부들은 물론이고 60명 이상의 탈북자와 인터뷰를 해 왔다.

그런 것들과는 대조적으로 이 책은 19, 20세의 특권층 젊은이들에 대한 나의 관찰과 상호작용을 토대로, 사회부문의 정보가 거의 알려지지 않은 북한 엘리트들의 생활의 한 단면을 포착하고자 한다. 평양과기대에서 내가 나의 제자들과 가졌던 지속가능한 접촉은 극도로 흔치 않은 것이며, 나로 하여금 일반적으로 언론인들 및 외부에는 닫혀 있던 세계를 잠깐 볼 수 있게 허락했다.

여러 특이한 환경들은 더 폭넓은 경험을 허용하기도 했다. 즉 평양과기대는 가동 첫해이며 여전히 제대로 조직되지 않았다는 사실, 나의 학생들을 더 취약하게 느끼게 했던 임박했던 정권 교체, 소년들의 젊음과 순진함, 그들에게 제2외국어 교사로서의 내 위치, 그리고 우리에게 공통된 언어를 갖게 해 준, 내가 한국어 네이티브 스피커라는 사실 등이 그것이었다.

나는 이 책이 북한 정부와 평양과기대 총장, 그리고 그곳에 있었던 나의 옛 동료들을 분노하게 할 것이란 점을 알면서도 썼다. 비록 평양과기대 총장과 교수들에게 고충을 끼쳐 미안한 마음이 들기도 하지만, 나는 작가로서 그리고 북한의 미래에 대해 심각하게 우려하는 사람으로서, 나의 사랑하는 제자들을 포함해 북한 보통 주민들의 삶이 언젠가 개선되리라는 희망 속에서 북한에 대한 냉혹한 진실을 말해야 한다는 더 큰 책무를 느낀다.

이 책은 미국에서 2014년 10월 14일에 출간되었다. 출간 직후 「뉴욕타임스」는 평양과기대 설립자이자 총장인 제임스 김이 내가 그곳에서의 경험에 관해 글을 쓰지 않겠다는 약속을 어겼다며 그것에 대해 비난했다고 보도했다. 이어 트위터에서 여러 사람들이 내가 학생들과 교사들에 관한 책을 펴냄으로써 자신들을 위험에 빠뜨렸다고 나를 비난했다. 그들이 제기한 의문이 심각하기에 그것에 대해 답변하고자 한다.

무엇보다도 숨겨진 진실을 드러내고자 할 때 활용하는 잠입저널리즘(undercover journalism)의 오랜 전통에 관해 말하고 싶다. 그것은 어떤 조직에 받아들여지지 않으면 숨겨진 진실을 드러낼 수 없을 경우 조직의 일원으로 위장해 조직에 접근하는 것이다. 어떤 경우에는 그것이 그 장소에 접근하는 유일한 방법일 수 있다. 최근 영국의 BBC가 '세계에서 가장 비밀스러운 사회 중 하나'로 묘사한 북한이야말로 바로 그런 곳이다.

2002년 이후 나는 다섯 차례 북한을 방문했다. 처음 세 차례 방북 때의 경험은 비슷했다. 방북 기자들에게 주는 프레스 패키지와 함께 이미 정해진 기사가 내게 건네졌다. 나를 조종하려는 사람의 목적은 명확했다. 나는 북한 정권의 나팔수로 팔려 가게 되어 있었다. 탐사 저널리스트보다는 홍보담당자로 더 역할을 하게 돼 있었다. 나는 잡지 『하퍼스매거진』과 『뉴욕리뷰오브북스』에 쓴 글들을 통해 나팔수의 역할을 뛰어넘기 위해 최선을 다했다.

북한에 대한 관심이 깊어지면서, 북한에 들어가 일정기간 살 수 있는 방법을 찾지 않고는 북한에 관한 의미 있는 글을 쓰는 것은 불가능하다는 느낌이 강해졌다. 북한의 유일한 사립대학인 평양과기대에서 가르칠 수 있는 기회에 관해 듣고 나는 그것이 북한 정권이 젊은 이들에게, 특히 상류층의 그들에게 어떻게 사상을 주입하는지를 더 깊이 이해할 수 있는 길이라고 보았다.

나는 김 총장이 말하는 것과는 달리 약속을 어기지 않았다. 나는 내 실명으로 평양과기대 교사 지원서를 냈다. 나는 평양과기대 측으로부터 어떤 종류의 비밀 준수 약속에도 서명하라는 요청을 받지 않았고 서명하지도 않았다. 나는 평양과기대에 관해 글을 쓰지 않겠다는 어떤 약속도 한 적이 없다.

김 총장은 내가 남한에서 미국으로 이민한 소녀에 관한 소설을 쓴 것을 알고 있었다. 그 또는 다른 직원들이 잠깐 인터넷 검색만 하면 내가 북한에 관해 쓴 기사를 찾아낼 수 있었다. 그들은 내가 북한에서 가르치고 싶어 하는 희망을 끝내 버릴 수도 있을 기사들을 쉽게 찾을 수 있었지만 그렇게 하지 않았다. 나 역시 나의 의도를 내비치지 않았다. 왜냐하면 오늘날 북한 주민의 고통을 그려 내는 것이 더 중요하다고 믿었기 때문이었다.

김 총장은 「뉴욕타임스」 기자에게 그와 그의 동료들이 선교사가 아니라고 말했다. 그들이 최근에 북한 정부에 의해 구금되었다가 석방된 제프리 파울과 케네스 배 씨 등 두 미국인 선교사와 매우 다르게 처신한 것은 사실이다. 이 사람들은 여행비자로 그 나라에 입국했지만 북한에서는 불법인 선교활동에 관여했다.

반면에 평양과기대 교직원들은 정권에 협조적인데, 북한 정권은 그들 대부분이 복음주의 기독교인이라는 것을 충분히 잘 알고 있다. 교직원들은 선교활동이 허용되지 않았다는 것을 알고 있고 선교활동을 하지 않는다(내가 신뢰하는 두 명의 동료는 평양과기대 설립 초기에 한 교사가 남자 화장실에 성경을 놓아뒀다가 구금되지는 않고 추방당했다고 내게 말해 줬지만 나는 이것이 사실인지 확인하지는 못했다. 어쨌든 나는 다른 위법 사례는 듣지 못했다).

내가 그들을 선교사라고 부르는 것은 그들이 신앙심이 두터운 것은 물론이고 내가 김 총장과 나의 동료들에 관해 읽고 지켜본 모든 것으로 미루어 보아 그들의 장기적인 목표는 북한 주민을 개종시키는 것이라는 생각이 들기 때문이다. 평양과기대의 자매학교인 중국 연변과기대의 교수들도 대부분 기독교인이다. 그들이 캠퍼스에서 간증하는 것은 불허되고 있지만 일부 교수들은 학생들을 집으로 저녁식사에 초대해서 함께 성경을 읽는다고 알려졌다. 평양과기대의 건물 자산가치는 3500만 달러로 추산되고 있는데 그 건설비와 유지비는 거의 전적으로 복음주의 기독교인들로부터 지원받고 있다.

그 거래의 결과는 이렇다. 미국, 남한, 그리고 세계의 다른 나라들의 복음주의 기독교인들이 북한 정권과 협력 하에 수많은 북한 고위층의 아들들인 미래 지도자들의 교육비를 대 주고 있다. 그 반대급부로 그들은 그들의 마음에 개종의 시기가 무르익은 그 나라에서 발판을 확보하였다. 김 총장이 공개적으로 그것을 말하지 않았다고 해서 그것이 사실이 아닌 것은 아니다. 그리고 그 어느 것도 평양과기대 학생들에 비해 혜택이 훨씬 적은 북한의 2500만 주민들에게 도움이 되지 않는다.

이 책에서 나의 목표는, 바깥세상이 북한 주민의 고통에 대해 더 깊은 관심을 갖게 되고 그로 인해 변화를 낳는 것을 돕기 위해 가능한 한 모든 것을 하게 한다는 희망 아래 북한을 인간답게 만드는 것이다.

내가 느끼는 도덕적 책무는 평양과기대 교직원들에 대한 것이 아니라 그곳의 학생들에 대한 것이다. 언론인으로서 보도에 의해 신원이 드러날 수 있는 누군가를 보호해야 하는 의무가 있다. 그들을 독특하고 특별히 사랑스러운 개인들로 묘사하기가 더 어려워졌지만, 나는 그들의 이름을 바꿨을 뿐 아니라 그들의 신분이 드러나지 않도록 모호하게 표현하였다. 더 중요한 것은 독자들도 보시다시피 그들은 반란군이 아니며 정권의 순종적인 노예들이었다.

내가 받은 부정적인 e메일들과 트위터 메시지들의 요지는 내가 손에 피를 묻혔다는 것으로 보인다. 나는 동의하지 않는다. 내가 믿기로는 그 피는 언론의 도덕적 가이드라인을 논의하며 북한의 지침에 따른 북한식 진실의 보도를 북한이 허가해 줄 때까지 기다리면서 뒤로 물러앉아 있는 우리 모두의 손에 묻어 있다. 북한에서의 삶에 관해 검열을 받지 않고 나온 묘사는 매우 드물며 이 잔인한 나라에 대한 우리의 이해는 형편없는 수준에 머물러 있다.

그런가 하면 남북이 분단된 지 60년 만에 북한에서는 수백 만 명이 처형 또는 기아로 죽어 갔다. 오늘날 북한은 주민들을 소위 위대한 수령의 광적이고 야만적인 통제 하에 인질로 두고 그들 인간성의 마지막 조각까지 빼앗으면서 하나의 국가 행세를 하는 수용소이다.

그러면 우리의 대안은 무엇인가? 얼마나 더 오래 우리는 뒤로 물러나 지켜보기만 해야 하는가? 내게 도덕적으로 용납되지 않는 것은 침묵이다. 이것이 『평양의 영어 선생님』을 쓴 나의 절실하고도 솔직한 이유다.

나는 이 책의 집필 과정에서 귀중한 도움과 지원을 주신 다음 분들과 기관에 감사를 드린다.

몰리 스턴, 레이첼 클레이먼, 도메니카 알리오토, 수전 글룩, 존 글루스먼, 존 사이먼 구겐하임 메모리얼 재단, 풀브라이트 장학 프로그램, 『하퍼스매거진』, 오픈 소사이어티 재단, 매도웰 콜로니, 야도 코퍼레이션.

2015년 1월 맨해튼에서 수키 김

(한국어판 서문은 영문판 서문에 제임스 김 평양과기대 총장의 주장 등에 대한 반론을 추가한 것이다)

"저 어디 갔다 왔는지 맞춰 보세요."

어느 날 서울에 온 수키 김이 물었다. 나는 동아일보 뉴욕특파원으로 근무하던 2003년, 뉴욕에서 발간된 『통역사(The Interpreter)』라는 베스트셀러의 저자 수키 김과 인터뷰를 하면서 그녀를 처음 만났다. 이후 서울에서 가끔 보았고 e메일로 안부를 주고받았다.

나는 그녀가 어디 콜로니를 다녀왔겠구나 싶었다. 예술가를 지원하는 재단 같은 데서 예술가들이 창작에 몰두할 수 있게 오지나 경치좋은 곳으로 초청해 머물게 하는 것이 콜로니인데, 몇 곳에 다녀온이야기를 수년 전 그녀에게서 흥미롭게 들었던 게 기억났다.

내가 정답에 접근도 못 하자 그녀는 나직하게 "평양"이라고 말하고는 커다란 눈을 더 크게 뜨고 나의 폭증하는 관심을 즐겼다. 그러고는 "아직은 절대 비밀"이라고 덧붙이면서 '평양의 영어 선생님'으로지낸 경험담을 조금 들려주었다.

책에서도 밝혔지만 수키 김은 북한을 여러 차례 방문했고 북한에관한 칼럼도 많이 썼다. 이번에 작심하고 평양에 들어가 6개월간 북한 고위층의 아들들을 밀착 취재했다니 기자인 나보다 취재의 폭과깊이, 도전적인 자세에서 훨씬 앞서간다.

그녀는 얼마 후 미국에서 나올 책의 한국어판 번역자를 찾아 달라고 연락했다. 나는 즉시 한 사람을 추천했는데, 그건 바로 나였다. 마침 북한의 정치 경제와 관련된 박사논문을 끝낸 상황이어서 북한의 현실에 대해 어느 정도 이해가 돼 있으니 좋지 않겠느냐고 했다. 이렇게 해서 전달받은 책 원고와 여름과 가을 내내 씨름을 했다. 기분 좋게 힘든 작업이었다.

그녀의 평양 에세이는 몇 가지 특징이 있다. 이것은 내가 이 책의 번역을 자청한 이유이기도 하고 아는 분들에게 번역본의 일독을 권하는 이유이기도 하다.

첫째는 들어 보기 쉽지 않은 북한 고위층의 실제 이야기라는 점이다. 이미 북한 여행기는 물론이고 북한에서 살다 온 탈북자들의 경험담과 폭로가 넘쳐 나고 있지만 특권층 아들들의 삶과 생각을 이만큼 가까이서 들여다본 이야기는 거의 없었다. 책 출간이 예고되자 수많은 매체에서 관심을 보였고 출판 직후 인터뷰가 줄줄이 이어진 것이 이 때문이다. 수키 김은 한 인터뷰에서 북한 현실에 관한 책을 쓰기 위해 평양과기대 교사로 들어갔다면서 이것이 북한에 대한 더 깊은 이야기를 전할 수 있는 유일한 길이라고 생각했다고 말했다.

이 책은 북한에서의 기독교 포교 준비와 북한 인권 현실의 두 측면에서도 논란이 되고 있다고 「뉴욕타임스」(2014년 11월 30일자. 'Tales Told Out of School in Pyongyang Cause Stir')가 보도한 바 있다. 12월에는 국내에서 때마침 '종북 연설' 논란이 된 재미교포 신은미 씨의 방북 경험담과 대비되어 언론에 여러 차례 기사로 보도되었다. 수키 김은 여러 TV 방송과 전화 인터뷰를 했다.

둘째는 분단된 한민족의 한이 서린 시선으로 남북한을 바라봄으로써 평양 체류기에 역사성을 더했다는 점이다. 수키 김은 분단의 가족사를 고해하듯 털어놓고 대물림된 분단의 피해를 증언하고 있다. 실제로 그녀는 외할머니가 혹시 아들을 만날 수 있을까 해서 그토록 가보고 싶어 했던 평양에서 외삼촌 나이의 할아버지들을 유심히 살펴볼 수밖에 없었다. 그것은 남북한을 합친 한국인 삶의 한 부분이므로 이런 가족이 한국인의 몇 퍼센트일까를 계산할 필요는 없어 보인다. 나는 이 책을 여러 번 반복해서 읽으면서 분단을 그린 장편소설을 압축해 놓은 것 같은 느낌을 받기도 했다.

셋째는 유려한 문장과 문체로 북한 이야기를 듣는다는 특별함이다. 수키 김은 이미 자신의 소설 『통역사』를 통해 '미국인보다 더 아름다운 영어를 쓴다'는 평가를 받았다. 그녀는 단어 하나를 허투루 쓰지 않는다. 또 동사와 부사 두 단어로 쓰지 않고 그런 의미의 한 단어를 찾아 썼다. 이런 단어들은 영어를 외국어로 배운 사람들은 익숙하지 않다. 그래서 나는 번역하면서 사전을 끼고 살아야 했고 그만큼 힘이 들었는데 이는 곧 작가의 표현력에 대한 감탄으로 이어졌다.

이번 책에서 그녀는 간결체와 함께 때때로 만연체를 구사했는데, 이것은 평양 교외의 삭막한 기숙사에서 북한의 처지, 사랑하는 제자들의 운명 같은 여러 상념들을 홀로 이어 나가는 그녀의 모습을 연상하게 해 주었다. 마치 작가가 생각과 느낌까지 그대로, 자신의 머릿속을 보여 주는 듯한 느낌이다.

문체와 관련해 또 하나 특별한 점은 어머니 가족이 피난길에 오른 장면에서 과거형이 아닌 현재형을 써서 긴장을 끌어올린 대목이다.

흘러간 과거가 아니라 현재도 진행되고 있음을 표현한 것으로 보인다. 또한 그녀의 디테일 묘사는 마치 영화를 보는 느낌을 준다. 누군가가 이 책을 영화로 만드는 구상을 해도 좋을 것 같다.

이 책이 북한을 아주 많이 설명해 줄 것으로 기대하는 것은 무리다. 이 책은 북한의 현실을 분석한 학술서적도 아니고 어떤 주제에 관해 새로운 주장을 펴려는 것도 아니다. 수키 김은 '소설가가 쓴 북한 체류기'라고 이 책의 성격을 규정했다. 작가의 눈으로 북한의 한 부분을 보고 그 느낌을 쓴 것이다. 나는 한 사람의 북한 연구자로서 북한 시장에서 벌어지는 일들에 관심이 많으며 이 책에 그 부분이 많이 나오지 않아 아쉽기도 했다. 그렇지만 이 책이 지금 북한에서 벌어지는 일들을 두루 짚어 주기를 바랄 일은 아닌 것이다.

영문판 책이 좀 늦게 나온 감이 있다. 김정일 사망이 발표된 2011년 12월 19일에서 하루가 지난 20일 평양을 떠난 수키 김은 원고를 쓰고 또 다듬었고 원고를 받은 출판사 측은 1년 6개월을 더 다듬어 2014년 10월에 책을 서점에 배포하였다. 미국은 저자가 원고를 넘기면 출판사 측이 원고를 매만지고 마케팅 전략을 세우고 인터뷰도 준비하고 서점과 개인독자의 사전 주문을 받는 등의 과정을 거쳐 약 1년 만에 책이 나온다고 한다. 특히 이 책은 세계 최대 단행본 출판사인 랜덤하우스의 계열사 크라운 출판그룹에서 출간을 준비하면서 버락 오바마 미국 대통령의 자서전 편집에 참여한 레이첼 클레이만 같은 유명 편집자가 직접 편집을 맡았을 정도로 공을 들였다고 한다.

한국에서라면 북한 체류 감상을 빨리 전달하기 위해 바짝 서둘러 2012년 봄, 늦어도 1년 안에 책이 나왔을 것이다. 두 나라 출판 시장의 차이가 느껴진다. 미국에서 공들여 책을 만드느라 시간을 끄는 사이에 세상의 관심은 김정은으로 옮겨졌다. 이 책에는 김정은 시대가 일부만 묘사되고 있다. 일부러라도 김정은 관련 이야기를 원고에 더 집어넣을 수도 있었겠지만 취재 메모에 충실한 그녀는 그렇게 하지 않았다.

내가 번역을 하고 있다고 주변의 아는 분들한테 말하면 그들 대부분은 "연애 이야기, 사랑 이야기가 나오느냐"고 물었다. 그게 없으면 베스트셀러가 되기 어려울 것이란 농담도 했다. 수키 김에게 이런 이야기를 전했더니 "제가 쓴 것이 모두 사랑 이야기인데요"라는 대답이 곧바로 돌아왔다. 그녀는 자신이 가르친 학생들을 매우 사랑했으며 지금도 사랑한다고 말한다. 흥미로는 러브라인에 못할지 몰라도 작가의 제자 사랑은 어느 사제지간보다 애틋하고 두텁게 느껴졌다.

수키 김은 평양과기대 제자들이 언젠가 과거 운동회에서 함께 뛴 기억, 상식퀴즈에서 우승하고 미국인 교수들로부터 축하를 받은 기억, 늦은 저녁을 함께하려고 기다리던 교수들의 모습 같은 것을 기억할지 모르겠다고 썼다. 하지만 그들이라고 왜 기억하지 못할까. 수키 김의 작은 손짓 하나, 표정 하나처럼 수키 김이 알아차리지 못하고 넘어간 작은 것들까지 그들은 기억할 것이 틀림없다. 언젠가 스승과 제자들이 직접 만나 이야기꽃을 피울 것이라고 믿는다. 나도 기다려 봐야겠다.

나는 이 책이 국내 독자들의 북한에 대한 이해를 돕는 역할을 하게 된다면 좋겠다.

이 책의 상업적 성공을 확신하기 어려운 상황에서도 기꺼이 출판을 맡아 준 김연홍 디오네 대표와 책을 멋지게 만들어 준 편집진에 감사드린다. 미국에서 책이 나온 뒤 인터뷰 등으로 정신없이 바빴는데도 번역 원고를 e메일로 주고받으며 잘못됐거나 어색한 표현을 꼼꼼히 잡아 준 작가 수키 김에게 감사드린다. 그럼에도 잘못된 번역이 있다면 오롯이 역자의 책임이다. 2014년 여름에서 겨울까지 이어진 첫 번역을 격려해 준 가족과 회사 동료들 그리고 주변의 모든 분들께 마음속 깊이 감사를 전한다.

2015년 1월 충정로에서 홍권희

차례

그곳에서의 시간은 다르게 지나가는 듯했다. 세상으로부터 차단되어 있으면 하루하루가 그 이전의 하루와 똑같다. 이런 동일성은 영혼을 갉아 버려 인간을 해에 맞춰 깨어나고 어둠의 시작과 함께 잠이 드는, 단지 숨 쉬고 일하고 소비나 하는 사물쯤으로 만들어 버린다. 공허감은 느릿느릿한 하루와 함께 더 깊어져 가고 자신은 점점 더 보이지 않게 되고 하찮아지게 된다. 그것이 내가 때때로 느꼈던 것이다. 계속 제자리를 빙글빙글 도는 작은 벌레처럼. 그 냉혹한 진공 속에서는 아무것도 움직이지 않았다. 어떤 소식도 들어오거나 나가지 않았다. 누군가에 전화를 거는 일도, 누군가로부터 전화가 걸려 오는 일도 없었다. 정권이 미리 규정해 놓지 않은 어떤 e메일도, 편지도, 사상도. 교사로 위장한 서른 명의 선교사들과 270명의 북한 남학생들, 그리고 교사로 위장한 선교사로 위장한 작가인 나. 텅 빈 평양 교외에서 밤낮으로 철저히 감시되는 캠퍼스로 위장된 감옥에 갇힌 우리에게는 서로들뿐이었다.

제 1 부

반 아틀란티스

1

2011년 12월 19일 월요일 오후 12시 45분, 내 방문에 노크 소리가 났다. 내 마음은 가라앉았다. 누가 거기 있을지 나는 알고 있었다. 모르는 체하고 옷가지를 가방에 계속 밀어 넣고 있었다. 다시 노크 소리가 났다. 그녀는 내가 안에 있는 것을 알고 있었고 그냥 가 버릴 것이 아니었다. 결국 나는 하던 일을 멈추고 문을 열었다. 나와 강의를 분담했던 깡마르고 안경을 쓴 스물네 살의 영국 여인 마르타가 서 있었다. "즉시 회의에 오셔야만 해요"라고 그녀는 말했다. 크리스마스 전 기도회에 비밀리에 모여 있을 서른 명의 기독교 선교사들 사이에서 보낸 6개월의 무게를 느끼며 나는 한숨을 쉬었다. 그때 그녀가 천정을 가리키며 소곤거렸다.

"그가 죽었대요."

나는 그녀가 신을 의미하는 것으로 생각했고 순간 혼란스러웠다. 나는 성경을 읽은 적이 없었고 우리 가족들도 대체로 무신론자였다. 그러자 그녀는 "그가"라고 말했고 나는 그녀가 그곳의 주요한 신, 김정일을 지칭했다는 것을 알아차렸다.

나의 북한 경험이 그의 생일에 시작돼서 그의 죽음과 함께 끝났다는 것은 운명이었을까? 내가 김정일의 회갑잔치를 위해 방문하는 재미교포 대표단의 일원으로 금단의 도시 평양을 처음으로 보게 된 것은 2002년 2월이었다. 9 · 11 테러 이후 겨우 몇 달 뒤였고 조지 W. 부시가 북한을 '악의 축'의 하나로 막 거명한 직후여서 미국 여인이 낯선 일행과 함께 그 나라 국경을 넘는다는 것이 유쾌할 수 없던 때였다.

그 후 9년간 꿈쩍도 않는 국경을 불가사의하게 건널 때마다 나는 이 알려지지 않았고 알 수도 없는 장소에 갈수록 도취돼 갔다. 이 고립국가는 세계의 다른 나라들과는 전적으로 다른 체제 아래 존재하였고, 내가 마지막으로 도착한 2011년은 '주체 100년'이라고 칭할 정도로 너무나 달랐다. 조선민주주의인민공화국(DPRK)은 다른 기념법을 따르고 있는데, 그들 최초의 위대한 수령인 김일성의 탄생으로부터 시간을 계산하는 것이다. 그는 1994년 사망했으며 대체로 '자립'을 의미하는 '주체'가 북한의 기본 철학의 핵심에 자리하고 있다. 내가 본 거의 모든 책은 위대한 수령이 썼거나 그에 관해 쓴 것이 들어 있었다. 「로동신문」과 조선중앙TV를 포함한 국영 매체들은 거의 전적으로 위대한 수령에 대해서만 보도했다. 거의 모든 영화, 모든 노래, 모든 기념물은 위대한 수령의 기적 같은 업적, 즉 김일성부터 김정일, 김정은으로 3대로 이어져 간 역할을 전파하였다. 김정은은 2012년 권력을 손에 넣을 때 스물아홉 살이었고 세계 최연소 통치자가 되었다. 모든 가정에는 정부 선전이 방송될 수 있는 스피커가 설치되어 있고 위대한 수령들의 동상이 전국에 3만 5,000개 이상 널려 있다고 보도되었다.

이 정권이 핵무기에 손을 대 유엔의 반복적 제재를 유발하는 동안 결국 북한 주민들이 고통을 받는다. 1990년 고난의 행군으로 알려진 기근은 총인구의 10분의 1이 넘는 300만 명씩이나 죽게 하였다고 보도되었고 지금도 유엔식량프로그램(WFP)은 북한 주민의 80%가 식량부족과 기아를 경험하고 있다고 전한다. 강제노동, 처형, 그리고 집단수용소 때문에 1948년 이후 100만 명 이상이 사망한 것으로 추정된다. 최근 유엔 보고서에 따르면 북한은 12만 명(휴먼라이츠워치(HRW)는 20만 명으로 추정한다)의 정치범을 수용하는 20여 개의 집단수용소를 유지하고 있다. 그러나 그곳에서 입증 가능한 것은 아무것도 없으므로 이 숫자들은 어쩔 수 없이 근사치이다. 밖으로 나갈 수 있는 북한 주민은 거의 없고 탈북자들은 처형당할 각오를 해야 한다. 유럽 여권 소지자를 중심으로 한 단체여행을 제외하고는 거의 모든 외국인의 여행은 허용되지 않으며 이들도 허용된 것만 겨우 볼 수 있다. 모든 비밀이 시대착오적이 돼 버린 세계적인 정보화 시대에 북한은 따로 떨어져 있다.

이 골치 아픈 나라에 대한 나의 집착 — 맞다. 그것은 집착이었다 — 은 언론인으로서 관심 이상의 것에 기초하고 있었다. 내가 북한에 처음 들어갔을 때 나는 '대표단'이 무엇인지 확실히 알지 못했고 함께 여행을 한 친김정일 그룹에 관해 잘 몰랐다. 그런 까닭에 내가 아주 불손하거나 아주 어린 것으로 들릴 수 있었지만, 나는 둘 다 아니었다. 내가 고의적으로 모르는 체한 것일 수도 있다. 그 나라 입국비자를 받는 것이 매우 어려웠기 때문에 나는 호기심이 많은 것처럼 보이지 않는 것이 최선이라고 생각했다. 그리고 또 하나, 내 마음속에 응어리진 것들을 더 이상 깊게 알고 싶어 하지 않았던 것이다. 1970

년대 남한에서 자란 우리 같은 사람들에게 북한과 관련이 있는 것은 약간은 불길한 예감을 동반한다. 그리고 가족이 북한으로 납치된 우리 같은 사람들에게는 이런 공포는 훨씬 더 깊다. 만일 내가 10년 이상 지난 지금 아는 만큼 알았다면 첫 번째의 운명 같은 방문을 했을까 의문이 든다. 하지만 나는 뉴욕 JFK 공항에서 세계에서 가장 현대적이고 화려한 항공사 중 하나인 대한항공에 탑승하였고 서울과 베이징을 경유하여 거의 스무 시간 후에, 읽을거리라고는 위대한 수령에 관한 잡지가 유일했던 북한 국영 고려항공에 올랐다. 그리고 나는 그 후 9년간 같은 국경을 반복해서 넘어 평양으로 갔다.

모든 이야기는 이전 시기에 기원을 두고 있다. 나의 집착은 내가 태어나기도 전인 1945년에 그 뿌리를 두고 있다. 모든 것이 잘못돼 간 것은 일본으로부터 한국을 해방시킨 연합국에 의해 5000년 역사의 한국 왕국이 분단된 그때였다. 그 후 모든 것이 계속 잘못돼 갔고 어느 것으로도, 심지어 1950년에 발발된 3년간의 전쟁으로도 크게 달라지지 않았다.

어쩌면 나의 집착은 내가 남한에서 자라던 때부터 피할 수 없게 되었을지도 모른다. 그곳에 살던 시절은 내 마음속에 불안할 만큼 그대로 그 자리에 온전하게 남아 있다. 내가 나이가 들수록 그 시절의 기억들은 점점 커 가 구석구석에 더 긴 그림자를 던지고 있다. 모든 것이 '지금'과 '그때'로 구분되고 '이민 이전'과 '이민 이후'로 구분되는 1세대 이민자의 여건도 이런 것이다. 결국 이곳과 고국을 갈라놓는 바다는 시간까지도 갈라놓는다.

우리가 미국에 왔을 때 나는 열세 살이었다. 남한의 1980년대 초는 정치적 불안정과 경제적 격변의 시기였고 운수회사와 광산업에서 호텔업에 이르는 내 아버지의 사업은 빠른 속도로 붕괴되었다. 남한에서의 부도는 무거운 징역형에 처해질 수 있었기에 우리는 집을 버리고 야반도주하였다. 미국으로 몰려온 많은 이민자들처럼 우리 가족은 갑작스런 가난을 겪었고 퀸스에서 저지시티로, 브롱크스로, 포트리로, 뉴욕의 변두리에서 변두리로 계속 이사를 다녔다. 나는 아직 아이였고 하루아침에 벌어진 물리적 환경의 엄청난 변화들이 모두 겁이 날 정도로 생소했다. 나는 내가 더는 한국에 있지 않다는 것을 알았지만 영원히 고향과 이별했다는 것은 이해하지 못했다. 받아들이기에 시간이 걸렸던 또 하나의 이국적 개념은 내가 이제 '동양인'이라는 점이었는데, 그것은 사회 수업 시간에나 듣던 단어였다. 내나라에서 노랑은 매년 봄마다 우리 집과 언덕 아래 집들을 구분 짓는 담장을 따라 피어난 개나리의 색깔이었다. 나는 절대 내 피부색이 노랑과 같은 색이라고 생각해 본 적이 없었다. 그 시절은 또한 침묵으로 특징 지워졌다. 내 모국어는 갑자기 사라졌고 영어라는 낯선 소리들이 대신 자리를 차지했다. 내가 미국 대학입학 자격시험(SAT)을 치르고 대학에 들어간 것은 마치 기적 같았다.

졸업 후 나는 런던에서 뭐라 말하기 어려운 그 무엇인가를 갈구하며 몇 년을 보내다가 다시 뉴욕의 파트타임 일자리들과 이스트빌리지의 월세 아파트로 돌아왔고 거기서 나의 20대를 보냈다. 그러나 나는 거기서도 편하지 않았고 아파트를 세를 놓고 훌쩍 떠나기를 반복하였으며 때로는 나에게 뉴햄프셔의 백년 된 오두막이나 와이오밍의 사막언덕을 바라보는 빈집 같은 외딴 곳에서 창작할 조건이 따르는,

가난한 작가 지원 펠로십을 받아 떠나기도 했다. 그때는 휴대폰이 없어서 나는 항상 부모에게 콜렉트 콜을 했다. 어느 날 오후 그레이하운드 버스에서 내려 뉴멕시코 타오스의 커피숍 밖 공중전화 박스에서 있는데 뉴저지에서 통화하던 아버지가 전화를 끊으면서 이렇게 말한 것이 기억난다.

"너 이런 식으로 계속 떠돌아다니다간 언젠가는 돌아오기엔 너무 멀리 가 있게 될 거다."

그 시절 한번은 이탈리아의 리구리아 해안에 머물렀는데 그곳의 진정한 느낌보다는 그냥 그런 곳에 있었다고 말하기가 더 좋은 곳이었다. 그곳의 장엄한 아름다움은 이상하게도 나를 감동시키지 못해 몇 년 뒤 나는 리구리아라는 단어를 대화 속에 집어넣을 기회를 찾곤 했다. 예를 들어 "나는 이 원피스를 리구리아에서 지내던 가을에 자주 입었어" 또는 "나는 리구리아에서 쓰던 소설을 결국 마치지 못했어"라고 했다. 마치 내가 거기서 거의 두 달을 보냈던 것을 스스로 상기시키려고 하는 듯이.

어떤 경험들은 그렇다. 당신은 경험들을 통해 살지만 당신이 정말 거기 있는 것은 아니다. 한국은 그 반대였다. 나의 첫 13년은 그 이후 어떤 것과도 다르게 내게는 현실로 남아 있었다. 어린 시절 고향을 잃은 사람은 그것을 대체할 것을 찾으며 살아간다. 그 오랜 세월 동안 나는 어떤 아파트도 잠시 사는 곳 이상으로 생각해 본 적이 없다. 마치 내가 몇 초 안에 모든 것을 움켜쥐고 뛰어나갈 수 있게 하려는 듯 아무것도 걸려 있지 않은 벽에 나만의 손길을 주지 않은 텅 빈 방들로 내가 지낸 곳들은 늘 빈집 같았다. 사람들은 가끔 나에게 내 물건들이 어디 있느냐고 묻는다. 이 질문은 항상 나를 한국으로 데려다 준다. 마음속에서 니는 결국 한국으로 돌아간다. 나는 결코 잊은 적이 없고 믿지 못할 만큼 긴 높디높은 계단 아래 늘 그렇듯, 드디어 무겁게 짊어지고 다니던 커다란 여행 가방을 발밑에 내려놓고 저 멀리 우뚝 솟아 있는 어린 시절 나의 집을 바라본다.

2002년 평양을 처음 방문했을 때 나는 묘하게도 어릴 적 서울을 떠난 후로 가장 편안함을 느꼈다. 그것은 내 가슴속에 너무 오랜 시절 앓고 있던 그 무엇인가를 돌이켜 보는 느낌이었다. 분단으로 갈라져 있는 한국인의 자손들, 그리고 수십 년간의 그리움, 상실감, 상처, 후회, 죄의식 등 과거가 고스란히 내 앞에, 거기에 있었다. 나는 결코 떨쳐 버릴 수 없는 방식으로 평양과 일체감을 느꼈다. 내가 만일 그곳을 이해할 수 있다면 산산이 흩어진 조각들을 다시 모을 수 있는 방법을 찾아낼 수 있겠다는 생각이 들었다. 남쪽 출신이건 북쪽 출신이건 한국인들 대부분처럼 나는 어쩌면 비이성적으로 통일을 꿈꿨는지도 모르겠다. 그리고 나는 2011년까지 되풀이해서 그곳에 돌아갔다.

나는 가끔 이런 질문을 받는다.

"당신은 어느 한국 출신인가. 남한? 아니면 북한?"

이건 터무니없는 질문이다. 나 또는 어느 한국인이건 세계에 나와서 돌아다니는 사람이 북한 출신일 가능성은 거의 제로다. 실제로 북한에선 누구도 밖으로 나올 수 없다. 북한은 자물쇠로 채워진 나라다. 남한으로부터, 세계 다른 나라들로부터, 가족들이 거기 갇혀 버린 우리들로부터 떨어져 자물쇠로 채워져 있다. 그 자물쇠는 "열려라

참깨"가 통하지 않고 그래서 세계는 아마도 이것이 애초에 왜 단단히 잠겼는지, 그리고 누가 열쇠를 던져 버렸는지를 잊어버렸던 것 같다.

나의 한국은 남쪽이다. 현대와 삼성을 배출했고 피의 전쟁 이후 60년간 스스로 세계 15위의 부국으로 우뚝 선, 공업이 발전하고 부지런한, 더 잘난 반쪽이다. 그러나 남쪽은 그저 남쪽일 수만은 없다. 남쪽의 존재만으로도 말로 형언할 수 없는 북쪽을 떠올리게 하는데, 북쪽은 버릇처럼 돼 버린 핵 위협과 괴팍한 독재자의 이상야릇한 행동으로 불길한 그림자를 한반도를 훨씬 넘어 멀리 드리우고 있다. 최근 북한은 꾸준히 외부인들을 기다리고 추측하게 하고 더, 무한정 기다리고 갈망하게 하는 유혹의 사이렌 소리를 내고 있다.

나의 부모는 양쪽 다 분단으로 갈라진 이산가족 출신이다. 진정 누구도 알아주지 않고 세대로 이어져 버린 이산의 한이 바로 나를 북으로 데려왔다. 만일 이것이 독자들로 하여금 공감해 고개를 끄덕이게 하고 만족스럽고 뭔가 배워서 돌아서는 종류의 이야기라면 나는 완전일주 여행을 했다고 말하겠다. 그러나 사실 나의 여행은 겨우 반원이며 절대로 마무리될 수 없는 슬픈 것인데, 이것은 참혹한 역사의 중심에 있었던 사람들이 거의 확실히 오래전에 죽었거나 연로해 죽어 가고 있으며, 그들의 이야기가 과거의 티끌 속으로 사라지기까지 시간이 다 돼 가고 있기 때문이다.

한국전쟁은 3년간 계속 되었고 수백만 명이 사망하거나 실종됐다. 전쟁은 사실 끝나지 않았고 대신 1953년 두 한국을 위도 38도선 양쪽에 놓은 채 그 자리 그대로 정전으로 멈춰 있다. 세계의 역사가들은 가끔 한국전쟁을 "잊혀진 전쟁"이라고 부르지만 어떤 한국인도 그것이 잊혔다고 여기지 않는다. 한국 문화는 망각의 문화가 아니다. 전쟁은 현재 한국의 어디에나 있다.

예를 들어 전쟁 중에 사라진 열일곱, 열여덟 살짜리 간호학과 학생이던 나의 아버지 사촌누나들의 이야기가 있다. 수십 년 뒤인 1970년대에 아버지의 고모인 그들의 어머니는 일본을 경유해 북한으로부터 편지를 한 통 받았는데 이것이 딸들이 유일하게 접촉한 것이었다. 그 순간 이후 그녀는 간첩 혐의로 몇 달에 한 번씩 남한 중앙정보부로부터 소환당하다가 결국 한국을 영원히 등졌고 텍사스의 샌안토니오에서 홀로 세상을 떴다. 딸들 소식은 다시 들을 수 없었다. 그리고 어머니의 오빠인 외삼촌이 있는데, 그는 1950년 6월 전쟁 초기 북한군에 의해 납치당했을 때 겨우 열일곱 살이었다. 그도 다시는 볼 수 없었다. 그가 평양으로 끌려가 살았을 수도 있고 아닐 수도 있는데, 내 어머니의 어머니와 내 어머니, 그리고 어느 정도는 이들의 슬픔을 상속받은 나를 거의 미치게 몰아간 것은 이처럼 알 수 없는 상태가 지속된 것이었다.

이런 스토리는 남한에, 그리고 말할 수 있도록 허용이 된다면 북한에도 넘쳐 날 것이다. 이산은 실제 사건 후 한참이 지나도 영향받은 사람들의 뇌리에서 떠나지 않는다. 그것은 끊임없이 계속되는 폭력 행위이다. 당신이 행방불명된 사람들이 불과 수 시간 떨어진 곳에 있다는 걸 아는데 당신은 그들을 볼 수도 없고 편지를 쓰거나 전화를 걸 수도 없다. 그 사람이 국경선 건너 갇혀 있는 당신의 어머니일 수도 있다. 당신이 남은 생 내내 그리워할 당신의 연인일 수도 있다. 그 아들이 당신의 이름을 부르고 매일 밤 울다 지쳐 잠드는데도 당신이 가서 만나 볼 수 없는 당신의 아들일 수도 있다. 평양은 서울에서 직선거리로 약 190km 떨어져 가깝지만 만질 수 없는 그림자처럼 어렴풋하다.

수십 년간의 이런 갈망은 나라를 병들게 한다. 상실은 치유가 안되는 가슴앓이로, 마치 병처럼 기억되고 또 기억되며 당신은 그와 함께 누리기로 되어 있었던 공유하지 못한 삶을 혼자 남아 늘 생각한다. 그런 트라우마를 직접적으로 경험한 어머니와 아버지의 손에 자란 우리들로서는 이런 것을 계속 기억하지 않는 것이 불가능하다.

내가 평양과학기술대학(PUST·Pyongyang University of Science and Technology)에 대해 처음 들은 것은 우연이었다. 2008년 2월 나는 『하퍼스매거진』으로부터 평양에 가서 연주회를 할 뉴욕 필하모닉을 취재해 달라는 의뢰를 받았다. 약 100명의 외국 기자들이 함께 가려고 몰려들었다. 그 당시 나는 실제 기자도 아니었고 최소한 나 스스로 기자라고 생각하지 않았기 때문에 수많은 베테랑 기자들 곁에서 북한을 취재보도할 상황을 몹시 두려워했지만 곧 그들이 북한에 대해 잘 모르고 있고 결국 알아내지 못할 것이라는 걸 알게 되었다.

한 케이블 채널의 뉴스 앵커는 정부에 의해 선정된 북한의 '평범한' 가족과 함께 TV로 연주회를 구경했다고 특집 프로그램에서 말했다. 그녀는 역시 당국에 의해 선정된 북한 주민들을 '무작위로 선정되었다'며 이들에게 "당신은 미국을 원수라고 생각하는가?"라는 식의 질문들을 해 댔고 한 부인과 인터뷰하면서 '친구'라는 단어를 가르쳐 주고는 의무적으로 반복하도록 시켰다.

평양 미디어 잔치의 서곡으로 베이징에서 열린 파티에 나도 참석하였다(평양은 서울에서 두세 시간 운전하면 닿지만 거기 가려면 중국을 거쳐야 한다). 파티는 필하모닉 후원자들을 축하하여 미국 대사관에서 열렸다. 후원자들은 콤팩컴퓨터의 창립자에서부터 미국 프로미식축구연맹(NFL) 홍보의 제왕, 이탈리아 베니스에서 온 일본 백작부인에 이르기까지 화려한 집단이었다. 그들 25명은 이번의 신기한 여행에 한 사람당 5만 달러를 기부했으며 부인들은 모피를 입고 있었고 꽤나 들뜬 듯 보였다. 그중 한 명은 나에게 "저는 남한에도 가 본 적이 없는데 북한을 먼저 가네요!"라고 말했다. 한 남자는 '후진' 지역 구경이 취미라며 이제 북한 외에는 '후진' 지역은 더 이상 없다고 말했다. 일부는 나에게 한국계 브라질 사람으로 내 나이 또래이며 『포브스』의 세계 최고 갑부들 명단에 한 차례 등장했던 남편을 둔 미세스 군드를 꼭, 절대로 꼭 만나 보라고 채근했다.

평양에 국제적인 대학이 세워지고 있으며 교수진은 모두 외국인이 될 것이라고 말한 이는 미세스 군드였다. 그것은 사실일 것 같지 않았지만 북한을 쫓다 보면 황당한 시나리오에도 익숙해진다. 내가 더 많은 정보를 달라고 하자 그녀는 어깨를 으쓱하면서 총괄책임자인 김 총장이라는 사람에게 e메일을 보내 보라고 대답했다.

김 총장은 알고 보니 복음주의 기독교인인 한국계 미국인 제임스 김이었고, 인터넷을 잠깐 찾아보니 그가 1990년대 초 중국 옌지(연길)에 세운 연변과학기술대학교(YUST)에 관해 인터뷰한 내용이 나왔다. 한 인터뷰에서 그는 평양에 학교를 세우기 위해 자신이 세계 복음주의 교회에서 1,000만 달러를 거뒀다고 말했다. "돈 일부가 북한 정권으로 흘러들어가지 않겠느냐"는 질문에 그는 건물을 짓는 자재와 장비는 중국에서 들여간다고 주장하였다. 학교 운영은 난방비만 해도 하루 최소 1,500달러로 추산되는 등 매우 비쌀 것이었다. "운영비는 누가 댈 것이냐"는 질문에 그는 이의를 제기하며 "하나님 은행"이라고 대답했다.

학교는 아직 짓는 중이었지만 나는 거기서 가르치겠다는 원서를 즉각 제출했고 이후 몇 년 뒤 중국, 남한과 미국의 여러 사람들과 이것에 관해 e메일을 교환하였다. 주로 연락한 조앤이라는 사람에 따르면 그들은 바쁘게 돌아다니는 김 총장의 대변인들이었고 나는 이것 외에는 거의 알지 못했다. 연변과기대 캠퍼스에서 일하는 조앤은 길고 시시콜콜한 e메일로 옌지의 봄꽃이 만개했다는 소식과 '프로젝트'를 총괄하는 주님의 은혜 속에서 지켜 나가고 있는 바쁜 스케줄을 전해 주었다.

연락한 지 1년간 그 프로젝트는 기껏해야 애매한 수준으로 보였다. 한번은 일리노이 주에 있는 대학의 사서인 한국계 미국인이 연락해 오더니 에반스톤의 교회에서 열린 평양과기대를 위한 기금모금 행사에 나를 초청하였다. 대부분이 한국계 미국인 또는 한국 유학생 등 50명 남짓한 아시아계 학생들이 있었는데 한 시간가량 기도하고 울부짖었다. 행사는 생소했지만 그 학교의 존재를 입증하는 것처럼 보였다.

마침내 2009년 12월 김 총장의 서울 사무실에서 전화가 와 수개월 내에 평양에 갈 준비를 하라고 말했다. 아무도 나의 신앙심을 의심하지 않았고 나는 어떤 말도 먼저 꺼내지 않았다. 그리고 나는 거의 아무런 지시를 받지 않았다. 나는 무엇을 가져가야만 하나? 내가 집에서 그들과 어떻게 연락할 수 있는가? 이런 질문들은 대답 없이 지나갔다.

그때 함선 사건이 터졌다. 2010년 3월 26일 남한 해군 천안함이 서해 연해에서 침몰해 46명의 장병이 사망했다. 국제 조사단은 함선이 북한 잠수함의 어뢰에 의해 폭파되었다고 발표하였다. 남북한 관계는 냉각되었고 틈을 드러낸 것으로 보였던 문은 도로 닫혔다. 나는 학교가 조만간 가동될지, 누가 비자나 받을 수 있을지 의문이 들었다. 프로젝트는 다시 멈췄다.

하지만 예상 밖으로 평양과기대는 그해 말 결국 문을 열었다. 그들은 내 원서가 분실됐으며 첫 학기를 맡을 교수들을 연변과기대 분교에서 충원했다고 말했다. 봄에 올 준비를 하라고 조앤은 썼다.

그러고는 또다시 아무 소리가 없다가 2011년 4월 나의 수신 e메일함에 '구입 목록'이라는 제목의 메일이 떴다. '입국'이 허용된 나의 비자가 '유효'하려면 북한에서 35곳이나 되는 국가기관의 도장을 받아야 한다고 했다. 김 총장은 평양과기대 교수들 전원에 대해 절차를 더 신속히 처리해 주거나 면제해 달라고 요청하였고 그들은 이를 위해 새로운 법이 통과되기를 기다리고 있었다.

"새 법이라고요? 그럼 몇 달, 심지어는 몇 년이 걸릴 수도 있네요?"

나는 스카이프를 통해 이렇게 말했지만 조앤은 북한에서는 그런 일은 며칠 상관으로 벌어질 수 있다고 장담하면서 짐이나 꾸리기 시작하라고 말했다.

조앤은 내가 냉장고와 화장지, 버터가 필요하게 될 것이라고 말했다. 거기서는 그런 물건들을 구할 방도가 없는 건가? 나는 궁금했지만 대답은 모든 것은 평양에 직접 가져오라는 것이었다. 조앤에게 중국에서 냉장고를 사서 평양으로 부치도록 돈을 보냈지만 나는 냉동 버터 덩어리가 뉴욕에서 평양까지 장거리 항공 수송을 견뎌 낼 수 있을지 확신할 수 없었다. 그러고 보니 내게는 없으면 살아갈 수 없는 것이 꽤 많았다. 작가인 내가 물품 항목 맨 위에 책들을 올려놓았으려니 생각하겠지만 사실 책들은 맨 마지막이었다. 내가 꾸린 것은 더 기본적인 것들이었다. 보조 안경, 일회용 콘택트렌즈, 생리대, 소염진통제, 비타민과 여러 종류의 항생제들, 그리고 가방에 최대로 쑤셔 넣은 프로테인 바.

북한 비자는 거의 언제나 방문자의 입국 전날 저녁에 발행되며 베이징 발 평양 착 비행기 표는 비자를 손에 쥐고서야 구입할 수 있다. 이것은 내가 아시아로 즉시 떠나 연락에 대기해야 함을 의미했다. 이 바람에 나는 그 후 7주 동안 서울에 발이 묶여 마지막 순간에 막혀 버린 비자를 기다려야 했다. 기다리라는 데는 사과도 설명도 없었다. 어떤 협상에서든 북한은 누가 무엇을 할지, 어떤 가격으로 할지에 관해 절대적인 협상력을 가진다.

그 여름, 장마가 일찍 왔다. 동아시아 한반도 저쪽에서 비는 어느 날 내리기 시작해 한 달 내내 그치지 않는다. 늘 7월에 오는 비가 그 해에는 6월 중순 시작되었고 나는 우울했다. 비가 퍼붓기 시작했을 때는 북한의 비자 승인을 기다린 지 이미 한 달이 넘었다. 머리는 습기에 젖은 채로 나는 유리창으로 달려드는 빗소리에 새벽까지 깨어 있곤 했다. 에어컨에도 불구하고 나는 계속 땀을 흘리며 느릿느릿 움직였고 이런 것이 무력감에 얹혀졌다. 그해는 시작도 나쁘더니 살수록 나빠졌다. 나는 불행했던 9년 만의 파혼 바로 뒤에 이어진 무시무시한 이별을 막 통과하고 있었다.

서울도 역시 쉽지는 않았다. 언제나 나의 감정적 암초였던 언니는 오래전 뉴욕에서 그곳으로 이사했다. 그녀는 그해 몸이 좋지 않았고, 유기농 배와 멜론을 유기농 세제를 푼 물에 담갔다 씻은 뒤 썰어 주는 것이 나의 아침 일과였다. 그녀의 면역체계가 약해져 우리는 세균에 대해 걱정하였고, 몇 살 어린 동생인 내가 전에는 그녀를 돌본 적이 없었기 때문에 이런 걱정이 무척 생소했다. 오후에는 언니와 병원에 동행해 혈액검사 또는 물리치료를 받는 걸 지켜보았다. 아니면 비록 내가 남한의 엄마들 속에서 잘 어울리지 못하고 그래서 나 스스로 엄마가 되지 못하였음을 계속 상기하게 되었음에도 불구하고 그녀의 일곱 살, 열한 살 난 두 딸을 밴드연습에 데리고 가고 수두 예방주사를 맞게 하는 등 세상의 모든 엄마들이 하는 일들을 하였다.

나는 북한에서 "경애하는 지도자" 또는 "최고 지도자"로 불리는 분명한 후계자 김정은에 대해 우려를 드러내는 외국 언론들의 긴급뉴스를 예의주시해야 했지만 그보다는 이제 막 다시 연락이 된 브루클린의 옛 애인에게 e메일을 쓰면서 위안을 얻었다. 나는 내가 또 한 번의 연애를 위한 준비가 안 돼 있음을 알았지만 그해 여름 그를 사랑하고 싶었다. 비록 재활용된 것이었지만 새로운 사랑처럼 역경 중에 상처받은 영혼을 매료시킬 만한 것은 없었고, 두텁고 무거운 서울의 장마 속에서 밤마다 잠을 청하면서 나는 이 애인을 다시 돌아오게 해야 하고 내가 할 일은 이번 여행을 무사히 마쳐 그에게 돌아갈 수 있게 하는 것이라고 스스로 되새기곤 했다. 그는 나를 사랑하지 않았고 늘 바빴고 쓸데없이 매달리는 나의 e메일에 답장도 잘 하지 않았다. 그러나 그는 하고 싶을 때는 답장을 했다. 장마 진 서울에서의 그해 여름 그의 e메일은 언뜻 보이는 태양 같았다.

기약 없는 비자 소식을 기다리며 나는 때때로 내 어머니의 오빠와 아버지의 사촌누나들 같은 사라진 사람들을 생각하였다. 그들의 어머니들은 전쟁 후에도 아들과 딸들이 집으로 돌아오는 길을 확실히 찾을 수 있도록 최대한 오래 이사를 가지 않고 기다리고 기다리기만 했을 것이다. 매일같이 어머니들은 오늘이 그날이기를 바랐을 것이다. 그들은 매번 초인종이 울릴 때마다 기대하며 쳐다보았을 것이다. '어쩌면 내 아이가 돌아온 것일까. 제발 내 아이라고 해 주세요. 그래요, 내 아이여야만 해요.' 왜냐하면 당신의 아이를 당신이 다시는 못 본다는 것은 터무니없는 일이기 때문에. '우리네' 세상에서 흔적을 남기지 않고 잃어버리는 것은 없기 때문에.

그 여름은 또한 여러 종류의 기다림의 날들이었다. 나는 사랑 실패의 고통이 그치는 날을 기다렸다. 나는 내 생에서 그때 특히 친절에 민감했기 때문에 브루클린의 그가 애정을 담아 e메일 답장을 보내기를 기다렸다. 무엇보다도 나는 언니의 치료가 끝나 고통을 받지 않기를 기다렸다. 이 와중에 나는 북한으로 가는 비자 소식을 기다렸는데 그것이 나를 지배하는 무엇인가로부터 벗어나는 나의 길이라고 마음 깊이 믿고 있었던 것이다.

6월 말 전화가 걸려 왔다. 드디어 나의 비자가 허가돼 여름 학기에 평양과기대에서 가르칠 수 있게 됐다는 내용이었다. 오리엔테이션은 베이징에서 사흘간 열릴 것이고 7월 1일 이전에 우리는 북한을 향해 떠날 것이라고 했다.

2

폭력의 루머에 가려진 곳, 평양은 항상, 최소한 처음에는 놀랍게도 온화해 보인다. 이번 네 번째 방문도 다르지 않았다. 타맥포장도로 위에 높다랗게 앉아 있는 몇몇 낡은 비행기들을 빼고는 수평선은 텅 비어 있었다. 둘러싼 농지는 어떤 나쁜 일도 생기지 않고 마을 사람들도 해를 끼치지 않는 동화에나 나올 법했다. 그 황량한 고요함을 깨고 위에 김일성의 거대한 초상화를 얹은 공항 터미널이 홀로 서 있었다. 멀리 옹송그리며 모여 있는 사람들이 우리를 안내하기 위해 기다리고 있었다.

나는 '귀가 먹먹해질 것 같은 침묵'이란 낡아 빠진 표현을 접할 때마다 그 첫인상, 대단히 매료되었던 물건을 마침내 보게 되었을 때 말없이 놀라는 순간을 떠올린다. 현대판 아틀란티스, 혹은 반 아틀란티스가 결국에는 실제로 존재하고 있음을 실감하면 설명, 변명, 증명 같은 것이 필요할 것이다. 하지만 그곳은 수도의 교외에 작은 공항이 있을 뿐, 그 이상도 그 이하도 아니다.

평양 어디에 있더라도 당신의 감각은 평화롭게 남겨져 있지 못하기 때문에 침묵은 낯설다. 주변의 스피커에서는 음악이 터져 나오게 돼 있다. 때로는 사랑노래, 때로는 행진곡이지만 주제는 언제나 똑같다. 실제로 모든 빌딩은 표어로 장식돼 있고 모든 TV 화면은 같은 이미지를 내보내고 있으며, 바깥세상에서는 길가 광고판들이 수평선을 가득 채우고 있지만 북한에서는 오직 위대한 수령이라는 한 가지 품목뿐이다. 하지만 그 소음 안에는 무시무시한 침묵이 있다. 수십 년간 모든 것을 입을 다물도록 했기 때문에 귀를 가까이 대 보면 고요함 뒤에 숨은 무언의 울부짖음을 들을 수 있다.

세관원은 내 미국 여권을 들고 흘낏 보더니 내가 조선말을 하는지 물었다. 과거에 내가 만난 북한인들은 한국인인 것을 자랑스러워하는 듯 보였다. 반세기 이상 지쳐 버린 우리끼리의 전쟁에도 불구하고 한국인들은 서양인들 사이에서는 항상 '우리 대 그들'이 된다. 내가 한국어로 대답하자 그는 웃으며 통과시켜 줬다. 우리는 우리를 기다리고 있던 감시원에게 여권과 휴대전화를 즉각 넘겨줘야 했다. 작은 공항은 내가 기억했던 것보다 훨씬 밝았고 이번에는 수하물 컨베이어벨트가 실제로 가동됐다(기근 직후인 2002년 내가 처음 평양에 들어갔을 때 가방들은 바닥에 던져져 있었고 화장실은 화장지도 없는 칠흑같이 어두운 구덩이였다).

동료 교사들과 나는 감시원을 따라 평양과기대 측이 보내 준 버스로 갔다. 평양 도심에서 약 10분을 가서 충성의 다리와 대동강을 건너 우리는 양쪽에 농지가 있는 좁은 길로 접어들었다. 이 길은 학교 이름을 새긴 교문으로 인도하였는데 그 왼쪽으로는 작은 문이 나 있었고 뒤로는 학교 캠퍼스가 시야에 들어왔다. 그곳은 너무 외딴곳이어서 마치 요양원 같았다. 사방이 콘크리트로 둘러싸여 있었고 빌딩들의 따분한 무거움이 이곳을 쓸쓸한 느낌으로 가득 채웠다. 왼쪽으로는 날렵하고 높다란 돌 기념비가 꼭대기를 '21세기의 태양 김정일 장군 만세'라고 쓴 거대한 글자로 뒤덮은 근처의 5층짜리 빌딩보다 더 높이 솟아 있었다. 그 빌딩에 교실이 있었고 밀폐형 통로로 식당 건물까지 연결돼 있었으며 식당 건물은 병원과 목욕탕으로 연결되었고 이것들은 기숙사로 연결돼 있어 빌딩들과 통로가 일종의 말발굽 모양을 이루고 있었다. 통로는 양편으로 유리창이 있었는데 그것을 보면서 이곳에는 아예 프라이버시가 없겠고 어떤 사람의 움직임이든 어느 곳에서나 보일 수 있겠다는 생각이 들었다. 유일하게 연결되지 않은 구조물은 우리 오른편에 있는 엄숙한 2층짜리 회색 건물이었는데 이것은 홀로 서 있었다.

나의 피난처이자 감옥이 될 운명의 고립된 단지 건물들을 처음 보던 그 순간 두려운 감정이 나를 엄습했다고 말하는 것은 진실이 아닐 것이다. 나는 열세 살 때 뉴욕을 처음 보고 아무것도 느끼지 않았던 것처럼 그저 아무것도 느끼지 못했다. 처음 마주침은 역사도, 경고도 없이 우리에게 다가온다. 그 당시 학교는 그저 학교였다. 1km²의 공간을 나에게 의미로 채워 줄 학생들은 아직 어디에서도 보이지 않았다. 대신 나는 그 곳에 관련된 갖가지 계산이 머릿속에 가득했다. 누가, 왜, 이것을 허가하였고 여기서 누가 가르치고 누가 배우는가?

다음 날 아침 나의 자명종은 오전 5시에 울렸고 나는 순간 혼동됐다. 이런 일은 새로 도착한 도시에서 일어날 수 있지만 그 도시가 평양인 경우 자신을 추스르는 데는 시간이 좀 더 걸린다. 교사 기숙사는 동일한 모양의 약 46m²의 현대식 투 베드룸 아파트로 이루어져 있었다. 입구에서부터 오른쪽으로 퀸 사이즈 침대를 갖춘 방 두 개가 있고 식탁이 있는 개방형 부엌, 가죽 소파와 TV, 구내전화가 있는 작은 거실, 거의 바닥부터 천정까지 이어진 유리창, 그리고 현대식 목욕탕이 있었다. 나는 방을 혼자 썼고 그곳은 내가 전에 살았던 어떤 기숙사보다 훌륭했다.

5층 창밖으로 가장 먼저 보인 것은 녹색의 평지와 캠퍼스 바로 뒤의 두 건물이었다. 한 빌딩은 파란 지붕에 칙칙한 누런색으로 조금은 뉴잉글랜드 풍의 헛간처럼 보였고 다른 하나는 돌담으로 둘러싼 콘크리트 건물이었다. 거기 머무는 내내 나는 많은 질문을 하지 않는 게 버릇이 되었고 그 건물들이 무엇인지 알 수 없었다.

나는 동시에 밀려오는 외로움과 두려움을 떨쳐 내면서 일어나 베이징에서 사 온 전기주전자의 스위치를 켜고 가방에서 커피를 찾았다. 거기서는 커피를 보물처럼 여길 것이라고 누군가 내게 말했는데 이것은 사실이었다. 나는 평소에 브랜드에 집착하지 않는데 평양과 기대 기숙사에서만큼은 트레이더 조의 블랙퍼스트 블렌드 커피가 진정한 명품, 자본주의의 상징이자 바깥세상을 떠올리게 해 주는 무언가로 느껴졌다. 역시 중국에서 가져온 장기간 보관 가능한 밀크 몇 방울을 넣었는데 그 밀크의 탁한 인조 맛은 시간이 지나도 익숙해지지 않았다. 그렇게 나는 평양에서의 첫 모닝커피를 들고 황량하고 알 수 없는 밖의 건물들을 바라보면서 서 있었다. 마치 밤새 나 자신이 지워져 버린 듯이 내가 알던 모든 것으로부터 아주 멀리 떨어져 있는 것처럼 느껴졌다.

아침 식사는 6시 반에서 7시 반까지 구내식당에서 한다고 들었고 밖으로 걸음을 옮기자 멀리 하늘로 치솟은 원통형 돌 기념비를 볼 수 있었다. 길의 다른 쪽에는 건물들과 비슷하게 이름이 없어 보이는 오렌지색, 핑크색의 작은 꽃들이 있었다. 주위에는 아무도 없었고 나는 오른편으로 똑같아 보이는 학생기숙사 세 동을 지나 천천히 구내식당으로 걸어갔다. 걷는 길은 약 5분 걸렸는데 — 비록 그때는 내가 그렇게 오랜 날들을 버틸 수 있을지 알지 못했지만 — 나는 이렇게 이 걸음을 여름 학기에 매일 세 번씩 한 달간, 가을 학기에는 더 오랜 기간 하게 될 것이었다. 멀리서 평양의 스카이라인이 흐릿하게 보였다. 지평선 위로는 고요한 풍경에서 유일한 생명의 징표인 옅은 연기를 이따금 내뿜는 굴뚝 하나가 있었다.

그곳은 어디서나 볼 수 있는 구내식당이었다. 묵직한 유리문 뒤로 식탁들로 가득 찬 커다란 홀이 있었다. 셀프 식으로 이용하는 음식대가 있었고 학생들과 교사들은 각기 다른 줄에 섰다. 아침 식사는 죽과 삶은 달걀이었다. 식판을 들고 음식을 담기 시작하려고 할 때 다른 식탁에서 내 이름을 부르는 소리를 들었다.

"안녕하십니까. 아니 이게 누구야!"

한 남자가 밝게 말했다. 억양으로 보아 그가 북한 사람이라는 것을 알 수 있었다. 여기서 누구를 우연히 마주칠 수 있다고? 숨을 가다듬고 돌아보자 유달리 둥근 얼굴에 웃는 눈을 마주쳤다. 감시원들은 모두 웃는 눈을 가졌는데 리 선생은 특히 두드러졌다. 2008년 뉴욕 필하모닉 취재 중 그는 외국 언론인을 담당했지만 내가 일행 중 유일하게 한국어를 말할 수 있었기 때문에 위협 이상의 것으로 보여서인지 그는 시간 대부분에 나를 감시하였다. 그는 친근하게 부인 때문에 담배를 끊으려 노력 중이라고 부인과 아들 이야기를 하면서 반말 한국어로 말을 건네기도 하였다.

괴기에 기기서 만났던 사람들은 담배를 좋아했다. 특히 미국 담배는 색다른 것이었다. 그들은 미국이 자신의 첫째가는 원수라고 각오를 다지면서도 말보로 라이트 한 갑을 갖고 다니는 것은 특권과 계급의 표시로 보는 듯했다. 북한 방문자들은 때로는 계속되는 감시에 대한 일종의 방어수단으로 감시원들에게 담배와 위스키를 갖다 준다. 나도 그 취재 출장 때 담배 몇 갑을 가져왔는데 그걸 주면 받는 측은 언제나 담배를 중국에서 샀는지 아니면 미국에서 샀는지를 물었다. 그들은 중국에 가짜 말보로 라이트가 많다고 말했다.

필하모닉 취재 출장 때 리 선생과 나는 그저 수다를 떨었고 가끔은 우리의 관계를 서로 제대로 이해하는 것인지 혼란스러웠다. 왜냐하면 그의 직업은 나에 대해 보고를 하는 것이고 행사를 보도하는 잡지 특파원으로서의 내 직업과 아주 다르지 않았다. 긴장이 급격히 높아졌을 때 동지애가 무척 빨리 진전된다는 것은 놀랄 만한 일이다.

그 방문 때 평양에서의 36시간은 회오리바람처럼 정신없이 이어졌다. 알고 보니 그것이 핵심이었다. 그것은 북한 정부가 세심하게 조직하고 미국 오케스트라가 부수적인 음악을 제공하게 한 PR행사였다. 흔한 콘서트와 몇몇 환영 무대 공연과 뻔한 관광지 등 우리가 볼 수 있게 허용된 것 외에 우리가 쓸 수 있는 것은 없었다. 그것은 조종과 조작에 대한 레슨이었다. 실제 청중은 콘서트홀에 있는 사람들이 아니라 세탁된 북한 모습을 바깥세상으로 전달하는 임무를 띤 언론인들이었으며, 나를 놀라게 한 것은 그들조차 아주 쉽게 꾐에 넘어갔다는 점이었다. CNN과 「뉴욕타임스」는 공연이 청중의 눈물을 끌어냈다고 보도했고 곧이어 세계의 주요 신문들이 문화 외교의 성공적인 실험에 관한 기사로 따라갔다. 당시 오케스트라 지휘자 로린 마젤은 7000만 한국인들이 영원히 자신에게 감사할 것이라고 선언하였다. 공연 후 내가 말을 걸어 본 어떤 특파원도 당의 핵심지도층 중 엄선된 청중들 중에서 우는 사람을 보지 못했다고 했다. 그 여행에서 내가 기억하는 눈물은 다른 종류였다.

두 번째 북한 방문이었지만 나는 감시원들에게 작별인사를 하면서 눈물을 쏟았다. 그 순간만은 나는 출장 온 언론인이 아니었다. 대신 나는 외할머니와 외삼촌, 대고모와 그의 딸들을, 지워지고 잊혀진, 헤어져야만 했고 그리워해야만 했던 수백만 한국인들의 삶을 기억하고 있었다. 바로 그곳, 활주로에서 우리 일행과 함께 전세기에 오르기 전에 나는 리 선생에게 이렇게 말했다. 이런 분단에 넌더리가 나고, 북한 사람들이 출국은 고사하고 세상의 나머지와 접촉하는 것조차 허용되지 않기 때문에 나는 그를 다시는 못 볼 것이고, 그의 나라가 워낙 고립돼 있어 나 같은 한국인조차 미국 오케스트라에 따라붙어 미국 대표단의 일원이 돼야만 방문할 수 있었고, 거기서 모든 게 열악한 것을 보았으며, 차라리 북한이 잘 지내고 잘 산다면 내 마음이 이렇게까지 찢어지진 않을 것이라고.

나는 서른여섯 시간의 강요된 침묵 후 수문을 활짝 열듯이 얼굴이 눈물범벅이 된 채, 타맥도로 위에 서서 이 모든 말들을 쏟아 냈다. 뒤늦게 자책했지만 이것은 사려 깊지 못한 것이었다. 나는 막 비행기에 올라 자유세계로 돌아갈 참이었지만 그는 거기서 꼼짝할 수 없었고 다른 감시원들이 이 광경을 지켜보고 있었다. 그러나 갑자기 그의 얼굴에서도 눈물이 흘러 내렸고 곁의 두 감시원의 얼굴에서도 마찬가지었다. 그들은 아무 말도 하지 않고 그냥 울고 또 울었다.

리 선생을 3년이 지나 여기서 본 나의 첫 반응은 안도감이었다. 그는 공항에서 나와 함께 울었다는 것 때문에 처벌받지 않았다. 그는 무사했다! 그리고는 나는 겁이 났다. 그가 언론인으로서의 나를 만났는데 내가 자신의 앞에 선교사 교사로 서 있다는 사실을 어떻게 해석할까? 나의 입국이 허용된 것은 나에겐 미스터리였다. 조앤과 김 총장은 나를 소설가로 생각했고 그렇다면 위협적이지 않을 것으로 여겼겠지만 어쨌든 내가 작가라는 것을 알고 있었다. 그러나 그들이 구글 검색만 해 봐도 내가 실은 북한에 관한 기사와 칼럼을 여럿 쓴 것을 알아낼 수 있을 것이었다. 가장 최근에 쓴 것은 금기시된 주제인 탈북에 관한 특집기사였다. 하지만 김 총장 역시 나에게 펠로십을 지원한 풀브라이트 재단에 관심이 많아 서울 대표와 미팅을 주선해 달라고 요청해 내가 해 준 일이 있었다. 그리고 막강한 미세스 군드가 나를 그에게 소개해 줬다. 이유야 어떻든 나는 그들의 신원조회를 통과했다.

리 선생은 자기 테이블에 합석하라고 나를 불렀다. 그는 나를 다시 만나 정말로 반가워하는 듯 보였고 나 역시 그에게 밝은 인사를 건넸다.

"안녕하십니까? 여기는 어떻게 오셨습니까?"

그가 물었다.

나는 그저 그가 묻는 대로 맞받아쳤다.

"아, 세상에…… 저는 지난번 마지막으로 선생님을 본 이후 계속 가르치고 있었어요. 처음엔 미국에서, 다음엔 서울, 이번엔 평양에서."

나는 창작 글쓰기를 가르친 적이 있으니 이것은 대부분 사실이었다. 그는 이 대답에 만족스러운 듯 나에게 식사를 권했다. 뿌연 죽 또는 물기가 많은 삶은 쌀밥의 맛은 보이는 그대로였다. 리 선생이 만약 3년 전 우리의 눈물을 기억했다 해도 그는 아무 말도 하지 않았다. 분위기를 바꾸려고 나는 쾌활하게 대답했다. 감시원들은 대부분 농을 즐겼고 빙빙 돌려 말하는 버릇이 있었다.

"저 나이가 더 들어 보이죠?"

내가 그에게 물었다.

"아마 이제 예전의 미모는 한물갔을 걸요?"

"아닙니다. 아직은 고우십니다. 조금만 더 힘내십시오!"

그가 말했다. 우리는 함께 웃었지만 공허하게 느껴졌고 나의 불안감을 쫓기에는 역부족이었다.

이곳은 직원들 구역으로 보였다. 가까이에 약 서른 명의 젊은 여성들이 카키색 군복차림으로 앉아 철제 식판 위로 몸을 구부리고 있었다. 리 선생은 그들이 우리를 안전하게 지켜 줄 경비원들이라고 설명했다. 20대 초반인 그들이 모두 남학생뿐인 평양과기대에 보초로 보내졌다는 것은 믿기 힘들었다. 나는 집에서 멀리 떠나온, 연약하고 남자들보다 숫자도 훨씬 적은 그들에 대해 보호본능을 느꼈다. 도대체 누구를 지켜 준다는 것인가? 교사들 아니면 학생들? 아니면 그들은 교도소의 교도관들과 비슷해서 우리가 도망가지 못하도록 하기위한 것인가? 거기 있는 동안 그들이 늘 캠퍼스를 순찰했고 몇 차례 그들에게 말을 걸려고 시도했으나 그들은 절대 대답하지 않았다.

구내식당 밖에서 단체로 고함치는 행진곡 노랫소리에 이어 갑자기 수십 명의 젊은이들이 연달아 들어왔다. 이어 너 들어오고 더 들어오더니 구내식당이 수백 명의 젊은이들로 꽉 차게 되었다. 10대 후반과 20대 초반인 그들은 흰색 또는 청색 드레스 셔츠와 검은 색 바지를 입고 타이를 매고 있었다. 그들의 첫인상은 군인 같다는 것이었다. 정전 협정이 50년 이상 전에 맺어졌고 세계는 계속 나아가고 있었다. 남한 사람들도 대부분 계속 나아가고 있으며, 비록 남한에서 남성은 병역의무가 있지만 상시적 위협 상태에서 살지는 않는다. 그러나 여기서는 1953년에 누군가가 엄지로 정지 버튼을 누른 채로 학생들조차 전투준비를 하고 있었다.

안에 들어오자 그들은 철제 숟가락과 젓가락을 재빨리 가져와 4인용 식탁의 의자에 앉았다. 나는 다음 날 이후 그들과 함께 앉아도 된다는 사실에, 그리고 북한 젊은이들을 가까이서 알아 갈 수 있게 되었다는 생각에 거기서의 내 시간이 희망적으로 느껴졌다. 내가 한 교사에게 그들이 나와 함께 앉는 것을 어떻게 생각할지 묻자 그녀는 아무 문제가 없을 것이라고, 그들은 모두 영어를 연습하기를 원하고 있다고 대답했다. 이미 나는 그들이 나에 관해 궁금해하고 있음을 알수 있었는데, 몇 명은 식사하는 내내 쳐다보고 있었다. 하지만 내가 그들과 눈을 마주치려고 하자 그들은 얼른 눈길을 돌렸다.

3

대부분의 미국인 교사들이 북한의 젊은이 270명의 교육을 맡은 첫 수업이 공교롭게도 미국 독립기념일인 7월 4일로 맞춰졌지만 아무도 이런 역설적인 점을 알아차리지 못한 듯했다. 이날이면 미국 전역을 뒤덮는 성조기의 빨강, 하양, 파랑 색은 여기에는 없었다. 바비큐도 불꽃놀이도 없었다. 영어를 제2외국어로 가르쳐 본 경험이 없어서 나는 초조하기도 하고 흥분되기도 하였다. 나는 드레스 코드를 기억해 내고 연청색의 단추 달린 셔츠에 긴 회색 스커트를 입고 구두를 신었다. 북한에서 여자들은 일반적으로 바지를 입지 않는다고 얘기를 들은 터였고 종전 평양 방문에서도 바지 차림을 본 것을 기억해낼 수 없었다.

오전 7시 15분에 나는 기숙사 밖, 강의실들이 있는 5층짜리 'IT(정보기술) 빌딩' 건너편에 서 있었다. 그 왼쪽으로는 우리가 처음 차로 들어온 날 보았던 기념비가 있었다. 탑의 한 면에 위에서 아래로 '위대한 수령 김일성 동지는 영원히 우리와 함께 계신다'는 글이 새겨져 있기 때문에 학생들은 그것을 '포에버타워(Forever Tower)'라고 불렀다. 그것은 평양에서 눈에 띄게 높이 솟아 있는 영생탑과 비슷했는데 나는 그런 탑이 전국에 얼마나 많이 있을까 생각했다. IT 빌딩에 가까이 가자 로비의 스피커에서 나오는 음악소리를 들을 수 있었다. 첫날의 그 음악소리는 불길했고 감시당하는 느낌이 더 강해졌지만 곧 녹음된 음악의 폭발적인 침입에 익숙해졌다. 나는 "끝없이 걷고 싶어라, 내 사랑 평양의 밤아"라는 노래 가사를 들을 수 있었다. 이것은 최고 인기 유행가 중 하나인 「지새지 말아다오, 평양의 밤아」라고 한 학생이 훗날 이야기해 주었다.

정문을 들어서자 부스에서 여성 경비원이 고개를 끄덕였다. 계단을 따라 벽에는 '발은 조국의 땅에 굳건히, 눈은 세계로' 그리고 '우리 식으로 생각하고 우리 식으로 창조하자' 같은 격문을 따라 김일성 김정일의 초상화가 걸려 있었다. 2층의 좁은 복도에는 교사 사무실 여러 개가 줄지어 있었고 끝에는 '수령복, 장군복, 대장복'이라고 쓴 세 개의 두루마리로 장식된 공간이 있었다. 한국에서 좋은 부모 사이에서 태어난다면 '부모복'이 있다고 말한다. 결혼을 잘 하면 '남편복'이 있다고 한다. 따라서 두루마리대로 한다면 이 나라는 세 가지에서 복을 타고 났다는 것인데 김정일 장군, 그의 사망한 아버지인 수령, 그리고 그의 어린 아들인 대장이라는 것이다. 이것이 내가 평양 방문길에 우연히 보게 된 추정 후계자에 대한 첫 언급이었다.

홀의 끝에는 신입생 강의실 4개가 있었는데 홈룸 역할도 하였다. 신입생 100명, 2학년생 100명 그리고 약 70명의 대학원생이 있었다. 학교가 열린 지 1년이 안 되었기 때문에 3학년생이나 4학년생은 아직 없었다. 학부생들은 모두 다른 대학에서 편입해 와 이곳에서 신입생으로 다시 시작했다. 김 총장실에서 보낸 메모를 보면 교사는 30명 남짓한데 약 절반이 백인, 나머지 절반이 한국계였으며 세계 여러

나라 출신이었다(남한 국적을 가진 사람은 없었는데 비자 문제 때문이었다). 30명의 교사 중 약 절반은 한국말을 조금이라도 했고 나머지는 하지 못했다.

1학년생은 영어 실력에 따라 4개 반으로 나뉘었는데, 1반이 실력이 가장 세고 4반이 가장 약한 반이었다. 나는 2반과 4반의 읽기와 쓰기(다른 교사들은 말하기와 듣기를 다뤘다)를 매일 오전에 한 시간 반씩 가르치도록 배정받았다. 오후는 오피스아워와 그룹 활동 시간으로 남겨졌다.

우리 교재는 『뉴 호라이즌 칼리지 잉글리시 1』로 중국의 연변과기대에서 사용돼 온 것이고 '카운터파트(counterpart · 담당관)'의 허가를 받은 것이다. 소위 담당관은 강의를 감독하는 북한의 직원들이었다. 교재에서 강의안에 이르기까지 모든 것들은 우리가 학생들과 공유하기 이전에 그들에게 허가를 받아야 했다. 교실에서 별도의 학습교재를 사용하려면 우리는 강의 며칠 전에 허가받기 위해 그들에게 제출하도록 요구받았다. 그해 여름 내내 나는 담당관이 누구인지, 어디 있는지를 정확히 알 수 없었고 가을 학기에 다시 돌아와서는 그들 중 일부에게 영어를 가르치기도 했지만 그 후에도 담당관이라는 소리를 듣기만 해도 가슴이 철렁 내려앉았다.

영어과 주임교사로 단체 e메일에 '주님 안에서'라는 서명을 쓰는 30대 영국 여성 베스는 나에게 강의 조교를 배당하였다. 나의 강의 조교 케이티는 연변과기대에서 교사들의 자녀를 1년간 가르치고 온 코넬 대학의 최근 졸업생이었다. 그녀의 매끄러운 강의 준비 지원은 특히 내가 비밀리에 이 책의 노트를 써넣는 일에 몰두했기 때문에 유용했다. 우리는 매주 예상 진도별로 교재의 장에 관한 대체적인 일정과 베스를 포함한 일단의 교사들이 작성한 오후 활동 목록을 받았다.

그러나 단체 e메일과 직원회의에서, 그리고 조앤과 스카이프로 통화하거나 베이징의 호텔 라운지에서 우연찮게 주고받았던 현지생활 예상 내용들은 훨씬 더 중요한 것들이었다.

비록 약속된 오리엔테이션은 최소한 공식적으로는 갖지 못했지만 나는 내가 할 수 있는 것과 할 수 없는 것, 말할 수 있는 것과 말할 수 없는 것에 관해 나에게 경고하는 긴 목록들을 노트에 끄적거려 모았다.

- 물은 끓여 먹어야 안전하며 방에서 무엇인가를 끓이려면 가스버너를 구입해 설치할 필요가 있을 것이다. 아니면 정수기를 가져가라. 물 위생상태가 나빠 최근 학교가 위치한 락랑지구에서 파라티푸스 문제가 있었다.

- 수업하러 갈 때 업무상 회의에 가듯이 옷을 입어라. 여성은 스커트와 재킷, 남성은 바지와 재킷이 좋다. 너무 화려하지 않게 입어라. 금속편을 단 재킷 같은 많은 장식이 달린 옷은 피하라. 캠퍼스 주변에서는 점잖게 입어라. 반바지나 티셔츠, 캐주얼 샌들은 숙소에서만 허용된다. 청바지도 금지다. 김정일은 청바지를 미국과 연관 지어 싫어한다.

- 가끔 있는 쇼핑이나 견학을 제외하고 기회는 없겠지만, 캠퍼스 밖으로 나갈 때 쳐다보는 태도나 말하는 내용에 주의하라. 누구에게도 접근해서 대화를 시작하지 말라. 해야만 한다면 그럴 만한 이유가 있어야 한다. 감시원과 운전사가 항상 당신과 동행할 것이다. 촬영한 사진이나 동영상은 감시원이 검토할 것이다. 외부 사진을 찍으면 문제가 될 수 있다.

- 모든 외출은 사전에 허가를 받아야 한다. 출입 중 기념물을 방문하거나 외국인 전용 식당에서 식사를 하면 감시원과 운전사 몫 비용도 내야만 할 것이다. 차량 기름 값도 내야 한다. 유로나 중국 인민폐, 미국 달러는 받지만 북한 원은 보통강백화점이나 통일상점에서만 쓰인다. 학교 측이 캠퍼스에 작은 매점을 설치할 것이므로 이런 외출도 곧 축소될 것이다.
- 평양 시내에 외국인을 위한 친선병원이 있어 외교사절들이 사용하고 있으며 캠퍼스에도 양호실이 있지만 필요해질 수 있는 약은 가져가라.
- 자신이 쓸 랩톱컴퓨터를 가져가는 것은 본인 책임이다. 음악을 들으려면 CD들보다는 아이팟을 가져가라. CD는 다른 사람에게 전달될 수 있기 때문에 두려워하는 대상이다. 주말에 랩톱을 교무실에 두고 오면 그들이 그것을 검사할지 모르므로 물건들을 그냥 놔두지 말라.
- 캠퍼스는 밤에 불을 켜지 않고 전기가 때때로 끊기므로 플래시는 하나 이상, 배터리는 많이 가져가라.
- 현금을 가져가라. ATM이나 신용카드를 쓸 수 없을 것이다.
- 학생들에게 말할 때 대화의 화제에 관해 매우 주의하라. 정치 이슈, 아주 개인적인 것들, 또는 외부 세계에 관한 것들은 멀리하라. 토론의 특정 주제를 먼저 제시하지 말고 자신의 문화를 지나치게 열심히 말하지 말라.
- 식사할 때 기도하기 위해 고개를 숙이거나 손을 모으거나 눈을 감지 말라. 눈을 뜨고 기도하라. 종교에 관해서 아무것도 말하지 말고 서로를 부를 때 종교적인 호칭을 사용하지 말라. 학생이 다가와 성경을 요청하면 매우 공손하게 그렇게 할 수 없다고 말하라. 이런 요청들은 당신을 떠보기 위한 것일 가능성이 항상 있다. 지난 학기 한 교사가 감시원의 속임수에 넘어가 출국하도록 요구받았던 사례가 있다.
- 그들의 나라에 뭔가 잘못이 있다는 식의 암시를 결코 하지 말라.

- 방에서 인터넷을 쓸 수 있게 될 것이고 긴급 상황이면 김 총장실에서 전화와 팩시밀리를 사용할 수 있게 되겠지만 통신은 감청당할 것이다. 인터넷에서 어떤 사이트를 방문하는지 주의하고 집에 편지를 쓸 때는 모든 것에 대해 긍정적으로 말하고 정치는 논의하지 말라.

- 공표되고 미리 허가받은 것을 제외하고 외국 잡지나 책은 평양에 반입할 수 없다. 책은 이리저리 돌려질 수 있기 때문에 e북보다 더 문제가 된다.

- 위대한 수령, 친애하는 수령, 경애하는 수령 같은 어휘 구사에 유의하라. 이런 호칭은 주의 깊게 사용돼야 하며 차라리 그런 호칭을 아예 논의하지 않는 게 더 낫다. 사진을 다루는 데 있어서도 유의하라. 예를 들어 고려항공은 기내 잡지를 제공한다. 한 권을 사무실로 가져왔고 그 잡지 표지에 김정일 사진이 있는데 실수로 당신이 그걸 깔고 앉았다 치자. 그러면 사진은 사람과 같기 때문에 당신이 크게 곤란해진다. 북한 사람이라면 누구나 달고 있는 배지의 김일성 초상화도 마찬가지다. 이들은 최소한 공식적으로는 신으로 간주된다. 이들의 영상물을 던져 버리거나 접거나 찢거나 손상해서는 안 된다는 점을 명심하라. 그런 사진에 손가락질을 해서도 안 된다. 이런 것은 무례한 행위로 인정되고 당신은 처벌받게 될 것이다.

- 만일 누군가 다가와서 정치에 대해 물으면 "나는 모른다"라고만 대답하거나 "아, 그래요?"라고만 말하라. 이걸로 대화를 끝내라.

- 통일은 민감한 주제다. 언급하지 말라.

- '북한'이나 '남한'이라고 말하지 말라. '조선'이 북한 스스로를 칭하는 국명이다.

- 한국어를 말하지 말고 항상 영어를 사용하라. 당신 주변의 많은 사람들이 영어를 알고 당신이 말하는 것을 이해하므로 말하는 내용에 유의하라.

- 경호원이나 감시원과 긴 대화를 하지 말라.

- 비교를 하지 말라. 비판적인 것으로 해석될 수 있으므로 예를 들어 그들의 음식이 당신의 음식과 다르다고 말하지 말라.
- 외부에서 현지 주민들과 식사하는 것은 금지되어 있다.
- 선물을 주는 데 유의하라. 한 사람에게만 물건을 줘서는 안 되며 모두에게 나눠 줘야 한다. 그렇지 않으면 그것은 뇌물로 간주될 수 있다.
- 평양에 사는 것은 어항 속에 사는 것과 같다. 당신의 말과 행동은 감시될 것이다. 숙소조차 안전하지 않을 수 있다. 그들이 당신의 물건들을 살펴볼 수 있다. 만약 일기를 쓰고 있고 칭찬하는 것이 아닌 무엇인가를 적는다면 일기를 방에 두지 말라. 당신의 방에서조차 당신이 말하는 것이 녹음될 수 있다. 마음에 있는 모든 것을 말하지 않고 정부나 비슷한 것들에 대해 비판하지 않는 습관을 기르면 실수하지는 않을 것이다.
- 평양에서 나오면 언론과의 모든 인터뷰를 피하라. 아무하고나 이곳 일에 대해 의논하지 말라. 평양과기대에 관한 어떤 정보도 언론에 주지 말라.

처음에 써 내려갈 때는 터무니없어 보였던 이런 규칙들에 내가 벌써 적응하는 걸 보니 놀라웠다. 이제 오전 8시, 교실에 들어서며 나는 내가 금지된 모든 화제들을 기억하기 바랐다. 심호흡을 하고 보니 산뜻하게 차려입고 꼿꼿이 앉아 있는 26명의 젊은이들 앞에 내가 서 있었다.

맨해튼에서 글을 쓰고 있는 지금도 그 첫 만남을 떠올리면 내 심장이 더 빨리 뛴다. 아주 이상하게도 내 마음에 온 첫 단어는 '아름다움'이었다. 교실에서의 그 첫 순간에 관한 무엇인가가 아주 깨끗하고 평화롭게 느껴졌는데, 그것은 마치 모든 것이 고요해졌고 거기서 내가 발자국 없는 하얀 눈밭으로 첫걸음을 딛고 있는 것 같았다. 그들은 어렸으며, 아름다웠다. 하지만 이 점에 관해서는 확신할 수 없다. 왜냐하면 나는 곧 그들을 나의 아이들인 것처럼 바라보기 시작했고 내가 그렇게 보지 않았던 시간을 더는 기억할 수 없기 때문이다.

　전날 밤 케이티가 수업 계획을 짜는 것을 돕기 위해 내 방으로 왔다.

"힐을 신다 보니 물집들이 생겼어요."

　그녀는 이렇게 말하면서 신을 벗어 던지고는 소파에 털썩 앉았다. 그러고는 아주 어린 소녀처럼 무뚝뚝하게 발바닥을 문지르면서 눈을 찡그렸다.

"우와, 이 방에는 TV가 있네요."

　그녀는 탄성을 지르며 리모컨을 눌렀지만 몇 개의 중국 채널과 CNN아시아만 나오자 갑자기 흥미를 잃고 꺼 버렸다. 그녀는 TV를 거의 보지 않으며 자기 방에는 TV가 없다고 말했다. 중국 연변과기대에서 가르칠 때 그녀는 성경을 읽은 뒤 보통 오후 8시면 잠자리에 들었는데 여기서도 그녀의 주 관심사는 똑같았다. 담당관들의 허가를 받은 저녁나절의 성경공부와 일요 예배가 교사 기숙사 3층 회의실에서 있었다. 학교가 복음주의 기독교 단체에서 나온 돈으로 건설되었고 유지되기 때문에 선교사들은 학생들에게 비밀로 하고 이들을 개종시키려 하지 않는 한 종교의식을 올릴 수 있었다. 선교사들은 학교에서 봉급을 받지 않았고 고향의 교회로부터 개별적으로 자금지원을 받고 있었다.

"저는 평생, 다른 사람들처럼 이곳으로 오려고 기다리지 않았어요.…… 저는 겨우 스물세 살인 걸요."

그녀는 어깨를 으쓱하면서 말했다. 규정에는 속삭임에 관한 것은 없었지만 대화가 종교로 옮겨 가자 우리는 목소리를 낮췄다. 만일 우리 대화가 녹음되고 있더라도 우리 목소리를 감출 수 있게 TV를 다시 켜 놓았다. 그녀는 연변과기대 교사의 상당수가 평양과기대로 오기 위해 10년가량 기다렸지만 대부분이 남한 국적자여서 비자가 나오지 않았다고 설명했다. 북한은 복음주의 기독교의 성배 격으로 전 세계에서 깨기가 가장 어려운 곳이었고 이 나라 사람들을 개종시키는 것은 선교사들에게 천국의 자리를 보장하는 것이 될 것이었다. 케이티가 평양과기대에 오는 길은 더 쉬웠다. 그녀는 중동의 기독교 비정부기구(NGO)에서 9월경 일자리가 나오기를 기다리고 있었다.

"조앤이 여름에 이곳에 오지 않겠냐고 물어봐서 좋다고 말했죠."

그녀는 나에게 말했다.

"주님이 행하시는 거니까요."

그녀는 가능성으로 넘치는 미래를 가진 젊은 사람으로서 쉽게 말했다. 그녀는 확신하지는 않지만 연말께 로스쿨에 지원할지 모른다고 덧붙였는데, '할지 모른다'는 단어에서 망설이면서 슬쩍 고개를 옆으로 기울였다.

순간 나는 갑자기 부러움을 느꼈다. 대학 졸업 후 세상을 경험하기 위해 백 팩을 메고 홀로 떠난 떠돌이 생활 수년간이 떠올랐다. 나는 그때 내 한계에 도전하면서 인생 모험 놀이를 하고 있다고 생각했지만 대부분의 시간에 무언가에 쫓기듯 두려워했고 유럽과 중미를 넘나들며 우중충한 호스텔 방에서 명확한 이유 없이 울어 댔다. 그러나 세월이 마술을 부려 그 동떨어진 곳에서 그 당시 겁먹고 있던 소녀는 이제는 사라져 아주 가늘고 섬세한 실로 녹아들어 내 손에 만져지다가 다음 순간 놓쳐 버려 잡히지 않았다. 하지만 거의 20년 뒤인 지금 그녀가 여전히 불안하고 여전히 두려워하면서 다시 나타난 듯 느껴졌다.

케이티는 많은 젊은이들이 남들의 관심을 당연시하듯 쾌활하게 자신이 살아온 이야기를 내게 들려주기 시작했고 나는 실제로 흥미가 있었다. 그녀의 미국인 아버지가 남한에서 온 교환학생이던 어머니를 만난 것은 대학교에서였다. 그들은 지금 메릴랜드에 사는데 아버지는 엔지니어로 일한다고 했다. 아버지는 케이티가 북한 노동당 간부의 눈길을 끌게 될까 봐 걱정했다고 그녀가 웃으면서 말했다. 그녀는 자신에게 생길 수 있는 가장 나쁜 일은 추방당하는 것이라고 아버지에게 말했는데 어머니는 "가장 나쁜 일이라니, 무슨 말이냐? 그게 가장 좋은 일일 거다! 최악의 일은 그들이 너를 잡아 두는 거란다"라고 말했다고 했다.

나는 그녀의 아버지와 같은 생각이었고 그녀가 걱정됐다. 케이티는 170cm가 넘는 큰 키에 어깨까지 내려오는 갈색 머리와 크림 톤의 얼굴에 때로는 녹색을 띠는 갈색 눈을 갖고 있어 오묘하게 아름다웠다. 케이티의 아버지는 북한 사람들이 한밤중에 그녀를 휙 채갈 수 있다고 생각했다지만 나는 그녀가 중동으로 홀로 떠날 것이 더 불안했다. 내가 이런 걱정을 말하자 그녀는 갑자기 조용해졌다.

"나는 남자들과 가까이 하지 않아요"라고 그녀는 말했다. 그녀는 절반의 한국인이라는 점이 항상 쉬운 일은 아니었다고 말했다. 그녀는 한국어를 많이 알지 못했지만 혼혈아에 대한 경멸적인 단어인 '튀기'라는 단어를 알고 있었다. 대학 시절 그녀는 사랑했던 한국계 미국인 남자 친구가 있었다. 그녀는 문중의 종손인 남자 친구가 혼혈인 여성과 결혼할 수 없을 것이라는 걸 알고 남자 친구에게 이것 때문에 걱정이라고 말했더니 그는 그들이 결혼할 때가 되면 그의 조부모는 세상을 떠날 것이기에 문제가 없을 것이라고 장담했다. 하지만 이들의 인연은 좋지 않게 끝이 났고 그녀는 홀로 남겨졌다. 그 후 그녀는 곧 신에게서 안식처를 찾았다. 그녀는 크리스천으로 자랐지만 그때까지는 독실하지 않았었다. 그녀는 신을 제외한 누구에게도 자신의 마음을 결코 주지 않을 것이라고 맹세했다. 신은 인간들처럼 그녀를 실망시키지는 않을 것이기 때문이었다.

그때 내겐 사람의 고통에 대한 문턱은 저마다 다르다는 생각이 스쳤다. 어떤 이들에게는 사랑의 종말이 안식처를 위해 종교에 귀의하도록 하기에 충분히 충격적이다. 또 다른 사람들에게는 그것은 단지 미래의 사랑을 위해 가슴에 담아 둘 만한 교훈적인 이야기일 뿐이다. 케이티처럼 나도 나쁜 인연의 상처를 떨쳐 버리지 못하고 수년간 그 고통을 품고 있었다. 그러나 이제 이렇게 멀리 와 버리니 내가 왜 그렇게 오랫동안 불행 속에서 못 떠나고 남아 있었는지를 이해하기가 어려웠다. 때로는 감옥 안에 오래 있을수록 담 너머에서 무엇이 가능한지를 헤아리는 것이 더 어려워진다.

그날 밤 우리는 할 일이 있었다. 첫 수업은 편지쓰기에 관한 것이었고 케이티와 나는 학생들에게 무엇이든 원하는 것을 우리에게 편지로 쓰도록 해서 그 편지로 영어 실력을 측정하기로 결정했다. 많은 학생들이 기본적인 편지 작성법도 모르며 우리가 그것을 학생들에게 설명해 줘야 한다고 베스가 알려 줬기 때문에 우리는 되도록이면 간단하게 설명하기로 했다. 어쨌든 북한의 우편체제가 얼마나 잘 작동하는지는 분명치 않았다. 우체통이 있는 것 같지 않았고 편지 배달에는 오랜 시간이 걸리는 듯했다. 게다가 내용이 검열당한다고 의심하면 편지는 그 의미를 잃고 만다.

"당신이 나를 잊으면 어떻게 하지?"

나는 비행기 이륙 전에 JFK 공항에서 애인에게 물었다. 전화의 반대편 끝에서 그는 아무 말이 없었다. 그는 수개월 후에 어떤 감정일지를 몰랐거나 아마도 내 질문이 어린애처럼 순진하다고 여기는 것 같았다. 열세 살 이후로 나는 어느 곳이든 떠날 때마다 늘 내가 잊히는 걸 두려워했다. 하지만 나의 목적지는 북한이고 내가 언제 돌아올지 보장이 없었기에 그는 어떤 약속도 하지 않았다. 우리가 만일 약속을 걸고 맹세했다고 해도 약속은 단지 말에 불과했을 것이다. 그러나 나는 작가다. 언어가 흘러가는 시간의 불확실성을 가려 줄 뿐이라고 해도 나는 언어의 힘을 믿었다.

국경의 이쪽 편에서는 어쨌든 그에게 연락할 길이 없었다. 며칠 후 나는 학교 측이 교사 기숙사에 인터넷 서비스를 연결할 것이고 그러면 교사들만 e메일을 쓸 수 있게 될 것이라고 들었다. 그러나 나는 규정집을 통해서 감시하는 누군가가 우리의 화면에 뜬 것을 모두 볼 수 있을 것이라는 점을 이미 알고 있었다. 나는 조앤이 권하는 대로, 그들이 가능하면 조금밖에 들여다보지 못하도록 특별히 평양 체류 동안 사용할 새로운 e메일 주소를 만들었다.

그리고 나는 전쟁 후에 국경의 양측에서 끝나 버린 과거의 연인들을 그려 보았다. 그 후 편지도 전화도 가능하지 않았다. 나는 그들이 사랑하는 사람의 신호를 기다리고 기다리는 것을 상상하였다. 나의 외할머니와 나의 대고모가 틀림없이 느꼈을 상실감과 갈망처럼 자식에 대한 어머니의 절망적으로 애타는 심정을 나는 경험한 적이 없다. 그러나 나는 사랑하는 사람들의 연민과 정열은 이해하였고 며칠이 몇 주로, 다시 몇 년이 돼 가고 결국 나머지 인생 전부가 돼 가는 동안 국경이 열리기를 기다리는 그들을 상상해 보았다. 나는 단지 한 사람이 아니라 한 나라 전체가 그리워하는 것을 상상하였다. 더 이상 이런 가혹한 장거리 연애는 없을 것이다. 영원한 기다림은 믿음의 시험대가 되었을 것이다. 누가 사랑하는 사람에게 가장 오랫동안 한마음으로 남아 있을 수 있는가? 사랑은 모든 것을 치유하지 못했다. 사랑하는 사람들은 사랑한 죄로 처벌받았으니 강요된 이별은 그들의 심장에서 피를 흘리게 했다. 나는 이런 갇힌 마음이 펄펄 끓어올라 둘로 갈라져 병든 한반도의 공중으로 퍼지고 땅속으로 조용히 스며드는 것을 상상하였다.

그 첫날 오전, 내가 긴장한 듯 보이는 그들의 얼굴을 바라보고 서 있는데 한 소년이 자리에서 일어나자 다른 아이들도 뒤를 따랐다. 그들은 영어로 "안녕하십니까, 교수님"이라고 한꺼번에 소리쳤다. 나는 교실을 훑어보고는 말했다.

"안녕하세요, 젠틀맨!"

나는 내가 그들에게 '젠틀맨'이라고 인사한 이유를 잘 모른다. 그것은 결코 내가 미국 대학생들을 부를 때 사용했을 단어가 아니었다. 아마도 특별한 이 아이들이 그 특별한 순간에 너무나 티 없이 깔끔하고 질서 정연해서 나의 아버지가 자신이 흠모하는 외국인 남성을 묘사할 때 젠틀맨이라는 단어를 가끔 쓴 것이 기억났던 것 같다. '젠틀맨'은 한국어에 스며든 영어 단어의 하나로 늠름하고 모던한 남자를 드러내는 말이었다.

소년들은 웃음을 터뜨렸다. 일부는 당황해하며 킥킥거렸다. 실제 수업이라기보다 서로 알아가기 위한 대화 방식의 첫 수업은 그렇게 시작되었다. 나는 그들에게 나와 케이티에 관해 무엇이든 알고 싶은 것을 물어보라고 했다. 그들은 한 명씩 의자에서 일어나서 질문했다.

"가족이 몇 명 있습니까?"

"생일은 언제 입니까?"

"좋아하시는 색깔은 무엇입니까?"

한 소년이 물었다.

"오늘 아침에 교실로 걸어오시면서 밖에 핀 꽃들을 보셨습니까?"

그 꽃은 내가 본 작은 오렌지색과 핑크색 꽃이 틀림없었는데, 케이티가 재빠르게 물었다.

"너희가 심었니?"

그들은 수줍은 미소를 지으며 고개를 끄덕였다.

갑자기 수년 전 내가 학부생들에게 창작 글쓰기를 가르쳤던 미국 중서부의 한 사립대학에서 있었던 비슷한 순간이 기억났다. 수업 첫 시간에 나는 학생들에게 무엇이든 물어보라고 말했다. 나는 당연히 그들이 글을 잘 쓰는 비법에 관해 알고 싶어 할 것이라고 믿었고, 나는 비법이란 없으며 그래서 우리 모두가 자신만의 목소리를 찾아야만 한다고 말하면서 그들을 맞이할 준비가 돼 있었다. 하지만 그러기는커녕 그들은 단 한 가지 질문만 했다.

"우리 학교가 강의를 해 달라고 당신에게 부탁했나요? 아니면 당신이 지원했나요?"

메시지는 간단명료했다. 그들은 내가 자신들의 등록금 값어치가 있는지 알고 싶어 했던 것이었다. 그 순간은 차가운 물을 끼얹는 것 같았고 나는 그 후 그 장면을 다시는 떠올리고 싶어 하지 않았다. 나는 비슷한 나이 또래의 젊은이들이 이처럼 다르게 생각하도록 만든 것이 무엇인지 궁금했다.

나의 첫 수업 반 학생들은 영어가 가장 약한 것으로 평가되는 4반이었지만 내가 그들을 이해하는 데는 아무 문제가 없었다. 하지만 역시 다음 반인 2반은 훨씬 영어를 잘했고 그들의 질문도 훨씬 수준 높았다. 한 학생이 케이티에게 물었다.

"선생님은 아시아 사람처럼 보입니다. 한국인입니까?"

케이티는 자기 어머니가 한국인이고 아버지는 미국인이라고 말해 줬다. 나로서는 그녀의 대답이 그들에게 이해됐는지 알 수 없었지만 학생들은 고개를 끄덕였다.

그러자 키가 큰 한 소년이 자리에서 일어나 나에게 비행기 멀미를 했는지 물었다. 그는 최근 비행기를 탔을 때 몹시 흔들렸다고 말했다. 어디로 비행기를 타고 갔느냐고 내가 묻자 그는 국내선이었다고 중얼거렸다. 나는 그때까지 북한에서 국내선 항공편이 있다는 말은 듣지 못했었지만 더는 캐묻지 않는 것이 최선이라고 생각했다. 아마 그는 비행기 여행을 경험한 선택받은 소수 중의 한 명이었을 것이다.

나는 학생들에게 주제를 마음대로 골라서 나 또는 케이티에게 영어로 편지를 쓰라고 했다. 나는 칠판에 공식적인 편지 쓰는 법, 즉 날짜, 'Dear 아무개'라는 인사말 다음에 콤마를 쳐야 한다고 말해 주고 몇 가지 예문과 함께 '올림' 등을 쓰는 방식을 보여 주었다. 대학생들에게 아주 기본적인 것을 가르치는 것은 이상하게 보였다.

내가 손가락 사이에 분필 조각을 들고 칠판을 바라볼 때 내 얼굴을 30도 위로 기울이면 김일성과 김정일 — 사망한 한 사람과 친애하고 위대한 생에 필사적으로 매달리고 있는 나머지 한 사람 — 의 초상화를 정면으로 쳐다볼 수 있었다. 그리고 학생들을 볼 때면 내 시선은 그들 뒤의 아주 비슷한 두 개의 표어에 고정되었다. 김일성에 헌사된 '당은 학생들이 책을 많이 읽고 학습을 잘 하라고 대학에 보냈습니다'와 김정일이 말한 '우리 당은 학생들이 학습에 진심 전력할 것을 바랍니다'라는 것이었다. 모든 학생들은 항상 붉은 바탕에 김일성의 작은 초상화를 넣은 배지를 왼쪽 가슴에 달고 있었는데 아마도 이곳이 심장과 더 가깝기 때문인 것 같았다.

나는 그들에게 편지란 것이 단문 연습에 편리할 뿐 아니라 내가 그들을 더 잘 알 수 있는 방법이기도 하며, 편지에 점수를 매기지는 않을 것이라고 말했다. 이걸 듣더니 그들은 안도하면서도 실망하는 듯 보였다. 나는 그들이 점수를 매기기를 원하는지 아닌지를 분간해 낼 수 없었다. 첫 며칠간 학생들이 내가 말하는 모든 것에 대해 아주 열심히 고개를 끄덕였어도 나는 그들이 모두 이해했는지 확신하지 못했다. 그들이 편지를 제출했을 때 나는 그들 대부분이 내가 제시한 예문들을 단어 하나하나, 'Dear 아무개'로 시작해서 '수키 올림'이라는 서명까지 그대로 베꼈다는 것을 알았다.

그들은 자신의 가족, 영어실력을 늘리겠다는 열정적인 의욕, 그리고 한 학생이 골프에 대한 자신의 열정과 얼마나 자주 라운딩을 하는지를 쓰긴 했지만 주로 농구와 축구 같은 스포츠에 대해 썼다. 그들 중 다수는 아버지가 의사이거나 과학자라는 것을 알게 됐다. 한 학생은 자신의 가족이 몇 주 전에 장군님 덕분에 만수대거리로 이사했다고 썼고 다른 학생은 통일거리의 좋은 집을 언급했다. 여기서 나는 만수대거리와 통일거리가 사람들이 부러워하는 주소라는 사실을 알게 됐다. 다른 학생은 평양의 최고 식당 옥류관에서 가족과의 외식, 가장 좋아하는 취미인 요가에 대해서, 그리고 사탕을 싫어하는 이유를 썼다. 세 번째 학생은 자신의 친구는 아버지가 외교관이어서 베이징에서 태어났다고 썼다.

이들은 언론매체에서 묘사되고 내가 자주 보았던 북한 주민은 아니라는 것이 확실했다. 나는 수개월간 서울은 물론 중국 국경마을에서도 탈북자들을 면담했었는데, 그들의 증언 가운데 이들 젊은이에 대해 내가 준비할 수 있게 해 준 것은 아무것도 없었다. 탈북자의 대부분은 중국과 연해 있고 평양에서 아주 먼 북쪽 국경 출신의 굶주린 농부들이었다. 하지만 나의 학생들은 북한의 상위 계층 출신이었다. 대다수가 미국으로 치면 하버드나 MIT에 해당하는 김일성종합대학이나 김책공업종합대학에서 전학해 왔다. 그들은 옛 학교의 명성과 친구들을 그리워했다. 어떤 학생들은 교사들이 전원 외국인들이고 영어로 수업을 하는 정부의 새로운 실험 대상이 되는 것을 못마땅해하는 듯 보였다.

흥미롭게도 마치 그곳에는 가지 않겠다는 암묵적인 합의라도 있었던 듯이 첫 번째 편지에서 위대한 수령 이야기를 꺼낸 학생은 거의 전무했다. 다만 한 학생은 이렇게 썼다.

주체사상은 가장 정확하고 유일한 것이다. 그것은 세계 혁명의 길을 밝혀 주고 있다. 위대하신 수령님은 주체사상을 혁명과 건설의 전 과정에 적용하였다. 그가 우리의 혁명을 옳게 이끌어 우리나라가 빈국에서 강성대국으로 성장하였다. 요즘 그의 사상은 세계 최고의 것으로 존경받고 있다.

2교시가 끝나기 약 5분 전 나는 창가에서 초조하게 쳐다보며 나에게 밖으로 나오라는 몸짓을 하는 학과장 베스의 얼굴을 보았다. 내 심장이 내려앉았다. 내가 잘못을 저질렀다는 건가? 부적절한 발언을 해서 첫 시간부터 학생에 의해 보고가 되었는가? 각 반에 '소대장'이 있어서 내가 걸어 들어갈 때 학급 학생들에게 일어나서 "안녕하십니까"라고 외치라고 구령을 붙이고 나에게 출석부를 전달했고 나는 출석부에 매일 가르친 것을 간략하게 적어 넣어야 했다. 나는 누군지는 모르지만 부소대장과 서기도 있다는 것을 알게 되었는데, 50대 한국계 미국인 선교사이며 담당관들과의 연락을 맡고 있던 조지프 박사는 이들 중 누군가가 또는 다른 학생들이 우리에 관해 보고를 하거나 수업을 MP3로 녹음할지도 모른다고 말해 주었다. 그는 담당관들은 학생들의 보고서를 읽거나 녹음을 들어 보고 우리 수업을 참관할 수도 있다고 말했다. 나는 이렇게까지 와서 쫓겨날까 봐 겁이 났다.

나의 우려는 근거가 없었다. 수업 시작 직전 교실 변경이 있었는데 그게 내게 전달되지 않아 내가 다른 교실로 잘못 들어간 것이었다. 2반 대신 내가 가르친 반은 1반이었다. 혼동 때문에 소동이 빚어졌고 베스는 내가 계속 1반을 가르칠지 아니면 2반에서 새로 시작할지 확신하지 못했다. 베스는 1반은 우수한 26명의 신입생들이고 4반은 실력이 가장 떨어지는 24명이 있었는데 그들의 수준이 천차만별이어서 나의 일거리가 더 많아진다는 것이 걱정이라고 말하면서 자신은 내가 결정하는 대로 가르칠 수 있게 담당관들에게 허가를 요청하겠다고 덧붙였다.

나는 망설였다. 한편으로는 가르치는 부담이 더 커지면 내가 거기 있는 실질적인 이유인 글쓰기를 위한 시간을 빼앗긴다는 것이 우려됐지만 학생들의 극단적인 점을 경험하는 것도 아주 좋은 기회일 수 있기 때문이었다. 수업 후 여전히 마음의 결정을 하지 못한 채 구내식당으로 들어가 교사와 대학원생 줄에 서자 1반 학생 몇 명이 불안한 얼굴로 나에게 달려왔다.

"우리 선생님이 돼 주실 겁니까?"

그들은 물었다. 이 작은 공동체에서 소문이 빨리 돈 것 같았다. 어디서든 웬만한 것은 다 눈에 들어오기 때문에 놀라운 일은 아니었다.

"그게 너희들 모두가 원하는 것이니?"

나는 물었다. 그들은 마치 내가 자신들에게 생애 최대의 선물을 주려고 한다는 듯 열심히 고개를 끄덕였다. 그래서 바로 그때 결정이 내려졌는데, 그때는 이해하지 못했지만 그것은 단지 그들의 선생이 된다는 결정 이상의 것이었다.

구내식당에서 베스를 보고 내가 1반을 계속 맡겠다고 말하자 그녀는 나에게 일이 더 많아질 것이라고 상기시켰지만 나는 그 순간에는 그들의 선생이 되는 것이 일로 보이지 않았다. 그것은 다른 아이 대신 한 아이를 선택하는 것 같았는데 나는 가끔 내가 만일 교실을 잘못 찾아가지 않았더라면 나의 경험이 얼마나 달라졌을지를 생각했다. 왜냐하면 1반은 사실 가장 우수한 특별학급이었는데 이것은 그 세계에서는 다른 무엇보다도 질서를 아주 잘 따른다는 점을 의미했다. 그리고 4반보다 1반에서 더 유별나게 보이는 바로 그 점이 앞으로 수개월간 나로 하여금 신경을 쓰게 했다.

베스와의 대화 이후 나는 점심 배식 줄에서 몇몇 소년들이 나를 골똘히 쳐다보는 것을 보았다. 나는 그들에게 '예스'라고, 진심으로 그들의 선생이 되겠다는 신호로 미소를 짓고 고개를 끄덕였다. 답장으로 받은 기쁨에 넘친 그들의 표정은 강의 첫날을 잊지 못하게 만들었다. 이 젊은이들은 여러 점에서 마치 자신들의 운명을 결정하기라도 하는 듯 아주 연약하고 순진무구하게 나의 일거수일투족에 매달리는 어린이들 같았다. 훗날 나는 내가 그들을 사랑하게 된 것이 이미 그 순간에 결정된 것은 아닌가 하고 생각하게 되었다. 우리는 누군가가 우리를 필요로 해 주기를 원한다. 우리는 우리를 원하는 사람을 사랑한다.

4

　나는 남쪽 출신이다. 수 세대 동안 아버지의 광산 김 씨 일족은 반도의 8도 중에서 충청도에 자리를 잡았다. 나는 어린 시절의 대부분을 거기서 보냈는데, 산들로 둘러싸인 아주 큰 집에서였다. 그곳 사람들은 기질이 부드럽고 순한 것으로 알려져 있지만 아마도 그 평판은 바다가 가까이에 없는 것을 아쉬워하는 그들을 위로하느라 다른 지방 사람들이 지어냈는지도 모르겠다. 나는 바다처럼 파랗게 물든 하늘을 자주 올려다본 것을 기억하는데, 그것은 맨해튼 섬에서의 장래 삶의 징조였는지도 모르겠다.

　가끔 나와 오빠와 언니를 앉혀 놓고 우리 가문의 우수성을 짚어 나가던 할아버지 얘기로는 광산 김 씨는 한국에서 앞서가는 유학자들을 배출한 것으로 유명했다. 대한민국 가문 중 우리가 가장 훌륭했고 수백이나 되는 김 씨 가문 중에서도 품격이 가장 높았던 것이 확실하다고 할아버지는 늘 말했다. 우리는 김해 김 씨 같은 무장들도 아니었고, 안동 김 씨처럼 세속적인 야망이나 명예에 집착하지도 않았다고 한다. 우리는 싸움보다 사유하기를 좋아했고 때로는 임금의 스승으로 봉직하였었다. 우리 조상 중 가장 유명한 분은 16세기 부자학자인 김장생(사계)과 김집(신독재)인데, 모두 동방 18현으로 문묘에서 배향한다고 들었다. 나는 요즘도 서울에 들러 수백 년 동안 임금들이 살던 고궁을 지나다 보면 할아버지의 의기양양하고 호탕한 웃음을 떠올리고 그 웃음에 꼭 따라붙는 '우리 조상이 없었다면 한국은 지도 철학이 없었을 것'이라는 주문을 떠올린다.

수년 후 나는 한국의 남동쪽, 아름답고 절들이 흩뿌려져 있는 경상도를 여행했는데, 길에서 전통 도포를 입고 말총과 대나무로 만든 갓을 쓴 어떤 노인이 나를 불러 세웠다. 그 지역은 전통에 충실한 것으로 유명한 곳이었다. 설날과 추석에 가문의 종손이 돌아가신 부모와 조상의 제사를 모시는 다른 지방과 달리 그곳에서는 심지어 몇 세대 조상에게까지 모든 추모일에 제사를 지냈다. 며느리는 1년 내내 밥 짓고 쓸고 닦아야 하고 계속 대를 이을 후사를 낳으라는 압력을 받기 때문에 어떤 어머니도 딸들이 그 지역으로 시집가기를 원하지 않는다는 말이 있었다. 내가 친구와 영어로 말하는 것을 들은 노인은 나에게 어디 출신이냐고 물었다. 나는 서울에서 태어났지만 뉴욕에 살고 있고 우리 가족은 원래 충청도 출신이라고 한국말로 대답했다. 그 말에 그는 만족스레 고개를 끄덕이더니 "그럼 본관은 어딘가?" 하고 물었다. 내가 광산 김 씨라고 대답하자 그의 얼굴이 밝아졌다. 그는 생각에 잠겨 다시 고개를 끄덕이고는 이렇게 말했다.

"이런, 대단한 집안 출신이군. 가장 훌륭하다고 할 수 있지. 너희는 대한민국에서 둘째로 훌륭한 가문이다!"

누가 첫째냐고 묻자 그는 내가 아직 모르고 있다는 것을 믿지 못하겠다는 듯이 크게 외쳤다.

"그거야 당연히 우리 풍산 유 씨지."

그러고는 16세기 왜적의 침략 때 한국을 구한 자신의 한 조상에 대해 말하기 시작했다. "나의 조상의 조상의 조상이 없었더라면 우리나라는 없었을 거다!"라고 그는 자랑스럽게 말했다.

나의 아버지는 지금도 1년에 두 차례씩 그가 사는 뉴저지 포트리 근처의 한식당에서 열리는 광산 김 씨 지역문중회의에 참석한다. 약 스무 명이 김치찌개와 감자탕 같은 한국음식을 놓고 둘러앉아 나의 조부모를 포함해 충남 논산시 연산면에 묻혀 있는 우리 조상들의 빛나는 업적들을 이야기한다. 유가의 효자라면 마땅히 해야 하는 묘소 돌보기를 할 수 없는 나의 아버지는 죄의식에 사로잡혀 있다. 차 없이는 묘소에 가기도 어려웠지만 나는 어느 해에 아버지를 대신해 한국에 들렀을 때 가 보았다. 기차로 약 두 시간이 걸렸고 연산까지는 버스를 타야 했다. 나에게 "선산 관리인이 누구인가?"라고 묻던 버스 운전사 말로는 그곳 주민들이 모두 광산 김 씨였다. 내가 질문에 답하자 그는 알겠다는 듯 고개를 끄덕였다. 그곳은 시골이고 서로 다들 잘 알거나 친척 사이인 곳이었다. 그는 내가 택시를 잡도록 도와주었고 택시는 한 친척이 손으로 그려 준 지도에 나온 길을 따라 특정한 모퉁이로 나를 데려다 주었다. 아무 표지판이 없었지만 택시에서 내려 오솔길을 따라 걸어가자 내 앞으로 끝없이 펼쳐진 묘지에 비석들과 함께 수백 년간 나의 조상들의 뼈를 지켜 온 작은 봉우리들이 있었다. 거기에 그들, 나를 만든 사람들, 서로 서로의 합침으로써 내가 그때 그곳에, 나의 역사에 설 수 있도록 이끌어 준 집합체가 있었다.

한국인들은 죽음과 관련된 것에는 여전히 한자를 썼기 때문에 비석의 글자들은 한자였다. 불행하게도 거대 제국에 이웃한 작은 왕국인 한국에 중국은 전체 역사를 통해 형님 노릇을 했으며 어떤 점에서는 그런 전통들이 현재까지도 유지된 것처럼 보였다. 북한을 연구하는 사람이라면 누구나 실제로 파워를 가진 측은 중국이라고 말할 것이다.

한자 의무교육은 중학교 1학년부터 시작됐는데 내가 이민을 떠난 때여서 내가 아는 한자라고는 내 이름이 전부였다. 모든 비석들에는 '김'자가 쓰여 있었고 이어서 이름이 나오는데 그건 읽을 수 없었다. 광산 김 씨들은 모두 거기에 있었고 한국 전통에 따르면 여자는 남편 가족과 함께 묻히므로 내가 여자가 아니었고 한국에 살았더라면 나 역시 나의 아버지와 함께 거기서 생을 마쳤을 것이다(결혼을 하지 않은 여자는 어디에 묻히는지 잘 모른다. 한국에서는 오랫동안 이 점이 언급되지 않았다).

수천 년간 거의 아무도 떠나지 않았다. 한국은 1910년 일본에 의해 강제 합병되기 전까지는 유교와 불교 그리고 샤머니즘에 정신적 바탕을 둔 은자의 왕국이었고 그 후 35년간의 식민지배와 1950년 한국전쟁으로 이어졌다. 나의 할아버지는 모진 식민주의자들의 통치 아래 태어나고 자라 일본어를 유창하게 구사했다. 그는 1980년대 중반 세상을 뜨기 바로 전 미국 뉴욕 퀸즈로 다니러 와서 나의 가족들과 함께 머물면서 통일교 선교사인 젊은 일본 여성과 친구가 됐다. 나의 아버지가 할아버지의 이단에 대한 갑작스런 관심을 문제 삼자 그는 통일교에는 관심이 없고 새로운 친구와 일본어를 이야기하는 기회를 즐길 뿐이라고 대답하였다. 그 세대의 다른 사람들처럼 그는 일종의 스톡홀름 신드롬에 시달렸고 억압자들의 언어를 그리워했다. 한국인들의 일본에 대한 애증의 관계는 오늘까지도 이어져 내려오고 있는데, 일본이 떠난 자리를 차지하고 한국을 해방시켜 냉전의 대리인으로서 분할통치하고 만 미국과 소련 같은 강대국들과의 관계와 얽혀져 있다.

오늘날 남한 사람들은 미국에 대한 태도가 대체로 혼재돼 있는데 미국은 수도의 한복판에서 핵심 부동산 — 미국은 2016년까지 군사 기지를 서울 외곽으로 재배치할 계획이다 — 을 점유하면서 거의 3만 명의 군대를 주둔시키고 있다. 많은 이들이 정전 이후 60년이 넘는 외국 보호자들의 존재에 분개하고 있으며 그들은 그러면서도 남한이 제1국가는 물론 민주주의 국가가 되도록 도와준 것은 미국과의 동맹이라는 점을 즉각 인정한다. 남한이 번영하는 데 미국에 빚을 졌다면 북한은 소련의 붕괴 이후 생존하는 데 있어서 대체로 중국에 빚을 져 왔다. 중국과 소련이 한국의 분단에 한몫을 했지만 북한 사람들은 그 것을 언급하지 않으며 미국과 일본만을 비난한다. 동맹은 깨기 어렵다. 역사란 수많은 그러한 비이성성의 기록이다.

조상 묘 참뱃길에 전통이 국제화에 잘 맞지 않는다는 생각이 머리를 스쳤다. 전통은 과거에 매달리려고 하는 반면에 나는 신세계에 속해 있다. 미국이라는 나의 신세계에서 사람은 계속 새로운 자아로 자신을 변경시킬 수 있는데 이것은 일종의 특권이다. 나의 부모가 최종적으로 옛 나라를 떠난 것은 남한의 수십 년간 군사독재 이후인 1983년이었다. 그들은 내 앞의 무덤들에 있는 모든 것을 등진 광산 김 씨의 첫 세대였고 수년 뒤 대양을 건너 돌아온 후손인 나는 이곳에서 관리인이 와서 안내하기 전에는 조부모 묘소의 비석을 알아보지 못했다.

　최소한 어머니에 따르면 나의 어머니 측이 더 소박하다. 어머니는 늘 자신 가문의 우수성부터 거의 모든 것을 아버지에 우선했기 때문에 나는 그것이 진실인지 모른다. 어머니의 윤 씨 가문은 경기도의 옛 파평 지역에서 유래했지만 어머니는 부모들처럼 서울에서 나고 자랐다. 파평 윤 씨들은 왕비를 많이 배출한 것으로 유명하다. 대궐에서 권력을 잡은 측이 자신의 권력을 노릴지도 모르는 누군가에 대한 방어 노력을 했기 때문에 때로 세자빈은 야심이 없는 쇠락한 귀족 가문에서 선발되었다고 한다. 하지만 어머니의 관심사는 보다 최근의 가족사였다.

　어머니의 이야기로는 1950년 6월 25일은 고요한 일요일이었다. 그녀는 마치 그것이 어제 벌어진 일인 것처럼 모두 기억하고 있지만 그녀 나이 겨우 네 살이었다. 그날 북한 포탄이 처음으로 서울에 떨어졌다. 그날은 미처 시작도 못 해 본 어머니의 유년시절의 끝이었다.

　그래서 우리 대화는 이렇게 된다.

　"포탄을 피해 우리는 뛰었어."

　어머니는 말한다. 그녀는 포탄 소리를 들었는지 확신하지 못하지만 동네사람 모두가 도망쳤기 때문에 포탄이 떨어지고 있던 것을 알았다.

　"어디로 갔어요?"

내가 묻는다.

이러면 너무 뻔한 것을 물으니 답답하다는 듯 그녀의 반응은 항상 똑같다.

"물론 남쪽으로지. 어디서든 되는대로 남쪽을 향해서. 거기 머문다면 그냥 죽는다는 걸 우리는 알았지. 최소한 너의 외할머니가 짐을 꾸리면서 하신 말씀이야."

그녀의 아버지는 남쪽 끝에 있는 부산에 출장을 떠나 있다. 그건 흔한 일이 아니었다. 그는 동사무소 직원으로 출장이라고는 필요 없었다. 그러나 다행스럽게도 그는 북쪽이 아닌 남쪽으로 출장을 갔다. 수 시간 떨어져 있는 북쪽으로의 하룻밤 출장에 어떤 가족은 영원히 갈라졌다. 거의 모든 사람이 전화나 TV가 없었기 때문에 전쟁 발표는 라디오로 방송해야 할 수밖에 없었다. 분위기는 긴박했고 공황상태였으며 나의 어머니는 그때가 여름이었고 습기가 많았는데도 갑작스럽게 찬바람이 안방을 가로질러 휩쓸고 간 것을 기억한다. 이웃들은 윤씨 댁이 앞으로 어떻게 하려는지, 왜 아직 떠나지 않았는지를 살피면서 등짐을 지고 피난길에 오르기 시작했다.

"빨갱이들이 오고 있대요!"

그들은 소리친다.

"전쟁이야!"

이 사람들은 일제 치하에도 살아남았다. 이들은 재앙에 익숙해져 있다.

나의 외할머니는 홀로 결정을 내려야 한다. 아이들을 먹이고 옷을 입혀야 하고 막내는 업어야만 할 것이다. 나의 어머니는 조용한 아이지만 평소보다 더 조용하다. 그녀마저도 뭔가 큰일이 막 터지려 한다는 것을 알 수 있다. 외할머니는 아이들에게 짐을 꾸리기 시작하라고 말한다. 그들 모두 허겁지겁 자신의 물건들을 모은다.

"모두 다섯 아이였는데 꼭 그렇지는 않아."

"다섯 아이였는데 꼭 그렇지는 않다는 게 무슨 뜻이죠?"

어머니는 여기서 멈추곤 했다. 그녀는 나의 도시락을 싸기 위해 단무지를 자르거나 김을 굽는 중이었을지도 모른다. 그녀는 녹색 실크랩 드레스와 여기에 어울리는 가죽장갑을 끼고 거울 앞에 서서 나의 아버지와 외식 약속을 준비하고 있었을지 모른다. 지금도 나는 머리는 파라 포셋처럼 드라이를 해서 강한 바람에 날린 듯하고 피난을 떠나던 아이의 흔적이 전혀 보이지 않는 그녀의 모습을 거울 속에서 볼 수 있다. 그녀는 60대에 서울의 한 식당에서 일본 영화배우와 너무나 닮았다는 이유로 일본 사진작가에게 발탁돼 모델을 한 적이 있다. 얼마나 닮았던지 한국의 TV 프로듀서가 수개월 동안 그녀에게 주말 연속극에 출연하라고 설득하며 매달리기도 했지만 그녀는 촬영 일주일 전 나의 아버지와 함께 바닷가로 여행을 가 버리고 말았다. 그녀는 천성이 무책임하지 않았지만 전후 한국에서 TV와 잡지는 여전히 새롭고 신비로웠기 때문에 모델이나 영화배우가 뭘 하는 것인지 그 당시에는 잘 알지 못했다. 그녀가 잠시 멈추고 멀리 바라보면 미모는 한층 더 돋보였다. 나의 어머니는 젊다. 그 당시 갓 30대인 그녀에게 상처는 여전히 그날 그대로이다.

"다섯 아이인데 꼭 그렇지는 않다는 게 무슨 뜻이죠?"

"봐라. 원래 아홉이었어. 넷이 어려서 죽었지. 그때는 아기들이 다

살아남지 못했어."

이 대목이 언제나 나를 혼란스럽게 한다. 나는 아직 어렸고 내게 죽음이란 누군가가 어디선가 지어낸 것이다. 나는 나머지 아이들이 어디로 갔는지 헷갈렸다.

나의 어머니는 자신이 본 적도 없는 죽음에 한숨을 내쉰다. 그녀는 운 좋은 아이였다. 아홉 중 막내로, 마지막에 왔다. 그녀는 살아남아 아름다운 여자로, 아내로, 어머니로 성장하였다. 다른 넷은 이렇게 하지 못했다. 어머니로서 이런 일들을 내뱉어 말하다 보니 불길하다고 느꼈는지 그녀는 나 역시 잃지나 않을까 두렵다는 듯이 나를 잡아당기고는 꼭 안는다. 나는 이 순간을 좋아하지 않는다. 그녀 눈 속의 두려움을 좋아하지 않지만 그녀의 주의를 딴 데로 돌려서 비록 끝이 없는 이야기라도 그녀가 마무리 지을 수 있도록 계속 질문을 한다. 원을 완성하지 않는 고리처럼. 영원히 채워질 수 없는 틈처럼.

그녀가 기억하는 모든 것은 갑작스런 혼돈, 정신없이 서두르는 그녀의 어머니와 형제자매들이다. 그때 큰오빠가 책임을 맡는다. 겨우 열일곱이지만 아버지가 없는 상황에서 집안의 가장으로서 자신의 어머니에게 기차를 타고 이동할 테니 주먹밥을 준비하라고 말한다. 그들은 처음에 서울에서 30km 떨어진, 친척이 있는 수원으로 가서 그녀의 아버지가 있는 부산으로 내려갈 길을 찾을 계획이었다. 그녀는 곧 큰오빠가 들어 올려 팔에 안는다. 다른 세 아이가 등에 봇짐을 지고 뒤를 따른다. 외할머니는 다시는 집을 쳐다볼 수 없게 될까 걱정하면서 집을 마지막으로 바라본다. 그녀가 이곳을 다시 보기까지 3년이 걸리겠지만 안전한 곳으로 데려다 줄 기차를 향해 한참 걸어가기 시작하려고 마지못해 몸을 돌릴 때는 그걸 알지 못했다.

"보이지. 언덕 저기까지 모두 농지란다. 서울역까지 걸어서 한 시간이면 족히 가지."

경복궁과 대통령이 거주하는 청와대 부근이며 높이 치솟아 있는 바위산인 북악산 아래 답답한 모양새인 어머니의 어릴 적 동네 삼청동은 대중교통이 불편하고 전경들이 매일 순찰을 하는 통에 느긋하게 걷기가 어려워서 잠든 동네처럼 오랫동안 잊혀졌다. 삼청동에서 바라보는 경치는 언제나 장관이었지만 그곳은 오랫동안 인근의 부촌에 가난한 사촌으로 남아 있었다.

오늘날 삼청동은 어머니가 회고하는 잊힌 언덕들과 닮은 게 없다. 2009년 펠로십을 받아 서울에 살 때 나는 어머니의 어린 시절 집이 있던 곳에서 약 100m 떨어진 삼청공원에서 테니스 레슨을 받았다. 하지만 내 외갓집은 더 이상 그곳에 없었다. 외삼촌은 동네에 부동산 개발업자들이 몰리기 시작하자 집을 팔고 교외로 이사한 지 오래됐다. 동네의 낡은 한옥 여러 곳이 카페나 뷰티크로 바뀌었고 일대는 커플들이 찾는 시내의 가장 유명한 곳 중 하나가 됐다.

나는 매일 아침 고궁을 지나 묘하게도 낭만적인 영화에서나 보는 그림 같은 몽마르뜨 언덕을 연상하게 하는 구불구불한 길을 걸어 올라갔다. 그해 유행은 젊은 남자 바리스타였다. 어디서나 20대 초반의 멋진 젊은 남자들이 아이패드로 주문을 받아 정확성을 과장해 가며 드립커피, 사이폰, 케멕스 등을 설명하면서 커피를 내려 줬다. 2009년 서울, 특히 삼청동은 내가 최근 방문한 어느 곳보다 유행에 민감했는데 뉴저지로 돌아와 어머니한테 이걸 이야기하자 그녀는 멍하니 나를 바라보았다. 그러고는 한참 있다가 그녀는 "개울은? 나는 빨랫감을 갖고 가서 거기서 빨곤 했지"라고 말했다. 나는 이제는 개울에서 누구도 빨래를 하지 않으며 내가 산책하는 동안 개울 비슷한 것도 보지 못했다고 말했다. 그녀의 마음속에서는 가족의 막내인 어린 그녀가 학교가 일찍 끝난 오후면 빨랫감을 갖고 개울로 가듯 거기로 돌아가 있었다.

다시 마음이 원을 그리고 모든 길들이 1950년 6월 25일의 한 순간으로 돌아간다. 누군가를 잃은 어머니의 세대라면 인생은 영원히 '그날 이전'과 '그날 이후'로 나뉜다.

거리가 피난민으로 가득 찼기 때문에 여섯 식구가 서울역에 닿는데 몇 시간이 걸린다. 큰 아이는 보호해 주기 위해 작은 아이의 손을 잡는다. 걸어간 거리는 4km로, 외할머니는 등에 최대한 많이 지고 홀로 다섯 아이를 데리고 간다. 열일곱 살 난 외삼촌이 일행을 이끌었을 것이다.

그날 또는 그 직후의 가족사진은 없다. 살기 위해 뛸 때 사진은 사치다. 나는 피난 가는 아시아 어느 나라 출신 같은 빛바랜 난민의 증거물들인 그날 이후 서울의 흑백사진들을 본 적이 있다. 그들은 머리를 숙이고 북쪽에서 오는 포탄이 미치지 못하는 남쪽으로 향했다. 누구도 불평하지 않았다. 누구도 묻지 않았다. 이들은 조국을 철천지원수인 일본에 빼앗긴 비통함과 하룻밤 새 벌어진 듯했던 분단의 비통함 모두를 지켜본 세대다. 1945년부터 1950년까지의 기간은 북에서는 구소련 붉은 군대의 소령 김일성, 남에서는 미국의 피보호자인 이승만의 등장으로 혼란스러웠다. 냉전의 정치는 이 한반도에서 계속

되었고 사람들은 앞으로 다가올 무시무시한 결과에 대해 스스로 선택할 여지가 없었다. 체념은 버릇이고 전염성이 있다.

"밤이 오기 전에 역에 닿은 것은 기적이었어. 우리는 운이 좋았지, 처음에는."

내 마음을 무너지게 한 것은 '처음에는'이란 말이다. 나는 이어져 나오는 대목을 좋아하지 않지만 어머니에게 계속하도록 한다. 우리가 꼭 대화를 계속해야 함을 나도 알기에.

사투 끝에 미어터지는 역에 도착한 외할머니는 남쪽으로 가는 모든 기차표가 매진이라는 걸 알게 된다. 그녀는 떠나가는 기차 지붕 위로 사람들이 필사적으로 기어오르는 것을 본다. 외할머니는 몇 시간을 기다린 끝에 어린애가 딸린 가족들을 태워 주는 트럭 이야기를 듣는다. 그래서 그녀와 조그만 주먹으로 더 작은 주먹을 꼭 감싸 쥔 아이들은 마구 달린다. 기적처럼 뒤 칸에 사람들이 타고 있어도 더 탈 공간이 있는 먼지투성이 트럭이 있어 그들은 뛰어오르고 땀에 흠뻑 젖은 외할머니는 오빠가 내려놓아 팔로 받아 안은 여자아이, 즉 나의 어머니를 포함해 다섯이 모두 있는가를 확인한다. 훌륭한 아이들, 온갖 악조건에도 살아남은 그녀의 새끼들이다.

그녀는 트럭 뒷문에 기대어 땅바닥에 털썩 주저앉아 커다란 젖가슴을 들썩거리며 깊은 숨을 들이쉰다. 이 젖가슴은 비록 다섯 아이만 남았지만 아홉 아기들에게 물렸던 것이다. 마흔다섯인 그녀는 보기에도 느끼기에도 나이에 비해 더 늙었고, 비록 그녀가 아직 전쟁의 시작이란 것조차 확실히 알지 못하지만 전쟁 초기에 적절치 못하게도 지치고 기운이 쑥 빠지는 것을 느낀다. 다만 그녀가 아는 것은 포탄을 피해 차를 타고 있다는 것이고 남편 없이 가족 전체를 무사히 이곳까지 이끌었다는 것이 전부다. 그녀는 잠시 의기양양함을 느끼고 성과를 자축하고 싶지만 그 대신 맏이, 아들, 살아남은 그 아이를 오래 바라본다. 그는 행운의 상징이다. 형세가 바뀐 것은 바로 그 핏덩어리부터였다. 그는 살았고 뒤를 이은 아이들도 살았고 그와 함께 삶의 축복이 온 듯했다. 지금 그 맏아들을 멀끔히 바라보니 이제 다 자라 열일곱의 멋진 사내다. 그녀는 가슴속의 북받치는 사랑을 겨우 참으면서 할 수 없이 눈길을 거두려 하는데 바로 그때 어디에선가 고함치는 소리가 들린다.

나의 어머니 말로는 그 후 누구도 당시 상황을 정확히 기억할 수 없었다고 한다. 주위는 혼돈과 소란으로 뒤죽박죽이었다. 갑자기 더러운 얼굴들이 안을 살피더니 사람들이 곧 닥칠 폭력의 홍수로부터 자신들을 구해 줄 방주에 오르기 위해 죽을힘을 다해 트럭 옆을 꽉 움켜쥔다. 이것은 산이 많고 외곽으로 뻗어 나간 수도, 수 세기 동안 한국의 왕들이 살았고 모든 한국인 욕망의 전형이었지만 지금 이 순간에는 졸지에 모든 사람이 근처 쓰레기통에 아무렇게나 던져 버리고 도망치려고 하는 서울로부터 달아나 포탄을 피하는 유일한 길이다. 트럭이 움직일 수만 있다면 얻어 타고 도원경으로부터 죽어라고 벗어나는 것이 지상과제다.

"그때 만약 거기서 제때 출발하기만 했다면……."

'만약 그랬다면'이라는 주문이 다시 나온다. 나는 만약 그래서 다르게 펼쳐진, 사람 목숨이 구해지는 다른 운명, 다른 인생을 상상한다. 나는 그런 주문에 익숙하다. 이민자들에게 후회는 인생살이의 한 방법이 될 수 있다.

어디에선가 고함 소리가 들린다. 누군가로부터, 애절한 어떤 어머니나 아버지로부터 젊은 남자들이 여자나 어린애들에게 자리를 양보해 달라는 간절한 애원의 목소리가. 외침이 인식되기도 전에, 나의 외할머니가 말의 의미를 생각하거나 저항할 순간도 갖기 전에 열일곱 살짜리가 일어난다. 그는 "제가 갈게요"라고 말하고 그녀를 안심시킨다.

"다른 탈것을 찾아볼게요. 어머니, 걱정 마세요."

그때 순식간에 그는 시야에서 사라지고 엔진 소리가 들려온다. 모든 것이 갑자기 벌어져 외할머니는 예기치 않게 꼬여 가는 것에 당황해 정신없이 아들이 간 방향으로 고개를 돌렸지만 제대로 생각하기에 너무나도 빨리 트럭이 갑자기 움직이고 있다. 그 직후 그녀는 즉각 뛰어내려 그를 끌고 돌아와야만 했다는 생각이 들었다. 그녀는 소리쳤던 사람을 찾아내 그의 눈알을 빼 버려야 마땅했다. 하지만 외할머니는 아들 없이 달리는 트럭 위에서 갑작스런 상황에 놀라 아무 말도 못하고 있다. 처음으로 살아남았던 아이. 그녀의 장남.

"서울은 사흘 뒤에 함락됐단다."

어머니의 목소리에서 마지막은 아무런 감정 없이 나온다. 이 이야기는 끝이 없지만 그녀의 목소리가 이렇게 말하는 듯하다.

"그게 끝이란다."

전쟁으로 가족은 이동천막, 친척 또는 낯선 사람의 집에서 머물면서 이 동네 저 동네로 옮겨 다닌다. 이 나라의 대부분은 3년간 이동 중이다.

어머니의 가족은 외삼촌을 기다리면서 수원에 머물지만 그는 도착하지 않는다. 며칠 후 외삼촌이 북한군에 끌려가는 것을 보았다는 이웃들을 만났다. 그의 양손이 밧줄로 뒤로 묶여 있었다고 그들은 말한다. 서울로 돌아가는 길은 지금 봉쇄된 상태여서 외할머니의 기다림은 허사가 된다.

"얼마나 오래 기다렸어요?"

내가 묻는다.

얼마나 오래라야 충분히 오래된 것인가?

나의 어머니는 확실히 모른다. 겨우 네 살 때였고 서울에 사는 작은 외삼촌을 포함해 다른 이들도 이것에 대해서는 명확하지 않다. 어머니가 기억하는 것은 외할머니가 반은 미쳐 흐느끼면서 치마를 스카프처럼 머리에 싸매고 저녁나절 동네를 이리저리 헤매던 모습이다. 저녁마다 아이들이 그녀를 찾아 나서곤 했고 그러면 그녀는 아나나 다를까 아들을 찾고 있었다고 말한다. 이런 행동은 멈추지 않는다. 어떤 날은 돌아다니며 찾고 어떤 날은 가만히 앉아서 허공을 응시한다.

나는 자라면서 이 이야기를 자주 들었다. 그리고 늘 이야기가 다르게 끝나기를 바랐다. 다른 구성으로. 이 이야기는 나의 어머니도 한 부분을 차지하고 있어 슬프고도 소름 끼치도록 흥분되었다. 하지만 훗날 나는 나의 어머니가 자신의 어머니가 수년간 했듯이 이것을 이야기하고 또 이야기한 것이 일종의 치료라는 걸 알게 되었다. 내가 지금 이곳 뉴욕에서 그 시절, 분단의 시대를 겪고 살아남은 사람들에게는 낯선 이 언어로, 나를 최악의 슬픔으로부터 보호해 줄 남의 언어로 쓰고 있는 지금도 이 이야기는 계속된다. 처음 들은 지 수십 년

이 지난 지금조차도 영어는 나의 모국어와는 달리 나의 심장을 찌르지는 않는다. 'division'이라는 단어는 '분단'보다 덜 무겁고 'war'는 '전쟁'을 말하기보다 더 쉽다.

전쟁이 끝나고 수년이 지난 후 외할머니가 관심을 가진 단 한 가지는 무당들을 찾아다니는 것이었다. 인왕산의 용한 무당, 동네의 실종된 아이 유골을 찾아내 이름을 날린 소녀 무당, 처녀 무당, 할머니 무당, 뚱보 아줌마 무당. 그녀는 모두 찾아갔다. 그들은 모두 똑같이 말했다.

"그래, 당신의 아들은 살아 있어. 북에 있어. 평양에."

외할머니가 그랬을 것처럼 나도 이것이 사실이라고 믿고 싶다. 비록 내가 태어날 무렵 그녀는 뇌졸중으로 쓰러져 누워 지내게 되었지만 그들의 장담으로 그녀는 버텼다. 그녀는 예순다섯이었다. 뇌졸중이 그녀의 영혼을 데려갔지만 여러 사람의 증언에 의하면 그녀의 영혼은 이미 오래전에 가 버렸다고 말할 수 있겠다.

5

셋째 날, 학생들이 예정된 오후 6시 반보다 훨씬 늦은 오후 7시
경에 단체로 저녁 식사를 하러 나타났다. 그때까지는 그들의 시간이
정확했기 때문에 이번은 일상적인 것이 아니었다. 내가 몇 명과 함
께 앉아 왜 늦었는지를 묻자 그들은 긴장하는 것으로 보였다. 마침내
한 학생이 자신들은 조선말로 하는 두 시간짜리 사회 수업을 들었다
고 말했다. 그것으로도 수업이 30분이나 넘쳤던 이유가 설명되지는
않았지만 나는 더는 따져 묻지 않았다. 그들의 편지에서 나는 그들이
캠퍼스 어딘가에서 오후에 주체사상을 공부한다는 것을 알았다. 아
마도 지도부 쪽에서 우리 외국인들이 북한 엘리트 젊은이들을 대상
으로 시도할 수도 있는 어떤 세뇌작업에 대응할 필요가 있다고 결정
했을 수도 있었다.

그때 나는 내가 맡은 반 학생 6명이 셔츠와 타이가 아니라 카키색
군복을 입고 있는 것을 보고는 다른 학생들에게 그 이유를 물어보았
다. 한 학생이 "저 애들은 임무 수행 중입니다"라고 말했다. 나머지
학생들은 고개를 숙이고 음식만 바라보았다. 어떤 종류의 임무냐고
물어도 그들은 대답하지 않으려 했다. 그래서 나는 농담조로 "저 애
들은 군복을 입으니 더 나이 들어 보이고 멋진 젠틀맨 같아 보이네"

라고 말했다. 이 말에 그들의 얼굴이 부드러워졌고 그들이 그날 오후에 긴장해 가며 했을지 모르는 무언가를 잊은 듯 보였다. '젠틀맨'이라는 단어는 항상 그들로 하여금 얼굴을 붉히고 키득거리게 했다.

케이티가 저녁 식사 후 나에게 다가와서 밝게 속삭였다.

"최민준이 지금까지 본 학생 중에서 가장 귀엽다고 생각하지 않나요?"

그때까지 나는 스물세 살인 그녀가 학생들과 나이 차이가 많지 않다는 걸 잊고 있었다. 그들이 서로에게 관심을 갖는 것이 충분히 가능했다. 우리가 도착한 이후 처음으로 그녀의 얼굴은 소녀처럼 들뜬 기분으로 가득했고 잠시 동안 모든 게 거의 정상적인 것으로 보였다. 소년들과 소녀들. 세상이 돌아가게 만드는, 아니면 최소한 조금 더 밝게 만드는 것. 이것은 심지어 금기 선을 넘어 평양에서도 일어나는 일이었다.

"그가 군복을 입으니 멋져 보여서 왜 그걸 입었느냐고 물어봤어요."

케이티는 말을 이어갔다. 나는 그녀가 내가 알아낸 것보다 더 많은 것을 알아냈기를 기대했다.

"그는 말을 하지 않고 얼굴만 붉혔어요."

아주 작고 꽉 닫혀 있는 이곳에서 교사들은 슈퍼스타 같았다. 학생들은 세끼 식사 때 우리와 함께 앉으려고 경쟁하였다. 그들에게 우리는 걸어 다니는 영어 사전이자 외부 세계를 향해 난 창이었고 모든 것으로 보였다. 비록 우리는 그들에게 무엇이든 말하는 것이 금지돼 있지만 그들은 우리가 해답을 갖고 있다는 것을 알고 있었다. 어떤 학생들은 나에게 직접 다가와서 질문할 만큼 대담했다.

"교수님, 제가 합석해도 되겠습니까?"

그들은 중학생 때부터 영국식 영어를 배워 때로는 매우 공식적인 영어를 썼다. 다른 학생들은 너무 수줍어해서 우리와 식사를 함께하자고 우리가 할당해야만 했다.

좌석 문제가 복잡해지기도 했다. 식탁마다 네 명씩 앉는데, 우리는 같은 학생들과 한 번 이상 함께 앉지 말라는 담당관들의 경고를 들었다. 학생들이 영어를 연습할 똑같은 기회를 가져야 하기 때문에 그렇게 한다는 말이었는데, 우리가 특정한 학생에 가까워지는 것을 그들이 원치 않는다는 사실도 함께 드러났다. 하지만 숫자상 어쩔 수 없어서 우리는 같은 학생과 한 번 이상 함께 앉을 수밖에 없었다.

아침은 죽과 삶은 달걀이었다. 점심과 저녁은 거의 항상 똑같았는데 밥, 국, 때로는 김치, 콩나물 또는 감자 등 양념된 채소들도 나왔다. 그해의 흉작 때문인 듯 김치조차 귀한 전통적인 배추 대신 딱딱한 양배추로 만들어져 맛이 없었다. 고기는 거의 없었다.

학생들이 보통 대화를 이끌었다. "교수님, 어떻게 해야 영어 공부를 잘 합니까?"라는 것은 거의 매번 식사 때마다 듣는 질문이었다. 영어 실력 키우기는 우리의 공통 관심사였는데, 이것은 그들이 제국주의 미국을 증오하도록 얼마나 교육받는지를 보면 아이러니였다. 우리 모두는 그 질문 뒤로 숨었다.

그들은 학교에서 들은 다른 악센트에 약간 겁먹었다고 털어놓았다. 예를 들어 70대 나이에 원래 앨라배마 출신인 조앤은 그들에게 익숙하지 않은 미국 남부 악센트로 말해 그들이 이해하기가 아주 어려웠다. 다른 선생들은 뉴질랜드, 호주, 영국 악센트였다. 한 학생이 장차 더 쓸모 있는 것이 미국 악센트일지 영국 악센트일지 물었다. 그것은 타당한 질문이었지만 북한 사람들 중에 아주 소수만 여행이 허용되는데 도대체 그들이 영어를 어디서 얼마나 사용하게 될지 의문이었다. 나는 그에게 BBC와 CNN 같은 외국어 뉴스를 꼭 보고 어떤 악센트를 더 좋아하는지 결정하라고 말하고 싶었다. 또한 그가 일상 영어를 들으려면 할리우드 영화를 보기를 바랐다. 물론 이것들은 모두 가능한 것이 아니었다.

질문의 주제가 영어 잘 배우기에서 벗어나는 드문 경우에는 그들은 보통 이런 식이었다.

"여기서 뉴욕까지 비행기로 얼마나 걸립니까?"

"어머니가 보고 싶으십니까?"

"미국 사람과 조선 사람 중에 누구랑 결혼할 겁니까?"

그들은 거기서 더 벗어나지는 않았다.

다음 날은 박준호의 스무 번째 생일이었고 그는 기분이 들떠 있었다. 웃는 얼굴이 가끔은 순간적으로 차갑게 돌변하기도 하고 예리했지만 그는 인기가 있었고 영리한 데다 장난기가 있었다. 그는 네 식구가 평양 한복판에 산다고 아주 자랑스럽게 말했고 그가 어려서부터 아버지하고 중국어와 영어로 대화를 했기 때문에 자신의 영어 실력이 뛰어나다고 말할 정도로 자신감에 차 있었다. 생일이면 그의 어머니가 남한식이 아니라 중국의 전통대로 국수를 만들어 줬겠지만 그가 집을 떠나 있어서 학생들이 교실에서 축하 계획을 세웠다.

"홍문섭이 기타를 칠 것이고, 박세훈은 학급 댄서입니다! 그러면 김태훈이 촌극에서 여자 역할을 하고 리진철이 남자 역을 합니다."

준호가 설명했다. 그날 저녁에 한 방에 모여 공연으로 생일을 맞은 소년을 즐겁게 해 주는 계획이었다. 그들은 한 명씩 노래를 불러 주고 축하는 두세 시간 계속될 것이었다. 어떤 노래냐고 내가 묻자 학생들은 민망한 듯 어깨를 으쓱하며 말했다.

"우정에 관한 노래입니다."

여기는 바도 없고 여학생도, 컴퓨터 게임도 없다. 축구와 농구 그리고 그들의 위대한 지도자의 영웅적 업적에 관한 「태양의 나라」라는 제목의 TV드라마를 보기 위해 일주일에 한 번씩 모이는 것 외에 그들의 유일한 놀이 방식은 서로였다. 그들에게 젊음을 즐길 방법이 이처럼 적다는 것은 슬픈 일이었다. 내가 이야기를 지어내 친구들과 소꿉장난을 해 본 마지막 경험이 어릴 적인 70년대 남한에서였는데, 그때는 달리 놀 만한 것이 없어 창작을 할 수밖에 없었다. 공주, 왕자, 해적 역할을 하기 위해 어머니의 옷을 걸친 기억들이 몰려와 오래전에 가 버린 시절에 대한 그리움을 느꼈다.

박준호는 저녁 식사 때 같은 반 최민준을 골리기 시작했다. 그는 민준이 학생들 사이에서 심각한 아이로 알려져 있고 가끔 '낭만파'라고 부른다고 나에게 말했다. 민준은 당황해서 그게 아니라며 두 손을 내저었다. 그는 준호가 늘 농담을 한다면서 준호가 자신의 여동생을 만나면 "넌 그냥 나만 기다려"라고 말하겠다고 했기 때문에 그에게 열여섯 살 난 귀여운 여동생 이야기를 한 것을 후회한다고 말했다. 그들은 이 말에 모두 웃음바다가 되었다.

그들이 이성과 상호작용을 할 수 있는 유일한 상대는 외국인 선생들이나 기숙사의 아래층을 쓰는 경비원들이었다. 조지프 박사는 학교가 처음에는 남자 경비원을 데려오기를 원했지만 그들이 외국인들에게 너무 위압적으로 보일 것 같다고 느꼈다고 나에게 말해 줬다. 그들은 여자 경비원들을 두면 대신에 남학생들이 집중이 안 될 것으로 우려했지만 실제로는 그들이 너무 다른 사회적 계층 출신이어서 남학생들이 그들을 아주 무시하더라고 했다. 그래서 그들에게는 소녀나 데이트는 단지 환상 속의 이야기였다. 준호는 "어쩌면 민준의 동생이 귀엽겠지만 그 애는 나에게 너무 수줍어할 것 같아"라고 말했다. 그때 식탁에서 조용히 있던 류정민이 끼어들면서 말했다.

"정말 웃기는 건 이 애가 이렇게 말하지만 평생 여자 친구가 없었다는 거죠. 애는 여자들과는 재앙입니다."

준호가 여자와는 재앙이라는 말에 우리 모두는 웃음을 터뜨렸다. 'Disaster(재앙)'은 그해 여름 학생들 사이에서 유행어가 되어 우리끼리만 통하는 농담처럼 되었다. 그들은 어떤 상황에서라도 이 단어를 말하기를 좋아했다. 어떤 때는 "재앙 음식"이라든지 "재앙 시험"이라고도 했다.

그런 때는 우리가 여느 학교 식당에 앉아 있는 듯했다. 그들은 그들 또래의 남학생들의 유일한 관심사인 여자 얘기에 재밌어 하는 남학생일 뿐이었다. 이런 순간에는 나는 내가 어디 있는지를 잊었다. 그러다 갑자기 기억이 나면 재빨리 일부러 잊으려 하곤 했다. 그러면 경계심이 풀어져 우리 모두를 꽉 감고 있던 긴장감에서 갑자기 해방되는 것을 느꼈고 그들의 장난기 어린 얼굴들을 바라보면서 그들

에게 애정을 느꼈으며 순간적인 친구가 되어 멋쟁이 학생의 스무 번째 생일에 행복을 빌어 주었고 만족함과 평안함을 느꼈으나, 그들의 가슴 위의 반짝이는 금속 핀에서 영원히 현존하는 영원한 주석의 얼굴로 눈길이 가는 순간, 비록 그것들이 배지일 뿐이고 이 젊은이들이 손쉽게 빼어 식판 위의 남은 음식과 함께 쓰레기통에 버릴 수도 있지만, 그들의 그런 행위는 절대 있을 수 없으며 이런 희망의 희미한 빛도 신기루일 뿐이라는 것을 기억했다.

첫 주부터 어딘가 석연찮은 점들이 눈에 띄기 시작했다. 한번은 우리가 학생들에게 촌극을 만들라고 요청했더니 그들은 병원에 간 캐나다 선생 둘에 관한 글을 쓰기로 했다. 한 사람이 부상을 당해 다른 한 사람이 그를 위해 자신의 피를 팔겠다고 했는데 그들은 비로소 병원 치료가 위대한 장군 김정일의 배려로 공짜라는 것을 알게 되는 구성이었다.

케이티는 1) 평양에서 외국인 선생은 외국인병원에만 허용되는데 그곳은 무료가 아니고 2) 보통 어느 나라에서든 헌혈을 해도 돈을 주지 않으며 3) 응급실은 환자가 선불하도록 하지 않기 때문에 이런 것은 타당하지 않다고 지적하였다. 학생들은 혼란에 빠져 이렇게 말했다.

"그럼, 좋습니다. 부상을 입지 않은 친구가 부상당한 사람의 부인에게 알려 줄 필요가 있고 그가 캐나다로 가기 위해 공항으로 가면 됩니다."

케이티는 캐나다까지 비행기로 가는 대신에 왜 부인에게 전화를 하지 않느냐고 물었다. 학생들은 더듬거리며 말했다.

"좋습니다. 그런 경우라면 아마 병원에서 의사가 전화를 대신 걸어 주겠지만 의사가 영어를 못하면 캐나다의 부인에게 어떻게 말할 수 있습니까?"

케이티는 왜 그 친구가 부인에게 직접 말하지 않느냐고 물었다. 그러고도 계속되었다. 외국에 있는 가족에게 특별 허가가 없이는 전화를 거는 간단한 일조차 그들에게는 납득되지 않기 때문에 어떤 대답도 우리를 더 실망시킬 뿐이었다.

또 한번은 우리가 '참 또는 거짓' 게임을 했다. 우리는 학생들에게 자신들에 관한 두 개의 참 진술과 하나의 거짓 진술을 제시하도록 하고 나머지 학생들이 뭐가 뭔지를 맞춰 보도록 했다. 한 학생이 일어나 "나는 작년 방학 때 중국에 갔다"라고 말하자 반 학생들 전체가 웃음을 터뜨리고 "거짓!"이라고 외쳤다. 그들은 그런 일이 불가능하다는 것을 모두 알고 있었다.

그러자 다른 학생이 "어렸을 때 나는 질긴 쇠고기를 먹었다"고 말하자 나머지 학생들이 고개를 끄덕이며 "참!"이라고 외쳤다. 그때 나는 언젠가 인터뷰 중 한 탈북자가 처음 쇠고기를 먹었을 때 이상하게도 가죽 같았다고 말했던 기억이 났다. 그의 이야기로는 2001년 수족구병이 발생했을 때 호주가 나이 든 소의 오래된 고기를 폐기하는 대신에 북한에 공급하였다는 소문이 돌았다는 것이다. 대기근 직후의 일이므로 나의 엘리트 학생들이 바로 이런 쇠고기를 먹었다는 것은 충분히 가능한 일이었다. 나는 교실을 둘러보면서 그들이 어린 시

절 또 다른 어떤 일들을 경험했었는지, 이런 경험이 그들을 어떻게 만들었는지를 생각했다. 그들 중 많은 학생이 이미 흰머리가 났다. 특권층의 젊은이들조차 영양 결핍에 걸린 것 같아 보였다.

학생들의 지독한 무지함에 나는 놀랐다. 한번은 한 학생이 나에게 세계 모든 사람이 조선말을 하느냐고 물었다. 그는 조선말이 너무 우월해서 영국, 중국 그리고 미국에서도 조선말을 한다고 들었다고 했다. 어쩌면 그는 그가 그때까지 배운 모든 것을 내가 부인하는지를 떠보고는 나중에 나에 대해 보고하려는지도 몰랐다. 아니면 그저 궁금해했을 수도 있다. 그래서 나는 안전한 길을 택했다.

"그래, 보자. 한국에서 한국어를 말하듯이 중국에서는 중국어를 말하고 영국과 미국에서는 영어를 말하지. 하지만 나는 미국에 살면서 부모님에게 말할 때는 한국어를 한단다. 그러니 미국에서도 한국어를 말한다고 할 수도 있겠지."

거기엔 아주 재빠른 생각이 작용했다. 아주 단순한 질문이라도 지뢰밭이 될 수 있었다.

그들은 주체사상탑이 세계에서 가장 높다고 단호하게 주장하였다. 그들의 개선문이 파리의 그것보다 확실히 더 높고(참) 세계에서 가장 높으며, 놀이공원도 세계 최고라는 것이다. 그들은 늘 자신들이 최고라고 선언하면서 자신과 누구도 본 적이 없는 바깥 세계를 비교하였다. '최고'에 대한 집착은 이상하게도 어린아이 짓 같았고 '최고'와 '최대'라는 단어는 너무 자주 쓰여 그 의미를 점차 잃어 갔다.

또 한번은 한 학생이 나에게 좋아하는 음식이 무엇인지 물었다. 그들은 내가 좋아하는 꽃, 좋아하는 스포츠, 좋아하는 악기에 대해서도 가끔 물었다. 나는 때때로 그들이 내게 해도 괜찮은 질문 리스트를 받은 것은 아닌가 생각했다. 나는 곧 그들이 기대하는 것 같은 방식으로 대답하는 것을 배웠다. 나는 테니스를 좋아한다고. 피아노를 친다고. 평양의 특산물인 냉면을 좋아한다고. 나는 실제로 냉면을 좋아하지만 파스타나 소바를 더 좋아한다는 말을 그들에게 할 수는 없었다. 평양 시내에서 햄버거 가게를 하나 보긴 했지만 그들은 외국 음식에 대해서는 거론하지 않았다. 그래서 내가 좋아하는 음식에 관한 질문을 받으면 나는 냉면을 고집하였고 이렇게 하면 그들은 꼭 "네, 저희는 냉면을 세계에서 즐기고 있고 냉면이 최고의 음식으로 환영받는다고 들었습니다"라고 말하면서 긍정의 미소를 지었다. 나는 스파게티와 달리 이 국수 요리가 해외에서는 인기를 얻지는 못했다는 것을 그들에게 전해 주는 것은 불가능하다고 생각했다.

가끔은 식사가 구두의 또는 무언의 심문처럼 느껴졌다. 한번은 알고 보니 학급 서기인 한 학생이 나에게 질문하라고 다른 학생에게 눈짓을 하는 것을 보았다. 그 학생은 "우리가 이런 편지를 왜 써야 하죠?"라고 물었다.

"우리는 전에 다닌 대학에서 그런 것을 결코 배우지 않았거든요."

의심스럽다는 말투였다. 나는 편지쓰기를 매주 연습으로 돌려놓았기 때문에 이런 질문이 나올 것으로 한동안 예상했다. 나는 한 문장을 만들어 보는 것이 영어 글쓰기의 기초이고 그들은 글쓰기를 배워야만 하며 편지는 이런 연습에 좋은 기본적인 것이라고 말해 줬다. 나는 이들이 한 질문들이 담당관들로부터 나왔다는 걸 알았다.

학생이 짜여진 각본에서 방향을 틀 기회는 조금밖에 없었다. 박준호의 생일파티에 관한 어느 날 대화 중 한 학생이 로큰롤 부르기를 좋아한다고 무심결에 말했다가 얼굴이 빨개져 누가 듣지는 않았는지 재빨리 확인한 적이 있었다. 나는 그렇게 잽싸게 주위를 살펴보는 누군가를 본 적이 없는데, 다른 학생들은 갑자기 말없이 음식만 내려다보았다. 그런 본능적인 반응은 내가 헤아릴 수 없는 일종의 타고난 두려움이 아니면 설명할 길이 없었다. 그 순간 나는 내가 바로 그 실수를 기다리고 있었던 게 아니었나 생각했다. 내가 그것을 초래한지도 모르겠다. 막상 실수가 나오면 진실은 아주 무기력해서 기숙사에서 노래를 부른 열아홉 살 소년에 대한 폭로는 애처로워지고 더구나 그것을 공개적으로 시인했다가는 그가 지금 심각한 곤경에 빠질 수도 있었던 것이다. 나는 누군가가 그 실수를 보기라도 했을까 신경을 곤두세우고 점검하였고 가급적 빨리 화제를 바꿨다.

우리는 늘 서로를 의심하였다. 경계선 주위로 끊임없이 돌면서 이 선을 넘지 않으려고 노력하다 보니 진이 빠졌다. 우리는 서로에 관해 알고 싶었지만 그런 정보를 우연히 발견하면 모두 얼어붙었다.

그것은 일종의 아슬아슬한 안무였다. 나는 그들을 더 밀고 나가고 싶었지만 너무 많이 나가지는 않았다. 그들을 아무도 알아차리지 못하도록 아주 은근히 바깥세상으로 노출시키고 싶었다. 선교사들은 그들을 개종시키기를 원하지만 눈에 보이는 빤한 방법은 쓰지 않았다(지난 학기에 교사 한 명이 남자 화장실에 교회 문서를 놓아두었다는 이유로 북한 당국에 의해 추방됐고 우리 모두는 예수에 대해 아무것도 말하지 말라는 경고를 들었다. 내가 보기에 선교사들은 북한 주민에게 친절하게 함으로써 그들에게 예수의 사랑을 보여 주고 있다는 데 만족해했다. 선교사들의 계획은 장기적인 것이었고 북한이 언젠가 개방한다면 그들은 이곳에 발판을 이미 갖고 있게 될 것이라고 생각하는 듯했다).

이것이 진정 정당했는가? 정부의 계획에는 나와 있지 않는 방향으로 학생들을 계몽해 간다는 것은 그들과 그들이 사랑하는 사람들에게 죽음을 의미할 수도 있었다. 그들이 어느 순간, 허물어지는 것은 바깥세상이 아니고 붕괴 위험에 빠진 자신의 나라라는 것을, 그리고 위대한 수령에 관해 배워 온 것들이 모두 가짜였다는 것을 깨닫게 된다면, 그것이 그들을 더 행복하게 해 줄 것인가? 그 순간 이후 그들은 어떻게 살 것인가? 깨달음이라는 것은 자유세계에 사는 사람들에게나 유용한 사치품이었다.

그때 우리 모두가 알고 있었던 것은 아니지만 북한에서는 격변의 시기였다. 나의 체류 첫 주에 교무회의에서 김 총장은 북한 전역에서 평양과기대를 제외한 모든 대학들이 문을 닫았다고 말했다. 평양과기대만 남겨진 이유는 위대한 지도자가 자신을 개인적으로 '믿기' 때문이라고 그는 말했다. 이 작은 소식은 우리와 관련된 것이어서 추가 설명도 없었지만, '경애하는 지도자'인 김정은이 2008년 뇌졸중으로 고통받고 있는 69세의 김정일로부터 권력을 승계받을 위치에 있었으며 모든 대학생들은 일터로 나와 전국적으로 김일성 탄생 100주년을 축하할 2012년 4월까지 건설노동을 해야 했다는 것은 외부 보고서의 내용과 일치했다.

나는 그 소식이 무엇을 의미하는 걸까 생각했다. 북한에 관한 서방의 보도는 가끔 믿을 수 없었고 평양과기대를 제외한 모든 대학이 문을 닫는다는 것은 북한으로서도 극단적인 수단으로 보였다.

조직적인 종교 활동이 허용되지 않는 나라에서, 위대한 수령을 믿지 않는 사람은 누구라도 이단으로 간주되는 곳에서, 김 총장의 표현을 빌자면 '하나님 왕국의 대사관'인 이 학교만이 열 수 있게 허용된 것이다. 아마도 그들의 위대한 수령은 김 총장은 믿지 않았고 북한의 엘리트를 위한 자유롭고 상대적으로 화려한 학교의 재정을 위해 기독교인들이 모금한 현금을 믿었을 것이다. 더구나 이 학교가 평양과학기술대학으로 불리지만 이곳에는 아직 과학 선생이 없었다. 나는 왜 나의 학생들이 다른 학생들처럼 건설하러 파견되지 않는지 알고 싶었지만 물어볼 사람이 없었다.

하루하루가 지나면서 우리 교사들은 우리가 왜 이렇게 피곤한지 생각하게 되었다. 뉴질랜드에서 온 사라는 낮잠을 몇 시간이나 잤다고 말했다. 역시 뉴질랜드 출신이지만 한국계인 루스는 겨우 한 시간 느린 중국 옌지에서 날아왔지만 여전히 시차를 겪고 있는 것 같이 느껴진다고 말했다. 나 또한 온몸의 감각을 잃을 만큼 무거운 깊은 잠에 빠질 때가 있었다. 케이티는 이것은 우리가 항상 주의를 기울이고 있기 때문이라고 말했다. 저녁마다 나는 내가 해서는 안 될 말을 하지는 않았는지 따져 보면서 낮에 식사 때 나온 대화를 다시 생각했다. 항상 자신을 검열하고 어느 정도 거짓말을 계속해야 하는 것은 엄청난 에너지가 소모된다.

나는 아침이면 창문 밖으로 평양과기대를 외부로부터 분리시키는 담을 쳐다보곤 했다. 어떤 교사들은 이곳이 별 다섯 개짜리 감옥이라고 수군거렸다. 우리는 감시원들이 분 단위로 외출 일정을 짜고 우리와 동행해 외교상점가에 필요한 것을 구입하러 가거나 지정된 시간에 단체로 외출하지 않으면 정문을 통과할 수 없을 것이라는 점을 알고 있었다.

주말엔 단체 외출이 있어 교사들은 간식거리를 사 놓을 수 있었다. 학교 밴이 평양상점, 일본인 소유 가게, 아르헨티나인 가게로 교사들을 데리고 갔다. 모든 상점이 캔 제품과 치즈, 과일, 시리얼 그리고 장기보관 우유를 취급했다. 일본인 상점은 약 5달러에 일본산 팬케이크 반죽을 팔았고 미국의 두 배 값에 맥아를 팔았다. 아르헨티나인 상점은 다양한 과일 주스와 프랑스산 파스타 캔 몇 가지를 팔았다. 이들 상점은 유로, 중국 인민폐, 미국 달러화를 받았지만 북한 원은 받지 않았다. 규정에 따라 우리는 현지 주민들이 우리와 함께 쇼핑하는 곳에서만 현지 화폐를 사용하는 것이 허용되었다. 새로 지은 보통강백화점은 북한에서는 보기 드물게 에스컬레이터로 연결된 2개 층에 진열된 각종 수입상품과 냉장고에서 화장품, 채소에 이르기까지 다양한 제품을 취급했다. 거기서 쇼핑하는 사람들은 거리의 사람들보다 부유해 보였다.

단체 외출 때 우리는 감시를 받으며 오갔다. 우리는 우리만의 경계선을 결코 넘지 않았다. 조깅하다가 정문으로 달려 나가면 누군가가 우리에게 총을 겨눌 것인가? 누군가가 우리를 늘 관찰하는 감시소가 있을까? 내 방에서조차 나는 자유를 느끼지 못했다. 이렇게 주의하는 것이 너무 힘들어 어느 날 저녁 사라가 "학생들이 우리에게 축구를 함께하자고 부를지 볼래요?"라고 물었을 때 기꺼이 받아들였다.

농구와 축구 그리고 때로는 배구가 학생들 사이에서 손꼽히는 스포츠였는데 필요한 장비는 공뿐이라는 것이 확실한 이유였다. 저녁 식사 후 그들은 기숙사 옆의 시멘트 농구 코트나 캠퍼스 한복판의 잔디밭에 모여 놀았다. 그들은 운동용 셔츠가 없어서 팀은 셔츠를 입은 학생들과 입지 않은 학생들로 나눴다. 뜨거운 7월의 저녁 그들은 내가 어디에서도 보지 못한 열정으로 경기를 했다. 그들은 서로에게 농담을 퍼부었고 웃음을 터뜨렸으며 아낌없이 땀을 흘렸고 젊은이들답게 우아하고 아름답게 움직였다. 나는 근처 바위에 앉아 그들을 지켜보았다. 저 멀리 해가 천천히 져서 먼 곳의 굴뚝에서 연기가 천천히 피어오르는 것처럼 거기서는 마치 해마저도 느리게 움직이는가 싶었다. 그런 날 저녁의 연기는 사람의 몸동작처럼 가볍고 여리게 보였고 그런 순간이면 나는 캠퍼스 곳곳에 숨겨진 비밀들과 전혀 입 밖에 낼 수 없는 금단의 주제들, 그 모든 것을 잊었다. 대신 내가 본 것은 가슴 벅찬 젊음과 에너지였고, 그때 나는 그들 누구도 자신들의 몸이 신나게 움직이는 이 순간 자신들의 마음은 시간으로부터 뒤떨어져 갇혀 버린 그 캠퍼스 벌판에 가만히 멈춰 있었다는 것을 알지 못했다고 느꼈고, 그런 그들이 20년 한평생 그들에게 허락되지 못했던 바깥 세상 전체를 갖게 되기를 바랐다.

바로 그날 저녁, 사라와 나는 초대를 고대하면서 그들의 뒤에서 어슬렁거리는데 한 학생이 "교수님, 저희랑 함께 운동하시겠습니까?"라고 물었다. 사라는 큰 미소를 지으며 "그래!"라고 말했고 그렇게 쉽게 풀렸다. 놀랍게도 담당관들은 이것을 뻔히 알았을 텐데 그녀를 저지하지 않았다. 그렇게 해서 지녁에 학생들과 함께 운동하는 것이 사라의 정규적인 일과가 되었다. 사라는 불과 몇 년 전의 일이지만 대학 시절 축구선수 활동을 했었다. 158cm의 키에 밝은 파란 눈과 연갈색 모래 빛의 꽁지머리, 그리고 어린애 같은 특징을 감춰 주는 주근깨들로 꽉 찬 귀여운 얼굴을 가진 그녀는 조용하고 교회에 다니는 시골 소녀로 보였지만 운동장에서는 재빠른 발놀림과 대단한 체력을 갖춘 맹렬 여성이었다. 소년들은 강렬한 인상을 받았다. 그들의 어느 누구도 여자와 운동해 본 적이 없었다. 게다가 이번은 그냥 여자도 아니었다. 그들이 처음 만나는 외국인들 중 한 사람이었다. 다름 아닌 그들의 교수였다. 그들은 그런 새로움을 재미있어 했고 사라는 캠퍼스의 작은 스타가 되었다. 나를 포함한 몇몇 교수들은 가끔 참여했지만 결코 그녀만큼 잘하지 못했다.

경기 중 휴식시간에 사라가 내게 와서 말했다.

"오, 나는 이제야 이곳이 마음에 들어요. 진심으로 여기서 오래 사는 것을 생각할 수 있겠어요."

길을 가로질러 커다란 회색 빌딩 앞에 서 있던 학생들조차 건너와 경기를 지켜보았는데 그들도 한순간 도취해 잠시 긴장을 늦춘 듯했다. 그들은 최민준이 며칠 전 저녁에 입었던 것과 똑같은 군복을 입고 있었다. 나는 "그런데 너희는 왜 그걸 입고 있니?"라고 슬쩍 물었다. 그러자 한 학생이 "아, 우리는 김일성학 연구실을 지키고 있습니다"라고 대답했다. 그래서 나는 그 건물을 여섯 명씩 교대로 저녁 식사 때부터 아침 식사 전까지 밤새도록 지킨다는 것을 알게 됐다. 나는 그 안에 경호가 필요한 무엇이 있을 수 있는지 상상할 수 없었지만 수령에 대한 헌신을 행동으로 보여 주는 것 자체가 핵심인 것처럼 보였다. 군복 미스터리는 결국 그렇게 미스터리하지 않았는데, 그렇다면 그들 중 일부는 우리에게 사실대로 말하는 것을 왜 그렇게 두려워했을까?

6

월드와이드웹(WWW)은 알고 보니 진정으로 월드와이드 한 것은 아니었다. 우리 누구도 그것에 관해 입 밖에 내보지를 못했다. 김책공대에서 편입한 몇몇 학생들만이 종전 학교에서 가장 그리운 것이 전자망에 의해 모두가 연결돼 있었던 것이라고 말했다. 나는 그들이 이미 다운로드 된 정보와 국가가 보증하는 웹 사이트만 접속이 가능한, 엄중하게 검열되는 네트워크인 인트라넷에 관해 말하고 있는 것으로 이해했다.

내가 그들의 인트라넷이 인터넷과 똑같은 것이 아니라는 것을, 그들만을 제외한 나머지 세상은 서로 다 연결돼 있다는 것을 그들에게 말하는 것은 허용되지 않았다. 나는 그들 중 한 명이라도 추측으로 진실을 알게 되지 않았을까 해서 징후를 찾았지만 아무것도 보지 못했다. 난들 월드와이드웹을 경험하지 않았다면 그것을 상상이나 할 수 있었을까? 누군가가 나에게 그것을 묘사해 주었다고 해도 나는 그것을 헤아릴 수 없었을 것이다.

나는 그들이 이 전자 연결망으로 부모와 연결할 수 있는지 무심한 듯 물었고 그들은 "안 됩니다. 단지 전화로 가끔 합니다"라고 대답했다. 나는 그들의 부모가 컴퓨터 사용법을 아는지 물었다. 대부분이 아버지는 알지만 어머니는 모른다고 대답했다. 한 학생은 아버지가 정부 관리여서 컴퓨터에 능숙하다고 말했고 다른 학생은 아버지가 의사여서 컴퓨터 사용법을 안다고 대답했다.

그들은 모두 전에 다니던 학교에서 빌 게이츠에 대해서 들은 적이 있었지만 나는 그들에게 그들 나이일 적에 상호 통신 방법을 혁신한 마크 저커버그에 관해 알려 주고 싶었다. 그들은 그 놀라운 청년과 그가 발명한 페이스북에 대해, 세상의 모든 사람을 연결하는 마술에 대해 얼마나 즐겁게 배우겠는가. 가끔 '소셜 네트워크'라는 영화에 내가 직접 자막을 달아 학생 기숙사 전체로 은밀히 배포하는 것을 상상하기도 했지만, 나는 영웅이 아니었기에 기껏 할 수 있는 일은 미적지근한 맛의 김치와 밥이 담긴 식판 위로 그들의 인트라넷에 대한 주장에 고개를 끄덕이는 것이었다.

둘째 주까지 담당관의 승인 하에 교사들은 학생들에게 상식퀴즈, 스펠링 맞추기, 그림 보고 단어 맞추기 등 다양한 실내게임들을 소개하기 시작했다. 곧바로 나는 세상에 대한 그들의 일반적인 지식이 놀랄 만큼 부족하다는 사실을 알게 되었다. 이들은 북한에서 가장 우수한 학생들인데 유엔, 타지마할, 기자의 대피라미드 등의 사진은 멍한 표정만 이끌어 낼 뿐이었다. 몇 명만이 한참 더듬거린 뒤에야 에펠탑과 스톤헨지의 이름과 위치를 추측했다. 그들이 과학과 기술 전공이라는 사실에도 불구하고 어느 나라가 달에 처음으로 인간을 착륙시켰는지 아무도 몰랐다. 컴퓨터가 몇 년에 발명됐는가 하는 질문을 받자 대부분은 전혀 몰랐고 한 팀이 드디어 1870년이라고 제멋대로 추측한 것도 많은 자문을 받은 뒤의 일이었다.

동시에 그들 모두는 알래스카가 터무니없이 싼 값인 720만 달러에 미국에 팔린 것은 알고 있었는데 이것은 분명히 미국 제국주의에 대한 확실한 수업의 결과인 듯했다. 그들의 영어 단어 수준이 고르지 않은데도 불구하고 모두가 줄줄 외는 한 구절이 있었는데 그것은 '브레인 드레인(brain drain · 두뇌유출)'이었다. 정부가 엘리트들의 탈북이 두려워서 그들에게 이 단어를 연습시켰을까? 단어 공부를 위한 게임 중 종이접기를 함께해 보니 그들이 만들 줄 아는 것은 전투기뿐이었다.

물론 자신의 나라에 관한 질문에 답변할 때는 전혀 달랐는데, 예를 들어 첫 번째 위성 광명성1호가 언제 우주로 발사(세계에서는 실패로 평가하였지만 북한이 매우 자랑한 사건)되었는지에 관해 그들은 정확한 연도와 날짜를 소리 높여 외쳤다.

그들은 반별로 겨루는 게임을 즐겼는데 아마도 모든 일을 단체로 하기 때문인 것 같았다. 그들은 구내식당에 반별로 왔고 반별로 지정된 층에서 살았다. 그들은 단체운동만 했고 내가 테니스를 좋아한다고 했을 때 별 반응을 보이지 않았다. 그들은 그게 무엇인지는 알았지만 익숙하지 않은 것 같았다. 그룹으로 나눠지고 서열이 매겨지는 것이 그들이 아는 것이었다. 개별적인 활동은 허용되지 않았다.

단체 의식이 모든 것을 지배했다. 경쟁할 때조차 그들은 서로를 보살폈다. 대형 강의실에서 열린 전 신입생 대상 상식퀴즈 게임 도중 일부 학생들은 다른 학생들에게 정답을 소곤거렸다. 스펠링 맞추기 게임은 거의 불가능했는데, 한 학생이 단어가 막히면 학급 전체가 정확한 스펠링을 오물오물 알려 주었기 때문이었다.

4반이 상식퀴즈 게임에서 최종 우승했을 때 언제나 약자였던 그들의 흥분은 끝이 없었다. 그 직후 케이티와 내가 축하해 주러 그 교실에 들어가자 그들은 감사 표시를 하기 위해 모두 일어서서 박수를 쳐 우리를 눈물짓게 했다. 그들은 기분이 최고조로 올라가 한동안 진정이 안 되었다. 그건 근사한 순간이었다. 그들도 훗날, 젊은 시절에 게임을 해서 우승했고 기쁨의 눈물을 흘린 두 명의 미국 선생과 함께 축하했던 그 여름날 오후를 나처럼 그리워할 것인가.

그들과 시간을 더 보내면서 나는 특이한 습관들을 알아차리기 시작했다. 예를 들어 그들은 수업 중에 먼저 대답하는 것을 좋아하지 않았다. 그들은 뛰어난 학생들이었다. 그들은 완벽하게 준비해 왔기 때문에 숙제 검사를 하는 것이 가끔은 무의미했다. 교과서의 여백에는 무엇인가를 빽빽이 적어 놓았다. 그런데도 그들은 손을 들기 전에 망설였다. 그들을 부르면 즉각 일어나서 대답하였지만 자발적으로 말하는 것은 그들에겐 낯설어 보였다.

학생들을 당황하게 만든 또 하나는 '나의'라는 대명사였다. 평양을 언급할 때 그들은 '나의' 도시라는 대신 '우리' 도시라고 했다. 북한은 '나의' 나라가 아니고 '우리' 나라였다. 평양과 북한이라는 명사는 '우리 평양' 또는 '우리 북한'처럼 항상 '우리'라는 단어와 함께 사용되었다. 케이티와 내가 '나의'와 '우리의'에 대한 특강을 해서 적절한 명사에 맞춰 '우리'를 모두 버리라고 분명히 말했지만 그들은 혼란스러워했다.

그들은 오피스아워를 겁내는 듯했다. 이것은 둘째 주이긴 했지만 4반이 뒤처지자 과외지도를 하도록 담당관들이 우리에게 지침을 주면서 드러나게 되었다. 어쨌든 케이티와 내가 개인지도를 원하는 학생들을 위해 오피스이워를 설정하였을 때 우리가 애원했는데도 설득이 안 돼 아무도 나타나지 않았다. 학생들은 오피스아워가 무엇인지 이해하지 못했고 그것을 처벌로 여기는 듯했다. 우리는 그들이 일대일로 우리와 함께 있는 것 자체를 거북해한다는 것을 알게 되었고 그들에게 짝을 지어 올 수 있다고 말해 줬다. 여전히 한 학생은 "교실에서 말씀해 주실 수 있나요?"라고 고집하였다. 결국 우리는 찾아오는 것은 의무고 명령이라고 말하자 비로소 기꺼이 따르기 시작했다.

그 둘째 주에 몇몇 교사들이 담당관들과의 연락책임자인 조지프 박사 사무실로 불려 갔다. 그의 책상 위에는 우리가 만든 종이쪽지가 있었다. 쪽지 위에는 '반죽이 부풀어 오르는 곳' 같은 메시지가 있었다. 그것은 모든 교사들이 준비한 오후 활동, 즉 캠퍼스 전역 여러 곳에 숨겨진 그림을 찾는 보물찾기에서 나온 힌트들이었다. 그림들은 해, 달 그리고 교사들이 인터넷에서 무작위로 인쇄한 것 등 무해한 것들이었다. 학생들은 상자 세트와 일종의 스코어카드를 받아 여러 곳에서 그들이 발견한 그림을 카드 위에 그리고 결국 박스를 다 채워 가게 되는 것이었다. 이 활동 자체는 미리 승인받은 것인데도 담당관들은 힌트와 그림들이 사전승인을 위해 제출되지 않았다는 데 화를 냈고 그림 하나하나가 무엇을 의미하는지를 알고 싶어 했다.

조지프 박사는 담당관들에게 질책을 받고 당황해했다. 우리는 오후에 할 다른 활동을 준비하지 못했기 때문에 다들 공황상태가 되었다. 담당관들이 우리가 다른 활동들을 더 이상 계획하지 못하게 할까 봐 걱정하였다. 우리는 힌트들에 대한 구체적인 설명을 제출하겠다고 약속했고 보물찾기를 다큐멘터리 시청으로 즉각 대체하였다.

이것이 보물찾기가 「펭귄; 위대한 모험」의 상영으로 교체된 사정이다. 우리의 선택 여지는 많지 않았다. 자연 다큐멘터리나 애니메이션 영화만 허용되었고 「펭귄; 위대한 모험」은 이미 승인받은 것이었다. 불행하게도 영화를 벽에 비춰 상영하는 것이 쉽지 않게 교실이 설계되어 있었다. 옆 벽은 창문이 있었고 앞뒤 벽은 이동시킬 수 없는 두 위대한 수령들의 초상화와 어록은 물론이고 칠판도 있었다. 학교 전체에서 이들 둘로 장식되지 않은 빈 벽을 찾는 것은 불가능했다. 그래서 100명의 신입생들은 최대 크기의 절반짜리로밖에 볼 수 없는 영화를 위해 한 대형 강의실에 모였다.

우리가 어디에 있든지 그들의 영도자들도 함께 있었다. 나는 그 당시 얼마나 임박해 있는지 알지 못했지만 김정일이 죽고 김정은이 승계하면 무슨 일이 일어날까 생각했다. 전국 벽마다 세 번째 초상화가 추가될까? 손자에게 자리를 주기 위해 아버지와 아들의 사진 중 일부를 내릴 것인가? 일부 표어를 옮기고 그의 말을 거기에 함께 삽입할 것인가? 노래는 어떻게 할까? 책은 어떻게 할까? 동상은 어떻게 할까? 꼽아 보니 끝이 없었고 그것이 대형 프로젝트가 될 것이 틀림없었다. 케이티는 수작업을 하는 대신에 사진 하나를 포토샵으로 더하면 훨씬 쉬워질 것이라고 농담처럼 말했다.

식사 때 소년들은 케이티와 시시덕거렸다. 박준호는 그녀가 남자의 어떤 면을 보는지 물었다. 그녀가 그것들을 말하자 그는 "제가 그 모든 것을 다 갖췄습니다!"라고 말했다. 그러자 그녀는 거꾸로 그가 여성의 무엇을 좋아하는지 물었다. "복종심"이라고 그는 대답했다. 우리가 '성공적으로 여학생을 만나는 방법'이라는 제목의 작문 숙제를 주었을 때 여러 학생들은 얼떨떨한 표정을 지었다. 그들은 점심 식사 때 나에게 다가와서 물었다.

"선생님, 이것은 우리에게 매우 어렵습니다. 우리가 이것을 어떻게 씁니까? 우리는 여자 친구가 있었던 적이 없습니다!"

그들은 엄밀히 말해 대부분 남녀공학인 대학에서 2년을 보낸 대학 3학년생이었다. 이들은 좋은 가문 출신인 데다 대부분 평양에서 자랐기 때문에 이 나라에서 가장 자격을 갖춘 젊은이에 속했는데도 꿈에 그리는 여학생에게 구애하기 위해 그들이 제시하는 방법은 거의 어린아이 같았다.

한 학생은 좋아하는 소녀가 물에 빠졌다면 수영을 하지 못하더라도 그녀를 구해야만 하며 그러면 그녀는 그를 멋지다고 볼 것이고 곧 남자 친구와 여자 친구가 될 것이라고 썼다. 다른 학생은 비가 내리는데 좋아하는 소녀가 우산을 갖고 있지 않으면 우산을 함께 쓰라고 썼다. 소녀와 함께 카페나 영화관에 가는 식의 대담한 방법을 제시한 사람은 아무도 없었고 여러 학생들이 국립도서관인 인민대학습당에서 만나는 것에 대해 쓴 것으로 미루어 아마도 그곳이 평양에서 젊은 남녀가 만나는 주요한 장소일 것이라는 생각이 들었다. 그들 중 여럿은 이상형 여자를 자신에게 복종하고 귀를 기울이며 아들에게 훌륭한 어머니가 되는 사람으로 묘사하였다. 결국 이 나라에서 여성이 해낸 가장 중요한 일이 성녀 마리아와 다르지 않게 위대한 영도자를 낳은 것이었다. 김일성의 부인이자 김정일의 어머니인 김정숙은 '항일의 여성혁명가 백두 여장군'이라며 남편, 아들과 함께 '백두산 3대 장군'으로 불렸다. 하지만 김정일의 여러 부인들은 공개되지도 않았다 (2012년 김정은은 부인을 공개석상에 데리고 나타났고 이것은 전통과의 급진적인 단절로 여겨졌다). 학생들 대부분은 마치 누군가가 그들의 글을 점검할 것을 우려한 듯 자신들이 여학생에 대해 얼마나 관심이 없는지를 강조하고는 강성대국을 건설하는 데 힘을 합하고 위대한 장군님을 자랑스럽게 하기 위해 공부를 할 것이라고 썼다.

몇몇 젊은 교사들도 그들처럼 순진했다. 사라는 과거의 연애에 관해 말했지만 시간이 좀 지나서 나는 그 관계에 육체적 접촉은 전혀 포함되지 않았다는 것을 알게 되었다. 나는 그녀에게 무엇이 그것을 우정이 아닌 사랑으로 만들었느냐고 물었지만 그녀는 수줍게 미소만 지었다. 케이티도 키스조차 허용하지 않은 데이트에 관해 말했다. 그녀는 주님이 자신을 가득 채우기 때문에 혼자 있는 것도 좋다고 되풀이 말했다. 나는 나의 학생들이 위대한 영도자에게 충성함으로써 평등하게 성취감을 느끼는지 궁금했다.

어느 날 저녁 식사 후 티셔츠와 헐렁한 체육복 반바지 차림으로 10대처럼 보이는 사라가 내 방에 들렀다. 그녀는 집을 떠나기 전에 유언을 써 놓았다고 나에게 말했다. 그녀는 북한에서 지내는 것이 어떤 의미인지 전혀 몰라서 주님에게 만일 자신이 죽어도 좋으냐고 물었다고 말했다. 그러자 주님은 괜찮다고 대답했다는 것이다. 그녀는 주님이 자신에게 길을 보여 주었다고 했다.

"나는 내 인생이 의미 있기를 바라요."

사라는 애석해하는 눈으로 이렇게 말했고 나는 그 순간 그녀와 연대감을 느꼈다. 그녀는 이제 서른이 다 돼 가고 곧 결혼하고 싶은데 평양과기대에는 자신에게 맞는 남자가 없다고 말했다. 만일 그녀가 자신의 꿈을 나눌 누군가를 만났다면 결혼해서 이곳으로 함께 이사해서 북한 주민에게 기독교를 전파하는 데 자신의 인생을 바치는 상상을 한다고 했다.

그녀는 나에게 남자 친구가 있는지 물었다. 나는 내가 좋아하는 사람이 있긴 한데 확신하지 못한다고 말했다. 그 순간 나는 이렇게 인정한 것을 즉시 후회했다. 나는 그녀를 잘 알지 못했고 그녀는 선교사였다. 아마 나는 외로웠던 것 같았다. 매일같이 나는 더해지는 고립감을 느꼈다. 이런 공동 공간에서 내가 인간적인 접점이 필요하다고 느낀다는 것조차 이상했다. 그곳에서는 모든 식사를 함께하고 하루의 모든 순간을 사람들 속에 섞여서 보냈다. 오히려 뉴욕에서 나는 글을 쓰면서 때로 아파트에 처박혀 아무도 보지 않은 채 만족감을 느끼면서 일주일을 통째로 보내곤 했는데 여기서는 내 마음을 어떤 이에게, 누군가에게 쏟아 놓고자 했다. 그리고 그 순간 우리는 서로 비밀을 속삭이는 두 여자 친구인 것처럼 느껴졌다.

"그는 어떤 사람인가요? 교회에서 만났어요?"

그녀는 '교회'라는 단어를 말할 때는 목소리를 낮추고 눈에 미소를 지으며 물었다.

나는 아니라고 말했다.

"여기에서 함께할 수 있는 사람인가요?"

그녀는 물었다. 그녀는 늘 놀란 듯이 눈을 크게 치켜뜨는 버릇이 있었다.

나는 그녀가 무엇을 궁금해하는지 알았고 대화가 흘러가는 방향이 불편해지기 시작했다. 그래서 나는 "아마 아닐 거예요"라고만 말했다.

그녀의 눈이 더 커졌다.

"그가 기독교인인 건 맞죠?"

나는 나 자신을 드러내고 싶지 않았기 때문에 이 질문에 어떻게 대답해야 할지 확신하지 못했고, 그래서 나의 애인이 작가라는 사실을 감안해 가능한 한 진실 되게 대답했다.

"그는…… 정신적인 사람이에요."

그녀가 다시 물었다.

"그가 예수님을 믿지 않는다는 건가요?"

나는 그녀의 눈에서 균열의 시작, 즉 못마땅함을 의미하는 무언가를 볼 수 있었다. 나는 그녀를 좋아했고 그녀를 잃기를 원치 않았다. 그래서 나는 되풀이했다.

"그는 정신적인 사람이에요."

그녀는 이해가 안 되는 눈치였지만 더는 질문하지 않았다. 그녀의 마음속에 내가 그녀와 같은 선교사라는 점에는 의문이 없었다. 왜냐하면 내가 만일 더 높은 소명을 따르지 않는다면 왜 이 황량한 땅에서 월급도 안 받고 일하겠는가? 그러나 비신자에게 동반자로서 관심을 가진 참 신자는 없을 것이다.

삶이 어떤 목적을 추구하는 것이라면 우리들 사이에는 깊고 깊은 틈이 있었다. 그녀의 인생 목표는 신을 섬기는 것이다. 신이 없다면 인생은 의미를 잃을 것이고 그녀 역시 존재하지 않을 것이다.

사라에게 말하지 않은 것은 첫 열흘 사이에 내가 브루클린의 그 남자로부터 e메일을 겨우 한 통 받았다는 것이다.

"언제 집에 돌아와?"

그는 물었다. 그게 그가 쓴 전부다. 그는 처음부터 말이 많지 않은 남자였고 아마도 세상의 저편에 있는 금단의 장소로 e메일을 보내는 것을 불안하게 느꼈을 것이다. 특히나 우리들 인생이 큰 차이가 나는 다른 속도로 움직이고 있다면 새롭게 연결된 연인들에게 떨어져 있는 두 달은 끝없이 긴 시간이었다. 내가 평양에 도착한 이후 영국의 『뉴스 오브 더 월드』가 전화 해킹 스캔들이 터진 뒤 폐간되었다. 「해리 포터」 영화 마지막 편이 개봉했다가 벌써 끝났다. 뭄바이는 또 한 차례 폭탄으로 시달렸다. 남수단이라는 새로운 나라가 탄생하였다. 아마존은 아이패드와 경쟁할 새로운 태블릿을 막 선보였다. 나는 북한에서 국제뉴스에 접근하는 극소수 중 한 사람이었기 때문에 이 모든 것들을 알 수 있었다. 내 방에서 나는 CNN아시아를 항상 켜 놓았고 가끔은 소리를 죽이고 화면만 쳐다보았다. 과거에는 TV뉴스를 많이 본 적이 없었는데 여기서는 그것이 바깥세상으로 나 있는 창으로서 위안을 주는 것처럼 느껴졌다.

어느 날 저녁 나는 숙제 점수를 매기다가 우연히 올려다 본 화면에서 브루클린 다리와 엠파이어스테이트 빌딩을 보았다. 그 순간 나는 집이 너무나 그리워서 눈물을 터뜨렸다. 당장 전화기를 들고 집과 통화하고 싶어서 이리저리 왔다 갔다 했지만 당연히 밖으로 걸 수 있는 전화가 없었다. 나가는 것도 들어오는 것도 없었다. 너무 멈춰 있는 듯 느껴져서 가끔은 모든 것에 날짜를 매기는 것이 애매했다.

나는 학생들에게 그들이 좋아하는 드라마인 「태양의 나라」가 언제 만들어졌는지 물었지만 그들은 몰랐다. 10년 전? 20년 전? 그들은 약 20년이라고 생각하는 듯했고 나는 그들이 좋아하는 TV 프로그램조차 최근에 만들어진 것이 아니라는 걸 알게 됐다. 그들의 위대한 두 수령과 장군은 항상 중년을 지난 모습으로 보였다. 누구도 자신들이 경애하는 대장의 정확한 나이를 몰랐는데 그가 권력을 잡은 뒤 오래지 않아 여러 외신 매체들이 그의 나이가 스물아홉이라고 확인해 주었다. 신문은 날짜가 특정되지 않은 모호한 행사들로 가득 찼으며 우리가 정문 밖으로 외출했던 때 나는 수십 년 전에 듣던 '남새'(남한에서는 더는 쓰지 않는 채소라는 의미의 단어) 같은 단어가 들어간 상점 간판을 본 적이 있다. 나라 전체가 언어나 문화에서 갈라파고스처럼 동떨어진 섬 같았다.

담장 너머 이상한 나라보다 더 이상하게 보이는 이 이상한 캠퍼스에서도 그렇게 시간은 흘렀거나 아니면 흐르지 않았고 나는 안식처를 찾기 위해 애인의 e메일에 매달렸다.

"언제 집에 돌아와?"

오전 5시에 일어났을 때 이 질문이 나를 따라다녔고 나는 새날을 맞이하기 위해 커튼을 열었다.

"그런데 당신은 작가예요?"

사라의 질문이 나를 몽상으로부터 깨웠다.

순간 나는 허를 찔렸지만 "그래요, 나는 소설가예요. 하지만 나는 교사이기도 하죠"라고 말했다. 이상하게도 그녀는 내 대답에 만족한 듯 보였고 이 문제를 다시 꺼내지는 않았다.

사라와의 대화 직후 나는 교사 중 미시시피의 기독교계통 대학 출신 교사가 우리 그룹의 전원을 구글 검색해 본 것을 알게 되었다. 선교사 중 일부는 우리 인터넷 접속이 계속 검열되고 있다는 것을 가끔 망각해 상황을 감지하지 못했고 심지어는 지극히 순진해 보였다. 텍사스에서 온 한 교사는 인터넷에 접속해 페이팔로 무슨 비용을 지불하려고 노력했지만 사이트에서 국제적인 경제제재 하에 있는 나라들에서의 사용을 차단해 거절됐다고 나에게 말했다. 다른 교사는 이 나라에 수용소가 있다는 걸 알고 놀란 듯했다.

다른 사람들을 구글 검색한 교사에 관해 케이티가 듣더니 공황상태가 됐다. 그녀는 중국에서 탈북자를 돕는 NGO 활동을 좀 했었다. 케이티에게는 아무 말 안 했지만 나도 나의 정체가 발각돼 버렸을까 두려웠다. 그때까지는 교사 중 누구도 나에게 기독교인인지 아닌지를 직접적으로 묻지 않았다. 나는 담당관들이 진실을 알지 못하기만을 바랄 뿐이었다.

하지만 우리는 고도감시 환경에서 자라지 않았기 때문에 가끔은 주의해야 한다는 것을 잊을 수밖에 없다는 것이 이해가 되었다. 가끔 나도 작은 실수를 했는데 보통은 대화를 나누는 식사 중에 그랬다. 때로는 오전 강의 후 지쳐서 어설프게 되기도 했다. 간혹 나의 실수는 고의였다.

한번은 한결같이 스포츠에 열의를 갖고 있는 학생들과 스포츠를 화제로 말하고 있었는데 그들은 미국프로농구(NBA)에 대해 궁금해했지만 아는 선수라고는 마이클 조단이 유일했다. 그들의 지식은 최신이 아니었다. 그들이 말한 북한의 농구 슈퍼스타, 그들에 따르면 세계 최장신인 리명훈은 1990년대 이후 거의 뛰지 않았다. 그들은 NBA 경기를 본 적이 없다고 말했는데 일부는 더 아는 듯했다. 한 학생이 "현재 최고의 선수는 누구입니까?" 하고 물었다. 그는 조단이 은퇴한 것을 알고 있었다. 나는 그에게 마이애미 히츠의 르브론 제임스라고 말해 줬다. 그때 나는 차라리 테니스를 말하는 게 더 안전하겠다고 결정하고 톱 랭크된 두 선수 라파엘 나달과 로저 페더러가 수년 전 US오픈에서 경기한 것을 본 것을 이야기했다.

"그들을 직접 보셨습니까?"

한 학생이 의심스러운 듯 물었다.

우리는 미국을 자랑하는 듯 보이는 것들을 이야기하지 않게 돼 있었지만 나는 바깥세상에서 프로 스포츠 선수를 직접 보는 것이 실제 상황이며 스페인과 스위스 출신 선수들이 뉴욕으로 여행하거나 아니면 우리 선수들이 그쪽으로 가는 것이 아주 정상적이라는 것을 그들이 알게 하고 싶었다. 우리에게 갈 수 있는 곳과 가지 못하는 곳을 아무도 지시하지 않는다는 것을 그들이 알게 하고 싶었다. 그래서 나는 아무렇지도 않은 듯 말했다.

"물론이지. 경기장이 내 아파트에서 지하철로 45분 거리에 있어서 매년 US오픈에 가."

그들은 아무 말도 하지 않았고 나는 그들이 나를 믿었는지 확신하지 못했다.

다른 때에도 나는 "그래, 나는 대학시절 교환학생 프로그램으로 런던에 갔을 때 당구를 배웠지"라고 말하기도 했다. 또는 "내가 너희 나이 때는 유럽 전역을 배낭여행 했단다"고 하거나 "나는 서울에서 태어났고 지금도 거기에 가족이 있어서 서울에 자주 간다"고 말했다. 그들은 "그건 어땠습니까?" 또는 "런던은 어떻습니까?"라고 묻지 않았지만 우리 교사들은 자신들과 달리 자유롭게 여행할 수 있다는 것을 눈치챘음을 나는 알았다. 그들의 유일한 반응은 갑자기 침묵하는 것이었고 내가 대신 평양에 관해 이야기하면서 화제를 끌어내면 그들의 얼굴이 밝아지곤 했다.

그들은 내가 평양에서 무엇을 봤는지 물었고 다른 가 볼 만한 곳을 묘사하기도 했다. 그곳은 골드레인이라는 당구장 및 볼링장이었다. 창광원이라는 수영장과 이발소를 갖춘 '서비스' 장소가 있었다. 평양 실내체육관은 그들의 또 하나의 자랑거리였다. 하지만 누구도 방문객에게 주는 현지인의 조언이 담긴 이런 말을 하지는 않았다.

"다음 주에 거기 꼭 가 보셔야 합니다. 아니면, 제가 안내하겠습니다."

여기서는 누구도 허가가 없으면 스스로 어디에도 가는 것이 허용되지 않았다.

교사들이 다음 학기의 개성 여행을 놓고 의논하던 때라서 나는 학생들에게 얼마나 많은 학생이 개성에 가 보았는지 물어봤다. 개성은 남북 양측이 이곳을 확보하려는 희망에 정전협정의 서명을 지연시킨, 한국전쟁 때의 협상카드였을 뿐 아니라 고려 때의 수도였다. 북위 38도선에 가까운 개성은 2002년 이후 남북한 교역지대로 기능하고 있다. 이곳은 이 나라에서 두 번째로 중요한 도시이며 평양에서 두세 시간밖에 안 걸리는 곳이지만 오직 한 학생만이 거기에 가 봤다고 했다. 평양과기대에 있는 동안 그들은 차로 10분이나 15분밖에 걸리지 않는 평양 도심의 부모 방문조차 허용되지 않았다.

교사들의 움직임도 비슷하게 통제될 뿐만 아니라 통신도 매우 제약받았다. 조앤은 자신의 딸이 집에서 e메일을 정기적으로 뒤져 보고 있으며 급한 일이 있으면 딸이 알려 주겠다고 약속했다고 말했다. 케이티는 부모 외에는 누구와도 연락하지 않았고 보통은 잘 있다고 하는 한 문장만 썼다고 말했다. 사라도 아주 짧게 요점만 썼다. 나는 평양과기대에서 부모에게도 e메일을 보내지 않았다. 어머니는 내가 거기 있는 것이 너무 속상하고 걱정돼 내가 떠나기 전에 나와 눈을 마주치지도 않았다. 나는 일주일에 한 번씩 "잘 지내고 있어요"라는 e메일을 형부에게 보내 언니의 안부를 묻고 나머지 가족들이 내가 살아 있다는 것을 알도록 했다.

우리는 늘 복종했다. 우리 중 누군가가 거칠고 반항적이었다면 그 사람은 경비원을 뚫고 빠져나가려고 노력하거나 평양과기대를 둘러싼 담장을 넘으려고 했겠지만 아무도 감히 그렇게 하지 않았다. 담당관과 감시원에 의한 끊임없는 감시는 우리 안에 공포를 불러일으켰다. 우리는 결과가 생각할 수 없는 것임을 알고 있었고 그래서 들은 대로 행동했다.

우리는 온순하게 상황을 받아들였다. 학대당하는 아이처럼 침묵 속에서 우리가 얼마나 빠르게 죄수가 되었는지, 얼마나 빠르게 우리 자유를 포기하였는지, 얼마나 빠르게 자유의 상실을 용인하였는지. 이 세상에서는 개인적인 요구는 없었고 모든 것에 대해 허가를 구하게 하는 것은 어린애 취급을 하는 것이었다. 그래서 우리는 스스로 아무것도 할 수 없는 우리 학생들을 이해하기 시작했다. 자신 마음속의 욕구를 따르거나 원하는 어딘가를 마음대로 가는 개념은 여기에는 존재하지 않았으며, 특히 그들 체제에서 그렇게 잠깐 머문 뒤 나 자신의 자유마저 상실한 나로서는 그것이 어떤 느낌인지를 학생들이 알도록 하는 방법을 찾지 못했다.

둘째 주말쯤부터 학생들이 오피스아워의 개념에 익숙해진 것 같 았다. 그들에게 오라고 명령하니까 떼로 몰려왔다. 어느 날 오후 케 이티와 나는 학생들을 맞을 준비를 하고 있었는데 리 선생이 문 앞에 나타났다. 그때까지는 담당관이나 감시원이 내 사무실에 불쑥 나타 나는 일이 없었다. 그는 가볍게 몇 마디를 하더니 우리에게 너무 불 안해하지 말라고 말했는데 그 말이 더 불안하게 하였다. 그러더니 그 는 의자에 앉아 내 책상 위의 교재를 대충 넘겨보기 시작했다. 이 책 은 이미 담당관의 허가를 받은 것이어서 우리가 걱정할 필요는 없었 지만 그의 행동은 왠지 위협적이었다. 케이티는 한쪽 구석에 앉아 학 생들의 작문을 읽기 시작하였는데 나는 학생들 중 누구라도 비밀을 너무 드러낸 경우가 없을까 해서 약간 공황상태에 빠졌다. 그래서 리 선생과 인사를 주고받으면서 슬며시 노트를 들어 케이티 앞의 종이 더미 위로 던졌다. 다행히도 그녀는 곧바로 이해하고 종이 뭉치를 효 과적으로 감추면서 책상을 정리하는 척했다. 리 선생은 알아차리지 못한 눈치였다. 교재를 계속 훑어보면서 그는 영어가 어렵다고 말했 다. 나는 케이티도 이해할 수 있는 쉬운 한국어로 그에게 더 배우고 싶으면 우리 반에 참여하라고 말하면서 그렇지만 숙제를 해야만 한 다고 농담 삼아 말했다. 그랬더니 그는 나의 초대에 즐거워하는 것 같았다. 겨우 3년 전에 우리가 공항에서 눈물을 나눴다는 것을 믿기 어려웠다. 그가 이것을 기억했더라도 그는 드러내지 않았고 나도 결코 발설하지 않았다. 이곳은 과거에 함께했던 경험을 감상적으로 회고하는 따위의 일은 우리가 해서는 안 되는 곳이었다.

그때 나는 여러 명의 학생들이 문 앞에서 리 선생을 보고 순식간에 위축돼 있는 것을 보았다. 이들은 반에서 가장 수다스런 학생들로 이들이 그를 보고 경직되는 것을 보는 것이 이상했다. 늘 웃는 눈과 나쁜 남자의 매력을 지닌 박준호조차도 불안해 보였다. 리 선생은 머물러 있고 싶은 눈치였지만 나는 단호히 거절했다.

"제 학생들은 리 선생님이 가까이 계시면 정말로 집중할 수 없어요."

내가 미소를 띠며 말하자 그는 어색하게 웃으며 떠났다. 즉각 소년들이 눈에 띄게 긴장을 풀었다. 곧 더 많은 소년들이 도착했고 사무실에 학생들이 가득했다. 어떤 학생은 교재에 대해 질문했지만 대부분은 그저 대화하고 싶어 했다. 그들은 '영어로 하는 프리토킹'을 요구했다.

케이티가 중국에서 닭을 굽다 부엌에 불을 낸 이야기를 들려주는 동안 나는 무엇을 이야기해 줄 수 있을지 생각했지만 나의 생활에 관한 거의 대부분은 금기였다. 그래서 나를 더 열어 보여 주는 대신 나는 최근 숙제 주제인 '성공적으로 여학생을 만나는 방법'에 관한 이야기를 꺼냈고 그들 사회에서 사람들이 여전히 중매결혼을 지지하고 있는지를 물었다. 그들은 그렇다고 대답했는데 그러면서도 그들 자신은 연애결혼을 더 좋아한다고 말했다. 하지만 여자는 전형적으로 27세에, 남자는 서른 안팎에 결혼하기 때문에 그들은 결혼에 관해 아직까지는 진지하게 생각하지 않는다고 덧붙였다. 비록 나의 학생들은 내부분의 권력층 자제들처럼 군복무 의무를 면제받겠지만, 보통 남자들 대부분은 17세에 시작해서 10년간 군대에 복무를 해야 하기 때문인 것 같았다. 그러자 그들이 미국에서는 어떠냐고 물었고 나는 중매결혼은 없고 다만 어떤 사람들은 컴퓨터를 통해 만난다고 말해 줬다. 나는 인터넷이라는 단어를 말하려다 문장 중간에서 스스로 멈췄다. 남녀소개 사이트를 설명하거나 그들이 원하는 대로 자유롭게 말할 수 없기에 나는 영어 문법에 관한 이야기로 돌아올 수밖에 없었다.

다음 토요일, 나는 카키색 경비군복을 입고 있는 세 명의 학생과 한 식탁에 앉았는데 이제는 익숙한 광경이었다. 학생들은 더 편해 보였고 왜 매일 밤 김일성학 연구실의 경비를 서야만 하느냐고 내가 묻자 그들은 위대한 수령님의 정신을 지키는 것이라고 대답했다. 나는 건물 안에 무엇이 있느냐고 물었다. 그들은 그냥 교실이라고 말했다. 이 건물은 그들이 늦은 오후에 주체사상을 공부하러 사라졌던 곳이었고 나는 이곳이 그들에게 일종의 교회 같다는 생각이 들었다.

내가 이 젊은이들이 토요일 밤을 보낼 더 생산적인 방안을 그려 보고 있는데 강선필이 이렇게 덧붙였다.

"아, 하지만 전혀 피곤하지 않습니다. 우리는 6명이고 교대를 합니다. 실제로 어렵지 않습니다. 우리는 시험에 통과하기 위해 영어를 읽고 공부합니다. 우리가 영어를 배우면 우리 조국과 우리 위대하신 김정일 장군님을 더 잘 받들 수 있습니다."

이것은 너무 명확하게 분명히 표현된 것이어서 나는 멍하니 있다가 그를 다시 쳐다보았다. 그때까지 선필은 교실에서 너무 조용해서 거의 보이지 않는 학생이었는데 그 순간에는 내가 어느 순간 실수라도 한다면 그가 나에 관해 보고하겠다는 생각을 할 수밖에 없었다. 그러고는 식탁에 있는 다른 두 학생을 바라보았다. 불현듯 나는 누구도 믿지 않게 됐다. 의심의 순간은 독과 같았다. 나는 그들이 누군지 확신할 수 없었다. 그리고 그것은 자식을 겁내는 어머니 같은 마음이었고 극도로 나쁜 기분이었다. 그러나 그럴 때 어느 한 학생이 사랑스러운 무언가를 이야기하면 나는 바로 나쁜 기분을 떨쳐 버렸다.

화제를 바꿔 나는 교사들이 그날 관광을 갔다 왔다고 말했다. 내가 지하철을 봤다고 말하자 그들은 즉각 내가 평양을 방문할 때마다 안내받은 지정 관광장소인 부흥역과 영광역에 가 본 것으로 추측했다. 나는 인민대학습당에도 가 봤다고 말했다. 이에 대해 류정민이 갑자기 집중하더니 거기서 학생들을 보았냐고 물었다. 그는 나를 골똘히 바라보았는데 나는 그의 표정에서 이것이 중요한 질문이구나 하고 알아챘다. 그 숨은 의미를 곱씹으면서 나는 다시 말해 달라고 했다.

"우리 같은 학생이 있었습니까? 대학생들 말입니다."

그는 물었다.

생각해 보니 그들 또래의 대학생들을 본 것이 기억나지 않았다.

"아니, 모두들 조금 더 나이가 들어 보였어."

나는 천천히 말했다.

"아마도 젊은이들은 20대 중반이겠지? 아마 대학생은 없었을 거야."

그는 체념에 가깝게 아래를 내려다봤다.

"거기 언제 가셨습니까?"

다른 학생이 말했다.

"아마도 오전이라 대학생들은 거기서 수업 중이었을 겁니다. 인민대학습당에서 강의가 있는데 모두 무료이며 모두 위대하신 김정일 장군님의 배려 덕분입니다."

우리는 진행 중인 강좌 2개를 관람했지만 거기서 몇몇 젊은 여자 외에는 대학생을 본 기억이 없었다. 내가 이것을 이야기하자 식탁의 모두가 불안해하는 듯 보였다.

그날 밤 늦게 곰곰이 생각해 보니 학생들이 왜 그렇게 몹시 궁금해했는지 알 수 있을 것 같았다. 정민과 다른 학생들은 학교 밖의 사람들과 연락이 잘 안 돼서 친구들이 어디에 있는지 알지 못했던 것 같았다. 내가 그들에게 가족과 친구들과 연락을 하는지 물어볼 때마다 그들은 직접 대답하지 않았다. 한 학생은 부모가 보고 싶을 때 전화를 한다고 했지만 기숙사 어디에 전화가 있느냐고 묻자 대답을 하지 않았다. 다른 학생은 동생이 보낸 소포를 기다린다고 했는데 내가 부모에게 편지를 쓰느냐고 묻자 역시 대답을 하지 않았다. 나의 의심은 연락이 뜸하다는 것이었다. 그들 중 일부는 휴대전화를 갖고 있었을 수 있지만 집에 연락할 방법이 있더라도 누군가 엿들을 수 있다는 공포심 없이 자유롭게 대화할 수는 없었을 것이다.

그러나 정민의 질문에서 무엇인가가 떠올랐다. 그는 자신들이 항상 모여 놀던 평양의 어느 곳에서 우리가 대학생을 보았는지를 알고 싶어 했다. 우리는 아무도 못 보았다. 김 총장이 우리에게 말했듯이 평양과기대가 북한이 유일하게 열어 놓은 대학이란 것이 실제로 가능한가? 그리고 대학들 문을 닫은 것이 김정일의 건강이 악화하였고 정권의 개편이 임박했을 수 있다는 것과 관련이 있는가? 우리 학생들은 이 사회에서 최고 중의 최고였다. 물론 다른 학생들처럼 이들은 건설 현장에 보내지지는 않았고 그 대신 영어 공부를 하면서 정치적 태풍이 멈추기를 기다릴 수 있도록 자신의 도시에 있는 기숙학교로 보내졌다. 그러면 북한 권력층의 아들들에게 일시적 피난처를 제공하는 것이 우리의 임무라는 건가?

7

어느 날 오후, 나는 여느 때처럼 세 학생과 점심을 먹고 막 마치려는데 케이티가 내 식탁으로 달려와 잠시 중요한 이야기를 할 것이 있다고 했다. 우리가 갈 만한, 남이 듣지 않는 곳은 없었고 우리는 산책하면서 강의를 의논하는 것처럼 보이기를 바라면서 캠퍼스 주변을 걷기로 결정했다. 걷는 것이 우리가 자유롭게 이야기하는 유일한 방법이었다. 수상쩍게 보이지 않도록 하기 위해 우리는 이따금 멈춰 서로 사진을 찍어 주었다.

케이티는 그녀의 식탁에서 어떤 학생과의 대화로 인해 공황상태에 빠져 있었다. 그 학생은 우리 반 소속이 아닌데도 그녀와 함께 앉고 싶다고 요청하였다. 때로는 학생들이 영어 연습에 너무 열중하여 자신의 선생과 함께 앉을 수 없게 될 때 근처에서 본 다른 선생에게 접근했다. 가르치는 선생하고만 식사를 하라는 명확한 규정은 없었고 그래서 가끔은 우리가 모르는 학생들과 함께 앉기도 했다.

그 학생은 그녀에게 왜 미국의 고등교육은 북한에서 위대한 수령이 가능하게 만든 것처럼 공짜가 아니냐고 물었고, 시작은 이렇게 순수했다. 이것은 놀랄 만한 질문이 아니었다. 이전 방문에서 나도 같은 질문을 받았는데 이 정권이 미국의 비싼 고등교육 체계를 자본주의의 실패 사례로 활용하고 있다는 생각이 들었다.

케이티는 사립과 공립 교육의 의미와 함께 장학금과 학자금대출 제도를 최선을 다해 설명했다고 말했다. 하지만 그녀는 그런 것들에 대해 토론해서는 안 된다는 것을 알았고 그래서 불안해졌다. 게다가 이 특별한 학생은 더 따져 들었다. 그는 '세금'이라는 단어에 대해 들어 본 적이 없었고 평양과기대에 와서도 그것이 교재 한 권에만 언급되어 있다 보니 이해하기가 불가능하다고 했다.

"세금이라고 불리는 게 무엇입니까?"

그는 알고 싶었다.

"왜 국민이 정부에 돈을 지불합니까?"

케이티는 설명하려고 노력하였으나 말할 것과 말해서는 안 되는 것 사이에서 막혀 버렸다. 그녀는 학생이 자신을 테스트해 보고서를 쓰려고 하는 것인가 걱정했다. 우리는 이 상황을 어떻게 해결할지 의논하면서 캠퍼스를 두세 바퀴 돌았다.

마침내 우리는 내가 그와 함께 식사하면서 그녀가 무엇을 걱정해야 하는지 보기로 결정했다. 그래서 다음 식사 때 케이티가 나에게 그를 지목했고 나는 그에게 다가가 그와 동석해도 되냐고 물었다. 그는 놀라고 기뻐하는 것으로 보였고 자신을 소개했다. 그의 이름은 류지훈이었다. 그의 영어 실력은 좋았고 그런 것으로 보아 2학년인 듯했다.

그는 소소한 이야기에는 관심이 없었다. 우리가 앉자마자 그는 선생 중 하나가 인간과 동물이 모두 창조가 가능하다고 주장했다고 말했다. 하지만 그는 오직 인류만이 창조적일 수 있다고 생각했다. 내 생각은 무엇인가? 나는 그 순간까지 그 주제에 관해 생각해 본 적이 없었고 그에게 그렇게 이야기했다. 나는 잘 모르지만 예를 들어 돌고래는 매우 지능적이라고 알려져 있다고 말했다. 그러나 그가 급히 화제를 바꾸는 걸로 보아 그가 내 대답에 진심으로 관심이 없어 보였다.

"「김정일 장군의 노래」, 들어보셨습니까?"

그가 물었다.

"그럼."

나는 주의 깊게 대답했다.

"그것을 어떻게 생각하십니까?"

그가 직격탄을 날리며 물었다.

나는 얼어붙었다. 완벽하게 정직해지는 것은 불가능했지만 나는 가능한 한 진실하게 대답하고 싶었다. 그래서 나는 말했다.

"너와 나는 다른 체제에서 왔지. 미국인들은 자신의 국가가 있단다. 영국도 그들의 것이 있어. 남한도 역시 그들의 것이 있어. 나는 그 특정한 노래가 너의 국가라고 이해하며 그것을 존중해."

그는 잠시 내 대답을 곰곰이 생각하는 것 같았다. 그 사이에 식탁에 있던 두 학생은 불안해하는 듯하더니 조용히 남아 있었는데 그중 한 명이 불쑥 축구에 관한 질문을 터뜨렸다. 그러나 이 특별한 학생은 단념하지 않고 다른 질문을 내밀었다.

"국회, 그것에 대해 이야기해 주십시오."

"국회? 어떤 국회? 어느 나라의 국회?"

나는 약간 당황해서 말했다.

"남한 말이니? 아니면 미국의 국회? 그들은 모두 다르단다. 그래서 말하기가 불가능해."

그는 쉽게 포기하지 않았다.

"어떤 나라든 문제가 안 됩니다. 일반적인 개념을 말해 주십시오. 교수님은 미국인이니까 미국에서 그것이 어떻게 작동하는지 듣고 싶습니다."

그는 내 눈을 맞추며 말했다.

나는 어디까지 이야기하는 것이 어느 정도 허용되는지를 생각하며 깊은 숨을 쉬고는 내가 아는 한 가장 단순한 방법으로 대답했다. 미국은 50개 주로 구성되어 있고 주마다 국민들이 의회 대표를 선출한다고 말했다. 우리는 선출된 대통령도 있으며 대통령과 의원들이 법을 통과시키기 위해 함께 일한다고 말해 줬다. 그래서 실제로 정책결정을 하는 것은 국민이라고 말했다.

"그러나 나는 정책을 결정해야 하는 사람은 대통령이라고 생각합니다."

그가 역습을 했다.

"그가 권력을 갖고 있는 것입니까? 아닙니까?"

나는 그 순간 잠시 눈을 감고 호흡을 가다듬었다. 갑자기 온몸의 힘이 빠졌다. 나는 그때 나에게 진실을 말할 힘을 달라고, 용기를 달라고, 누구에게라도 어디에서라도 빌고 싶었다. 아마도 독실한 선교사들 속에서 살면서 기도를 배웠는지도 모르겠다. 바로 이것이 우리가 해서는 안 된다고 경고를 들은, 정확히 그런 종류의 토론이었다. 나는 이 학생이 나에게 올가미를 씌우려고 노력할지 모르며 더 나아가 내가 그를 큰 곤경에 빠뜨릴 수도 있다는 것을 알았다.

"그것은 이런 것과 비슷해."

나는 주의 깊게 말했다.

"예를 들어 이 학교에서 제임스 김 총장이 평양과기대의 얼굴이지만, 실제 권한은 그의 것이 아니며 그의 것이 되어서도 안 되지. 우리 체제에서도 똑같아. 우리나라는 대통령이 아니라 국민을 위한 나라야. 대통령은 단지 얼굴이고 상징이며 실제 권한은 국민에게 있어. 국민이 결정을 한단다."

내가 방금 묘사한 것은 대강의 민주주의였다. 나는 그의 얼굴 표정을 읽을 수 없었지만 거의 곧바로 그가 이렇게 말했다.

"고맙습니다, 교수님. 시간을 너무 많이 뺏고 싶지 않습니다. 함께 저녁을 하게 돼서 즐거웠습니다."

그날 저녁 케이티와 나는 그 학생의 동기에 대한 커지는 두려움을 상의하면서 다시 캠퍼스를 몇 바퀴 돌았다. 어쩌면 그는 우리에 관한 정보를 넘기고 어떤 종류의 보상을 얻는 임무를 띠고 있을지 몰랐다.

"그러니 어떻게 해야 하죠?"

케이티가 말했다.

"그들이 최대로 할 수 있는 것이 우리를 강제로 추방하는 거죠. 그러면 우리는 추방당해서 집으로 보내지는 거고 그거야 좋죠. 하지만 그렇게 되지 않으면 어쩌죠? 만일 그가 정말로 궁금해하는 것이라면 말이죠?"

두 번째 시나리오가 우리 둘을 암울하게 만들었다. 우리가 그의 의문에 대한 선동자라면, 지금까지 그가 알았던 모든 것이 거짓이었고 우리가 진실로 가는 열쇠를 갖고 있는 사람이라는 걸 깨닫기 시작했다면, 어떻게 되는 걸까? 우리는 만일 그가 요청하더라도 다시는 그와 함께 앉지 말자고 합의했다.

"우리와의 저녁 한 끼가 그를 죽음에 이르게 할 수도 있어요."

케이티가 말했다. 스물세 살짜리의 멜로드라마 같은 언급을 묵살하고 싶었지만 나는 그게 그런 게 아님을 알았다. 북한에서 그런 결과는 전적으로 가능했다.

다음 날 내가 저녁 식사를 거의 마쳤는데 한 학생이 다가와 의자를 잡아끌어 앉았다. 그는 몇몇 학생들로부터 내가 동물도 창조능력을 보여 주었다고 말했다는 얘기를 전해 듣고 그 생각에 대해 논박하고 싶어 했다. 나는 웃음을 터뜨리고 그에게 나는 동물지능이나 동물행동을 공부하지도 않았고 그저 추측했을 뿐이라고 말해 줬다. 수백만 종의 동물 가운데 돌고래처럼 일부는 다른 동물들에 비해 더 똑똑한 것으로 알려져 있다고 그에게 말했다. 그는 이 말이 크게 신경 쓰였던지 영리한 것과 창조적인 것은 다른 것이라고 지적하였고 동물은 창조적으로 생각할 수 없다는 논점을 설명하기 위해 원숭이를 예로 들어 긴 이야기를 계속해 갔다. 다른 학생들이 우리 주위에 몰려들더니 맞장구를 쳤다. 그들은 과학이나 기술 분야를 일정 수준으로 전공했고 동물의 창조력 대 인간의 창조력에 관해 할 말이 많았다.

"그래, 너희들은 모두 철학자야. 각자 자기 견해도 있고."

나는 마무리로 말했다.

"내 생각엔 우리 인간은 불완전하단다. 우리는 매초, 매달, 매년, 너무 빨리 변하지. 기술이 모든 것에 대한 우리의 생각 방식조차 바꾸는 것을 봐라. 어쩌면 동물연구도 마찬가지로 늘 변화하니 정말로 수년 전의 발견에 의존해서는 안 될 거야. 나는 인간이라는 것은 무한히 확장하는 마음으로 열린 마음을 가졌다는 의미라고 생각해. 나는 이 질문에 대해 열린 마음이고 싶다."

그들은 내 대답에 즐거운 듯했고 약간은 만족한 듯 보였다. 그때 한 학생이 끼어들며 말했다.

"저는 지훈의 룸메이트입니다. 지훈이도 교수님과 같습니다."

이것은 너무나도 기대하지 않은 것이어서 처음에는 그의 말을 제대로 들었는지 확신할 수 없었다.

"지훈이 나와 같다고?"

내가 머뭇거리며 말했다.

"예. 그 자식도 교수님과 같이 생각합니다."

그는 수줍게 말했다.

그날 밤 나는 잠이 들지 못하고 깬 채로 누워 있었다. 나는 걱정되고 겁이 났다. 우리의 공포와 희망은 정당했다. 지훈은 보고하기 위해 우리를 덫에 씌우려는 것이 아니라 정보에 굶주렸다. 아마도 이것이 이 정권이 전국의 대학 문을 닫은 이유였을지도 모르겠다. 아마도 위대한 지도자의 독재를 전복시키려는 작은 노력들이 이 완곡한 나라의 몇몇 구석에 스며들기 시작해 북한의 봄이 시작됐을지도 모른다.

케이티는 우리가 그를 죽게 할 수도 있기에 더는 그에게 말을 섞어서는 안 된다고 말했다. 그러나 우리가 그에게 말을 걸지 않고 더 이상 정보를 주는 것을 회피한다면 나는 여기서 무엇을 할 것인가?

이 나라의 방향키를 잡고 있고 이 나라를 지금처럼 만든 책임이 있는 사람은 우리 학생들의 부모들이며 젊은 청년들인 이들이 그 임무를 결국 떠맡을 것이다. 그들 대부분은 높은 직책을 받아 자신들의 경애하는 지도자가 주민을 억압하고 고립시키는 것을 도와주어 그가 권력을 유지하도록 하기 위해 키워지고 있었다. 그것이 특권계층의 자녀인 그들 미래의 지정된 항로였다. 그것이 최선의 시나리오였다. 그리고 교사인 우리는 그들이 적으로 보도록 조건 지워진 세계와 대결하는 데 충분한 영어를 무장시켜 주는 사람들이었다.

그때까지 나는 한 학생을 변화시키고 인식의 길을 열어 줄 수 있지 않을까 하는 희망을 가졌었다. 하지만 내가 접근할 수 있는 한 학생은 과연 어떤 미래를 그려 볼 수 있을까? 이 나라의 개방은 이들의 목숨을 희생하는 것을 의미할 수도 있다. 이 나라를 개방하는 것은 내 아름다운 학생들의 피를 의미할지도 모른다. 나는 지훈의 얼굴을 떠올렸고 무시무시한 결과를 생각하지 않으려고 노력했으며 그날 밤 그리고 그 후 많은 밤을 평양에서 그렇게 보냈다. 이 특별한 밤에 끝없이 애절한 비가 내렸다. 두려움은 어디서도 슬금슬금 다가올 수 있지만 북한에서는 더더욱 외로운 느낌이다.

나는 잠을 청하는 것을 포기하고 TV를 틀었다. CNN아시아는 동아시아 전역, 동중국 그리고 남한 지역 대부분의 장마 소식을 전했다. "북한은 어떤가요?"

앵커가 물었다. 이 질문은 다분히 건방지고 빈정거리는 것처럼 들렸고 날씨 담당 여성은 웃으면서 대답했다.

"아마도 비가 오겠죠. 지난주에는 비가 왔는데요. 우리가 이 정보를 받는 데에만 나흘이나 걸렸고, 그래서 우리는 모릅니다.”

그날 밤 이후 나는 내 학생들의 얼굴을 보면서 이들 앞에 무엇이 놓여 있을까 생각하다가도 한편으로는 그것에 대해 더 이상 생각하지 않으려 노력했다. 그들에게 내가 가르쳐야 했던 단어 중 하나는 'fleeting(순식간)'이었다. 나는 '젊음은 순식간에 지나간다'는 구절을 사용했고 그들을 똑바로 보면서 이 구절을 크게 반복하며 이들의 젊음이 미국의 그들 또래 젊은이의 그것에 비해 얼마나 더 짧은지를 생각하였다. 그러나 나는 이것을 다시 생각하기 싫었다. 나는 언제라도 그들의 암울한 미래가 떠오르면 내가 그곳에 있는 이유, 그때로서는 내 능력을 다해 영어를 가르치는 것을 지키기 위해 최대한 빨리 그 생각을 뿌리쳤다.

몇 년이 지난 지금 그들의 얼굴이 하나하나 여전히 떠오르고 나는 모정 같은 느낌에 휩싸인다. 나는 바깥세상을 모르는, 이상하리만큼 아이 같았던 그들에게 말을 가르쳤다. 그러나 나는 그들이 내가 불어넣어 준 모든 것을 잊어버리고 정권의 군인들로 자라 주기만을 바란다. 나는 그들이 나의 가르침을 유지하고 나를 기억하고 체제를 의문시하기 시작했다가 무슨 일이 닥칠지 상상하고 싶지 않다. 내가 교실에 들어설 때마다 “좋은 아침입니다. 김 교수님! 안녕하십니까”라고 아주 열심히 외치던 학생들 중 누구라도 어둡고 추운 어디에선가, 북한 전역에 존재하는 수용소 한 곳에서 생을 마칠 수 있다는 건 있을 수 없는 일이다. 그 생각에 나는 지금도 밤잠을 이루지 못한다.

8

둘째 주가 되자 교사들은 첫 번째 교외 단체 나들이를 30분 거리인 사과 과수원으로 가게 되어 마냥 즐거워했다. 그날은 주말이었지만 페인트를 칠한 듯 너무나 감미로운 녹색 들판의 도로 양편에서 사람들이 일하는 것이 보였다. 순간, 헐벗은 땅과 '새땅찾기'에 관한 뉴스들, 세계식량계획(WFP)의 SOS, 그리고 북한의 인권침해를 비난하는 유엔의 제재가 마치 바깥사람들이 지루해서 또는 악의적으로 지어낸 일처럼 느껴졌다. 순간, 나는 내 눈앞에 있는 것들, 티 없이 깔끔한 풍경과 깨끗한 공기를 믿고 싶었다. 마치 가족들이 피크닉 바구니를 들고 사과를 따러 오는 모습을 상상해 보았지만 과수원에 갈 때까지 길은 텅 비어 있었다.

멀리 한 곳에서 검은 초가집 같은 것을 보았다. 감시원은 우리에게 그것이 관광객을 위해 짓고 있는 민속촌의 일부이며 이곳이 한때 삼국시대 고구려의 수도였다고 말했다. 어릴 적 학생 때 첫 천년 중 오랜 기간 동안 기마전사와 이국적 의상으로 유명했던 환상적인 왕국에 관해 배웠던 것을 기억하면서 나는 잠시 흥분했다. 여기에 이렇게, 지평선에 그림자를 드리우는 낮은 산들과 우리 앞으로 펼쳐져 있는 녹색 조각 평원과 함께 이 땅이 여전히 여기에 있었다.

그때 버스가 길가로 가까워지게 방향을 틀었고 나는 길가를 걷는 몇몇 사람들을 보았다. 그들은 마치 수년간 먹지 못한 듯 얼굴이 무시무시했다. 해골처럼 야윈 여인이 버스라고는 우리 것밖에 없었는데도 마치 지나가는 버스에 팔겠다는 듯 담뱃갑을 내밀었다. 우리가 한 공사현장을 가까이 지나가면서 노동자들을 잠시나마 스쳐 갔는데 쏙 꺼진 눈들과 움푹 들어간 볼, 누더기 옷, 밀어 버린 머리 때문에 마치 나치 수용소의 희생자들처럼 보였다. 이 광경이 너무 충격적이어서 케이티와 나는 가쁜 숨을 들이쉬었다. 감시원들이 곁에 앉아 있었기 때문에 우리는 아무것도 말할 수 없었고 우리 기분을 드러낼 수도 없었지만 눈길을 주고받았다. 케이티는 불현듯 나도 생각했던 정확한 단어를 소리는 내지 않고 입 모양으로 말했다.

"노예들."

평양에는 나의 학생들, 당 지도자들, 감시원들을 포함해 잘 먹고 건강한 안색에 키도 정상적인 일단의 주민이 있는가 하면 나머지 사람들, 버스 창을 통해 언뜻 본 사람들도 있다는 것이 확실해졌다. 주말 쇼핑이나 외출에서 나는 그들이 길거리에서 나무를 자르거나 보도를 쓸거나 전차를 타는 것을 보았다. 그들은 가끔 뼈가 앙상하게 드러났고 얼굴은 햇볕에 과도하게 노출되거나 영양실조 또는 더 나쁜 어떤 것 때문에 거의 짙은 녹색이었다. 그들은 귀신 들린 듯 퀭한 눈을 가졌으며 대체로 키라든가 여러 면에서 상당히 작았다. 노인들은 항상 구부정하게 걸었는데 나는 항상 이들 중 누군가가 어머니의 오빠일 수도 있겠다고 생각했다. 만일 그가 여전히 살아 있다면 75세가 되었겠지만 북한을 들여다보면 볼수록 그가 살아남을 수 없었을 것이라는 점이 더 확실해졌다. 그들은 나의 학생들과는 거의 완전히 다른 종족에 속하는 것으로 보였다. 우리가 막 지나친 이들은 훨씬 더 야윈 것으로 보였다.

우리는 평양에서 겨우 20분 나왔다. 학교의 여기저기와 시 건물들에 걸린 표어의 하나는 "우리 식대로 살자"는 김정일의 어록이었다. 주체는 바로 다른 사람에 의존하지 말고 스스로 산다는 의미였다. 그러나 나에게는 '우리 식'이라는 것이 스스로 살아간다는 것으로 보이지 않았고, 그 나라의 나머지 사람들을 돌보지 않고 그들의 피를 먹고 사는 것에 더 맞는 것으로 보였다. 그리고 '다른 사람에 의존하지 않는다'는 것은 완벽한 고립의 억압에 더 가까운 것으로 보였다. 나는 에드거 앨런 포의 『붉은 죽음의 가면』이라는 단편소설을 생각했는데 거기서 왕족과 귀족이 페스트를 피하려고 성에 스스로 갇혔지만 페스트는 물론 한계가 없었고 그들 모두는 '어둠과 부패'에 굴복했다.

시외로 나온 지 겨우 30분 만에 우리는 사과 과수원에 닿았는데, 열을 정확하게 맞춰 어린 나무들이 심어진 끝없는 벌판이 우리 앞에 펼쳐졌다. 감시원은 우리에게 다른 곳의 사과나무는 사과를 생산하는 데 수년이 걸리지만 이곳 수십만 그루의 사과나무는 특별해서 1년 안에 열매를 맺는다고 말했다. 그는 과수원은 약 600만㎡(약 184만 평)이었고 106종의 사과 3만 톤을 생산했다고 말했다. 우리는 북한식 과장법에 익숙해져 갔다. 한 학생이 언젠가 그가 다니던 학교인 평양 인쇄공업대학은 아시아에서 유일하고 이런 대학이 독일에 하나가 있어 세계에 두 개밖에 없다고 말했다. 다른 여러 학생들도 그들의 전 학교가 이런저런 것으로 세계 최고라고 주장했다. 세계 다른 나라들이 뒤처지고 북한이 홀로 앞서간다는 생각은 집착에 가까운 것으로 보였다.

언덕 위에서 카키색 군복을 입은 세 명과 늘 그렇듯이 아리따운 20대 여성 안내원이 우리를 기다리고 있었다. 멀리 연청색 지붕의 길고 낮은 건물들이 한 세트 있었는데 안내원은 사과를 자르고 말리는 공장이라고 설명했으며 나는 그저 '말린 사과'라는 딱지를 붙여 시내 보통강백화점에서 팔리는 스낵 봉지를 떠올렸다. 술, 담배, 물과 달리 이것은 흔치 않은 지역생산물의 하나인 것 같았다. 안내원은 장차 과수원에서 다른 종류의 과일을 재배할 것이고 거북이도 기를 계획이라고 말했다.

안내원은 김정일의 방문 횟수로 부각된 과수원의 2년 역사를 아주 길게 묘사하기 시작했다. 김정일의 발언 중 하나는 사과가 아주 크고 둥글고 이제 인민들이 사과를 먹게 돼 자신이 행복하다는 것이었다. 그리고 그는 농부들의 일하는 형편을 걱정해 농부들을 이 나무에서 저 나무로, 그리고 집에서 과수원으로 이동시켜 줄 트랙터를 보냈다. 그는 모든 농부들에게 컬러TV까지 보내 줬고 평양시민들처럼 방송전파를 수신할 수 있게 하라고 지시했다. 이듬해 그가 다시 와서는 사과들이 너무 좋아서 혼자서만 보기 애석하니 여러 사람들과 함께 보기를 바란다고 말했다. 그래서 김정일이 말한 모든 세세한 내용과 함께, 심지어 그가 말하면서 서 있던 장소까지도 설명했다. 안내원은 "우리의 위대하신 김정일 장군님은 강성대국을 이끄는 것에 가장 위대하실 뿐 아니라 사과 재배에도 정통하십니다"라고 선언하였다. 이탈리아 외교관이 과수원을 방문해 위대한 수령에게 갈채를 보내고 더 많은 사과 씨를 기부했다는 일화를 그녀가 꺼낼 때 나는 지루함을 느끼기 시작했다.

다행히도 그 순간 우리 일행 중 여자 두 명이 화장실 사용을 요청하였고 한 안내원이 책임지고 이들을 차에 태워 언덕 아래의 마을로 데리고 가게 되었다. 나는 화장실에 갈 필요가 없었지만 위대한 수령과 경이로운 사과에 관한 더 많은 이야기에서 벗어나고 아랫마을을 볼 수 있는 기회를 잡기 위해 따라 탔다. 물론 두 명의 감시원이 함께 갔다. 마을은 모여 있는 50~60가구의 집들과 성지처럼 콘크리트 계단 꼭대기에 자리 잡은 김일성 벽화로 구성되었다. 1층짜리 집들은 똑같은 모양새였는데 모두 파란 지붕이었고 조그마한 정원이 딸려 있었다. 감시원들은 우리를 첫째 집으로 데리고 가 마당에 있는 별채를 가리켰다. 악취가 아주 참을 수 없을 정도여서 나는 줄에 서 있기만 했는데도 구역질이 났다. 우리는 모두 여자여서 감시원들은 40여 m 떨어져 돌담 건너편에 남아 있었다.

바로 그때 그 집 미닫이문이 드르륵 열리더니 허리가 구부정한 할머니의 얼굴이 나타났다. 그녀는 주름이 자글자글하고 몸집이 한 줌이었고 이가 다 빠져 100살은 되어 보였다.

"여기 누구요? 아가씨들 어디서 왔어?"

그녀는 물었다. 그들은 항상 우리의 눈을 피했기 때문에 현지인이 이 정도로 가까이 다가왔던 일은 처음이라 깜짝 놀랐다. 이 할머니는 약간 노망기가 있든지, 아니면 그저 궁금해하는 것 같았다. 나는 한국말로 인사를 했다.

"예, 안녕하세요. 할머니."

즉각 감시원 한 명이 소리쳤다.

"거기, 이 사람들은 과수원 손님이요! 당장 들어가시오!"

그의 말투는 얼음처럼 차가웠고 위협적이었다. 할머니는 아무 대답도 없이 즉각 문을 닫았다. 우리가 그녀의 집 마당에 들어와 허락 없이 시설을 사용했는데 오히려 그녀가 들어가라는 명령을 받았다.

'노예들'. 이 단어를 나는 다시 상기했다. 나는 그 짧은 순간에 마비시킬 정도의 공포를 느꼈고 이 나라에서 벗어나고 싶었다. 나는 여기에 갇히는 것이 무서웠다. 할머니에게 사라지라고 명령할 수 있는 감시원들이 무서웠고 그녀가 즉각 말을 듣는 그 속도가 무서웠다. 나는 학생들이 리 선생이 눈에 보이자 긴장했던 장면이 떠올랐다. 여기서의 테러는 손에 잡힐 듯했다.

우리가 나머지 일행 쪽으로 돌아갔을 때 우리 모두는 이날이 토요일이어서 농부들이 쉬기 때문에 공장을 구경할 수 없다고 갑자기 통보를 받았다. 돌아올 때는 버스가 다른 길을 택해 뼈만 남은 노동자는 한 명도 지나치지 않았다.

저녁에 식탁의 학생들에게 우리가 사과 과수원을 방문했다고 말하자 세 명 모두 얼굴이 밝아지더니 외쳤다.

"대동강과수종합농장 말입니까?"

나는 고개를 끄덕였다. 나는 과수원은 이번에 처음 가 봤다고 말했는데 그들은 이 사실을 믿지 못했다. 나는 이렇게 말했다.

"나는 도시 사람이야. 그리고 미국에서는 선생은 가르치고 농부는 농사를 짓지."

그러자 한 학생이 대꾸했다.

"이상합니다. 저도 도시 아이인데 우리나라에서는 우리 대학생들조차도 농사짓는 방법을 알고 있습니다."

학생들은 사과 과수원이 이 나라에서 열한 번째 '선군의 경치'이며 자신들이 건설을 지원했다고 자랑스럽게 말했다. 그들은 2009년 4, 5월 평양 전역의 대학생들이 일요일마다 나무 심을 구멍을 파고 조별로 일을 했다고 말했다. 한 학생이 그해 봄에 지독하게 추웠기 때문에 일하는 것이 힘들었다고 털어놓기는 했지만 그들은 거기서 일한 날들을 순수하게 회상하는 것처럼 보였다. 나는 그 후 거기에 가서 노동의 과실을 보았느냐고, 그리고 맛보았느냐고 물었다. 잠깐 침묵하더니 그들은 나무를 심은 후에는 과수원을 보지 못했다고 말했다. 농장은 학교에서 차로 30분도 걸리지 않는 곳이었다.

갑작스런 어색함을 떨치려고 나는 다른 경치들에 대해 물었다. 그들은 안도한 듯 자진해서 열심히 설명해 주었다. 1994년 영원한 위대한 수령님 김일성의 죽음 후 위대한 장군님 김정일이 권력을 잡았을 때는 8경만 있었는데 이제는 12경이라고 그들은 말했다. 1경은 김정일이 태어난 백두산의 해돋이였다. 2경은 김정일이 선군정치를 처음 구상한 다박솔초소의 설경이었다. 3경은 김정일이 가끔 방문하는 일선 기지 근처인 철령의 진달래였다. 4경은 장자산의 불야성으로 어린 김정일이 한국전쟁 때 피난 갔던 곳이었다. 5경은 울림폭포의 메아리로 김정일이 강성대국의 소리라고 말했다는 곳이었다. 6경은 한드레벌의 지평선으로 김정일이 1998년 토지개혁을 한 곳이었다. 7경은 대홍단의 감자꽃바다로 김일성이 일제와 싸웠고 김정일이 북한 최대의 감자농장을 시작해 혁명정신을 고양했다는 곳이었다. 8경은 범안의 선경으로 김정일이 고난의 행군 기간에 밝게 빛나는 사회주의 사상을 칭송했던 곳이었다. 9경은 유나른 콩풍경으로 김정일이 군인들을 잘 먹여서 행복하게 만들었다는 곳이었다. 10경은 미곡벌의 가을풍경으로 너무 풍족해서 김정일이 사회주의 농업의 빛나는 본보기라고 선언했던 곳이었다. 11경은 대동강종합과수농장, 12경은 황해남도 룡연군 철갑상어양어기지로 김정일의 지도 아래 조국이 세계를 향해 돌진하듯이 철갑상어 떼가 바다로 나가는 곳이었다. 학생들은 자신들의 위대한 장군님 영도 아래 8경에서 12경으로 늘어난 것은 자신들의 나라가 강성대국이 되었고 계속 유지될 것이라는 의미라고 한목소리로 말했다.

바로 이런 순간에 나는 그들이, 나의 사랑하는 제자들이 제정신이 아니라고 생각할 수밖에 없었다. 그들은 무서워서 거짓말을 하고 수령의 위대성을 자랑하도록 강요받았거나 아니면 나에게 말하는 모든 것을 진심으로 믿었거나 둘 중 하나였다. 그중 어떤 것이 더 슬픈 현실인지 나는 정할 수 없었다.

그들은 하루에 세 번 깔끔하게 반별로 줄을 서서 군인 식으로 합창하면서 기숙사에서 구내식당으로 행진했다. 하루하루 가면서 노래들은 나에게 더 익숙해졌다. 어디든 「김정일 장군의 노래」가 있었다. 너무 자주 들어 나도 모르게 후렴을 흥얼거리는 나를 발견하게 된 것이 또 하나 있었는데, '당신이 없으면 우리도 없고, 당신이 없으면 조국도 없다'는 것이었다. '당신'은 김정일을 의미했다.

그날 오후 그들이 불렀던 노래의 제목을 묻자 그들은 「승리 727」
이라고 말하면서 이것이 1953년 7월 27일 미국에 대한 북한의 승리
를 기념하는 것이라고 설명했다. 그것은 한국전쟁의 휴전협정이 조
인된 날로 휴전협정의 존재 자체가 당연히 승자나 승리는 없었다는
것을 의미했지만 나는 학생들에게 그것을 말할 수 없었다. 또 다른
노래는 「단숨에」라고 불렸다. 내가 제목을 영어로 'In a single breath'로
번역하자(조선중앙TV는 'Without a break'로 번역한다) 그들은 그것을 문
자 그대로의 의미라고 묵살하면서 손을 내저었다. 평양의 여러 빌딩
꼭대기를 덮은 표어에서 그 구절을 본 것이 기억나는 걸 보니 그것은
다른 함축된 의미를 갖고 있는 듯했다. 진정한 의미는 즉각 점령하고
파괴하는 것이라고 그들은 내게 말했다. 한 학생은 "예를 들어, 우리
가 남한을 장악하고 점령해서 그곳의 모든 사람을 즉각 죽이는 것을
의미합니다!"라고 말했다. 식탁의 두 번째 소년이 얼굴을 떨구었고
세 번째 소년은 어색하게 웃었던 걸 보면 내가 깜짝 놀랐던 게 틀
림없었다.

그때 나는 그들이 남한이나 제국주의 미국과의 전쟁이 임박했다는
믿음과 함께 키워졌다는 점을 떠올렸다. 그들에게 이런 위협은 아주
실제적인 것이거나 최소한 그들의 정부가 그것이 실제적이라고 가르
쳐 왔다. 비록 학생이었지만 그들의 생활은 참호 속의 군인들처럼 엄
격했다. 영생탑을 문질러 닦는 것은 물론 김일성학 연구실과 영생탑
의 경비를 선 것에 더해 그들은 일주일에 몇 시간씩 운동장을 정리했
고 교실, 화장실, 복도 청소도 물론 했다. 삼시 세끼 식사를 마치면
숟가락 젓가락이 사라지지는 않았는지 확인하기 위해 개수를 세어야

했다. 각 반은 지정된 시간에만 샤워나 이발을 하러 목욕탕에 갔고 매일 오전과 오후에는 단체운동을 하였다. 기숙사에서는 네 명이 한 방을 쓰는데 한 명은 청결과 윤리의 유지를 책임지는 방장으로 임명 됐다. 방장은 학급소대장에게 보고했다. 권위의 사슬이 명확했다.

나는 요령이 덜한 소년들은 더 예리한 소년들과 한 짝을 이뤄 방만 같이 쓰는 게 아니라 교실에서도 옆에 앉는다는 것을 알아차리기 시 작했다. 예를 들어 박준호는 늘 순진해 빠진 최민준과 같이 행동했 다. 간교한 속임수는 없어 보였던 류정민은 대본대로 하는 답변에서 벗어나지 않는 리진철과 함께 앉았다. 나는 처음엔 짝 관계의 본질을 친밀한 우정으로 생각했지만 시간이 지나면서 단순한 애착이라기보 다는 임무가 더 부과된 무엇인가에 따라 한 사람이 다른 사람을 보호 하며 감시하는 2인조에 더 가까워 보였다.

그러나 그들은 여전히 어리고 그들에 대한 훈육도 절대적이지 않 았다. 비밀이 무심코 튀어나오기도 했다. 한 학생은 누구도 휴대전화 를 갖고 있지 않다고 말했지만 그의 룸메이트는 재빠르게 그들 모두 휴대전화를 갖고 있었지만 평양과기대에 입학하면서 공부에 집중하 기 위해 기꺼이 포기했다고 덧붙였다. 다른 학생은 석 달 전인 4월에 평양과기대에 온 이후 어머니를 보거나 통화해 본 적이 없다고 말했 다. 그는 이것을 시인한 것을 후회한다는 듯이 말을 멈췄다. 그러나 다른 학생, 또 다른 학생도 그때 이후로 가족과 친구들을 접촉해 본 적이 없다고 털어놓기 시작했다. 평양 도심이 기숙사 창문으로 보이 고 시내의 소리를 거의 들을 수 있을 정도로 아주 가까웠지만 면회시 간 같은 것은 없었다. 한 학생의 아버지는 그를 보기 위해 캠퍼스에 들렀다가 그냥 돌아가야만 했다. 그가 할 수 있는 것은 겨우 아들의 안부를 묻는 쪽지를 남기는 것이었다.

그들이 경계를 풀고 있다고 느끼기 시작할 즈음 그다음 편지 더미는 난데없이 거의 전적으로 김정일에 초점을 맞추고 있었다. 그들은 집단적으로 김정일의 위대성을 설교하려 들면서 그것을 '배려'라고 불렀다. 그들이 좋은 점수를 받는 것도 김정일의 배려 덕분이었다. 그들의 영어가 향상된다면 그것도 그의 배려 때문이었다. 한 학생은 1990년대 후반에 사람들이 병원 앞에서 "저의 피를 받아주세요"라고 외치는 것을 목격한 어릴 적 이야기를 썼다. 그는 「세상에 부러움 없어라」라는 노래 가사를 스스로 영어로 번역한 것으로 편지를 끝맺었다.

또 다른 학생은 자기 나라의 수치제어컴퓨터(CNC) 기술에 대해, 그리고 이 발명 소식이 전 세계에 어떻게 반향이 되었는지를 썼다. 이런 돌파의 이유는 위대하신 김정일 장군님의 지도 덕분이라고 그는 썼다. 또한 그는 동구에서 사회주의의 붕괴 이후 김정일이 세계의 진보적 국가들을 승리로 이끌었다고 썼다. '경제적 유용성'의 진정한 의미는 나, 친애하는 김수키 교수가 '경제적 이윤'으로 상정하는 것과는 달랐고, 김정은 대장님은 과학자로서 그들 자신이 '경제적 유용성'이며 위대한 발명들을 내놓음으로써 그들이 강성대국 건설에 기여할 수 있다고 훈시했으며 이는 위대한 김정일 장군님을 흡족하게 했다고 했다.

김정일을 영어로 어떻게 말하는지에 관해 약간의 혼동이 있었던 것 같다. 안내원조차도 헷갈리는 듯했다. 한국어로 그들은 위대한 장군님이라고 불렀지만 영어로는 위대한 총사령관, 위대한 장군 지도자 동지, 위대한 원수 지도자, 위대한 장군, 위대한 수령, 경애하는 지도자 등 여러 방식으로 불렀다. 위대한 총사령관이라는 호칭은 새로 나온 것 같았는데 나는 전에 왔을 때 들어 본 기억이 없다. 그것은 김정은이 대장에서 위대한 장군으로 승격되는 것을 기대해 사용된 것인가?

그 학생의 편지는 교실로 가는 복도의 '대장 복'이라고 쓰인 붉은 간판을 제외하고 내가 처음으로 김정은에 관해 언급한 것을 들은 것이었다. 그러나 가장 꺼림칙했던 것은 거의 모든 학생들이 갑자기 주제로 김정일을 선택한 행동 방식과 '배려' '단일통일민족' '강성대국' 같은 똑같은 단어와 구절을 사용한 것이었다. 나는 그들이 '생활총화'라고 알려진 최근 토요일 회의 중에 담당관들로부터 단단히 교육을 받은 것이 아닌가 생각했다. 조지프 박사는 그들이 생활총화에서 자신들의 잘못을 고백하고 자신과 서로를 비판한다고 했다.

교사들도 비슷한 고해성사를 하는 주례모임을 가졌다. 매주 일요일 오전 우리 기숙사 3층의 한 방에서 우리는 예배를 봤다. 학생들은 언제나 목청껏 노래를 불렀지만 우리는 아무도 듣지 못하게 조용히 노래를 부르라는 주의를 받았다. 보통 교사 한 명이 키보드를 가져와 찬송가를 연주하면 다른 교사가 플루트를 불었다. 나도 노래를 따라 불렀지만 '예수'라는 단어 대신 '위대한 수령'으로 바꾸면 나의 학생들이 하루에도 여러 번 불러 대는 몇몇 북한 노래와 내용이 다를 바

없다는 것에 주목하지 않을 수 없었다. 다 같이 합창하는 것은 즐거운 집단 의식이었고 그들은 거기서 힘을 얻는 듯했다. 나는 가끔 선교사들과 학생들이 함께 노래할 수 없다는 것이 안타깝다는 생각을 했다.

기도는 집단치료 같은 간증, 즉 개인사가 드러나는 눈물 나는 이야기들을 포함했다. 이야기들 — 이 세계는 이야기들로 가득 찬 것 같았다. 누구든 실제로 김정일을 만나 보는 경우는 희박했으니 우리가 들은 그에 관한 모든 것은 이야기였다. 나의 기독교인 동료들도 성경을 통해 자신들이 원하는 이야기들을 믿고 있었다.

어느 날 저녁 나는 서른 살 남짓한 한국계 캐나다인 여교사 레이철이 교직원 기숙사 옆의 작은 진흙 밭 사이를 헤집고 걸어가는 것을 보았다. 내가 따라가서 뭘 하느냐고 물었더니 그녀는 '종'이 있었던 장소를 찾고 있다고 말했다. 그녀 말로는 이 종은 평양의 첫 번째 교회의 것이었다. 1800년대 말 웨일스 개신교 선교사가 중국에서 이곳으로 배를 타고 왔는데 그가 도착했을 때 조선인들이 배를 불태웠고 그도 성경책 더미와 함께 오도 가도 못하게 됐다. 그는 곧 처형당했는데 한 주민이 책들을 발견하고 종이쪽들을 벽지로 썼더니 사람들이 그의 집에 몰려들어 그 내용을 읽어 보고는 기독교로 개종했다고 한다. 이것이 첫 번째 교회가 창설되고 번성하게 된 배경에 관한 스토리였는데, 교회는 김일성 집권 직후 폐쇄되었다. 그리고 수십 년 후 평양과기대 건물을 위해 터파기를 하던 중 일꾼들에 의해 최초의 교회에 소속되었던 그 종이 발견되었다는 것이다. 그때까지 학교의 토대가 바로 하나님의 것이라는 실마리를 누구도 알지 못했다고 한다.

"그것이 소위 성령이라는 것이죠."

그녀는 나직이 말했다.

나는 냉소적으로 대중홍보의 관점에서 본다면 그것은 멋진 스토리라고 생각했다. 이 학교는 하루 운영비만으로도 많은 돈을 필요로 했다. 그 대부분은 전 세계 교회들의 헌금에서 나왔고 돈을 모으기에는 기적의 이야기보다 잘 팔리는 것은 없다. 그 순간에도 여전히 나는 그 이야기를 믿고 싶었다. 나는 이곳에 개입할 신의 힘, 어떤 외부적인 힘을 원했다. 나는 평양과기대의 토대 아래 종을 숨김으로써 신자들을 위한 개인적인 보물찾기를 고안해 낸 이런 신의 존재를 무척이나 믿고 싶었다.

9

　우리는 모두 시간 감각을 잃어 가고 있었지만 2주라는 시간이 지나갔다. 우리 대부분은 피곤했을 뿐 아니라 갑갑했다.

　"오케이, 난 할 만큼 했어요. 학생들도 좋고 다 좋지만 나도 숨 좀 쉬어야겠거든요."

　레이철이 말했다. 케이티는 때로는 자신도 필사적으로 집에 가고 싶어진다고 말했다. 미국 중서부 출신의 한 교사는 "나는 그저 내가 하고 싶을 때 내 차를 몰고 가게에 가고 싶어요. 그게 여기선 그렇게 사치로 보이네요"라고 말했다. 그들은 신에 대한 깊은 믿음과 복음 전파의 열망 때문에 평양과기대에 왔지만 그런 그들조차도 이 장소에 의해 마모돼 가고 있었다.

　우리는 평양 교외의 관광 명소인 묘향산으로 가게 된 교사 현장학습을 놓고 수다를 떨며 약간의 위안을 얻었다. 묘향산은 외국인에게도 개방되는 몇 안 되는 산 중 하나였다. 다른 산들은 식량이나 연료가 되는 것이라면 뭐든 채집하고 땅에는 아무것도 남겨 두지 않았던 1990년대 중반의 경제위기와 대기근 때문에, 그리고 아마도 광범위한 산림벌채로 이어진 1970년대 후반 김일성의 새땅찾기운동 때문에 헐벗고 황폐해진 것으로 알려져 있다. 동료들은 산악하이킹의 기대로 흥분돼 있었지만 나에게 산은 내가 북한에 관해 새로운 것을 배울 수 있을 것 같지 않은 고립된 여행지를 의미했다.

묘향산 여행은 오전 7시 30분에 시작했다. 교사들 모두가 참가하지는 않았는데 어떤 이들은 관심이 없었고 어떤 이들은 경비를 내기 싫어서였다. 외출 때마다 돈이 들었는데 차 기름 값과 입장료, 식대 같은 것이었다. 케이티와 나는 두 감시원의 매서운 눈을 피하기 위해 버스의 맨 뒤 근처에 앉았는데, 이들은 굿캅, 배드캅의 캐리커처를 닮았었다. 리 선생은 느긋하게 보이는 반면에 한 선생은 퉁명스럽고 조선역사 애호가였다. 케이티는 한 선생이 항상 나를 따라다니기 때문에 주의해야만 한다고 속삭였다. 심지어 내가 화장실에 갈 때조차 그는 어디 가느냐고 물었는데, 그러면 나는 "그렇게 궁금하면 안으로 저를 따라와 보세요"라고 대답해서 그의 입을 다물게 했다.

조지프 박사는 버스 밖에서 우리가 사진 찍는 것을 누군가가 보고 우리 차를 신고하면 감시원들이 곤란에 빠질 수 있으므로 버스 여행 중 허락 없이 사진을 찍어선 안 된다고 말했다. 그러나 평양과 묘향산을 잇는 158km의 고속도로를 따라 사진을 찍을 가치가 있는 것은 하나도 없었다. 양측의 경치는 사과농장으로 가는 길의 경치처럼 평화롭고 깔끔했다. 때로는 나는 일하는 농부들, 고속도로를 따라 자전거를 타거나 걸어가는 사람들, 여럿이서 놀이터라도 되는 양 고속도로 한가운데 앉아 있는 지저분해 보이는 아이들을 보았다. 이따금 멀리서 마을 같은 것도 보였다. 건물과 간판 위에 어딜 가나 있는 표어들과 초상화들은 물론이고 한 줄로 죽 늘어서 있는 똑같은 집들과 학교처럼 보이는 커다란 콘크리트 빌딩 하나. 집들 대부분은 1층 높이였고 엷은 시멘트 색에 더 어두운 판자지붕이 있었는데 몇몇은 3, 4층으로 여러 가구가 살아도 충분할 만큼 컸다. 그것들은 아무도 입주하지 않은 허름한 모델하우스들이거나 사람들이 떠나간 유령마을 같아 보였다. 우리가 목적지에 닿기까지 90분간 차가 한 대도 지나가지 않았다.

그렇지만 우리는 보안원들이 바통을 들고 흔들며 우리에게 차를 세우라고 한 검문소 두 곳을 지나쳤다. 두 곳에서 모두 버스가 섰고 한 선생이 앞주머니에 갖고 있던 서류를 보안원에게 보여 줬다. 그리 많지 않은 차량을 안내하며 세심하게 고안된 대로 거의 로봇처럼 움직여 외국인들이 자주 사진을 찍는 평양의 여성 교통안전원들처럼 이곳 남성 보안원들도 하얀 칼라가 있는 파란색의 제복을 입고 있었다. 하지만 이들은 확실히 교통과는 아무런 관계없이 이동을 차단하는 것 같았다.

평소처럼 우리의 일정은 사전에 다 계획돼 있었다. 먼저 우리는 향산호텔에서 점심을 주문해야만 했고 국제친선전람관으로 향했다가 식사를 하러 돌아왔다. 향산호텔은 대리석 인테리어와 낡고 시대에 뒤처진 느낌이 드는 뚜렷한 1980년대식 구조였고 2급 호텔 같았다. 입구에서 나는 대여섯 명의 여자들이 쪼그려 앉아 가위로 잔디를 깎는 것을 보았다. 이것은 지금까지 꽤 낯익은 광경이었지만 여전히 이상했다. 나는 평양과기대나 평양의 공원에서조차 일꾼들이 똑같이 하는 것을 보았다. 세계 많은 곳들에서는 잔디 깎는 기계를 사용하는데 여기는 아니었다. 이렇게 하는 것이 통제를 하려는 것인가, 아니면 단순히 기름이 부족하기 때문인가? 만일 인민들이 위대한 수령을 위해 공공장소에서 계속 쭈그리고 앉아 있다면 그들은 그를 더 깊이 신봉하게 되는가? 마야인들이 피라미드의 계단을 아주 가파르게 만들어 놓아 백성들이 무릎으로 기어 올라가도록 하게 했다는 이야기를 나는 들은 적이 있다.

전 주 상점 외출 후에 버스가 학교에 섰을 때 나는 나의 반 학생들이 향산호텔의 여자들처럼 밖에 쪼그려 앉아서 잡초 뽑는 것을 보았다. 한 학생은 편지에서 나에게 이렇게 말했다.

'교수님은 기숙사 근처에서 우리가 막일을 하는 것을 보면서 이상하다고 생각할지 모르지만, 우리는 그것을 좋아하고 그것은 우리에게 좋은 일이고 그것은 우리의 위대하신 장군님에 대한 의무입니다.'

나는 아마도 그의 자존심에 멍이 들었나 싶었다.

곧바로 우리는 5분간 차를 타고 국제친선전람관으로 갔는데, 그곳은 전통적인 기와로 된 옛 궁 모양으로 설계되었고 약 180m 간격의 닮은꼴 건물 2동으로 구성돼 있었으며 육중한 청동문을 군인 두 명씩이 지키고 있었다. 입장료는 일인당 14달러였다. 늘 그렇듯 젊은 여성 안내원이 우리를 기다리고 있었다. 먼저 우리는 대리석 바닥을 더럽히지 않도록 천으로 만든 덧신을 신발 위에 신으라는 말을 들었다. 그런 뒤 코트보관소에 우리 짐을 모두 맡겨 두고 금속탐지기를 통과하라는 말을 들었다. 카메라는 허용되지 않았다. 모두 공항에서처럼 손 검색을 받았다. 마침내 우리 일행은 내부로 안내돼 스탈린과 마오쩌둥이 김일성에게 보낸 일단의 검은 차들과 철도차량을 보았다. 거기 입고된 선물의 숫자를 표시한 디지털 디스플레이가 벽에서 반짝이고 있었는데 184개국에서 보낸 22만 5,954개였다. 나라들은 지도 위의 반짝이는 붉은 점들로 표시돼 있었다. 모든 전시실은 물건들로 가득한 다른 전시실로 통했고 안내원은 우리가 선물 한 개당 1분을 소비한다면 모두를 보는 데 1년 반이 걸릴 것이고 김일성 사후에도 선물들이 계속 밀려 들어온다고 말했다.

그녀는 우리 앞의 선물들을 하나씩 설명하기 시작했다. 김일성이 태어난 만경대의 모형은 상아로 만들었는데 중국 공산당원 96명이 꼬박 1년간 만들었다고 했다. 마다가스카르에서 온 나이가 1억 년인 암석도 있다고 그녀는 말했다. 로버트 무가베와 피델 카스트로가 보낸 여러 선물도 있었다. 은제 컵은 2000년 10월 25일 매들린 올브라이트가 위대한 수령에게 보냈다. 빌리 그레이엄이 1992년 4월 2일에 '각하께'라고 새겨서 선물한 학 모형도 있었다.

우리는 이어 기린, 코끼리, 사자 등의 사진으로 장식된 넓은 복도를 따라 안내되었다. 안내원은 이 동물들도 김일성에게 보내진 선물이며 지금은 평양의 조선중앙동물원에 있다고 설명했다. 마침내 우리가 갔던 방의 벽에는 김일성이 5만 2,480km를 여행하며 16개국을 총 54회에 걸쳐 방문했던 것을 나타내는 각종 숫자들로 꾸며 놓은 커다란 판이 붙어 있었다. 케이티와 내가 숫자를 받아 적자 감시원이 우리를 보고 찡그렸다. 우리가 그에게 케이티가 주체사상에 관한 학위를 받는 데 관심이 있다고 하자 그는 부드러워졌다.

김일성은 각국 고위 정부 관리 5,050명을 접견했고 주요 인사 6만 5,000명을 만났다고 적혀 있었다. 100개국에 1,000곳의 주체연구소가 있고 106개국에 김일성 저작의 번역본 6910만 2,830권이 있다고 했다. 100개국에 김일성의 이름을 따서 붙인 거리도 450개나 있다고 했다. 김일성은 20개국에서 180개의 메달과 함께 세계 대학들에서 80개 명예박사를 받았다고 했다.

어떤 수치는 나를 어리둥절하게 만들었는데, 판에는 172개국이 16만 6,065개의 물품을 보냈다고 돼 있었다. 이 숫자가 첫 번째 방에 써 있는 선물 숫자와 왜 다른가를 묻자 안내원은 더 큰 숫자는 김일성, 김정숙, 김정일에게 보낸 선물까지 포함한 것이며 이 숫자는 김일성에게 보낸 선물만을 의미한다고 설명했다.

우리는 이어 분홍색 김일성화(위대한 수령을 기리기 위해 재배한 잡종 꽃이며 아들의 이름을 딴 붉은 꽃은 김정일화로 불린다)와 백두산으로 보이는 산을 배경으로 마치 손님을 맞이하듯 미소를 짓는, 실물보다 큰 김일성 밀랍상으로 꾸며 놓은 대형전시실로 갔다. 우리는 줄을 지어 밀랍상 앞에서 의무적으로 고개를 숙여야 한다는 말을 들었는데, 그의 초상화와 어록으로 둘러싸여 모든 구절에서 그의 이름을 들으며 2주일 이상을 살다 보니 그가 이상하게도 익숙해져 버렸고 그 순간 그가 언제나 우리와 함께 있다는 것이 사실인 것처럼 느껴졌다.

안내원은 그곳에 총 200개의 전시실이 있으며 선물들은 받은 년, 월과 국가별로 분류되어 있고 물품이 너무 많아서 다 본다는 것은 불가능하다고 설명했다. 그래서 우리는 미국과 뉴질랜드에서 보낸 선물들을 보관한 두 곳만 보기로 했다. 안내원은 복도로 우리를 데리고 가서 잠겨 있던 문을 하나 열려고 하다가 잠시 사라졌다. 그녀는 돌아와서 우리에게 보여 주려고 했던 전시실이 오늘은 잠겨 있어서 대신 다른 건물을 방문하겠다고 말했다. 한 교사는 일인당 14달러인 입장료를 생각하면 특별전시실을 보여 주지도 않는 것은 부당하다고 나직이 말했다. 하지만 우리는 이 문제에 대해 아무 말도 할 수 없었고 재빠르게 밖으로 움직여야 했다.

바로 길 건너 있는 다른 건물은 조금 더 작아 보였지만 똑같이 만들어졌다. 우리는 다시 덧신을 신고 검색을 받았는데, 선물 전시는 이전과 똑같은 방식으로 시작됐다. 우리 관람은 북한과 경제적 정치적 협력을 확대한 햇볕정책으로 알려진 남한의 김대중 전 대통령이 보낸 850점을 포함해 남한에서 온 선물들이 있는 종합전시실에서 시작되었다. 남한의 에이스침대회사는 회장이 북한 태생이며 안내원 설명으로는 그 회사가 5개월간 생산한 전체 물량인 책상, 의자, 장식장을 포함해 최고급 품질의 가구 350점을 기증했다고 했다(이것은 사실일 수가 없었다. 그 회사는 남한의 유명한 가구회사이며 그 기간이면 확실히 더 많이 생산했을 것이다). 전광판에는 또 다른 숫자가 번쩍이고 있었다. 170개국에서 보낸 선물 5만 9,864점. 우리는 이 숫자가 김정일에게 보낸 선물만을 의미하며 다른 빌딩에 있는 첫 번째 숫자들과는 다른 것이라는 설명을 들었다. 그러나 너무 여러 가지 숫자가 내 머릿속에서 뒤죽박죽되어 숫자들 어느 것에도 더 이상 큰 관심을 갖지 않게 되었다.

우리는 다시 야생동물들의 사진으로 장식된 복도를 따라 선물들이 나라별로 구분되어 있는 전시실로 안내되었다. 미국 하원이 보낸 은반과 금장시계, 미국 의회 대표단이 보낸 청색 화병, 미국기독교협의회가 보낸 분홍색 크리스털 인형이 있었다. 여기에는 두 명의 낯익은 이름이 있었는데, 1992년 4월 1일 빌리 그레이엄 목사가 위대한 수령에게 흰 비둘기들 장식을 얹은 지구본을 선물했고 2006년에는 매들린 올브라이트가 마이클 조단이 서명한 윌슨 농구공을 선물했다. 선물들에 대한 끝없는 낭독은 나를 어지럽게 만들기 시작했다.

마침내 우리는 조명이 일출처럼 비추는 벽 앞에서 안락의자에 무표정하게 앉아 있는 김정일 석고좌상이 있는 전시실로 안내됐다. 나는 평양과기대의 IT빌딩 꼭대기를 장식한 '21세기의 태양 김정일 장군 만세'라는 문구를 떠올렸다. 우리는 여기서도 절을 해야 했다. 이번에도 우리 관람은 다른 전시실을 하나도 보지 못하고 끝났다.

그래도 묘향산 자체는 아름다웠다. 자연은 거짓말을 하지 않는다. 하지만 우리가 하이킹을 시작하면서 이름난 산의 한쪽 면만을 보는 것이기 때문에 이곳에서는 자연마저도 거짓말을 할 수 있겠다는 생각이 들었다. 안내원은 우리가 보현사에 가까이 있다고 말했다. 16세기에 유명한 서산대사가 왜적의 침략에 맞서 승병을 이끌었던 곳이었는데, 우리는 들르지 않았다. 절이 있기는 했지만 나는 스님들이 이 산에 있었다는 아무런 증거를 보지 못했고 '전설적 영웅 김정일 장군'이라는 거대한 글자들이 바위에 새겨져 있는 것만 보았다. 그것 말고는 산은 텅 비어 있었다. 이 세상 어느 곳에서도 이 정도의 산이면 토요일 오후에 가족들로 붐볐을 것이다. 우리는 거기 있는 내내 한 무리의 학생들만 보았다. 그들이 우리 주위에 몰려들어 함께 사진을 찍자 그들의 책임자가 바로 내려와 사진을 그만 찍게 하고는 그들을 데리고 가 버렸다.

나는 젊은 교사들이 더 높이 올라가는 동안 쉬고 있던 나이 든 교사 몇 사람과 잡담을 나눴다. 그들 중 한 명은 70대로 원래 평양 출신이었다. 그는 전쟁 전에 아버지가 평양의 갑부 중 한 명이었고 지금

인민대학습당이 서 있는 곳에 집과 땅을 갖고 있었다고 했다. 김일성은 전쟁 직후 모든 사유재산을 몰수했고 전국의 가구에 그것을 재분배했는데 중국의 마오쩌둥도 문화혁명 때 이렇게 했다. 가족들은 남북으로만이 아니라 이 나라 내부에서도 갈라졌다. 내가 북한 사람에게 남한에서 하듯 "본관이 어디입니까?"라고 물으면, 그 사람은 북한에는 그런 것이 없다고 대답했다. 대신 북한은 '성분'이라는 비공식 계급제도가 있어서 주민들이 개인별로 정치적 사회적 경제적 배경에 따라 3개의 주요 계층과 51개의 세부 부류로 나뉘어 있으며 그들이 이러한 위계제도가 존재하지 않는 척 가장해도 이것이 그들의 사회적 활동성에 영향을 준다는 것을 알게 되었다. 정부는 낡은 씨족제도를 없애 버리고 자신의 고유 제도로 대체하는 데 성공했고 많은 북한 주민들은 가족에게 기대는 대신 믿을 데라고는 위대한 수령 외에는 아무것도 없게 되었다. 위대한 수령의 신화를 지탱하기에는 역사 자체가 장애물이었기 때문에 이 유명한 산에 역사적인 유물이 아무것도 남아 있지 않다는 것은 결코 놀랍지 않았다.

우리 일행 중 또 한 사람은 한국계 미국인인 60대 여자로 자신 가족의 끔찍했던 피난 이야기를 했다. 그녀는 어머니가 북한의 북서쪽 끝인 신의주에서 남쪽으로 내려가기로 결정했을 때 겨우 생후 8개월이었다. 그녀 가족은 그 지역에서 최초로 기독교로 개종한 집안의 하나였고 아버지는 교회를 일으키기 위해 이미 남쪽으로 간 상태였다. 그래서 그녀의 어머니가 짐을 꾸리고 세 아이를 데리고 피난길에 올랐는데, 어느 땐가는 8개월짜리가 울어 군인들의 주의를 끌 경우에 대비해 아이를 포기하라는 말도 들었다. 그러나 어머니는 아기를 포기하지 않고 남쪽으로 길을 재촉했고 기적적으로 남편과 재회했다. 수십 년 후 1990년대에 그녀의 80대 아버지가 인도주의 단체를 통해 드디어 신의주를 방문할 기회를 만들어 들어갔다. 그는 40년 넘게 보지 못했던 시내에 사는 형제와 친척들을 잠깐이라도 볼 수 있게 해 달라고 당국에 간청했지만 허용되지 않았다. 이제 96세인 아버지는 자신이 죽기 전에 고향이 있는 이 나라에 관해 좀 더 자세히 들을 수 있도록 그녀에게 무엇이든 적어 오라고 부탁했다.

그 오랜 세월 묘향산은 텅 비고 빼앗긴 채, 한쪽은 위대한 수령에 대한 충성을 표현하기 위해 깎이고, 남한 사람들에게는 전적으로 허락되지 않고 어쩌면 이곳 사람들 대부분에게도 허락되지 않은 채, 한 시대의 보물이 병든 모습으로 남아 홀로 우뚝 솟아 있었다.

바로 그때 한 선생이 나의 일정을 묻기 위해 다가왔는데 하이킹 중에 나에게 묻는 질문치고는 이상해 보였다. 나는 보통 10시 전에, 가끔은 8시경에 잠자리에 든다고 말했다.

"그럼 오전 5시에 일어납니까?"

그는 물었다.

이것은 단순한 추측일 수도 있었겠지만 너무나 즉각적이었고 내가 애인에게 오전 5시에 일어난다고 쓴 e메일을 보냈던 것이 기억나 갑자기 불안해졌다. 그 e메일에서 내가 혹시라도 더 드러내는 무언가를 말하지는 않았는가?

나는 한 선생이 지난 2주 동안 했던 다른 말들을 떠올렸다. 예를 들어 그는 무심코 이렇게 말했다.

"수키 동무, 당신과 케이티 동무가 가장 인기 있는 교사이고 아이들이 당신에게 열광한다고 들었습니다. 아마 당신의 지도가 너무 '프리 아메리칸 스타일'인 듯해서 내가 동무 수업을 점검하러 가야만 하지 않을까 싶습니다. 하하하."

또는 이랬다.

"가방에는 뭐가 들었습니까? 나는 수키 동무를 아주 좋아하는데 동무는 언제나 나한테 모든 걸 감춥니다. 왜 그렇게 계속해서 가방을 붙들고 있는 겁니까? 거기에 나한테 감추고 있는 비밀이 있습니까?"

그가 이런 말을 농담인 척 날릴 때마다 내 심장이 내려앉았다. 물론 나는 비밀, 많은 비밀이 있었고 내 가방을 언제나 들고 다녔다. 왜냐하면 이 책을 쓰기 위한 메모를 담은 USB, 즉 내가 절대로 노트북 하드에는 저장하지 않는 복사파일이 들어 있었기 때문이었고 나는 가끔 어느 날 그가 내 가방을 검사하겠다고 요구하고 USB를 파괴하지 않을지 걱정했다. 그래서 나는 문서들을 세 개의 USB에 복사해 넣어 두 개는 내 방에 감춰 두고 한 개는 항상 가지고 다녔다. 나는 문서들을 카메라의 심카드에도 복사해 넣었다. 그렇게 하고서도 나는 그것들이 발각되고 그것들 모두를 잃게 되지 않을까 두려웠다.

차를 타고 돌아오는데 땅거미가 졌고 감시원들은 불안해했다. 한 나이 든 교사가 미끄러져 부상을 당해 우리는 그를 평양 외교구역의 외국인 전용 병원으로 데리고 갔다. 감시원들은 향산호텔에 들러 구급약이 있는지 알아보았지만 아무것도 없었다. 그들은 우리가 일정에 늦을까 봐 걱정하는 듯했고 밤에 차를 몰아서는 안 된다고 서로 상기시켜 주기를 반복했다. 누군가 시내 통행금지가 있느냐고 묻자 그들은 없다고 말했지만 비공식적인 것은 있음에 틀림없어 보였다.

오후 6시부터 7시 40분 사이에 우리가 평양까지 가는 동안 고속도로에 앉아 있는 어린이들, 최소한 세 집단을 또 지나쳤다. 그들은 다섯 살에서 열 살 사이인 것으로 보였다. 그때는 저녁 식사 시간이었고 고속도로 한가운데 노면 위에 돌보는 사람 없이 아이들이 앉아 있는 광경은 일상적이지 않았지만 물론 우리는 이런 것의 의미를 물어볼 수 없었다. 저 멀리 늦은 시간인데도 땅을 가는 농부들을 볼 수 있었다. 말끔히 차려입은 여인네들이 고속도로 옆으로 걸어가는 것을 두세 번 목격했는데, 우리 뒤로 아무것도 없어서 그들이 뭔가 향해 갈 만한 곳도 없었고, 우리가 버스나 승용차를 한 대도 지나치지 않았고, 근처에 버스 정류장이 없다는 것을 알았고, 날은 금세 어두워지고 있었기 때문에, 이상하게 보였다.

　우리가 지나치는 집들에서는 불이 켜진 곳이 없었다. 전등을 켜는 것을 정당화할 만큼 충분히 어둡지 않았을 가능성이 있지만 어쨌든 우리 차가 달리는 내내 불빛을 내는 창문이 하나도 없었다. 그들이 전기가 없었거나 아니면 이 나라에서는 드물지 않은 정전 중이었을 것이다. 그러나 나는 그토록 소음이 전혀 없는 광경을 경험한 적이 없다. '소음'이란 문자 그대로 소리를 의미하는 것이 아니라 생활의 소음, 닫힌 문 뒤에서 살아가는 삶의 증거를 말한다. 달려가는 개나 어린이들을 보지 못했고 굴뚝의 연기를 보지 못했으며 TV 수상기에서 나오는 번쩍거리는 빛을 보지 못했는데, 이것들이 나를 몹시 불안하게 만들었고 그리고 무엇보다 나를 가장 불편하게 한 것은 내가 본 것의 진실을 끝내 확인할 수 없었고 앞으로도 전혀 알 수 없을 것이라는 사실이었다.

갑자기 80년대 네덜란드 영화 「베니싱」이 떠올랐다. 젊은 여자가 고속도로 휴게소에서 사라지고 비탄에 빠진 연인이 그녀에게 무슨 일이 벌어졌는지를 찾아 몇 년을 헤맨다. 마침내 그녀를 납치했을지도 모르는 남자를 찾아내자 그는 이런 선택에 직면한다. '너는 내가 그녀에게 한 것을 너에게 하기를 바라는가, 아니면 알지 못한 채 남은 생을 살기를 원하는가? 이 두 가지가 너의 유일한 선택이다.' 그가 그랬듯이, 당신은 진실이 무섭기만 할 수 있다는 것을 알지만 당신은 알기를 원할 수밖에 없다. 그 연인은 알기를 선택하고 그는 산 채로 묻혔다가 밀폐된 관 속에서 깨어날 때 영화는 끝난다.

동시에 이 나라에서 일어나는 일들을 전혀 모르는 것도 불가능했다. 대답은 바로 내 눈앞에 있었다. 조그맣고 어두운 얼굴에 죽은 눈을 가진 쇠약한 사람들. 생명 유기체의 징후가 사라진 풍경. 나는 케이티가 '노예들'이라는 단어를 속삭이던 것을 떠올렸다. 그리고 나의 학생들이 행진하는 것을 보면서 '군인들'이라는 단어를 생각했다. 이 나라에서는 어느 곳을 보아도 그들, 군인들과 노예들이 있었다.

다친 교사는 세 바늘을 꿰매야 하는 것으로 드러났다. 외국인 전용 병원은 그에게 여기서는 큰 금액인 17달러를 청구했는데 그들은 마취제를 쓰거나 항생제를 주지도 않았다. 학교 의사도 줄 약이 없었다. 대신 우리는 우리가 쓸 만한 항생제를 가져오지 않았는지 확인해 보라는 말을 들었고 그는 결국 자신이 가져왔던 항생제 씨프로를 먹어야 했다.

그날 밤 늦게 사라는 여기서 마침내 산을 보게 되어 아주 기뻤다고 나에게 말했다. 그녀 반의 많은 학생들이 농촌 지역에서 자라나 산과 개구리 잡기, 잠자리 잡기에 관한 작문을 자주 썼다고 했다. 그녀는 그것이 아름답고 근심걱정 없는 것으로 들렸다고 말했지만 그녀가 이야기할 때 나는 그 말이 타당하지 않다는 것을 깨닫게 되었다. 그녀 학생들의 어린 시절은 아마도 그렇게 평온할 수는 없었을 것이다.

그녀 반 학생들은 모두 최악의 대기근 때였던 1997년에 몇 년 앞서서 태어났다. 그 당시 북한은 붕괴 위기에 있었다. 특권계층 출신이라고 해도 그들은 자신들을 둘러싼 배고픔과 궁핍으로부터 방어될 수 없었을 것이다. 그녀가 묘사한 행복한 에세이들의 의도를 나는 알 수 없었다. 그들은 어린 시절에 대해 좋은 것만 말하도록 집단적으로 훈련을 받아 온 것일까? 나는 그들의 주장을 믿고 싶었다. 나는 어떤 아이들이라도 북한 주민들을 감정적으로나 육체적으로 영구히 발육을 저지시켜 놓은 것으로 보이는 지독한 기근에 전혀 영향받지 않았음을 믿고 싶었다. 지배계층이 국민의 고난을 피해 가기를 바라는 것은 부도덕할 수 있지만, 나는 이들을 매일 보았고 사랑스럽고 훌륭한 젊은이들로 자랄 이 아이들이 고난에서 벗어날 수도 있다고 알게 되니 다행이라고 느꼈다.

그때 문득 나의 학생들 중 누구도 산에서 자랐다고 했거나 잠자리를 쫓은 경험을 쓴 적이 없다는 생각이 들었다. 그들 대부분은 막강한 부모를 두었고 평양 출신이었다. 그때 나는 사라가 2학년생을 가르쳤고 나는 1학년생을 가르쳤다는 점을 깨달았다. 2학년생은 평양과기대의 첫 학급이었고 1년 전에 등록한 반면 나의 제자들은 겨우 3개월 전인 4월에 도착했다. 시작할 때 나는 담당관들이 누가 어느 반을 가르칠지를 어떻게 결정했을까를 두고 어리둥절했었다. 신입생들은 더 많은 보호를 받고 있었던 것으로 보였다. 신입생을 가르치는 교사들은 다른 교사들보다 작문 교육에 더 자격을 갖춘 것 같았고 우리들은 수업조교를 배정받았다. 신입생들이 2학년생보다 더 높은 사회계층 출신이고, 만일 그렇다면 외국인에 의해 운영되는 이 초보대학에 어째서 엘리트 중의 엘리트들인 이 학생들이 갑자기 편입했을까?

그때 평양과기대의 설립 전반에 관한 정보가 서서히 나에게 들어왔다. 나는 전국 대학들 문을 닫는 결정이 지난봄에 내려졌음에 틀림없다는 걸 알게 됐다. 그렇지 않으면 2학년생들은 1학년생들과 같은 사회계층 출신이었을 것이다. 정부가 모든 대학 문을 닫게끔 한 어떤 일이 그해 초에 터졌고, 그런 사태에 따라 권력층들은 당장 달려가 자신의 아들들을 다니던 명문 학교에서 끌어내 평양과기대에 등록하도록 한 것으로 보였다. 뭔가 큰 것이 진행되고 있었다.

10

그곳에서 세 번째 주가 지난 어느 아침, 눈을 뜨면서 나는 내가 주위 환경에 더 이상 압도당하지 않음을 느꼈다. 이제는 조깅하러 가면서 반바지가 점잖지 못하다는 판정을 받을 경우에 대비해 허리에 스웨터를 둘러 싸매는 것에 익숙해졌다. 영생탑과 김정일을 '21세기의 태양'이라고 찬양하는 붉은 간판 위의 흰색 블록 글자들은 이젠 나의 달리기 표시물 노릇을 했다. 항상 굴뚝을 시야에 두고 같은 길을 달리고 또 달렸으며 구름 낀 날에도 평양이 그 방향이라는 것을 알게 되었다. 오전 7시에 야외 스피커에서 나오는 납득이 되지 않게 큰 음악소리는 더는 나를 방해하지 않았고 학생들의 행진을 바라보는 것도 이제는 묘하게도 편안해졌다. 저녁 식사 후 학생들이 운동복에 운동화 차림으로 모두들 물통을 들고 정원 손질을 하러 나왔을 때 그들이 의무감에 차서 잡초를 뽑는 것을 바라보는 것은 몇 주 전에만 해도 이질적인 듯 했지만 이제는 저녁나절의 나의 의례라는 생각이 들었다.

그곳에서 학생들과 함께 시간을 보내는 동안 나는 때때로 행복했다는 것을 인정해야만 한다. 우리 일상은 매일 똑같은 의례로 단순했고, 남아도는 회고의 시간은 거의 없었다. 캠퍼스 밖으로 내 마음대로 나갈 수 없고 누구에게든 마음대로 질문할 수 없으며 누군가와 통화할 전화기조차도 없고 이 나라를 한 번이라도 검열 없이 흘낏 보는 것조차 허락되지 않는다는 사실, 이런 것들이 서서히 희미해졌다. 하루하루가 지나면서 나는 바깥세상을 덜 생각했다. 그리움이 사라져서가 아니라 그것에 대한 접근이 완전히 불가능했으므로 오히려 내가 그것을 생각해 봤자 의미가 없다고 받아들이기 시작했기 때문이다. 내 집은 이 캠퍼스와 이 나라 너머에 너무 멀리 있었다. 내 집은 이제 터무니없이 추상적인 것이었고, 비록 애인에 대한 그리움은 여전히 때때로 고동치는 내 심장의 한구석에 남아 있었지만 이제는 닿을 수 없는 집에 나의 애인도 포함되어 버렸다. 그러나 나는 그것조차도 잠재우는 것을 배웠는데, 그것은 정확히 그들이 바라는 나, 평양의 영어 선생이 되기 위해서였다.

내 인생에서 처음으로 생각한다는 것 자체가 나의 생존에 위험한 것이 됐다.

이제 뉴욕으로 돌아와 나는 그 시절, 과거의 삶을 등진 채 하루하루가 가져올 것이 명확하게 정리되어 있던 그때를 동경하는 나 자신을 가끔 발견한다. 하지만 그런 향수의 순간은 잠시뿐이다. 평양에서의 내 생활이 단순했다고 말하는 것은 표면상으로만 맞았다. 셋째 주가 되니 나의 학생들에 관한 무엇인가가 내 안에서 바뀌었다. 처음 몇 주는 그들은 믿어지지 않을 정도로 완벽했다. 그들은 열심이었고 예의 발랐고 공부에 전념했다. "교사의 낙원"(일부 교사들이 이렇게 불렀다)은 과장이 아니었다. 미국 학생들은 절대로 이렇게 복종적이지 않았다. 그들은 내가 교실에 들어가는 순간 단체로 모두 일어났고 내가 말할 때까지 앉지 않았다. 그들은 내 말에 집중해 대답을 함께 외쳐댔으며 숙제를 더 많이 내 달라고 요청했다. 나는 영어 선생이라기보다 군대의 교관처럼 느꼈다. 나는 그렇게 절대적으로 존경받아 본 적이 없었다. 사라는 그곳에 영원히 머무르고 싶다는 말까지 했다. 또 다른 한국계 미국인 교사는 교실에 김일성과 김정일의 초상화만 없다면 이들이 남한 학생들(물론 남한 학생들은 이들보다 훨씬 버릇없지만)이라고 해도 거의 믿을 것이라고 주장했다.

하지만 그건 그의 엄청난 오해였다. 나는 여전히 그들을 좋아했고 그들의 얼굴을 보면 내 마음이 즉각 따뜻해졌으며 함께하는 식사 시간에 대화가 너무나 부담 없이 잘 흘러 때로는 식당에서 끝까지 남아 있다는 이유로 구내식당 책임자인 조선족 여인에게 혼이 나기도 했다. 그러나 나는 그들이 거짓말을 너무 쉽게 하는 것에 점점 불편해졌다.

한번은 한 학생이 내가 꽃을 좋아하는지 물었다. 나는 "그럼"이라고 대답했다.

"하지만 뉴욕에 정원이 없어서 보통은 가게에서 꽃을 사지."

그 학생은 즉각 말했다.

"저도 그렇습니다. 평양과기대에 오기 전까지 저는 꽃을 심어 본 적이 없습니다. 저는 항상 슈퍼마켓에서 꽃을 샀습니다."

나는 평양의 어떤 가게에서도 신선한 꽃을 본 적이 없다. 또 한번은 한 학생이 점심 때 식탁에서 일어나 말했다.

"저는 이제 쇼핑하러 가야겠습니다. 저희는 생일파티를 준비해야 해서 물건들을 사러 가야 합니다."

캠퍼스에 매점은 아직 없었고(평양과기대는 그 학기 늦게 하나를 열기로 했었다), 그래서 케이티가 캠퍼스 밖으로 물건을 사러 가도록 허가를 받았느냐고 묻자 그는 그 순간 영어를 이해하지 못하는 척하면서 가 버렸다.

몇 차례나 나는 수업이나 식사에 빠지는 학생을 표시해야만 했다. 매번 학급 전체가 마치 다른 병은 존재하지도 않는다는 듯이 결석한 학생이 배탈이 났다고 대답했다. 내가 매끼 식사 때 나와 같이 식사할 학생을 미리 지정하기 시작한 뒤 가끔은 한 학생이 다른 학생으로 대체된 것을 발견하곤 했다. 언젠가 내가 결석한 학생의 행방을 묻자 같은 반 학생 둘이 즉각 일제히 대답했다.

"아, 그는 배탈이 났습니다."

한 학생이 말했고 바로 다른 학생이 말했다.

"아, 그는 머리를 깎으러 갔습니다."

"어느 쪽인데? 머리를 깎으러 간 거니, 아니면 아픈 거야?"

내가 물었다.

"아, 그는 머리를 깎으러 갔는데 배탈이 났습니다."

둘 다 주저하지 않고 대답했다.

몇 분 후 나는 아프다던 학생이 같은 반 학생들이 그토록 열심히 자신을 방어해 준 것을 모르는 듯 농구를 하고 있는 것을 보았다. 하지만 나는 그가 전혀 모르는 것이 아주 가능하겠다는 생각이 들었다. 반 전체가 그가 빠진 것을 알았고 즉각 내 식탁의 그 자리를 채웠고 그의 부재를 위한 핑계를 만들었던 것이었다. 그런 우애에는 감동할 점이 있긴 하지만 동시에 그들의 거짓말하는 속도와 매끈함이 나를 불안하게 했다. 그들에게 거짓말은 너무나 자연스럽게 떠올랐다. 한 학생이 5학년 때 토끼를 복제했다고 말했던 순간, 또는 다른 학생이 자신의 나라 과학자가 혈액형 A형을 B형으로 전환하는 방법을 발견했다고 말했던 때, 농구를 하면 키가 더 커진다고 반 전체가 주장했을 때처럼. 그들이 그런 거짓말들을 어릴 적에 들어서 참과 거짓을 구별할 수 없었는지 아니면 그것이 그들이 터득한 생존 기술인지 나는 알 수 없었다.

영어가 거의 유창하고 거의 완벽한 문법으로 해낸 숙제를 제출하던 한 학생은 단지 몇 달 전 평양과기대에 올 때까지 영어를 배운 적이 없었다고 주장했다. 중학교에서 영어를 최소 4년간 배운 다른 동급생들 대부분과 달리 그는 중국어를 제2외국어로 배웠고 영어는 전혀 아무런 기본 없이 시작해야 했다고 했다. 이것은 기가 막힌 주장으로 보였다. 영어를 제2외국어로 배운 나는 스무 살짜리가 겨우 석달 만에 외국어에 유창해질 수 있다는 것은 사실상 불가능하다는 것을 알았다.

어떤 날 오전이면 학급 전체가 여느 때와 달리 피곤해 보였지만 내가 전날 밤 무엇을 했느냐고 물으면 그들은 "특별한 것은 없습니다"라고 대답했다. 나는 그들이 주체 학습 시간에 벌을 받은 게 아닌지 궁금했다. 가끔 그들은 회합이 있다면서 그날 오피스아워 때 참석할 수 없다고 집단으로 알리곤 했다.

셋째 주에는 교재의 주제가 '정직'이어서 우리는 '참 또는 거짓' 게임을 다시 하기로 결정했다. 무엇보다 우리는 그 게임을 통해 그들이 마음을 더 여는 데 자극받기를 기대했다. 케이티가 칠판에 자기보다 연하인 남자와 데이트하는 여자에 관해 한 문장을 쓰자 모든 학생들이 즉각 "거짓"이라고 외쳤다. 그들은 "불가능합니다. 여자들은 더 어린 남자들과 데이트하지 않습니다"라고 말했다. 이 말로 보면 그것이 최소한 그들 또래에서는 금기시되고 있음에 틀림없다고 결론을 내렸다. 미인대회에 대한 개념 또한 그들에게는 완전히 새로웠다. 예를 들어 그들은 미스코리아 대회에 관해 들어 본 적이 없었다. 그때까지 이곳의 안내원과 교통안전원 또는 식당과 호텔의 종업원들이 다 젊고 예쁘장한 여성들만 고용돼 있는 것을 감안하면 이것은 모순적이라는 생각이 들었다. 또한 북한 정부가 '기쁨조'라고 알려진 아름다운 젊은 여성들 집단을 유지했었다고 보도되었는데, 기쁨조의 유일한 임무는 김정일과 당 지도자들을 즐겁게 하고 접대하는 것이었다. 여성들은 이 임무를 위해서는 처녀여야 하고 어려서부터 다듬어지고 있다고 한다.

한편 '저항'이나 '학생신문' 같은 개념들에 그들은 놀라지 않는 듯 보였다. 그들의 반응을 봐선 마치 그들이 으레 정치적 데모를 하러 모이거나 학생신문을 발행하거나 원하는 것을 마음대로 주장하는 것처럼 보였다.

그때 케이티가 칠판에 썼다.

"나는 뉴욕의 산에 가서 스키 타는 것을 좋아한다."

"스키가 뭐지?"

몇몇 학생들이 서로에게 한국어로 속삭였다.

케이티가 스키가 무엇인지를 몇 명이나 알고 있는지, 북한에서 사람들이 스키를 타는지를 묻자 대부분이 고개를 끄덕였다. 나중에 학급 서기로 드러난 한 학생이 손을 들고는 스키 타러 갔던 적이 있다고 말해서 내가 어디로 갔냐고 물었더니 그는 조용해졌다. 케이티가 스키가 무엇인지 설명하자 그제야 몇몇 학생이 "거짓!"이라고 소리쳤다. 뉴욕에는 눈이 안 오기 때문에 케이티가 스키를 타는 것은 불가능하다고 그들은 말했다. 그들은 뉴욕의 날씨 또는 뉴욕이 어디 있는지조차 몰랐지만, 가장 주목할 만한 것은 그들이 인공눈에 관해 모르고 있었다는 사실이었고 그래서 나는 그들이 스키에 관해 전혀 모르고 있었던 것으로 의심했다. 하지만 문제는 그들이 모르는 것을 격렬하게 거짓으로 아는 척했다는 것이었다.

그렇다고 이런 사례가 그들 모두가 언제나 거짓말을 한다는 것을 시사하는 것은 아니다. 그들이 항상 속임수를 썼다면 내가 그들을 사랑하는 것이 어려웠을 것이다. 그러나 그들은 항상 속이지는 않았고 우리의 일상생활은 거의 잘 어우러졌다. 아침부터 해질 때까지 나는 세끼 밥을 그들과 함께 먹었고 그들의 삶에 관해 쓴 편지들을 읽었으며 그들이 그림으로 단어 맞추기 게임을 하거나 농구 또는 축구를 하는 것을 지켜보았다. 내가 그들의 행위에 환멸을 느껴 가면서도 그들을 사랑하는 것은 여전히 매우 쉬운 일이었는데, 그것은 우리가 많은 것을 공유했을 뿐 아니라 내가 훨씬 쉽게 서로를 믿는 세계에서 왔기 때문이었다.

어느 날 저녁, 나는 기숙사 복도에서 3층 창문을 통해 사진을 찍고 있던 미시시피 출신의 50대 교사 리디아를 보았다. 사진을 찍은 것에 대한 양해를 구하려는 듯 그녀는 자신이 북한에서 지낸 시간 동안에 찍은 사진이 거의 없으며 이곳을 기억할 수 있기를 원했다고 내게 말했다. 우리가 사진을 찍을 수 있게 허용된 장소는 아주 적었는데 캠퍼스도 그중 하나였다. 이 창문을 통해 본 경치는 그리 대단치 않았다. 안뜰과 연결된 두 동의 기숙사 건물뿐이었는데 안뜰이라고 해 봤자 실제로는 잔디가 듬성듬성하고 마른 땅이 조각처럼 있을 뿐이었다. 그 한가운데는 큰 바위가 있었는데 학생 둘이 숙제를 하면서 앉아 있었다. 리디아는 아이들이 그렇게 바위에 걸터앉아 공부하는 것을 가끔 보았고 이 장면을 기억하고 싶었다고 말했다.

그녀는 그날 저녁 평소보다 더 조용해 보였고 그래서 나는 그녀에게 학생들을 어떻게 생각하느냐고 물었다. 그녀는 할 말을 찾느라 당황하는 듯 보였고 잠시 생각하더니 이 학생들이 보통 ESL 수강생들과는 많이 달라 보인다고 말했다. 그녀는 일본에서 선교사로 14년, 남한에서 1년 반을 보냈으며 한국인 딸을 입양하기도 해 동양문화에 낯설지 않았지만 아직 우리 아이들에 대해서는 혼란스러워했다.

그런 뒤 그녀는 전날 벌어진 일에 관해 말했다. 그녀가 'He twisted my arms(그가 내 팔을 비틀었다)'라는 문장의 몇 가지 의미를 행동으로 보여 주기 위해 한 학생의 팔을 건드렸더니 그 학생이 말 그대로 움찔하면서 피하려 했다. 이것이 그녀를 혼란스럽게 만들었는데 특히 학생들끼리는 서로 자연스럽게 만지는 경우가 많아 더욱더 그랬다. 우리는 그들이 서로 팔을 끼거나 허리춤을 감거나 또는 서로 손을 잡고 걷는 것을 자주 보았다. 그래서 그녀는 아주 소소한 자신의 육체적 애정에 그렇게 질색하는 이유가 무엇인지 그들에게 물었다. 그들이 대답하지 않자 그녀는 객관식 문제로 냈다. 그녀가 나이가 더 많아서, 여자라서, 교사라서 그랬는가? 그들은 그 이유가 위의 것들 모두라고 말하면서 다시는 그렇게 하지 말라고 요청했다. 나는 그녀가 외국인이기 때문이었다는 선택지를 제시하지 않았다는 것을 알아차렸다. 학생들은 일반적으로 한국인 교사들을 더 좋아했다. 우리들과 있는 것이 훨씬 편안하다고 많은 학생들이 나에게 말했다. 그 가능성을 꺼내자 그녀는 머뭇거리며 "나도 알아요. 하지만 묻지 않았어요"라고 말했다. 그녀는 남부의 느리게 끄는 말투로 말했는데 묘하게도 나는 그때 그런 그녀의 말투가 학생들이 영어를 말할 때의 한국식 악센트보다 더 친근하게 느꼈다. 그녀는 머리를 갸웃거리더니 "나를 괴롭히는 것은…… 나는 그들이 누구인지 모른다는 것"이라고 말했다.

나도 비슷하게 느끼기 시작했다. 1반의 한 학생이 상식퀴즈에서 패배한 이유는 그들이 컨닝하다 걸렸기 때문이 아니라 컨닝을 잘하지 못했기 때문이라면서 더 잘했어야 했다고 부끄러워하지 않고 공개적으로 말했을 때, 나는 그들이 거짓말은 나쁜 짓이라는 걸 배우지도 않았을지 모른다고 느꼈다. 아마도 그들은 들키지 않는 한 계속 거짓말을 하는 것에 대해 부담을 느끼지 않을 수도 있었다. 혹시 그들은 옳고 그름도 구별하지 못하는 것이 아닐까?

이런 것들을 생각하니 나는 제자들을 싫어할 기미가 느껴졌고 그것이 계속 커지면 내가 이곳을 떠날 수밖에 없을 것이라는 걸 알았다. 이런 반감은 거의 본능적인 것이었다. 리디아의 학생들이 그녀의 접촉에 움츠린 것과 똑같이 나는 다른 학생보다 더 기만적인 학생들에 대해 내심 움츠리기 시작했다. 예를 들어 박준호는 전수용의 결석에 대해 그가 아파서 차가 평양의 큰 병원으로 데려갔다고 치밀하게 짜 맞춘 이야기를 했으며 자신의 머리를 흔들고 손을 가슴에 얹더니 "선생님, 오늘은 우리 반이 재수가 없는 날입니다. 저는 그가 낫기만 간절히 바라고 있습니다"라고 말했다. 나는 그 순간 내 감정을 드러내지 않으려고 최선의 노력을 다했다. 이런 학생들은 다른 사람의 표정을 읽는 데 무척 빨랐다. 그들은 이런 것에 거의 훈련이 된 듯 보였다. 전세가 수시로 뒤집어지기 때문에 그들은 조수가 언제 바뀌는지를 감지할 수 있었고 아무도 자신의 속내를 말하지 않았으며 그래서 유일한 생존 방법은 심리작전에서 남보다 더 눈치 빠르게 행동하려고 애쓰는 것이었다.

어설픈 거짓말도 있었다. 내가 정직에 관한 작문 제출 마감으로 정했던 날 약 4분의 1의 학생들이 실수로 숙제를 기숙사에 두고 왔다고 말했다. 가서 가져오라고 말하자 그들은 멈칫하고 아무 말도 하지 않더니 숙제를 하지 않았다고 실토했다. 한 학생은 숙제를 공책 속에 두었다고 했는데 보여 달라고 하자 멈칫했다가 결국 숙제를 하지 않았다고 시인했다.

불신은 더 큰 불신을 키웠다. 신뢰가 없는 관계는 성장할 수 없으며 학생들에 대한 나의 신뢰는 정체하기 시작했다. 그들의 거짓말은 나를 그들로부터 거리를 두게 했다. 그리고 우리는 더 이상 함께 앞으로 나아가지 못했다. 주말이면 나는 반 전체가 오전 6시에 운동장에서 일하거나 조별로 운동하는 것을 볼 수 있었는데 내가 오전에 어땠냐고 물으면 그들은 오전 11시까지 늦잠을 자서 아주 푹 쉬었다고 말하곤 했다. 학생들 하나하나가 부모를 만나고 친구들과 놀러 갈 수 있게 되는 방학을 애타게 기다리고 있다고 말했다. 그들 중 일부는 친구들이 어디에 있는지도 몰랐지만 그들은 친구들이 파견된 건설현장 어디에서든 돌아오기를 기대하고 있는 것 같았다.

물론 그들은 평생 거짓말을 듣고 살았다. 레이첼이 한쪽으로 나를 끌더니 "단군이라고 들어 봤어요?"라고 속삭이며 묻던 어느 날 저녁에 나는 그렇게 생각했다.

단군은 한국의 신화적 건국자로 첫 왕국은 B. C. 2333년으로 거슬러 올라간다. 단군은 천제의 아들 환웅이 곰에서 인간이 된 웅녀를 잉태시켜 태어났다고 한다. 레이첼의 학생들은 단군의 유적이 김일성 사망 전해인 1993년 김일성에 의해 발굴되었다고 배웠던 것이다 (이것은 아마도 인민들의 마음속에 그가 조선을 통치하도록 타고났다는 생각을 심어 주고 1994년 권력을 잡을 그의 아들 김정일을 정당화하기 위한 의도로 만들어졌다고 볼 수 있다). 학생들은 평양 교외의 단군릉을 가 보고 싶다는 열망을 이야기했다. 레이첼은 그들이 이상하리만치 거짓에 잘 속아 넘어간다고 했지만, 평양의 첫 번째 교회 시절의 성스런 종이 평양과기대 캠퍼스에서 '우연히' 발견된 장소를 찾아 교사 기숙사 옆의 웅덩이를 배회하던 것은 바로 그녀였다. 우리는 모두 우리가 믿고 싶은 것을 믿는다. 만일 이들 불행한 인민들이 그들의 위대한 수령이 단군의 적법한 후계자라는 신화를 그렇게 기를 쓰고 지키기를 원했다면 누가 그들을 비난할 수 있을까? 비난은 대중을 조종하기 위해 이런 이야기를 지어내 슬쩍 역사처럼 만들어 버리려고 했던 사람들의 몫이었다.

그래서 나는 사랑에서 동정으로, 혐오와 불신으로 갔다가 다시 공감과 사랑으로 돌아왔고 이런 감정의 전환은 혼란스러웠다. 나는 내가 심리작전이 극도로 생존의 필수품인 곳, 아주 미미한 반란 행위도 상상할 수 없는 결과를 낳을 수 있는 곳의 출신이 아니라는 점을 떠올렸다.

나는 그들이 거짓말을 할 때나 후회할 말을 잘못 내뱉었을 때의 표현에 서서히 익숙해졌고 어떤 진술이 참이고 거짓인지, 어떤 학생들이 절대 변명하지 않고 어떤 학생은 사소한 실수를 하는지 구별이 가능해지기 시작했다. 그러나 내가 이런 추측게임을 하고 싶지 않았던 저녁도 있었고, 나의 실망이 너무나 엄청나서 영어가 신통찮아 내게 거짓말을 덜할 것 같은 학생들과 일부러 함께 앉으려고 했던 저녁도 있었다.

이런 감정은 가슴이 무너져 내리는 것에 가까운데, 그것을 이해하는 데 시간이 좀 걸렸다. 어느 날 저녁 식사 후 학생들이 전승절인 7월 27일이 가까워지면서 학교 마당을 가로질러 점점이 물통들을 들고 정원을 부쩍 자주 돌보고 있는 것을 멀리 쳐다보면서 나는 한국통일의 환상, 5000년 한국인의 동질성은 모두 부질없는 것이라는 생각이 들었다. 그것은 1945년 일단의 정치인들이 지도 위에 아무렇게나 선을 그어, 누구도 알아주지 않을 한이 서린 슬픔과 분노와 후회로 몸은 지구가 되고 이 땅의 한 부분이 돼 버리도록, 다시는 결코 만나지 못하고 그렇게 죽어 버릴 가족들을 분리시킴으로써 한민족을 회복할 수 없게 깨뜨려 버렸기 때문이었다. 그날 저녁, 영생탑 뒤로,

굴뚝 뒤로, 이 도시, 이 학교의 뒤로, 지금 잠시 동안은 나의 아이들이 된 권력층의 자제들, 이 사랑스런 거짓말쟁이 아이들 뒤로, 애절한 석류 빛의 태양이 그렇게 질 때, 이곳에는 구원이 없음을 나는 분명히 보았다.

11

일요일인 7월 24일은 평양에서 선거일이었지만 우리에게는 기도일이었다. 동료 교사들은 평양의 교회 두 곳 중 한 곳을 방문하겠다며 허가를 요청했고 우리가 가는 곳은 봉수교회였다. 김 총장이 그날 우리와 동행해서 이곳은 진짜 교회가 아니지만 그들이 실제로는 없는 종교의 자유가 있다는 것을 우리에게 보여 주려고 하는 취지를 우리가 존중해 주려는 것이라고 설명했다. 북한 정권은 승인되지 않은 종교행위를 체포와 심지어는 처형으로 억압하는 것으로 알려져 있다.

버스에서 우리는 축제 분위기에 밝은색의 부풀어 오른 한복 차림의 여성들과 사람들로 거리가 꽉 찬 것을 볼 수 있었다. 그리고 빌딩들에는 새로운 표어가 붙어 있었다. '우리 모두 선거에 참여하여 혁명을 지원하자!' 흰 셔츠, 감색 치마나 바지, 붉은 스카프 차림의 교복을 입은 어린이들이 김정일화와 김일성화 조화를 흔들며 '위대한 김정일 장군님을 따라 우리 사회주의 나라를 건설하자'는 표지판을 들어 올린 채 큰 소리로 노래를 부르며 단체 행진을 했다. 그들은 몇 블록마다 '선거장'이라고 쓰인 커다란 붉은 간판 앞에 긴 줄로 늘어서 있었다. 사람들은 시와 군 의원 선거를 하고 있으며 선거는 4년마다 하고 17세 이상이면 누구나 선거할 수 있다는 설명을 들었다.

길에는 평소보다도 차들이 덜 다녔는데 김 총장은 선거일에는 군인들만 운전이 허용된다고 말했다. 우리는 여행을 허가받았는데도 경비원이 차를 세웠다. 한 선생이 몹시 흥분해 그에게 이 차에는 외국인이 가득하며 뭔가 중요한 일에 늦었다고 말했다. 10분 후 운행이 허락되었다. 보통 버스는 가까운 거리의 인민대학습당, 주체탑, 보통강백화점과 고려호텔을 지나가며 같은 구역을 둥그렇게 돌았는데 그날 우리는 다른 경로로 갔다. 길을 따라 시내 도심을 관통하는 보통강 진흙탕 물에서 빨래하는 여인들이 보였다. 남자들은 강둑에서 낚시를 했다. 사람들은 평소처럼 쭈그리고 앉아 풀을 베거나 거리를 쓸고 있었다. 쓰레기는 전혀 없었다. 나는 땅 위에서 통을 들고 물웅덩이 위로 허리를 굽히고 있는 뼈만 남은 몇몇 여인들도 보았다. 그들은 흙을 물에 쏟아 넣어 흙이 물기를 빨아들이면 삽으로 젖은 흙을 퍼내 통에 다시 담았다가 흙더미에 쏟곤 했다. 이것은 평양식 배수시설인 같았다. 우리는 커다란 백합 연못을 지나면서 거기서도 낚시하는 사람을 보았다. 이 사람들은 선거를 마친 것 같았다.

교회는 빈민촌 같아 보이는 아파트들 가까이 있었다. 시멘트 건물들은 황폐했으며 1층 창문에는 유리창은 없고 금속 창틀만 있었다. 나는 창문의 컴컴한 구멍을 통해 한 남자의 얼굴을 보았는데 안에 있는 것들은 훨씬 더 어둡게 보였다. 내가 그것을 면밀하게 생각하기도 전에 우리 버스는 쌩 하고 지나쳐 꼭대기에 십자가가 있고 남한 기독교인들의 기부로 지어졌다고 보도된, 덩치만 크고 특징은 없는 현대식 건물 앞에 섰다. 목사 복장의 한 남자가 우리를 맞이하기 위해 정문 계단에서 내려왔다. 우리 차가 정지당하는 바람에 시간에 늦었는데도 교회 전체가 우리를 기다리며 예배 시작을 고대하고 있었다.

내부에는 약 100명의 교인들과 합창단이 완벽한 침묵 속에서 긴 의자에 앉아 있었다. 그들은 대부분 30대에서 50대 사이의 여성들이었다. 우리가 들어서자 그들은 우리를 바라봤고 일제히 미소를 지었다. 그들은 우리 학생들처럼 풍족하지는 않았지만 꽤나 부유층으로 보였고, 순간 나는 그들이 왜 선거장에 있지 않는지 의문이 들었다. 우리는 첫째 줄 좌석으로 바로 갔고 한글과 영어로 된 새 성경책과 찬송가집을 받았다. 우리 모두는 동시통역의 도움을 받아 예배를 들을 수 있도록 헤드폰 세트와 수신기를 받았다. 그것을 켜면 마치 영어 회화 레슨처럼 활기찬 목소리가 "우리 교회에 오신 걸 환영합니다"라고 말했다. 목사 옆으로는 우리 자신의 모습을 볼 수 있는 프로젝터 스크린이 있었다. 나는 누가 우리를 촬영하는지를 둘러보았지만 알 수 없었다. 곧 반짝이 한복을 입은 한 여성이 기도를 낭송하러 강대상으로 올라갔다. 통일, 한민족의 슬픔 그리고 우리를 갈라놓은 악마들에 관해 간청하는 독백을 뛰어넘는 수준의 기도였다. 그녀는 이전에도 여러 차례 해 본 것처럼 능숙했다.

설교는 거의 똑같았다. 목사는 미국 제국주의자들의 지원을 받아 한국의 분단을 영속화하는 남한 정부의 사악함에 관해 말했다. 그는 자신의 요점을 강조하기 위해 로마서 6장 23절 '죄의 삯은 사망이요……'를 인용하면서 이러한 죄악은 벌을 받을 것이라고 주장했다. 몇 번인가 우리 모두는 앞으로 나가 북한 기독교인 형제자매를 위해 노래를 불러야 했고 그들은 때맞춰 행복하고 감동받은 표정을 지었다. 예배 내내 우리에게 사진을 찍으라고 채근했다.

나는 목사와 교인들의 얼굴을 계속 바라보았지만 아무것도 읽을 수 없었다. 그것은 순전히 연극이었고 나는 그중 일부였다. 그들은 기독교인인 척했고 우리는 그들을 믿어 주는 척했다. 우리가 평양과 기대에 있는 동안 눈을 뜨고 비밀스럽게 기도하도록 교육받았지만 여기서는 상황이 반전되어 우리 일행은 드러내 놓고 기도했고 북한 사람들은 가식적인 쇼를 했다. 아마도 그들은 '주님'을 말하면서 개인적으로는 그 단어를 '김정일'로 바꿨을지도 모른다.

차라리 성가대의 노래를 듣는 것은 위안이 되었는데 이들은 너무 열심히, 아름답게 노래해 노래 실력으로 뽑혀 온 사람들이 아닌가 하는 생각이 들었다. 그것이 아주 힘든 임무는 아니라고 나는 생각했다. 그들은 여기에 와서 한 시간 동안 몽상을 하고 노래를 부르면 되었다. 그들의 친구들은 아마도 그런 편안한 임무 때문에 그들을 부러워할지도 모를 일이었다.

그때 그들이 부른 노래 중 하나가 이상하게도 친숙했는데 그것은 나의 친할머니가 즐겨 불렀던 찬송가였다. 그녀는 독실한 기독교인이 아니었고 공황 발작이 악화될 때만 교회에 갔으면서도 가끔 이 곡을 흥얼거렸다. 대부분의 한국 가족들처럼 우리 가족의 과거에도 불교와 샤머니즘의 흔적이 있긴 하지만 병을 앓기 전엔 그녀는 무신론자였다.

나의 할머니는 열여섯에 할아버지와 결혼해 세 아이를 낳고 길렀으며 일제 식민통치를 견뎌 내고 한국전쟁 때 영양실조로 거의 죽을 뻔했다. 그러나 그녀는 그것에 관해 거의 말도 꺼내지 않았다. 대신 할아버지의 여인들에 대해 이야기했는데, 그중 한 사람은 기생이었고 한동안 짐을 아예 싸 갖고 들어와 안방을 차지해 버렸다. 할머니가 이들의 실제 정체를 파내기에는 이들이 잠시 스쳐 가는 인연이었기 때문에 이 여인이 정말로 기생이었는지 또는 흔한 술집 여인이었는지는 분명치 않았지만, 이 기생 또는 가짜 기생은 할아버지와 매일 밤 정종을 마셔 댔고 안주상을 차려 주는 것은 할머니의 몫이었다. 할머니는 자신의 공황병을 초래한 것은 할아버지의 바람기였다고 늘 말했다.

그녀가 동네 목사를 만나 예수로 귀의했던 것은, 그녀에게 치료차 박하사탕을 빨아 먹게 해 보라고 권한 한 사람을 포함해 모든 의사들이 그녀의 병은 마음의 병이라고 결론을 내린 뒤였다. 그녀에게 예수는 할아버지의 오입질에 대처하는 수단이었다. 그는 여자들이 잠시 끊겼을 때나 사죄하고 싶은 마음이 들 때면 제일가는 유학자 집안인 광산 김 씨가 대놓고 성경책을 들고 다닐 수는 없다면서 마지못해 그녀를 교회로 데리고 가곤 했다. 그는 부인의 성경책을 신문지로 꼼꼼히 싸고는 팔 아래 단단히 끼워 넣었으며 교회 문턱 앞에 그녀를 남겨 두고 자신은 절대로 문턱을 넘지 않았다.

그러고 보니 인생이란 참으로 희한한 것 같았다. 어찌하다 이처럼 말도 안 되는 장소, 진짜 신자들 일행에 섞여 앉아 가짜 성가대 노래를 들으면서 할머니와 그녀의 반쪽짜리 기독교 신앙의 기억을 더듬는 이런 가짜 북한 교회로 내 삶이 나를 인도한 것은 불가해한 미스터리로 보였다. 그러나 그 순간 나는 그녀가 참 신자였든 아니었든 교회가 그녀의 고달팠던 삶에 위안을 주었다는 것을 알게 되었고 그 사실이 고마웠다.

우리는 곧 밖으로 안내되었고 성경책과 찬송가집을 기념품으로 꼭 갖고 가라는 소리를 들었다. 신도들은 미소 짓고 손을 흔들며 "안녕히 다시 만나요"라고 노래를 불렀고 목사는 밖에 서서 우리 모두와 함께 사진을 찍기 위해 포즈를 잡았다. 우리가 버스에 오르자 신도들은 계속 손을 흔들다 한꺼번에 걸어 나가 마치 오전 업무를 마친 듯 재빨리 평양의 거리로 사라지는 것을 볼 수 있었다.

그날 오후 몇몇 교사들은 선거장을 견학했다. 교사들은 사진을 찍으라는 권고를 받았고 늘 그렇듯이 아리따운 여성 안내원이 선거를 어떻게 하는지를 설명했다. 그녀에 따르면 선거용지에 두 명의 후보자 이름이 적혀 있고 자유국가에서 하듯이 평양시민들은 그중 한 명을 고른다고 했다. 그러나 담당관들에게 영어를 가르쳤던 한 교사는 그녀 반 학생들이 후보자는 정부가 직접 고른 한 명뿐이고 따라서 선거일이 실제로는 '당신이 나타나서 그 후보자를 선택하라는 의미다' 라고 털어놓았다고 말했다. 이것은 북한 정부가 우리만을 위해 가짜 선거를 준비했다는 의미인가? 교회와 선거장과 선거하기 위해 줄지어 있는 인민들 너머 또 무엇이 우리들의 눈만을 위해 있었는가? 창문들의 불빛은 우리가 차를 몰아 지나쳐 가자마자 어두워졌는가?

그날 저녁 식사 때 학생들이 평소처럼 우리가 그날 무엇을 했는지 물었다. 우리는 그들에게 예수에 대해서는 말할 수 없었으므로 나는 그들에게 무엇을 했냐고 되물었다. 그들은 평양 도심에서 선거를 했다고 일제히 대답했다. 이번이 그들이 할 수 있는 첫 번째 선거였고 매우 흥미로웠다고 말했다. 학교는 270명의 학생들을 시내로 데리고 갈 충분한 밴이 없었고 그들이 외출이 허용되지 않았을 것으로 나는 알고 있었기에 그들에게 선거장으로 어떻게 갔느냐고 물었다. 그들은 걸어서 갔다고 대답했다. 나는 내가 들은 것을 믿을 수 없었지만 꾹 참았다. 평양까지 차로는 약 10분 거리였는데 걸어서는 얼마나 걸렸냐고 슬쩍 물어 보았다. 이것에 대해 그들의 대답은 제각각이었다. 일부는 30분, 다른 학생들은 한 시간이라고 말했다. 언제 떠났는가? 일부는 오전 8시, 나머지는 오전 9시라고 했다. 하지만 우리가 오전 9시에 떠났는데 그들의 자취를 보지 못했다.

다음 날 직원회의에서 기름 값, 감시원들과 운전사의 식대를 평양과기대 측에 정산해야만 한다는 말을 들었다. 외출 한 번에 5달러 또는 10달러로 대단치 않은 금액이었지만 우리가 돈을 안 받으면서 가르치고 있었고 거기까지 비행기 표도 자비로 부담하거나 교회의 지원을 받고 있었던 것을 감안하면 감시받는 비용을 요구받는 것은 이상하게 보였다.

게다가 우리는 매년 8월 북한의 주요 축제인 아리랑 마스게임을 관람하려면 한 사람당 비용이 400달러에 이른다는 말을 들었다. 학교 측은 우리에게 중간 수준의 표를 225달러에 사라고 권유했다. 그 전에 왔을 때 한 번 본 적이 있는 나는 그 가격에 놀랐다. 수만 명의 어린이들이 김정일화나 김일성화의 꽃잎이나 망치와 낫을 형상화하는 것을 보는 신기함은 잠깐이고 그 많은 아이들이 연습하며 틀림없이 강요받았을 셀 수 없는 시간들을 상상하지 않을 수 없었기 때문이다. 몇몇 교사들은 가격에 놀라는 눈치였지만 자신들이 언제 이곳에 돌아올지 몰랐기 때문에 표를 사는 데 동의했다. 이것이 북한과의 사이에 늘 벌어지는 협상이다. 그것은 마치 나쁜 남자 친구 같았는데, 그가 언제 나타날지 전혀 예측할 수 없기 때문에 당신은 그가 원할 때면 언제나 달려가 기회를 잡아야만 한다.

다음 토막 소식은 조지프 박사가 전해 왔는데, 그는 학생들 급식비를 기부하라고 교사들에게 요청하면서 적잖이 당혹스러워했다. 그에 따르면 담당관들인 '저쪽'이 "고기를 듬뿍 넣은 식사"를 위해 500달러 이상의 기부를 하도록 그에게 계속 요구했다는 것이다. 나는 고기가 학생들을 위한 것이 아니라 담당관들의 탐욕스런 수요를 만족시키기 위한 것으로 의심했다. 담당관 한 사람은 가끔 이런 말 하기를 즐겼다.

"아, 동무가 김수키 동무입니까. 동무가 우리를 아주 곤란하게 했습니다. 내가 동무 비자를 받아 내는 것이 얼마나 골치 아픈 일이었는지 동무는 모를 겁니다. 결국 나는 동무를 위해 해냈으니 동무는 내게 감사해야 할 겁니다."

나는 그가 이런 말을 처음 할 때는 매우 거북하게 느꼈지만 그것이 우스갯소리인 듯 받아 넘기면서 그와 함께 웃었다.

이런 식의 기이한 수작은 북한과의 거래에서 전형적인 것이었다. 뉴욕 필하모닉의 방문 때 나는 남한 취재진을 여럿 만났는데, 이들은 북한에 질렸다며 북한을 이해하고 싶으면 돈줄을 따라갈 필요가 있다고 이구동성으로 말했다. 평양과기대를 위한 기금은 남한의 통일부는 물론 세계의 개인 기부자들로부터 나왔고 내가 아는 한 북한에서는 아무런 지원도 없었다. 누가 봐도 북한을 제외한 전 세계가 북한 지도층의 아이들을 먹이고 가르치고 있는 것이다. 작은 금액의 요청이 자잘하게 수시로 있었고 우리는 거기에 익숙해졌다. 담당관들은 무언가를 바랐고 우리는 그들을 대접하도록 요구받았다.

마지막 소식은 약간 놀라웠다. 조지프 박사는 담당관들의 말로는 우리 학생들 중 일부가 여름 방학 때 집에 가지 않게 된다고 말했다. 단지 '일부' 학생들만 집에 가게 된다고 했다. 아마도 가장 부자들 중 일부만. 나는 나의 학생들 중 누가 선택될지 이미 추측할 수 있었다. 그들 간의 차이는 확실했다. 몇몇은 우리에게 익숙한 매끄럽고 흰 종이를 숙제하는 데 썼지만 나머지 학생 대부분은 옛 두루마리 휴지 같은 베이지색의 거친 일반적인 종이를 썼다. 흰 종이 사용자는 때로는 전자사전 소유자와 동일했고 얼굴이 빛이 났으며 영어도 더 잘했다.

앞으로 1년간 학생들의 모든 일과는 꼼꼼하게 계획됐던 것으로 드러났다. 방학 때 그들은 캠퍼스에서 머물며 추가 공부를 하거나 일종의 집단농장에서 일해야 했다. 이것은 그들의 선택이 아니었다. 조지프 박사는 북한에는 방학 같은 것이 없다고 분명히 했다. 사라도 이것이 맞는다고 했다. 그녀가 그 주에 가르쳐야 했던 읽기 주제는 우연찮게도 '방학'이었고 그녀는 여기서의 방학은 우리 개념의 방학과 다르다는 것을 알게 되었다. 스포츠를 하는 등 여가를 위한 시간으로 빼놓은 시간도 있었지만 장기휴가 같은 것은 없었다. 모든 학생들은 일주일에 6일 공부했고 일요일에도 많은 학생들이 해야 할 업무가 있었다. 이런 일정표는 방학 때에도 많이 바뀌지 않았는데, 그들은 주체학습이나 일일생활총화 중 하나에 참석하기 위해 학교에 갔고 나머지 시간에는 집단농장에서 일하도록 명령을 받았기 때문이었다.

이곳은 누구에게도 자유시간이 허용되지 않는 나라였다.

나의 학생들 누구나 8월이면 집에 간다고 나에게 말했다. 그런 척한 것이 아니라면 그들은 우리만큼도 몰랐던 것 같았다.

12

여름 학기가 끝나갈 무렵의 마지막 날들은 뒤죽박죽이었다. 마치 다가오는 우리 이별로부터의 관심을 돌려놓기라도 하듯 행사들이 계속되었고 사진도 많이 찍었으며 체육 시합도 있었다. 나는 헤어지는 슬픔과 이곳에서 벗어나고픈 욕망 사이에서 갈피를 잡지 못했다. 나는 가을 학기에도 돌아와서 가르쳐 달라는 초청을 받았고 그러겠다고 대답했지만, 솔직히 말해 내가 다시 버텨 낼지 확신하지 못하고 있었다.

7월 26일 점심 식사 후 루스와 나는 김 총장 집무실로 불려 가 우리가 평양실내체육관에서 열리는 제58돌 전승기념행사에 참가하게 될 거라는 말을 들었다. 이것은 노동당과 평양인민위원회가 전승절 전날 주최하는 국가적인 행사였다. 초청자 중에는 평양과기대 고참 교직원 몇 명이 있었고 교사들은 우리뿐이었다. 나중에 조앤은 평양과기대가 처음 구상된 때부터 김 총장과 거의 10년을 함께 일했지만 '흰둥이'라는 이유로 한 번도 초대받지 못했다고 내게 말했다. 우리는 둘 다 가을에 돌아올 것이고 한국계이기 때문에 선택되었다고 그녀는 말했다.

우리가 도착했을 때 2만 석이 다 찼지만 체육관 내부는 쥐 죽은 듯 조용했다. 참석자들 절반은 군인들이었고 나머지는 회색 여름 양복을 입은 시민들인데 당원들이 일종의 민간인 복장을 한 것이었다. 무대는 '백전백승 58차 승전 727 기념일'이라는 글자로 장식돼 있었고 그 양쪽으로 비슷한 표어들이 있었다. 무대 위에는 의자가 관중석을 바라보게 세 줄로 놓여 있었다.

곧 이어 나의 제자들이 김일성학 연구실을 지킬 때 입는 것과 똑같은 군복을 입은 약 100명의 남자들이 나와 무대 위에 자리를 잡자 관중들이 일어나 박수를 쳤다. 그들 중 다수는 둥그런 배와 넉넉한 턱살로 뚱뚱했고 상의는 번쩍이는 금메달들로 덮여 있었다. 그들 사이에 여성이 두 명 있었는데 한 사람은 흰색 슈트를 한 벌로, 나머지 한 사람은 한복을 입었다. 그중 한 명은 김정일의 여동생으로 김정은 집권 후 처형당한 그 당시 북한의 2인자 장성택의 부인이었던 김경희였던 것 같다.

남자 한 명이 연단으로 걸어가 연설문을 읽기 시작했는데 질이 나쁜 스피커 때문에 때로는 내용을 이해하기가 힘들었다. 그것은 주로 김일성의 영광스런 업적과 그가 미 제국주의자들의 공격을 막아 내고 전쟁에서 승리한 영웅적 면모에 관한 것이었다. 미국과 남한을 직접 겨냥한 욕설들이 연설 내내 뿌려졌다. 연사는 이명박 당시 한국 대통령이 한반도 전체를 미국의 탐욕스런 손안으로 몰아가고 있으며 이것이 계속되면 서울은 "죽음과 시체들"로 가득한 "불바다"로 변하고 말 것이라고 말했다. 행사는 녹화되었으며 우리는 박수를 치라는 이야기를 감시원들로부터 주기적으로 들었다. 그 남자는 "위대한 김일성 수령님 만세! 위대한 김정일 장군님 만세! 우리 노동당 만세!"를 외치고 연설을 마쳤다. 그리고 우리는 일어나 이 구호들을 함께 외쳤다. 나중에 알게 되었지만 그날 연사는 조선인민군 총참모장을 지내다 김정은 집권 후 숙청당한 리영호였다.

우리는 5시 30분쯤 학교로 돌아왔고 나는 사무실에 홀로 앉아 있다가 어디선가 바로 그 연설이 흘러나오는 것을 들었다. 나는 화장실을 사용하는 척하면서 살살 걸어 그 소리를 따라 모퉁이를 돌아 대형 강의실의 열린 창문으로 그것을 추적할 수 있었다. 창문을 통해 나는 학생들이 오후 특별 회의의 일부로 TV로 연설 녹화방송을 보고 있는 것을 확인할 수 있었다.

약 6시 45분에 나는 구내식당에 앉아 나의 반 학생들이 여느 때보다 늦게 들어오는 것을 지켜보았다. 그들은 어두운 표정으로 내 눈을 피했다. 일부는 우리의 시선에 당혹해하는 듯 보였다. 나는 마음이 아팠지만 그들의 행동이 이해가 됐다. 그 연설을 나도 보고 들었기 때문이었다. 나의 아이들이 미 제국주의자들을 상대로 전쟁을 준비하라는 훈계를 듣고 나서는 싹 돌아서서 우리와 얼굴을 맞대는 것이 대단히 혼란스러운 일이었을 것이다. 우리가 "여름방학 때 계획이 뭐니?" 또는 "여자 친구 있니?" 하고 별 생각 없는 질문을 던지며 주변에서 해맑게 기웃거릴 때 그들은 죽음과 파괴를 준비하는 전쟁 때의 군인들 같이 교육되고 있었다. 오늘 저녁 그들이 우리를 보았을 때 나는 내가 그들의 적인 남한 사람과 미국인, 그들이 총을 쏘고 죽이라고 배워 온 바로 그 타깃이 되었음을 알았다.

그래서 나는 거기 앉아서 기다렸는데 예상한 대로 아무도 나의 식탁에 앉으려 하지 않았고 마침내 소대장 하나가 합석을 했다. 그는 나와 함께 식사하고 싶어 하지 않는 반 학생들을 위해 그 부담을 졌다. 그의 얼굴에서 뭔가 찾아내는 것은 불가능했다. 내가 저녁 식사에 왜 늦었는지, 그리고 오후 회의 시간에 뭘 했는지를 묻자 그는 어색한 듯 그저 어깨를 으쓱했다.

"저희는 TV를 봤습니다."

그가 말했다.

다음 날 오전, 우리는 운동회를 했고 그들의 기분도 확실히 나아져서 들떠 보였다. 전국 모든 학교가 매년 두 차례씩 이런 행사를 해서 학생들은 어떻게 하는지 잘 알았고 잘 즐겼다. 교사를 포함해 모두가 참여했으며 전체 학생들은 파란 야구 모자를 쓴 한 팀과 흰색 야구 모자를 쓴 다른 한 팀의 두 팀으로 나뉘었다. 학생들은 수 주 동안 이걸 기다렸으나 양동이로 퍼붓는 것 같은 소나기가 며칠간 내렸기 때문에 연기되지나 않을지 몹시 걱정했다. 고맙게도 날씨는 갰다.

나는 남한에서의 어린 시절을 떠올리지 않을 수 없었다. 미국 여고생들이 프롬(Prom · 졸업파티) 날짜를 손꼽고 있듯 우리도 운동회를 내내 기다렸다. 우리도 청군과 백군으로 나뉘어 삼각달리기와 줄다리기를 포함해 비슷한 경기를 했고 비슷하게 응원 경쟁도 했다. 다른 점이라면 우리는 초등학생들이었고 1970년대 후반이었다는 것이다. 그러나 나는 팀 종목을 잘하지 못했고 같은 반 친구들을 사로잡은 경쟁심에 겁을 먹기 태반이었다. 나는 침울하게 서성거리다 어머니가 집에서 만든 김밥 점심 도시락을 갖고 나타나기를 기다렸던 것이 기억난다. 운동회 날 모든 어머니들이 모두 다르게 보이는 김밥을 싸 왔는데 어떤 것은 소용돌이 모양의 당근과 꽃 모양의 오이가 들어 있어 아주 공을 들인 것이었다. 어머니들도 마치 시합을 하는 것 같았다.

평양과기대의 운동회 날 나는 의무적으로 경기에 참여했고 박수를 치고 나의 반 팀을 위해 응원도 했다. 그게 영화였다면 남한의 예전 그 작은 소녀는 아마도 과거와의 어떤 합의를 찾았겠지만 감정의 연결 순간은 그저 잠시 스쳐 지나갈 뿐이었다. 학생과 내가 머리 사이에 공을 끼우고 달리는 경기를 했고 모든 학생들과 교사들이 손을 맞잡고 원을 이뤄 춤을 추었다. 그러고는 곧 모두 끝나 나는 기숙사로 돌아왔고 그들 말대로 김일성이 그들 모두를 구하기 위해 자신의 목숨도 걸었다던 전승절에 비가 퍼붓기 시작하는데도 학생들은 오후 내내 잡초를 뽑는 정원 작업으로 돌아갔다.

그날 오후 늦게 인민문화궁전에서 전승 727 축하연이 있었다. 이번에도 한국계 교사들만 초청되었다. 우리가 도착해 보니 랜드로버와 메르세데스 벤츠 300번대를 포함해 모두 검은 색으로 번쩍이는 차들이 많았다. 나는 참석자 일부는 내 학생들의 부모가 아닐까 생각했다. 권력층 인사들을 볼 때마다 나는 같은 질문을 스스로에게 해보았다. 나는 이들을 북한에서 현재 진행되는 파멸의 원인으로 여기고 있었지만 그래도 그들의 아이들을 사랑했다.

전날 저녁의 기념식에서처럼 청중들은 군 관계자들과 정장 차림의 시민들로 구성됐다. 약 열 명의 노동당 간부들이 오케스트라 중앙의 VIP 좌석에 앉았다. 행사장 한구석에서 러시아 말을 하는 군복 차림의 두 명과 두건을 두른 여성, 아랍의 전통적인 남성용 긴 옷인 카프탄을 입은 흑인 등 외국인 20여 명을 보았다.

개막공연은 이 나라에서 최고로 유명한 남녀 혼성 음악가 그룹인 만수대예술단의 삼지연악단이 했다. 프로그램을 보니 무대 위의 여성들 중 여럿이 김정일과 김일성의 메달을 받았다고 했지만 솜털 같은 보석이 달린 끈 없는 분홍색, 빨간색, 흰색 가운을 입은 그들이 내게는 라스베이거스의 쇼걸들처럼 보였다. 무대 배경은 추상적인 네온 빛의 투사였는데 새 랩톱컴퓨터에 깔려 나오는 스크린 세이버를 연상시켰다. 천장에서는 회전하는 작은 디스코 볼과 함께 약 50개의 분홍색과 빨간색 풍선을 볼 수 있었다.

개막 후 여성들이 「조국보위의 노래」와 「진전, 또 진전」이라는 노래에 맞춰 춤을 추었고 검은 타이를 맨 엄숙해 보이는 남성 솔로이스트가 사냥을 주제로 한 「저격수의 노래」를 내뿜었다. 가사를 보니 사냥은 대충 '양키놈'의 머리를 얻기 위한 것이었다. 계속 반복되는 후렴은 "미국 놈을 사냥하여"였다. 출연자들이 미국인의 머리를 말할 때 쓴 단어는 '머리'가 아니라 동물을 언급할 때 주로 쓰이는 '대가리'였다.

북한을 방문할 때마다 나는 그들의 한국어 말살에 늘 충격을 받았다. 욕이 그들의 대화와 연설에서뿐만 아니라 글에서도 뿌리를 내렸다. 욕은 시, 신문, 노동당 공식 연설, 신성한 날 공연된 서정적 노래들 어디에나 있었다. 이것은 대통령 연설이나 「뉴욕타임스」 1면에서 'fuck'나 'shit'라는 단어를 발견하는 것과 같았다. 그들이 말하는 언어는 어떤 경우를 가리지 않고 똑같이 거칠었다. 예를 들어 전날의 연설에서 이명박과 그 정부는 '놈'과 '패거리들'이라고 불렸다. 나의 학생들이 이런 문화를 물려받았는지를 내가 알 만큼 그들이 한국어를 내 앞에서 자주 사용하지 않은 것에 안도했다.

그러나 때로는 내 마음을 따뜻하게 해 주는 표현들, 나로 하여금 나라 전체가 시간에 의해 방해받지 않는 작은 마을인 듯 느끼게 해 주는 순진하게 들리는 구식의 단어들도 들었다. 북한 사람들은 평범한 '수화'라는 단어 대신 '손가락말'이라고 했고 '사진 현상' 대신 '사진 깨우기'라고 했는데 사랑스럽고 시적이라는 생각이 들었다.

다음으로 여덟 살에서 열 살 사이로 보이는 약 스무 명의 여자애들이 귀엽게 미소 지으며 조국에 대한 사랑을 노래했다. 그들은 덧붙여서 위대한 수령의 위대함에 관한 활기찬 노래를 불렀는데 앞줄의 셋이 무엇인가를 흔들어 열고 인공기를 휘날렸다가 극적 효과를 내도록 머리 위로 높이 치켜들었다. 그때 갑자기 똑같은 달콤한 소리로 "분노의 심장을 달궈 변치 말자"라는 노래 후렴을 불렀고 나는 바로 이 공연장과 냉혹한 표어들, 천사 같은 입에서 나오는 악랄한 말들로부터 도망치기 위해 눈을 감아야만 했다.

쇼는 계속되었다. 어느 순간 한 남자가 남한을 맹렬히 비난하는 독백 형식의 극을 공연했다. 그는 이명박 정권이 한 모든 것은 좋은 것과 반대되는 것이라고 말하면서 죽임을 당하지 않으려면 멈추라고 이 대통령에게 엄중하게 경고하였다. 그의 맺음말은 "준비, 조준, 발사"였는데 뒤따라 오케스트라가 가상 발사음을 내자 청중은 큰 박수를 쳤다.

　마지막 공연자는 연단 옆의 한복 입은 여성으로 거대한 스크린 위로 투사된 '모래 그림'을 손으로 만들었다. 교묘하게 모래를 재배치하여 요리사가 모자를 쓴 모습을 그림으로 만들어 내자 청중은 박수를 쳤다. 그녀는 이것을 젖먹이 새끼돼지들을 데리고 있는 돼지처럼 보이게 변형시켰다. 이어 새 같은 것도 만들어 보였다. 나도 그때까지 다른 청중들과 함께 고개를 갸웃거리며 무엇을 그리는지 추측하고 있었지만 아마도 혁명청년을 만든 것 같았다. 천장에서는 디스코볼이 계속 돌아가고 있었다.

13

"언제 떠나십니까?"

그날은 여름학기 마지막 날이었고 나의 제자들은 어린아이들처럼 계속 내게 와서 같은 질문을 되풀이했다. 나는 그들에게 모든 교사들이 공항으로 가기 위해 오전 6시 30분에 집합하기로 돼 있다고 말했다.

"선생님, 저희가 와서 배웅하겠습니다."

그들은 거듭 말했다.

그것은 일정표에서 이탈하는 것이기 때문에 그들이 그렇게 할 수 없다는 것을 우리 모두는 알았다. 우리 기숙사 건물은 서로 연해 있었지만 그들은 마음대로 밖으로 나와 작별인사를 할 수 없었다. 그런데도 그들은 약속을 했다.

"선생님 내일 아침 우리가 배웅하겠습니다."

한 학생은 적어도 다섯 번은 말했다.

나는 그들이 몹시도 하고 싶어 했고 그것을 내게 보여 주기 위해 아주 여러 번 반복해 말했다는 것을 믿었고, 그것이 불가능하다는 것을 아는 것은 나를 슬픔으로 가득 채웠다. 여기선 자비란 없었다. 나는 그것을 알았지만 그렇다는 것을 확인할 때마다 또다시 당황해하는 나 자신을 발견하곤 했다.

마지막 날 저녁 희생들은 처음으로 식사 후 구내식당에서 우리와 어울릴 수 있도록 허가를 받았고 우리는 노래를 부르고 촌극 공연을 했다. 이것은 30분가량 이어졌는데 처음 20분이 지난 뒤 몇몇 담당 관들이 나타났다. 이들의 입장은 시간이 다 돼 간다는 의미였고 학생들은 눈에 띄게 긴장하기 시작했다. 일부 소년들은 나와 눈을 마주치고는 눈을 떼지 않았는데 그것이 그들이 할 수 있는 전부였다. 공개적으로 표현할 수 없을 때는 침묵을 해석하는 것에 익숙해진다. 그들이 나의 침묵을 읽었듯 나는 그들의 침묵을 읽었다.

며칠간 그들은 내게 노래를 가르쳐 줬다. 내가 거기서 들은 가장 덜 민족적인 노래였는데 내가 이 노래를 좋아한다고 말하자 그들은 기뻐하며 내게 가르쳐 주겠다고 했다. 우리는 함께 「내 나라의 푸른 하늘」이라는 노래의 가사를 번역했다.

민들레 곱게 피는 고향의 언덕에
하얀 연을 띄우며 뛰놀던 그 시절
아 철없이 바라본 푸른 저 하늘이
내 조국의 자랑인 줄 어이 몰랐던가

그날 저녁 나는 그들과 함께 영어로, 한국어로 이 노래를 불렀다. 그것이 내가 그들을 사랑했고 늘 그리워할 것이라는 걸 그들에게 보여 줄 수 있는 유일한 방법이었다. 내가 더는 참을 수 없어서 울음을 터뜨리자 몇몇이 "선생님, 웃으십시오"라고 속삭였다. 나는 이 말을 계속 들었다.

"선생님, 웃으십시오."

나는 그들이 마음대로 말할 수 있다면 무슨 말을 할지 생각했고 이런 생각이 나를 더 울게 만들었는데, 나는 한편으론 주위의 담당관들이 알아차리고 이걸 좋아하지 않을까 봐 걱정했다.

우리가 함께하도록 허가받은 마지막 일은 단체 사진을 위해 포즈를 취하는 것이었다. 효율적으로 하기 위해 교사들은 한 줄로 앉았고 각 반 학생들이 순번대로 그 뒤에 세 줄로 섰다. 한 학급이 촬영하고 나면 그 학급 학생들이 교사들과 악수를 하고는 다음 반을 위해 자리를 비켜 주고 즉각 기숙사로 돌아가게 되어 있었다. 그때 나는 나의 학급 학생들이 "2학년 먼저"라고 외치는 소리를 들었는데 그것은 사진을 마지막으로 찍는 학생들이 교사들과 가장 오래 함께 있을 수 있다는 것을 그들이 알고 있기 때문이었다. 키가 큰 학생 하나가 사진 찍을 때 내 뒤에 섰는데 촬영 교사가 뒷줄로 옮기라고 아무리 요구해도 꼼짝도 하지 않았다. 내가 고개를 돌려 그와 눈이 마주치자 그는 중얼거렸다.

"고맙습니다. 그리고 안녕히 가십시오, 선생님."

나는 그가 그 말을 하려고 자리를 지켰던 것을 알고 있었다. 사진사가 그에게 다시금 이동하라고 말했을 때 나는 그와 눈을 마주치고는 내가 그를 이해하고 있음을 그가 알기를 바라면서 고개를 끄떡였고 그제야 그는 움직였다. 사진을 찍었던 교사는 나중에 모든 학생들이 자신의 교사와 가깝게 서려고 했다는 말을 내게 해 줬다. 잠시나마 가까이 서 있는 것이 그들이 사랑을 보여 주기 위해 할 수 있는 최대의 것이었다.

나는 학생들만큼이나 말이 없었다. 나는 그들 하나하나와 악수를 할 때 "이 끔찍한 곳을 떠나라. 너희의 끔찍한 수령을 떠나라. 그것을 떠나거나 모두 개혁해라. 제발 무엇인가 하거라"라고 말할 수 없었다. 대신 나는 울고 또 울다가 미소를 지었다. 학생들이 모두 나와 눈을 맞추고 미소로 화답했다. 그것이 우리의 작별인사였다. 몇몇은 여전히 말했다.

"저희가 내일 배웅하겠습니다, 선생님."

나는 그들이 "우리" 대신 "나"라고 말함으로써 자신의 행동을 확보하기를 바랐지만 여기서는 '나'는 없었다. 위대한 수령의 허락이 없으면 '우리'조차 존재하지 않았다. 그날 저녁 그들은 반별로 기숙사로 행진해 돌아가면서 나 또한 가장 익숙해져 버린 노래를 고함쳐 불렀다. 마치 그들 자신이 누구에게 속해 있는지를 우리와 자신들에게 상기시키려는 듯이.

'당신이 없으면 우리도 없다.'

그날 밤 나는 창문으로 학생 기숙사를 바라보았지만 그들 모두가 곧바로 잠이 든 듯이 완전히 캄캄했다. 그러나 그때까지 우리는 한 달간 함께 있었으며 그런 어둠에 묻혀 있더라도 그 불투명한 유리창 너머 그들 한 명 한 명이 나에겐 특별했고 내 아이 같았다.

다음 날 오전 6시 반, 나는 다른 교사들과 함께 버스를 기다리면서 교직원 기숙사 밖에 서서 그들이 나타나지 않을 것이란 걸 알면서도 내 학생들의 모습을 찾았다. 나는 여전히 어떤 예외가 만들어질 것이란 희망에 매달려 있었다. 그때 나는 그들이 목청껏 노래를 부르면서 구내식당으로 행진해 가는 것을 보았다. 우리 사이의 거리는 기껏해야 100m였지만 그들은 우리 쪽으로 눈길 한번 주지 않았다. 우리는 버스에 올랐고 담당관 책임자가 우리에게 작별 인사를 하고 싶어 하기 때문에 평소처럼 수업이 진행 중인 IT 빌딩 앞에서 잠시 정차할 것이라는 말을 들었다.

오전 7시에 우리는 IT 빌딩 앞에 주차했고 몇몇 학생들이 길을 내려오는 것을 보았다. 그들은 아침 식사를 마치고 교실로 들어가는 것 같았는데 우리는 이제 저들을 누가 가르칠지 걱정했다. 누군가가 짧은 시간의 서구식 교육의 영향을 상쇄시키기 위해 아마도 학생들이 주체 극기 훈련을 받게 될 것이라고 농담을 했다. 그때 나는 일부 학생들이 학처럼 고개를 빼고 자신들의 교사 얼굴을 찾는 것을 보았는데, 그들은 버스 창문을 통해 우리를 알아보고는 얼굴에 미소가 번졌고 일부는 손을 흔들었다. 그러나 IT 빌딩 안에서 들어오라는 고함 소리가 났기 때문에 그들은 걷는 것을 멈출 수 없었으며, 많은 학생들이 우리 쪽을 쳐다보며 아주 천천히 걸었지만 결국 시킨 대로 해야 했다. 그리고 안으로 들어가서도 몇몇 아이들은 자신들의 교사를 찾으며 눈을 가늘게 뜨고 빌딩 창가에 매달려 내다보았다.

우리는 그렇게 헤어졌다. 그것이 우리의 마지막 시선이었고 우리가 자유를 향해 차를 타고 나가는 것을 학생들은 유리창 뒤에서 지켜보고 있었다.

제 2 부

21세기의 태양

14

재회는 우리가 상상한 것같이 되는 경우가 거의 없다. 내가 뉴욕으로 돌아왔을 때 브루클린의 그와 나는 연인들에게 다가오는 모든 과정을 겪었다. 기대, 의심, 저항.

"어디, 얼굴부터 보자."

우리가 스미스 스트리트의 스시 집에서 만났을 때 그는 이렇게 말했다. 그는 할 말을 잊은 듯 내가 더 말라 보인다고만 했다. 아마도 이것은 칭찬이었겠지만 북한에서 막 돌아왔는데 "더 말랐다"라는 것은 더 이상 좋게 들리지 않았다. 그 첫 밤에 내가 그에게 낯선 사람으로 보였을 것이 틀림없듯이 그도 낯선 사람으로 보였다. 그는 내가 뭘 하고 왔는지 전혀 몰랐고 나도 설명하려고 하지 않았다.

대신 나는 물러섰다. 그는 전화를 거는 것보다 문자를 보내는 것을 우선시했고 간혹 전화를 해도 나는 어쩔 수 없이 음성메시지로 돌려버리곤 했다. 그건 연인들이 때때로 보여 주는 냉담한 척하는 연기가 아니었다. 다만 그렇게 오래 떨어져 있다가 그의 얼굴을 보는 것이 불편했을 뿐이었다. 따로 떨어져 있었서 우리가 치른 게 컸다. 떨어져 있었음에도 불구하고, 그리고 떨어져 있었기 때문에, 우리는 우리였다. 우리는 간단하지도 않았고 쉽지도 않았다.

그 점에서는 뉴욕도 그랬다. 내가 그렇게 그리워했던 자유세계는 도취시키는 불빛과 풍성함으로 나를 압도했으며 봄이 오는 방식은 매년 나를 멈추게 한다. 태양의 순수한 돌연함은 방해처럼 느껴지고 나는 그 몇 달의 대부분을 실내에서 지낸다. 나는 한 번에 그렇게 많은 생명을 분출하는 것이 조심스러워 걸음마와 보고 느끼기를 배우는 아이처럼 머뭇거리게 된다. 8월은 그런 식으로 지났고 9월이 흘러가면서 나는 피부가 약간 더 편안해지는 것을 느꼈다. 나는 돌아갈 필요가 없었지만 돌아갔다. 이해하지 못했던 것이 여전히 너무 많은데 나는 이번에는 12월 말까지 거기에 있을 것이었다. 과연 내가 그것을 참아 낼 수 있을지는 몰랐다.

평양의 9월 말은 뉴욕에 비하면 추웠다. 나는 학생들과 나 사이의 유대가 우리가 떨어져 있는 시간에도 남아 있는지 확신하지 못한 채 불안해했다. 여름 내내 그들은 경계를 어느 정도 내렸지만 지금 나는 다시금 바깥세상의 흔적을 갖고 돌아온 외국인이었다. 아마도 우리는 상황을 완전히 다시 파악해야만 할 것이다. 그러나 첫날 학생들이 교실로 들어올 때 그들의 얼굴에서 풍기는 순수한 기쁨을 보면서 내 마음은 녹아 버렸다. 그들 중 일부는 수줍고 흥분돼서 내 눈조차 마주치지 못했다. 하지만 내 눈엔 세세한 것들이 먼저 보였다. 몇몇은 더 약해 보였으며 하나는 약간 다리를 절었다. 나는 한시라도 빨리 그들과 말을 나눌 수 있는 시간을 기다렸다.

점심을 먹으며 나는 몇몇 학생들에게 여름 방학 때 뭘 했는지를 물었고 그들은 앞을 다퉈가며 친구들과 마음껏 즐긴 여가활동 이야기를 해 주었다. 박쥰호는 일주일에 적어도 세 번씩 체육관에 가서 한 번에 서너 시간씩 수영을 했다고 말했다. 한재식은 체육관으로 롤러 블레이드를 타러 갔었고 친구들과 두세 번 아리랑 공연을 보았다고 말했다. 김태현은 8월에 청년호텔의 식당에서 생일파티를 열었다고 말했다.

"학생들 70명이 왔습니다!"

그는 미소 짓는 눈으로 말했다.

"전에 다니던 학교에서는 12명만 왔고 나머지는 평양과기대에서 왔습니다. 좋은 시간이었습니다!"

나는 그의 부모가 누구이기에 그렇게 화려한 파티를 베풀었을까 궁금했지만 곧 학생들이 얼마나 쉽게 거짓말을 하는지도 떠올렸다.

재식은 평양과기대 밖에서 열린 파티는 달랐고 단지 노래하는 것 이상을 할 수 있었다고 말했다.

"생일파티에는 생일 맞은 아이의 어머니가 만드는 음식이 있습니다."

그가 말했다.

"마실 것도 있답니다."

"술?"

내가 물었다.

그의 대답은 어색해하는 미소뿐이었다.

준호가 대화에 끼어들었다.

"거기에 여학생들도 있었는데 태현이가 저를 가까이 가지 못하게 했습니다. 걔가 여동생들을 너무 보호해서 저는 몇 명에게만 말을 건 네야 했습니다!"

그는 팔을 펴는 몸짓을 하며 친구가 어린 여자애들을 맹렬히 보호하는 흉내를 냈다.

"쟤가 무슨 말을 하는지 모르겠어."

재식이 눈을 굴리며 말했다.

"태현이는 여동생이 하나뿐인데!"

"아, 그래. 그 귀여운 여자애들은 모두 태현이 여동생의 친구들이었지."

준호가 맞받았다.

재식이 외쳤다.

"나는 거기서 여자애들 셋만 봤어!"

"걔들이 너한테는 관심이 없었기 때문이야!"

준호가 빙그레 웃으며 말했다.

"그러나 나는 일곱 명을 보았어. 그 여자애들이 모두 내 얘기를 했지. '대단한 멋쟁이'라고."

마침내 근처 식탁의 학생들 중 하나가 끼어들어 준호를 가리키면서 말했다.

"화제 좀 바꿔라. 얘는 친구의 여동생들에게 너무 관심이 많아. 언제나 여동생, 여동생만 읊고 있다니까!"

그들이 소녀들을 놓고 옥신각신하는 동안 나는 조지프 박사가 말했던 것이 기억났다. 학생들 중 일부는 8월에 노동을 하러 파견될 것이라는 대목이었다. 최소한 이 학생들은 그것을 피했던 것 같았다.

그들은 땡볕에서 손가락 하나도 까딱하지 않은 듯 해맑았고 빛이 나는 듯 보였다.

그날 저녁 식사 때 나는 다른 몇몇 학생들은 그리 운이 좋지 않았음을 알게 되었다. 한 학생은 열흘 간, 오전 6시부터 오후 6시까지 협동건설현장으로 일하러 나갔다고 내게 말했다. 그는 조선중앙역사박물관 별관을 짓고 있었다고 있는 그대로를 사무적으로 말했다. 다른 친구 대부분이 김형직대학의 별관을 짓는 일에 투입되었기 때문에 그는 거기서 외로웠다고 말했다. 식탁에 있던 다른 두 학생은 침묵을 지켰다. 내가 그들 둘도 건설현장에 나갔는지를 묻자 그들은 고개를 흔들면서 영광은 평양 중심가에 사는 사람들 몫이며 자신들은 교외에 살기 때문에 나가지 못했다고 말하면서 위대한 장군님과 강성대국을 돕기 위해서는 대학생들이 건축물을 짓는 데 기여하는 것이 절대적으로 필요하다고 대답했다.

다음 날 나는 내가 아주 아꼈던 한 학생이 내가 가르치는 두 반에 더 이상 없음을 알게 되었다. 이번 가을 학기에 나는 1반과 4반을 계속 배정받았지만 학생들은 성적에 따라 재배치되어서 어떤 학생들은 더 높은 레벨로 올라갔고 또 어떤 학생들은 낮은 레벨로 내려갔다. 나는 그 학생에게 식사를 함께하자고 불렀다. 그는 수줍은 미소를 띠면서 어색해했고 나는 그가 다른 학생들도 함께 앉기를 원한다는 말을 전하려고 한다는 것을 알아차렸다. 나는 그들이 우리와 일대일로 있을 수 없다는 것을 잠시 잊고 있었다. 하지만 그 순간 또 다른 낯익은 얼굴이 보여 그 학생에게도 합석하자고 불렀고 그제야 내 제자가 긴장을 푸는 것이 눈에 보였다.

대화는 주로 농구에 관한 것이었는데, 그는 농구를 좋아했지만 그의 새 반이 축구를 좋아해서 더는 할 수 없다고 했다. 처음에 나는 그가 옛 친구들과 놀지 못하는 이유가 궁금했는데 여기서는 그렇게 한다는 것을 기억했다. 각 반은 군대의 소대 같았는데 반이 바뀐 학생은 소지품을 새 교실로 가져가는 것뿐만 아니라 모든 것을 새 반과 함께했다. 그들은 평생 이런 식으로 살아왔고 그것에 의문을 품지 않았지만 나는 내가 사랑하는 학생의 맞은편에 앉아 갑자기 음식을 삼키기가 힘들어져서 숟가락을 내려놓았다. 그 학생은 순진하게 나를 쳐다보며 물었다.

"교수님, 배가 안 고프십니까?"

이번 학기에 나는 학생들은 물론 담당관들도 가르치라는 요청을 받았다. 그들은 우리의 교재를 모두 읽어 보고 승인했던 사람들이었다. 나는 기회를 덥석 잡았다. 대부분 30, 40대인 남자 13명과 30대 여자 2명이었다. 한 사람은 정보통신 분야에서 일을 해 왔다고 말했다. 나는 그게 무엇인지 몰랐지만 더 자세히 묻지 않는 것이란 건 알았다. 다른 사람들은 컴퓨터공학, 농학, 공학 교수들이었고 여자들은 서기들이라고 말했다. 그들 중 일부는 구내식당 같은 데서 마주쳤던 듯했지만 대부분은 본 적이 없었다.

만일 전국의 모든 대학이 문을 닫았다면 다른 교사들은 어디로 갔을까? 가르칠 학생이 없으면 그들도 건설현장에 있었는가? 이들은 어떻게 선발돼서 평양과기대로 보내졌을까? 그들 중 여럿은 영어 읽기는 잘했지만 모두 영어회화 실력을 향상시키고 싶어 했고 본토 말을 하는 사람과 대화할 기회를 갖게 돼 매우 기쁘다고 말했다. 어떤 날은 내가 우리 e메일을 검열하는 바로 그 사람들을 가르치고 있는 것이 아닌가 싶었고 내가 가르침으로써 그들이 염탐을 더 잘하게 될 것이라는 불안한 기분이 들었다.

걱정할 것은 염탐만이 아니었다. 감시원과 담당관 일부는 꽤 불쾌했기에 그들과 마주치는 것을 되도록이면 피했지만, 여름과는 달리 점점 어둠이 일찍 찾아와 나로서는 낮 강의 사이사이에 달리기를 하는 외에 달리 선택이 없었다. 그러던 어느 날 오후 나는 홍 선생이 학교 밴에서 내리는 것을 보았다. 그는 알랑거리는 듯한 미소를 지으며 악의적인 말을 늘어놓는 습성이 있어 내가 피하려고 노력하는 사람들 중 하나였다. 오늘도 예외는 아니었다.

"김수키 동무는 하고 싶은 대로 합니다, 어디서든."

그는 말했다. 조깅하는 모습이 그에게는 너무 미국적으로 또는 너무 한가롭게, 아니면 둘 다로 생각되었음에 틀림없었다.

"김수키 동무를 보면 볼수록 조국에 적합하지 않다고 더 확신합니다. 그 동무는 학생들이 더 잘 하게 하며 그 동무를 무서워하면서도 존경하게, 한 번에 모든 걸 다 지도하는 방법을 모릅니다. 내 말에 기분 나빠하지 마십시오. 나는 그저 동무를 돕고 싶어서 하는 말입니다."

간접적이고 제3자를 사용하는 그의 비판 방식은 내게 낯설지 않았다. 나는 과거에 많은 탈북자들을 면담했었는데 이들 중 얼마나 많은 사람이 즉각적으로, 때로는 등 뒤에서 주변 인물들을 맹비난하는지 놀라웠다. 나는 그들의 그런 면이 매주 한 번의 자아비판과 상호비판을 통한 오랜 세뇌와 주변 사람들에 대한 끊임없는 염탐에서 나온 것인지 여부가 궁금했다.

홍 선생은 고개를 흔들더니 쯧쯧 혀를 차며 말을 이어갔다.

"김수키 동무, 갈 길이 아주 멉니다. 나는 위대한 수령님의 배려로 김책공대에서 10년을 가르쳤고 사람들에게 박사와 석사 학위를 수여하는 교육위원회 위원을 맡고 있는데, 김 동무가 가르치는 데 재주가 없다는 것을 확실히 선언할 수 있습니다."

나는 이것이 그곳에서의 내 고용을 마무리 짓는 것을 슬쩍 돌려 말하는 것이 아닐까 하여 그제야 약간 걱정이 들어 질문을 했다.

"저의 학생들이 선생에게 무슨 말을 했나요? 학교가 제 강의에 불만족한가요? 제 수업이 별로인가요?"

우리는 한국어로 이야기하고 있었고 '좋지 않다'는 뜻으로 나는 '별로'라는 한국어를 썼다.

"별로? 그게 무슨 의미입니까?"

그는 지루한 척하면서 눈길을 다른 곳으로 돌렸다. 잠깐 동안 나는 그 단어가 혹시 북한에는 존재하지 않는가 보다 하고 생각했다.

"이 단어가 이해가 안 돼요?"

내가 그에게 물었다.

"별로? 별로? 모릅니다. 김수키 동무, 당신이 별로야!"

나는 그때 그가 단어의 의미를 정확히 알고 있으면서 돌려 말하고 있다는 것을 깨달았다.

그는 거기서 마친 것이 아니었다.

"그러나 학생들은 그 동무를 아주 잘 따릅니다. 내가 김수키 동무가 구내식당에서 여성스러운 눈길을 학생들에게 던지는 걸 봤는데 학생들이 모두 그 동무의 어성스런 매력에 포로가 되었나 보다 싶었습니다. 그 애들은 밤에 잠도 설쳐 가며 선생에 대해서만 생각할 게 틀림없습니다. 그 애들도 결국 힘이 넘치는 젊은 남자들입니다."

그의 행동이 의외는 아니었지만 나를 점점 불편하게 했다. 감시원들은 가끔 성희롱인지 아닌지 아슬아슬한 이야기를 했다. 운이 좋게도 홍 선생의 휴대전화(담당관들과 감시원들은 그것을 늘 갖고 다녔다)가 울렸고 나는 자리를 떴다.

즉시 나는 베스에게 갔고, 그녀는 자기 자신은 조앤처럼 자신들을 지칭하는 표현대로 '흰둥이'여서 그런 일을 당하지 않는다고 했다. 30대 후반의 조선족인 메어리는 나에게 더 보수적인 옷을 입는 게 좋겠다고 조언했지만 나는 내가 얼마나 더 따분한 옷을 입어야 할까 싶었다. 선교사로 보이기 위해 나는 보통 긴 치마와 목이 올라오는 블라우스, 미적지근한 베이지와 갈색의 카디건을 입었다. 나는 북한 사람들을 오랫동안 다뤄 온 50대 한국계 미국인인 아비가일에게도 말했다.

"아, 담당관들과 감시원들은 늘 그래요."

그녀가 말했다.

"그들은 믿기 어려울 정도로 억눌려져 있어요. 그들은 아무것도 할수 없어요. 그래서 그들은 다른 사람 모두를 더 짜내려고 하고 좌절감을 떨쳐 내려고 여성들을 말로 괴롭히죠. 그런 짓을 하지 않을 것으로 생각되는 고위층들조차도 미국에서는 희롱으로 여겨지는 것들을 불쑥불쑥 말하죠. 그것 말고도 그런 친구들은 뇌물을 얻어 내기 위해서도 그렇게 해요. 오늘 그것이 협박 수단이었을 거예요. 그들은 무엇이든 놓고서도 우는 소리를 해요. 모든 비자 절차에 대해 그들은 매번 어려움을 주장할 겁니다. 그가 내려고 했던 것은 추가적인 현찰입니다. 그저 예의 바르되 확고하게 하면 돼요. 웃으면서 이렇게 말해요. '당신이 우리나라에서 그렇게 말하면 감옥에 갈 수도 있어요.' 그것이 그들 입을 다물게 할 겁니다."

아비가일은 나이가 더 많았고 거기에 남편과 같이 왔기 때문에 내가 똑같이 해서 효과가 있을지 싶었다. 갑자기 나를 감시하고 보고서를 쓰고 희롱하는 바로 그 남자들과 같은 건물에서 살며 세끼 식사를 함께하는 앞으로의 삶이 못 견딜 것처럼 느껴졌다.

그날 저녁 늦게 루스에게 이야기를 하니 그녀는 내 말에 동의했다. 그녀는 한국계 뉴질랜드인이었고 30대 미혼녀로 연변과기대에서 수년간 가르쳤다. 그녀도 비슷한 상황을 닥쳤던 경험이 있고 지금은 더 능숙해졌다고 했다. 공공장소에서 혼자 있는 것을 피하기 위해 그녀는 늘 다른 교사와 함께했고 식사할 때마저 다른 교사와 동행했으며 주의를 기울여 일행과 함께 기숙사로 걸어서 돌아갔다. 한국어를 잘했으면서도(그녀의 어머니는 매일 한글 성경책 한 페이지를 암기하게 했다) 담당관이 그녀에게 한국어로 말을 걸면 그녀는 한국어가 서툰 척했다. 그녀는 담당관들이 뇌물을 노리고 압박하지 못하도록 자신이 여윳돈이 없다는 것을 담당관들이 알도록 확실하게 해 놓았다. 나의 달리기에 관해 그녀는 그것이 왜 문제인지 이해하지 못한다고 했다.
"그냥 낮잠 시간에 달려 봐요."

그녀는 어깨를 으쓱하면서 말했다.

"무슨 낮잠 시간요? 시에스타 같은 걸 말하나요?"

그녀는 웃음을 터뜨리면서 말했다.

"그거 몰랐어요? 12시부터 2시 사이죠! 그때쯤 누가 돌아다니는 걸 본 적이 있나요? 바로 '그'가 그렇게 하라고 했으니 이곳 모두가 낮잠을 자죠!"

그 시간에 캠퍼스는 완벽하게 조용했는데 나는 학생들이 오후 수업 준비를 하거나 주체 학습 과외에 참석했을 것으로 항상 짐작했었다. 루스에 따르면 청소원과 일부 행정직원들인 몇몇 조선족 노동자들이 '망할 낮잠 시간'에 일을 할 수 없는 것에 대해 불평을 했었고 낮잠 시간은 캠퍼스에서 학생들과 담당관 등 모든 북한 사람에게 적용되었다. 낮잠 시간은 학생들도 확인해 주었다. 알고 보니 그들은 모두 기숙사로 돌아가서 잠을 잤다. 일부는 낮잠이 평양과기대에만 있는 것이며 거기 오기 전에는 낮잠 시간에 대해 들어 보지 못했다고 말했다.

어쨌든 그날 이후 나는 그들의 위대한 수령의 지시대로 모두가 재빨리 잠들어서 죽은 듯 조용한 캠퍼스를 방해받지 않고 달렸다.

다음 교직원 회의 때 어두운 얼굴들이 무언가 좋지 않은 일이 벌어졌음을 알려 줬다. 여름 학기의 선교사 교사 중 한 사람이 「워싱턴 포스트」의 블로그에 평양과기대에서의 경험을 글로 썼다. 그들은 그것을 우리에게 보여 주거나 심지어 그녀가 쓴 내용을 말해 주지도 않았고 우리가 그 웹 사이트를 방문하는 것은 너무 위험했다. 우리가 아는 전부는 김 총장이 매우 화가 나 교사들을 더 주의 깊게 조사할 계획이라고 말했다는 것이었다.

조앤은 "저는 모든 교사들에게 '언론에 말해서는 안 되며 언론이 접근하면 모든 것을 우선 나한테로 먼저 보내야만 한다'고 말했어요"라고 약간 방어적으로 말했다.

"여름 학기 교사들은 지난겨울에 우리가 서명한 것과 똑같은 동의서에 서명하지 않았나요?"

개교 이래 계속 근무해 온 영국인 교사가 물었다.

"안 했어요. 하지만 나는 신중하라고 그들에게 말했어요."

조앤이 대답했다.

다른 교사가 덧붙였다.

"그녀는 내년 여름에 여기로 돌아오고 심지어 남편을 데리고 오고 싶어 했어요. 이제는 안 될 것 같네요."

그들은 앞으로 더 주의를 기울이겠다고 동의하면서 모두 고개를 끄덕였다. 강요된 검열은 이렇게나 빨리 자체 검열로 이어지고 있었다. 그들이 나에게 어떤 동의서에 서명하라고 할까 봐 걱정된 나는 본능적으로 두 개의 USB를 매달아 놓은 내 열쇠 꾸러미를 주먹으로 꽉 쥐었다. 나는 내가 거기서 본 것들을 결국은 세상에 알릴 것이고 이것이 나의 동료들에게 많은 실망을 줄 것이란 것을 알고 있었다. 이 생각을 하니 마음이 아팠지만 나는 그들이 성경과 주님에 의지해 나를 용서하기를 바랄 뿐이었다. 그들에 따르면 그들의 주님은 나 그리고 나의 궁극적이고도 불가피한 배신을 포함해 모든 것을 창조했으니까.

15

그해 10월, 나는 스티브 잡스가 세상을 떴고 카다피가 리비아에서 살해되었다는 소식을 들었다. 세계 신문들은 하나같이 아랍의 봄, 시민의 불만이 더 이상 그렇게 쉽게 억압될 수 없게 된 새로운 질서에 대해 논의했다. 그러나 북한에서는 위대한 수령과 관계되지 않는 뉴스라고는 전혀 없이 지난 60여 년간 그랬던 것과 똑같은 삶이 계속되었다.

수업도 여름과 아주 똑같이 계속되었지만 더 정규적인 가을 교과 일정 때문에 특별활동이나 개인적인 편지 쓰기 같은 것은 더 이상 시간이 허락되지 않았고 나는 그만큼 창조적일 수 없었다. 학생들이 상호간에 하고 있듯이 우리의 상호 점검을 보장하기 위한 새로운 팀 강의 제도가 도입됐다. 이것은 나와 케이티가 가르치던 방식과는 전혀 다른 것이었다. 케이티는 강의조교로 나의 지침을 따랐었지만 그녀는 가을 학기에는 돌아오지 않았고 사라 역시 마찬가지였다. 이제 나는 팀 교사로 2반과 3반을 가르치는 스물네 살의 영국인 마르타와 모든 수업을 점검해야만 했기에 여름 학기 수업 중에 누렸던 작은 자유마저 사라지는 것을 느꼈다.

학생들에게 일상적인 언어와 공식 언어 간의 차이를 가르친다는 것을 핑계 삼아 나는 구직 지원서를 포함하는 수업을 제시하였고 그것은 허가되었다. 나는 거기서 고용이 어떻게 결정되는지를 더 알아내고 싶었고 또한 그들에게 바깥세상에서는 우리가 우리 직업을 '선택한다'는 점을 보여 주고 싶었다. 숙제는 이상적인 직업을 얻기 위한 지원서를 쓰는 것이었다. 많은 학생들이 단순히 칠판의 예문을 따라 했는데 그것은 번역사 직업 신청서였다. 극히 일부만이 나름의 가능한 직업을 제시했다. 한 학생은 맨체스터 유나이티드에 일자리를 요청하는 편지를 썼다. 다른 학생들은 NBA에 지원하고 싶지만 서양 사람에게 직장을 요청하고 싶지 않다고 해 나는 편지 수신인에게 한국식 이름을 붙여 줘도 된다고 말해 줬다. 다른 학생은 빌 게이츠에게 일자리를 요청하고 싶지만 주소를 모른다고 말했다. 나는 우선은 아무 주소나 꾸며 넣으라고 했지만 그는 외국 주소를 본 적이 없기 때문에 여전히 혼란스러워 했다. 인터넷 접속이 안 되니 단순한 문제조차도 그들에게는 큰 스트레스를 주었다.

학생들 대부분은 그런 편지를 쓰는 것 뒤에 있는 기본적인 의도를 이해하지 못했다. 그들은 '저는 직업이 없어서 직업을 원합니다'라거나 '저는 심심해서 일자리를 원합니다'라는 문장을 썼다. 장차 자신을 채용할 수도 있는 고용주의 시각에서 자신을 시장성 있게 만든다는 전반적인 개념은 존재하지 않았다.

이것은 공식과 비공식의 언어를 비교해 보는 강의였기 때문에 마르타에게 나는 그들의 비공식적인 편지 작성 능력을 점검해 보고 싶다고 말했다. 그러고는 그들에게 자신이 누구인지를 다시 기억나게 하는 개인적인 편지를 나에게 쓰라고 요청했다. 그래서 받은 편지들은 내가 기대했던 것보다 훨씬 감상적이었다. 많은 학생들이 종이의 양면을 썼다. 끝에 이름을 쓰는 대신 어떤 학생은 자신을 묘사해 놓고는 누군지 추측해 보라고 했으며 한 학생은 '수줍은 소년'이라고 서명해 놓았다. 또 어떤 학생은 개구쟁이처럼 '제 머리는 나쁘고 외모는 못생겼습니다. 제 머리는 호박 같고 제 몸은 감자 같습니다. 이제 제가 누군지 이름을 댈 수 있습니까?'라고 써 놓았다. 또 한 학생은 이렇게 썼다. '교수님께, 저희는 선생님의 우아한 모습을 생각하며 선생님이 매력적인 남자 친구와 사귀어야만 한다고 생각합니다. 세상에, 어떻게 이런 남자를 찾을 수 있겠습니까.' 그들은 운동회 날에 관해서, 스펠링 맞추기와 케이티를 그리워하는 것에 대해서도 말했다. 한 학생은 정원 일이 평소보다 늦게 끝난 어느 날 저녁에 케이티와 내가 모두 함께 저녁을 먹기 위해 그들을 기다렸을 때 얼마나 감동받았는지를 언급했다. 다른 학생은 이렇게 썼다. '여름 학기에 선생님은 우리의 좋은 선생님이었지만 우리 누나 같기도 했습니다. 우리는 선생님이 공항으로 떠날 때 배웅하지 못한 것이 안타까웠습니다.' 또 한 학생은 '방학 때 저는 선생님의 유행어 '젠틀맨'이 그리웠는데 그것은 우리를 놀라게 하곤 했지만 우리는 우리가 온화하게 살기를 바라는 선생님의 마음을 읽을 수 있었습니다'라고 썼다.

많은 학생들이 내가 그들과 함께 그들 나라의 노래를 부른 여름 학기 마지막 저녁을 떠올렸다. 한 학생은 이렇게 썼다. '선생님의 노래가 우리에게 깊은 인상을 남겼습니다. 왜냐하면 선생님이 이 노래를 행복하게도 슬프게도 불렀고 선생님의 눈이 눈물로 젖어 있었기 때문입니다. 우리와 함께한 날들을 생각하면 선생님은 행복했을 것이며 우리와 헤어질 것을 생각하면 선생님은 슬펐을 것입니다.' 그 당시 많은 학생들은 그런 감정을 드러내지 않고 있었는데 또 다른 학생은 편지에 이렇게 썼다. '그날 선생님은 우셨고 당연히 저희도 마음속으로 울었습니다.' 이것은 내가 그들에게 다가갈 수 있는 한계일 것이라고 나는 생각했다.

아니면 어쩌면 나는 더 나아갈 수 있었다. 북한의 기술이 너무 오래된 것들이었고 그들이 기술에 너무 적게 노출되어 있어서 나는 바깥세상에 무엇이 있는지를 보여 주고 싶었다. 말하자면 내가 마치 애플 광고의 주인공인 양 최신 맥북을 수업 중에 항상 잊지 않고 독서대 위에 켜 놓는 방식이었다. 또한 할 수 있는 한 언제라도 킨들을 끄집어냈다. 나는 그들에게 현대 기술의 세계를 알게 해 줄 방도를 늘 생각하였다. 나는 그들에게 전기를 쓰는 방법을 통해 다음 작문 연습용으로 스티브 잡스의 사망 기사를 사용하기로 결정했다. 문제는 담당관들에게 허락을 받기 전에 내가 팀 교사에게 자료를 제공해야만 한다는 것이었다.

마르타는 내가 골라 놓은 사망 기사 9건의 인쇄물을 들고 머리를 흔들며 내 사무실로 들어왔다.

"이것들 대부분은 안 될 것 같아요. 우리는 흥미로운 부분을 모두 지워야만 해요. 예를 들면 쿠바 블로거가 쓴 글에서 그녀가 억압된 사회 출신이면서 어떻게 스티브 잡스에 대해 개인적으로 감동을 느꼈는지를 말한 내용 중 정치에 대한 논의를 우리는 삭제해야 할 거예요. 그리고 중국인들의 반응에 관한 기사도 좋지 않아요. 중국인들은 그가 마오쩌둥인 것처럼 그의 추도식에서 꽃을 바쳤어요. 담당관들이 이것을 결코 좋아하지 않을 거예요."

마르타는 착실한 기독교인이었고 규칙을 철저히 신봉했지만 나보다 한참 어렸기 때문에 나는 단호하게 맞섰다.

"우리가 한두 문장만 잘라 보면 안 될까요?"

그래서 우리는 사무실에 앉아 완벽하게 잘 쓴 기사들에 난도질을 했다. 결국 우리는 CNN, MTV, 「포브스」 등 세 곳에 실린 기사들로 좁혔다. 마르타를 걱정하게 했던 하나는 MTV 웹 사이트에서 나온 것인데 학생들이 전혀 보지 못했던 아이팟과 아이패드 같은 기기들을 열거하고 있었다. "이런 것들은 그들에게 아무 의미가 없어요"라고 마르타는 주장했다. 담당관들이 이 수업을 허가했지만 일부는 컴퓨터 과학 전공임에도 학생들 누구도 스티브 잡스에 대해 들어 본 적이 없었다. 그들은 별 관심을 보이지 않았으며 바로 내 앞에 놓인 최신 컴퓨터가 잡스의 작품이라고 말했을 때에도 마찬가지였다.

그들 모두가 빌 게이츠는 들어 보았는데도 마크 저커버그와 스티브 잡스에 대해서는 아무 반응을 보이지 않는 것이 이상해 보였다. 영어권 작가로 그들이 언급하는 것을 들어 본 두 명은 시드니 셸던과 마가렛 미첼이 유일했다. 여러 학생들이 『바람과 함께 사라지다』를 읽어 봤다고 말했고 그 책의 구절을 인용하기도 했다. 2002년에 나는 김일성종합대학을 방문했었는데 거기 학생들도 내게 똑같이 말했었다. 그들의 관심이 허락된 것은 아마도 책의 주제인 남북 갈등 때문인 것 같았는데 거기서는 북이 이긴다.

"당신은 「알로하 하와이」를 아시나요?"

내 학급의 가장 어린 30대 담당관 둘이 '아주 유명한' 미국 팝송이라고 언급하면서 물었다. 내가 모른다고 말하자 그들은 놀라워했다. 나중에 찾아보니 그것은 1973년 「Aloha from Hawaii(하와이로부터의 안녕)」라는 엘비스 프레슬리의 콘서트를 딴 앨범이었다. 파도에 밀리듯 우연한 길을 따라 북한으로 들어간 것들은 마구잡이식으로 경우에 따라 제각각이라는 느낌을 가졌다. 마이클 조단 같은 아이콘이든 아니면 문화의 찌꺼기이든, 어떤 서양 문화가 어떻게 허용되는지에 있어서는 유형이나 이유가 없어 보였다.

이번 학기는 이미 다르게 느껴졌다. 학생들은 나에게 익숙해졌고 나도 조심스러운 게 덜해졌다. 평양과기대에서는 휴대전화를 쓸 수 없지만 몇몇은 가끔 캠퍼스 일꾼들로부터 빌려 집으로 전화를 걸었다는 것을 많은 학생들이 대놓고 내게 말했다. 그들은 막강한 부모를 두었고 그래서 일꾼들에게 영향력을 행사할 수 있다는 것도 말이 됐다. 부모들은 캠퍼스에 들어올 수 없었지만 아주 가끔은 아이들을 잠깐 보거나 물건을 놓고 가기 위해 정문 앞에 다녀가기도 했다.

어느 날 한 학생이 나와 함께하기로 했던 점심 식사를 할 수 없었다. 나중에 그는 그날이 자신의 생일이어서 어머니가 떡과 통닭을 들고 정문 앞으로 왔다고 설명했다. 그는 외아들이었고 어머니가 20분간의 면회 때 눈물을 흘리자 그는 "계속 울면 나는 안으로 들어가 버릴 거야"라고 말했다고 했다. 그는 이것을 친구들 앞에서 말하면서 웃었지만 그의 눈은 젖어 있었다.

학생들은 '독점적'이라는 단어의 뜻을 내게 물었다. 나는 아주 유명한 평양의 식당인 옥류관의 예를 들었다. 한 학생이 얼굴이 환해지더니 자신의 고등학교 여자 동창이 거기서 일한다고 말했다. 그녀는 대학시험에 떨어져 식당 종업원 일을 배정받았다. 그녀가 냉면을 더 주느냐고 내가 묻자 그러지는 않지만 먼저 가져다주기는 한다고 그는 대답했다. 관광객에게 서비스가 느린 그곳 식당은 현지인들에게도 그렇구나 싶었다. 어쨌든 반 학생 전체가 내가 제시한 사례에 고개를 흔들면서 "아니에요. 그것은 독점이 아니고 유명한 거죠!"라고 말했다. 이어 그들은 내가 아마도 고려호텔 식당의 경우를 이야기한 것 같다고 말했다. 옥류관에서는 밥값으로 정부가 발행한 배급표를 냈다고 그들은 설명했다. 하지만 고려호텔에서는 일부 고객을 제외하고는 그들도 돈을 내야 했다.

"모두가 똑같은 숫자의 배급표를 받니?"

내가 물었다.

그들은 그렇다고 대답했지만 일부는 배급표 수는 개인의 당에 대한 충성심에 따라 달라진다고 덧붙이기도 했다. 배급표냐 현금이냐 하는 제도는 헷갈렸다. 나는 어떤 물건은 정부가 공짜로 배급하고 어떤 물건은 돈을 주고 사야 한다는 정도는 알고 있었지만 그들이 어디서 돈을 버는지에 대해서는 답변을 들을 수 없었다.

한 학생이 독점적인 상표나 회사의 사례로 삼성을 들어 나를 놀라게 했다. 그들은 남한의 어떤 것도 칭찬하면 안 되게 돼 있고 더구나 거기서의 삼성은 다른 남북한 프로젝트 중에서는 현대만큼 존재감이 크지 않았다(현대의 설립자 정주영은 북한에서 환영받고 있고 한때 암소 1,001마리를 태운 트럭을 이끌고 비무장지대를 넘어 북한으로 들어갔었다).

또 다른 변화는 그들이 미국에 관한 것들을 질문하기 시작했다는 것이었다. 저녁 식사 때 한 학생이 조심스럽게 물었다.

"미국에서 대학생들 사이에서 여자 친구를 갖는 것은 비밀입니까?"

나는 "아니, 우리로서는 아주 자연스럽지. 그러나 나는 다른 사회 출신이잖아. 여기는 어때? 비밀인가?"라고 되물었다. 그는 고개를 끄덕였지만 다른 학생은 머리를 흔들었다. 그들은 망설였지만 그들이 이제 그런 것을 질문할 수 있을 만큼 나를 믿었다는 것은 한발 더 앞으로 나아간 것이었다.

그들이 스포츠를 좋아하기 때문에 나는 미국에서는 왜 야구와 농구가 축구보다 더 TV에서 친근한가에 관해 읽을 만한 짧은 기사를 나눠 주기로 했고 담당관들도 이것을 허가했다. 필자의 주요한 주장은 축구는 중간 광고에 잘 맞지 않아 방송국들이 축구 경기 중계에 열의가 덜하다는 것이었다. 북한에서는 광고 같은 것이 없으므로 나는 광고란 회사가 물건을 팔기 위해 만드는 아주 짧은 영화라고 설명했다. 나는 지역에서 생산되는 몇 안 되는 상품 가운데 신덕샘물이라는 생수를 예로 들었다.

"오케이, 예를 한번 들어 보자"라고 나는 말했다.

"농구 경기 중에 마이클 조단이 나오는 광고를 위해서 경기가 잠시 중단된다고 해 보자."

그들은 이 말에 미소를 지었다. 나는 볼을 드리블하고 덩크슛을 한 뒤 한바퀴 돌아 이마의 땀을 훔치고 물을 들이키는 마이클 조단의 흉내를 낸 뒤에 말했다.

"와, 역시 신덕샘물이 최고네!"

그들은 모두 웃음을 터뜨렸고 나는 그것이 미국에서의 전형적인 광고 방식이라고 설명했다. 신덕샘물을 만드는 회사가 정부가 아닌 개인 소유 회사라면 회사가 마이클 조단을 발탁하고 텔레비전 방송국에 광고비를 내고 농구 시청자를 겨냥해 볼 수 있을 것이라고 말했다. 회사의 목표는 세계의 시청자들이 광고를 보고 마이클 조단과 같은 물을 마시고 싶게 해 그것을 사게 하는 것이라고 설명했다. 그들은 유명한 미국 농구 스타가 자신들의 물을 마신다는 발상을 좋아했으며 놀랍게도 마케팅의 일반적인 개념을 이해하는 것 같았다. 그들의 호기심이 커갔다.

"미국에는 TV 채널이 몇 개나 있습니까?"

어느 날 저녁 식사 때 한 학생이 물었다.

"많지."

나는 대답했다.

"100개는 됩니까?"

그들은 3개의 정부 채널만 있기 때문에 100개라는 것은 농담 같은 얘기였고 그래서 그는 아마도 멋대로 추측한 것 같았다. 그러나 실제로 나의 케이블TV는 거의 1,000개의 채널을 제공했다.

"더 많아."

나는 어깨를 살짝 들어올리며 대수롭지 않다는 듯 말했다.

"우리는 약 30개의 무료 채널이 있지만 케이블TV로 들어오는 유료 채널이 수백 개 있어. 영화채널, 만화영화채널, 뉴스채널, 스포츠채널도 있어. 예를 들어 어린이 프로는 만화영화, 라이브액션 쇼로 나눌 수 있고 카툰에도 3세용, 5세용, 10세용의 다른 채널이 있을 수 있지. 스포츠도 마찬가지야. 온종일 오직 농구, 골프, 야구, 미식축구, 그리고 다른 종목만 보여 주는 채널들이 있어."

　일부는 나를 멍하니 바라봤고 또 일부는 눈을 내리깔았다. 그들이 내 말을 믿었는지는 잘 몰랐지만 나의 자세한 설명이 그들을 신경 쓰이게 한 듯했다. 나는 전보다 더 대담해지고 있었고 그때는 그들이 나를 보고하지 않을 것이라고 믿었다. 만일 담당관들이 따져 묻는다면 나는 이것을 TV광고에 관한 강의와 어느 정도 연결 지을 수 있을 것이란 것을 알고 있었다. 그 후 수 주 동안 여러 학생들이 미국의 TV채널 수에 관해 같은 질문을 나에게 했고 내 대답은 항상 같은 효과를 냈다. 그것은 불신과 나도 뭔지 모를 무엇, 즉 부러움과 자격지심 사이 그 무엇의 시선이었다. 나는 미국 텔레비전 방송의 많은 부분이 쓰레기였기 때문에 그것을 자랑하지 않았지만 우리는 선택, 많은 선택이 가능하다는 것과 그들의 지도자들이 강성대국이라고 말해 온 것들은 순전히 공상일 뿐이라는 것을 학생들이 알기를 원했다. 그들은 세계의 거의 모든 사람들에게 뒤처져도 훨씬 뒤처져 있었고 만일 그들이 샘물 이상으로 더 많은 것을 생산하는 강성대국이 되기를 진정 원한다면 그들이 들고 일어나는 것이 중요했다.

　그러나 나는 이 이야기를 조금도 할 수 없었고 그래서 대신 우리는 수백 개의 채널 '선택'이 가능하다는 말을 계속 되풀이했다.

　또 한번은 그들이 교환학생 프로그램에 관해 대화했는데 한 학생이 자신의 룸메이트가 독일 슈투트가르트로 가고 싶어 한다고 말했다. 내가 거기 가 봤다고 말하자 그들은 언제였냐고 물었다.

　"아, 내가 오래전에 런던에 살 때였지. 독일은 영국과 가까워. 유럽은 작거든. 예를 들어 런던에서 파리까지 기차로 가는 데 두 시간 15분밖에 안 걸려."

"바다는 어쩝니까?"

그 학생이 놀라서 물었다.

나는 터널이 만들어졌으며 기차는 고속기차였다고 설명했다.

"런던에서 파리까지 몇 km나 됩니까?"

그가 물었다.

나는 정확한 수치를 몰라서 다시 알려 주겠다고 말해 줬다. 며칠 후 그에게 인터넷에서 찾아봤더니 거리는 340.55km라고 말했다. 이런 지식이 그를 신경 쓰게 하는 것 같았다. 아마도 그는 이제 나의 인터넷이 자신의 인트라넷과 다르다는 것을 깨달았을 것이고, 그가 자신 나라의 교통시스템이 수십 년 뒤처져 있고 자신의 세상은 이동을 제한하도록 설계되었다는 것을 추론하지 않았을까 하는 생각이 들었다.

담당관들조차도 통근거리를 넘어서면 시간과 거리에 대해 잘 몰랐다. 어느 날 수업 중 나는 그들에게 오전 일정을 물었는데 들어 보니 그들 대부분이 평양과기대에 오전 8시까지 도착하기 위해 평양의 집에서 오전 6시 30분경에 떠난다고 했다. 그때 내가 평양에서 그들의 나라 주요 도시 중 하나인 원산까지 가는 데 얼마나 걸리는지를 물었다. 이것은 마치 서울에서 부산까지 몇 시간이나 걸리는지를 묻는 것과 같았다. 한 사람이 세 시간이라고 대답했다. 다른 사람은 여덟 시간이라고 했다. 또 다른 사람은 열네 시간이라고 말했다. 답변이 왜 이렇게 큰 차이가 나는지를 묻자 그들은 침묵했다. 나는 이것이 그들의 영어 실력 부족 때문인지, 비효율적인 교통체계에 대한 쑥스러움 때문인지, 잘 모르기 때문인지, 아니면 원산에 가 본 사람이 몇 안 되기 때문인지 분간이 안 됐다. 한 사람이 반 전체를 대표하는 듯이 말했다.

"나는 기차를 싫어합니다. 그래서 차를 몰고 갑니다. 그래서 평양에서 원산까지 걸리는 시간을 모릅니다."

시차나 마일리지 같은 개념에 그들은 당혹해했다. 이들 중년 남자들도 학부 학생들처럼 아무것도 모르는 것 같았다.

나는 미국인 교사의 40대 한국인 부인인 존슨 부인이 이들 북한인들을 가르치는 것은 "시간 낭비"라고 말하면서 그녀의 아홉 살 난 딸이 그곳의 컴퓨터 전공자보다 컴퓨터에 관해 더 많이 안다고 말했던 것을 떠올렸다. 물론 북한은 인민들을 속수무책으로 무력하게 만들어 그들이 국가에 의지하도록 해 가면서 인민을 의도적으로 어린애처럼 만들어 버렸다.

중간고사가 가까워지자 학생들은 작은 공황상태에 빠졌다. 그들에게 성적은 아주 중요했다. 어떤 학생들은 낮잠 시간에도 잠자는 대신 공부를 했으며 단어를 외느라 밤늦게까지 있다 보니 스트레스로 코피가 났다고 말했다. 이 나라의 체제에서는 서열이 가장 중요했다. 심지어 아침 점호도 학급 서열 순서로 한다는 것을 알게 됐다. 학생들 중 다수가 그들 지방의 제1중학교 출신이었는데, 그들의 부모 중 일부가 제1병원에서 일했고 제1구역에서 살았다. 개개인의 가치가 숫자로 확실히 표시되었다.

다른 식으로 보면 그들의 세상은 우리와 그리 다르지 않았다. 비록 그들은 자유롭게 여행하지 못했지만 그곳의 권력층들은 소집단 안에서 살았다. 여러 학생들이 어려서부터 서로 알고 지냈다. 한 학생은 자신이 위대한 수령이 다녔던 평양 제1중학교 다음으로 전국에서 두 번째로 좋은 평양 동부지구 제1중학교에 다녔다고 내게 자랑스럽게 말했다. 1반의 다른 학생 일곱 명도 거기를 다녔다. 그 학교는 '마오쩌둥 반'을 설치했으며 '김일성 반'을 설치한 중국 베이징 제5중학교와 교환학생 프로그램도 개설했다. 더 높은 특권층 학생의 부모는 당 핵심이거나 유명한 의사들인 것으로 보였다. 그들의 아버지들 다수는 중국이나 리비아 또는 러시아 등에 주재원으로 나갔다 왔다. 그들의 어머니는 보통 일하지 않았다. 그들의 형제는 나이가 들면 평양의 유명 대학 중 한 곳에 갔다. 하지만 학생들 다수는 외아들이었다.

평양이 아닌 함흥, 사리원, 남포 출신 학생들은 이야기가 달랐다. 그들의 부모는 때로는 지방 의사들이거나 과학자들이었고 그들의 형제는 군대에 있었다. 어떤 학생들은 그들 형제자매의 복무 기간이 아마도 9년이나 10년일 텐데, 얼마나 오래 군대에 있을지 모른다고 했다. 내가 아는 한 의무복무는 남자는 10년, 여자는 7년이었지만 상황에 따라 달라지는 것 같았다. 한 학생은 자신의 형이 5년 째 군대에 있고 북쪽에서 근무한다고 말했다. 내가 거기는 몹시 춥겠다고 대답하자 그는 고개를 끄덕이면서 형이 많이 보고 싶다고 말했다. 그의 형은 딱 한 번 집에 올 수 있었다. 펜실베이니아 주 크기의 자그마한 나라에서 어떻게 이런 일이 있을 수 있을까! 이들 학생들은 성적이 좋아서 평양과기대에 들어온 것으로 보였다. 그들의 차이 나는 성장

과정은 평양 학생들의 물건처럼 좋아 보이지 않던 그들의 옷, 신발, 가방, 펜에서도 보였다.

그러나 예외도 일부 있었다. 가장 부유해 보였던 비평양 학생들이 었다. 일부 국경지역은 중국과의 불법적 무역으로 최근에 큰 혜택을 받았고 나는 이들 학생들의 부모가 자녀들의 평양과기대 입학을 돈을 주고 샀을 수도 있을 것으로 의심했다. 이러한 계급 차이는 긍정적으로는 자본주의적인 것으로 보였지만 북한의 허울에는 또 하나의 금이 간 셈이었다.

북한 체제에 관해 더 알면 알수록 그들의 학점에 대한 집착이 공부를 잘하고 싶어 하는 열의 이상의 것에서 나온다는 것을 알게 됐다. 그들은 학점과 등수가 실제로 그들의 미래 전체를 결정짓는다고 믿었다. 예를 들어 그들은 대학에 지원하지 않았다. 그들은 대학 입시를 고교 2, 3학년 때 치렀고 그러면 지방정부가 그들이 어느 대학에 갈지를 결정했다. 면접은 없었다. 하지만 이 모든 것이 학점으로 결정되지는 않았다. 부모의 배경 또는 '성분'이 그들이 어느 대학에 배정될지를 결정하는 데 핵심적 역할을 했다. 김 총장에 따르면 이 나라 당 간부들 모두가 아들을 공사현장 대신 이곳에 두고 싶어 했기 때문에 다음 해 평양과기대 학부학생으로 들어오기를 원하는 긴 대기자 명단이 있다고 했다. 부패는 도처에 있었다. 그들의 학점은 그들을 구원해 줄 유일한 것이 아니었지만 그들이 조정할 수 있는 유일한 것이었다.

직업에 있어서도 똑같았다. 그들의 직업도 대학과 마찬가지로 정부가 결정했다. 나의 학생들은 이것이 공정한 관행이라고 주장했다.

정부는 세 가지에 결정의 근거를 두었다. 성적으로 표시되는 개인의 능력, 친구와 교사들이 작성한 보고서, 당에 대한 충성심이있다. 나는 마지막 기준에 대해 더 자세히 알고 싶었지만 당에 관한 질문은 금지되었다.

결국 나는 물었다.

"그래서 내가 숙제로 내 준 구직신청서는 너희 나라에서는 아예 쓰지 않는 거니?"

그들은 모두 대답했다.

"맞습니다. 저희는 그런 지원서는 쓰지 않습니다."

나중에 한 학생이 미국인들은 그런 편지를 쓰는지 내게 물었다. 나는 그렇다고 말하고 나 스스로도 대학 졸업 후 첫 번째 직업을 잡기 위해 지원서를 썼다고 대답했다. 그는 그 뒤에 무슨 일이 벌어졌느냐고 물었고 나는 후보로 선발되면 면접에 나오라고 한다고 대답했다. 그는 혼란에 빠진 듯했다.

"면접은 어떻게 하는 겁니까?"

그들이 해 본 유일한 면접은 평양과기대에서 영어 실력을 평가받기 위한 것이었다. 나는 그런 지원서를 쓰는 자체가 그들에게는 불가능한 것이라는 걸 알게 됐고 이제야 그런 숙제를 내 준 것을 후회했다. 내가 그들의 국경 너머에나 있을 것을 제시함으로써 그들을 공연히 불행하게 만들었는가?

가끔은 희망이 없어 보였지만 그들을 가르치는 것은 나에게는 '시간 낭비'로 느껴지지 않았다. 학생들은 자신의 나라 너머에 있는 세계에 관해 더 '알아가고 있었다'. 한 학생이 국제 청소년의 날이 언제인지 물었다. 그는 자신들은 그날을 기념하지 않지만 일부 외국인 교사들이 지난 학기에 그날에 대해 가르쳤는데 11월 11일인지 12일인지 기억나지 않는다고 말했다. 그들이 위대한 수령이 쓴 책들에 의존하듯 내가 거의 의존하는 구글을 찾아보니 그날은 8월 12일이었다. 다음 날 그에게 말해 주자 그는 마냥 기뻐했다.

또 한 학생은 어디선가 들은 수수께끼를 반복했다.

"그것을 만든 사람은 그것을 원하지 않습니다. 그것을 지은 사람은 그것을 필요로 하지 않습니다. 그것을 쓰는 사람은 그것을 모릅니다. 과연 그것은 무엇입니까?"

그는 자신도 이것을 맞추지 못했다고 말했다. 나는 다음 날 그에게 "관"이라고 말했다. 그러자 그는 내게 편지를 썼다. '솔직히 저는 그 수수께끼의 답이 인터넷에 있을 줄은 몰랐습니다. 그 답의 경우에는 인터넷이 얼마나 유용한지 알게 되었습니다.'

어느 날 저녁 식사 때 나는 집으로 전화를 걸 수 있다고 위험을 무릅쓰고 학생들에게 말했다. 도청하는 사람들에게 우리 가족을 드러내고 싶지 않아서 우리 대부분이 그것을 피하고 있기는 했지만 일부 교사들은 가족과 통화하는 데 스카이프를 쓰기 시작했었다. 학생들은 혼란스럽거나 또는 관심 없는 듯 보였지만 나는 계속 이어갔다.

"스카이프라고 들어 보았니?"

나는 지나가는 듯 말했다.

그들은 머리를 흔들었다.

"인터넷에 있는 프로그램이고 우리는 세계 어느 곳으로든 전화를 걸 때 쓰지."

"공짜입니까?"

한 학생이 물었다.

나는 그렇다고 말했는데 그것이 그들에게 깊은 인상을 준 것 같았다. 그러나 그들은 혼란스러워 보였고 내가 이후 몇 주 동안 스카이프라는 단어를 계속 흘렸는데도 그것에 대해 더는 질문하지 않았다.

학생들에게 당시 중동에서 일하고 있던 케이티가 학생들에게 안부를 전하는 e메일을 나에게 보냈다고 말하자 김태현이 즉각 질문했다.

"여기서 케이티 선생님과 연락할 수 있다는 겁니까?"

"물론."

나는 슬쩍 말했다. 그는 더 이상 아무것도 질문하지 않았고 깊은 생각에 빠진 듯 보였다.

"언제 그 선생님이 인사를 전하셨습니까?"

다른 학생이 물었다.

"바로 어제"라고 내가 대답했다. 식탁의 모든 학생이 말이 없어졌다.

이번 학기에 구내식당 건물 3층에 도서관이 만들어졌다. 한쪽 공간은 대부분 남한의 기관들이 기증한 책들로 가득 찬 서가로 이루어졌다. 책들 대부분에는 사진이 남아 있지 못하게 했지만 일부는 어쩔 수 없이 슬쩍 통과되었다. 예를 들면 남한 건축 잡지가 몇 권 있었는데 거기에는 유명한 배우와 멋진 고층빌딩을 보여 주는 고급아파트 광고 사진이 몇 페이지 들어 있었다. 한 학생이 도서관에 있는 책에서 남한의 사진을 본 적이 있다고 루스에게 말했다. 그녀가 그것을 어떻게 생각하느냐고 묻자 그는 "밝았다"고 대답했다. 그곳에는 컴퓨터실과 대형 탁자가 있는 공부방이 있었다. 그곳의 컴퓨터들은 인터넷과 전혀 연결이 안 돼 있었다.

여성 경비원이 서서 감시하는 곳의 정면에 약 10대의 컴퓨터를 갖춘 작은 방도 있었다. 그 방문은 잠겨 있었지만 창문이 있어서 들여다볼 수 있었다. 교사들은 대학원생 일부가 곧 그 방에서 인터넷에 관해 배우게 될 것이라고 말했다(대학원생들은 20대 중반의 소수 남성들로 영어, 컴퓨터공학, 경제학을 공부했다. 나는 우리가 식당에서 줄을 서 있을 때를 제외하고는 거의 그들을 보지 못했다). 이것은 주요한 발전이었고 우리는 진전된 소식을 애가 타게 기다렸다.

16

 그해 10월, 비가 많이 왔다. 다른 어느 곳에서와 똑같은 비가 이곳에도 내리는 것이 나에게 경이롭게 보였고, 나는 서울의 장마를 떠올리고는 처음으로 그것을 그리워하기도 했다. 그것이 집의 흔적인 것 같았기 때문에 가끔 나는 창가에 서서 몇 시간이고 비 내리는 걸 지켜보았다. 끊임없는 감시 아래 매일 똑같이 반복되는 나날이 다시 힘들어지기 시작했다. 희망이 사라졌다는 공허함이 나를 흠뻑 적시더니 씻겨 나가지 않았다. 내가 나의 것이라고 주장할 수 있었던 단 하나는 내 생각들이었고 그것들은 내가 글로 써 놓기 전까지 하루 종일 내 머리에서 맴돌았다. 그러나 글로는 충분치 않았다.

 나는 애인이 보고 싶었다. 나는 그에 대한 그리움을 어디든 갖고 다녔다. 그것은 병을 앓는 것 같았고 때로는 그와 전혀 관계가 없기도 했다. 그에 대한 그리움은 뉴욕에서의 내 삶과 소녀시절의 나를 기억나게 해 주는 유일한 것이었다. 나는 따분한 선교사 겸 학교선생 풍의 옷들보다 김정일이 금지한 청바지를 입고, 밖은 어둡고 어디든 나가지 못하며 보초임무를 띤 학생들 또는 성경을 읽고 있는 다른 교사들만 깨어 있는 상황에서 저녁 8시면 잠을 청하는 대신, 맨해튼 도심에서 와인 한 잔을 들고 있는 그때의 내가 그리웠다. 그 세상에서는 내가 얼마나 추상적이든 간에 애인이 필요했고 그 필요성이 때론 나를 미치게 했다. 나는 그에게 격정적인 e메일을 썼지만 보내지는 않았다. 게다가 내게 띄엄띄엄 답장을 쓰는 그는 속세의 감각으로는 애인으로 여겨질 수도 없었다.

그가 내게 쓴 몇 번조차도 그는 비밀코드를 심어 놓은 내 e메일을 오해한 것 같았다. 나는 떠나기 전에 그에게 우리 연락은 감시당할 것이라고 경고했는데도 그는 계속 잊어버리고 마치 나에게 해명이라도 하라는 듯이 내가 쓴 것을 보고 어리둥절했다고 쓰곤 했다.

한번은 그가 무기력한 감정에 관해 자주 썼던 '쾌감상실(anhedonia)'이라는 단어를 내가 메일에 집어넣었다. 내 e메일을 지켜보는 사람이 내가 이곳에 대해 부정적인 말을 하는 것으로 결론 내지 않을까 두려워서 '우울한(depressed)'이라는 단어를 쓰는 것이 꺼려졌고 그래서 쾌감상실에 걸렸다고 쓰면서 일부러 스펠링을 틀리게 해 감시자가 그것을 찾아보지 못하게 했다. 그러나 나의 애인은 이런 속뜻을 알지 못하고 그 단어의 고쳐진 스펠링을 써서 답장을 보냈다.

가끔은 그가 뉴욕에 사는 어려움에 관해 말했는데 그것은 나도 알았거나 과거에 알았었던 것이지만 그 '어려움들'이라는 것이 이제는 비현실적인 것 같아 보였다. 언젠가 그는 전날 술에 만취하는 바람에 머리가 아파 집중할 수 없었고 마감을 지키지 못할 것 같다고 썼다. 그것들은 자유 세상의 적들, 예술가의 고뇌였는데 이런 것들이 내가 앉아 있는 곳에서 보면 얼마나 사치스럽게 들리는지를 그는 전혀 모르고 있었다. 또 한번은 내가 그에게 자신이 작가라는 것을 드러낼 수도 있는 무엇이든 말하지 말라고 신신당부를 했음에도 그는 글의 초안에 제목과 자신의 성, 이름을 다 넣어서 그걸 내게 보냈다. 나는 그로서는 내가 사는 세계의 피해망상을 공유할 여지가 없다는 것을 알았다. 그래서 그로부터 연락받기를 갈구했으면서도 한동안 그가 메일을 쓰지 않으면 오히려 다행스럽게 여겼다.

게다가 e메일을 쓰는 것은 시간도 많이 걸리고 힘이 드는 과정이었다. 나는 그들이 우리 e메일을 어떻게 감시하는지 정확히 몰랐지만 온라인에 있으면 담당관들이 나의 다른 e메일들도 꼼꼼히 살펴보거나 심지어 나의 하드 드라이브에 접근하는 것이 더 쉬워지는 것 아닌지 걱정이 됐다. 그래서 나는 항상 오프라인에서 워드 문서작성으로 e메일을 써서 혹시 쓰지 말아야 할 말을 썼는지 체크하며 읽고 또 읽었다. 그러고는 온라인으로 가서 텍스트를 e메일로 복사하기와 붙이기를 하고 보내기 표시를 클릭하고는 전기가 나갔는지 확인했다. 가끔은 이렇게 짧은 e메일을 쓰고 또 고쳐 쓰고 그걸 보내기 위해 연결을 기다리면서 주말을 보냈다. 그러나 쓸 수 있는 내용 또한 많지는 않았다. 하루하루가 어느 정도는 전날의 거울이었다.

날이 지나면서 나의 걱정은 작아져 갔다. 나는 영양의 주요한 원천인 생선통조림의 단백질 함유량을 검색해 보았다. 구내식당 음식은 대부분 신선도가 떨어지는 채소로 만들어졌고 고기는 아주 드물게 나왔지만 나는 먹지 않았다. 나는 원래 육식파는 아니었지만 고기가 여름에 한 번 나온 것과 같은 개고기는 아닐지 의심이 갔다. 나는 뉴욕에서 가져온 견과류와 말린 과일들을 간식으로 먹었고 채소류를 사러 갈 때 여분의 달걀을 사 와 전기주전자에 삶아서 먹었다. 건강에 광적으로 관심을 가져본 적이 없지만 거기서는 병이 나면 안 된다는 것을 절실하게 알고 있었다. 다행히도 외교단지의 평양상점은 라트비아산 청어통조림 같은 것을 여럿 취급했고 유효기간이 끝나 가면서 가격도 떨어졌다.

이번 학기에는 외교단지의 상점들과 보통강백화점 외에 채소와 고기, 과일, 의류, 가정용품, 전기기구 등을 파는 작은 매대들이 가득 들어찬 한 블록 길이의 시멘트 건물인 통일마켓에서 쇼핑하는 것도 허용되었다. 환율은 음식 가격처럼 매주 변동이 심했다(여름에는 1달러에 2,500원이었는데 지금은 3,500원이었다). 예를 들어 옛 장터에서나 보는, 짚을 엮어 만든 줄에 넣어 10개씩 파는 달걀 가격은 3달러에서 2달러로, 다시 3달러로 계속 변했다. 신선 과일은 너무 비싸서 그곳 사람들이 어떻게 그것을 살 수 있는지 이해가 되지 않았다. 미국 할인점에서 10개에 99센트 정도 하는 싸구려 플라스틱 옷걸이가 하나에 1달러씩 가격이 매겨져 있었다. 구식으로 보이는 중국산 플립 전화기는 80달러였다. 실제로 거의 모든 제품이 중국제였다.

시장 상인들은 모두 청록색 제복 차림의 여성들이었다. 고객들은 두툼한 솜 코트를 입었고 농부들이나 일꾼들처럼 보였다. 이곳은 관광객들이 필수적으로 들르는 곳이 됐기 때문에 외국인의 등장에 관심 없어 하는 것 같았다. 한번은 상인 두세 명이 나에게 어디서 왔느냐고 물어 남한에서 자랐다고 했더니 나의 '고운' 서울 말씨를 듣고 그렇게 짐작하고 있었다고 말했다. 그때 처음으로 일반적인 북한 사람들이 남한 사람을 좋아하거나 또는 어쩌면 우리를 마음속으로 우대할지 모른다는 생각이 들었다. 학생들에게서도 마찬가지였다. 우리가 그들과 한국어로 말하는 것은 허가되지 않았지만 그들 몇몇은 내가 감시원들과 한국말을 하는 것을 듣고는 나의 억양이 매력적으로 들렸다고 말하기도 했다. 그들의 정부가 남한에 독설을 내뱉는 걸 감안하면 이것은 나를 놀라게 했다. 개인적 수준에서는 여전히 따뜻함이 남아 있었다.

우리가 단 한 번 주중에 시내를 보러 간 것은 제7차 평양가을철국제상품전람회 견학이었다. 3대혁명전시관으로 불리는 큰 빌딩 내부에는 김일성 대형 포스터와 김정일 어록을 붙인 붉은 글자판들이 있었고 부스들이 이층으로 만들어져 있었다. 부스는 랩톱컴퓨터, 씨 뿌리는 기계, 태양열 판, 팬티스타킹, 바디로션, 짚으로 만든 용기, 비타민 등을 포함한 판매 상품들을 무작위로 선정해 놓은 것처럼 보였다. 포스터에는 북한과 이탈리아, 독일, 스위스를 포함한 17개국과 '번창하는 무역'을 보여 주는 국제 전람회라고 돼 있었지만 내가 본 거의 전 부스는 중국 회사의 것이었고 조선콤퓨터센터처럼 현지의 관심을 보여 주는 것이 겨우 조금 있을 뿐이었다.

30분이 안 걸려 각 부스를 돌아본 뒤 루스와 나는 싫증이 나서 전시관을 걸어 나왔다. 버스 앞으로 집합하기까지 한 시간 여유가 있었다. 우리 감시원들은 일행과 함께 내부에 있었고 더 이상 우리를 감시하지 않았다. 왜냐하면 그들은 우리가 밖에서 경비원이 배치되어 있는 차단된 구역 외에는 갈 수 있는 곳이 없다고 알고 있었기 때문이었다. 그래서 우리는 약 50 또는 60명의 사람들이 플라스틱 테이블 주변의 플라스틱 의자에 앉아 있고 푸드 트럭 몇 대가 양 꼬치, 냉면, 즉석라면과 다른 음식들을 팔고 있는 빌딩의 한쪽으로 걸어갔다. 우리는 싱가포르산 감자 칩 봉지와 인스턴트커피에 돈을 맘껏 쓰면서 우리끼리 잔치를 벌였다.

"갑작스럽게 우리 마음대로 선택을 하려니…… 뭘 고를지 모르겠네요!"

루스가 양고기로 결정하면서 소리쳤다.

나는 컵라면을 주문했는데 알고 보니 중국산이었고 외국 양념 맛이 났다. 미국 어린이들이 땅콩버터 샌드위치를 먹으며 자랐듯이 우리 남한 사람들은 라면을 먹고 컸고 아이들조차 맛있는 라면과 맛없는 라면을 구별할 수 있었다. 우리 것은 항상 더 맵고 더 칼칼했는데 여기서는 개방된 곳에서 구할 수 있는 라면이 중국산이었다. 나는 북한 라면은 전혀 보지 못했다.

쌀쌀하지만 햇살이 비치는 오후였고 야외에서 먹는 사람들이 많았다. 그들 중 절반은 중국인이나 조선족으로 보였는데 이들은 평양의 외국인들 중 대다수를 점하는 것으로 보였다. 나머지는 현지인들이었다. 평양 주민과 중국인을 구별 짓는 단 한 가지는 가슴에 있는 위대한 수령의 배지였다. 많은 사람들이 맥주와 냉면을 먹고 있었는데 이 조합은 남한에서 늦가을이 아닌 뜨거운 여름에 주로 유행했다. 그들 중 누구도 우리 학생들처럼 부유해 보이는 사람은 없었지만 여태껏 우리 학생들처럼 보이는 사람은 아무도 없었다. 그럼에도 이들은 볼이 불그레했고 내가 버스 창문 밖으로 또는 슈퍼마켓에서 보았던 사람들 대부분처럼 굶은 것으로 보이지는 않았다.

북한을 들여다보면 볼수록 중국의 어떤 부분들과 매우 닮았음을 더 알게 되었다. 여름 학기를 마치고 집으로 돌아가는 길에 나는 서울에 들렀고 북한 요리책을 언니네 집 조선족 도우미에게 준 일이 있었다. 그녀는 요리 사진들을 보더니 "아, 이것은 우리 음식이네요! 중국식입니다! 이 사진들만 봐도 고향 생각이 납니다"라고 외쳤다. 하지만 남한 사람들에게는 그 책에 나온 많은 요리들이 생소했다. 평양 거리의 사람들이 내게는 대부분 중국인처럼 보였다. 그들은 중국에서 수입된 옷을 입고 있었다. 여성들의 머리는 아니나 다를까 내가 중국에서 보았던 여인들의 머리하는 방식 그대로 파마를 했고 반짝이는 머리핀을 꽂고 있었다. 김일성은 마오쩌둥이 묘에 누워 있는 것과 똑같은 모습으로 금수산태양궁전에 누워 있었다. 내 앞의 광경은 중국의 작은 식민지인 것 같았다.

어쩌면 비슷한 점은 그다지 놀랍지 않았다. 60년 이상에 걸쳐 북한의 가장 가까운 동맹은 소련을 제외하고는 중국이었다. 남한 젊은이들이 미국의 영향을 받아 미국식 이름과 태도와 언어까지 갖추게 되고 젊은 여성들은 머리를 갈색이나 붉은색으로 물들이고 서구식 성형으로 서양식의 외모를 추구하며 전통에 등을 돌렸듯이, 북한 사람들도 중국의 미적 감각을 갖다 썼다. 문화적으로 그리고 가시적으로 이 나라는 커 가면서 중국을 닮아 갈 수밖에 없었다. 이것이 내게 씁쓸한 의문을 갖게 했다. 북한 사람들이 오늘날의 서울을 보면 그들 눈에는 미국의 속국처럼 보일까? 60여 년 전 강대국들이 인위적으로 한국을 갈라놓았으며 이런 중국식 한국은 그 분단의 유산이었다.

거기 앉아서 나는 점점 더 불안해졌다. 두 개의 한국 중 한쪽을 방문할 때 나는 항상 나의 뿌리를 찾아 헤매며 나의 과거에 관한 새로운 진실을 찾고 있었다. 하지만 내가 그리워했던 과거는 수많은 세월 동안 미국과 중국의 영향 아래 묻혔고 압도당했다는 생각이 지금 들었다. 내 상상 속의 한국은 그림과 역사책에, 나이 든 세대의 기억 속에, 그리고 묻혀 버린 시간으로부터 삐쭉 나온 유리 조각처럼 때때로 내가 언뜻 보았던 흔적들에나 존재했다.

"우리는 내일 외출합니다!"

류정민이 점심 식사를 하다 말고 불쑥 말을 꺼냈다. 학생들은 보통 정보를 발설하지 않기에 그가 흥분을 조절하지 못하는 것처럼 보였다. 내가 어디 가느냐고 묻자 그가 대답했다.

"우리도 모릅니다. 하지만 밖으로 갑니다!"

다른 학생이 덧붙였다.

"맞습니다. 아마 한 시간 동안 갈 텐데 우리도 모릅니다. 하지만 우리가 평양과기대에 와서 처음입니다."

그들은 이것은 수업의 일환이고 어쩌면 평양의 공사현장으로 데려갈 수 있다는 말을 들었다고 말했다. 일하러 가는 것이 아니라 둘러보기만 하러 간다고 그들은 주장했다.

저녁 식사 때 최민준은 그것이 사실이라고 확인해 주었다. 어디로 가는지는 그도 몰랐다. 그가 평양에 있는 동안 그의 부모가 지나가다 볼 수도 있겠다고 내가 말해 주자 그의 눈이 동그래졌다.

"하지만 교수님, 우리 부모는 우리가 가는 걸 모릅니다."

다음 날 아침 식사 때 학생들은 평소와 같이 어두운 색 재킷을 입었고 타이를 맸다. 그들은 9시에 떠나기로 돼 있다고 말했지만 여전히 어디로 가는지, 어떻게 가는지조차 모르고 있었다. 기숙사로 돌아오는 길에 나는 주임교사 둘이 조용히 대화하는 것을 보았다. 그들은 대학원생들이 건설공사에 징발될까 봐 얼마나 무서워하고 있는지를 이야기하고 있었고, 그래서 나는 그날 외출과 공사장에 일이 아니라 견학차 간다는 나의 학생들 언급에 관해 물어보았다.

"건설현장에서 견학할 게 무엇이 있겠어요?"

한 교사가 물었다.

"그런 곳에 간다면 구경하는 게 아니라 일하는 거죠. 어쨌든 주방은 도시락 200개를 싸라는 명령을 받았어요."

하루 종일 나는 학생들을 걱정했다. 나는 그들이 건설현장으로 보내져 노동을 하도록 배치받는 것을 상상했고 이런 일이 정기적으로 발생할까 봐 두려웠다. 어쩌면 그들은 매 주말 농구경기를 하거나 MP3를 들으며 영어 단어를 외우는 대신에 현장에서 일하도록 요구받을 수도 있었다. 영어를 공부하고 영어 편지를 쓰는 날들이 머지않아 환상의 기억이 될 것이었는가?

나는 그날 평소보다 늦게 달리기에 나섰고 오후 5시경 캠퍼스를 한 바퀴 돌았을 때쯤 두 대의 이층버스가 IT빌딩을 향해 오는 것을 보았다. 전에 이런 버스를 본 적이 없었기에 아마도 학교가 빌린 것 같았다. 학생들이 돌아왔다! 내가 느낀 안도감은 어마어마한 것이었다. 그들이 하루 종일 무거운 것들을 들어 올렸다고 해도 최소한 그들은 저녁 식사 전에 샤워할 시간도 충분한 가운데 해가 지기 전에 학교로 돌아가도록 허락을 받았다. 나는 아이팟의 볼륨을 줄이고 버스 창문의 얼굴들을 세심히 살폈다. 멀리서는 잘 보기가 불가능했지만 그들은 여전히 정장을 입고 있었는데 이것은 그들이 노동을 하지는 않았다는 것을 의미했다. 그들은 지난 여덟 시간 동안 무엇을 했는가?

대답을 들어 보니 이상했다. 저녁 식사 때 그들은 평양중앙동물원과 김일성의 생가인 만경대에 갔었다고 말했다. 나는 그들의 얼굴에서 모순의 기색을 찾아보았지만 발견하지 못했다. 그날은 해가 나온 날이었는데 그들의 얼굴은 햇볕에 그을리지 않았고 그들이 공사장에서 하루를 보냈더라면 거의 지친 얼굴이 되었을 텐데 그렇게 보이지도 않았다. 물론 이상한 일은 갑자기 여행이 주어졌다는 사실이었다. 그때는 중간고사 기간이었고 전국의 다른 대학 학생들은 노동을 하고 있었다. 그러나 이들 학생들을 그 전에도 가 본 동물원과 주석의 생가에 데려갔다. 그뿐 아니라 그들이 내게 말하기로는 만경대 안내원이 영어로 설명을 했으며 그들은 과거에 여러 차례 그곳에 다녀왔기 때문에 내용을 모두 알아들었다.

나는 이 특정한 날에 또래 중 누구보다 말끔해 보이는 200명의 북한 학생들이 만경대에 갈 어떤 이유가 있었는지 궁금했다. 아마도 중요한 외국 방문객이 있어서 적당한 장소 적당한 시간에 사람들을 세워 놓기로 유명한 이 정부가 학생들을 배경으로 필요로 했던 것 같았다. 학생들이 영어로 안내 설명을 들으니 사람들이 자신들을 쳐다보았다고 말했지만 그들은 그 사람들이 누구인지는 몰랐다.

그 후 며칠간 학생들은 동물들과 동물원이 얼마나 장관이고 컸던가를 그칠 줄 모르고 이야기했다. 한 학생은 양의 등에 올라탄 개에 관해 이야기하면서 그것이 참 재미있었다고 말했다. 그들은 '동물 묘기'에 대단히 인상을 받은 것 같았다. 다른 학생은 근처에 어릴 적 가보았던 대성산유원지가 있었는데 언젠가 아이들을 낳으면 데리고 가 볼 것이라고 말했다. 그들은 사자와 호랑이에 관해 말했고 나에게 동물원에 가 본 적이 있느냐고 물었다.

내가 야생동물 근처에 마지막으로 가 본 것은 남아프리카공화국의 사파리였다. 나는 2010년 월드컵을 취재하러 거기에 갔는데 그때 북한의 천리마팀이 44년 역사상 처음으로 본선에 진출했다. 그러나 나는 학생들에게 그것을 말하지 않았고, 6만 명 이상의 포르투갈 팬들과 나미비아에서 밤새 버스를 타고 온 북한 노동자 70명으로 꽉 찬 경기장에서 그들 팀이 상대팀인 포르투갈에 어떻게 홀로 외롭게 패배했는지도 말하지 않았다. 직접 월드컵을 본다는 것이 그들에게 비현실적으로 들렸을 것이고 게다가 그들은 이런 화제를 좋아하지 않았다. 세계의 눈으로 보면 패배라도 박수를 받을 만한 노력이었다는 사실에도 불구하고 북한은 여전히 자신 팀의 패배에 엄청난 수치심을 느끼는 것 같았다. 그들에게는 어느 정도의 실패도 용인되지 않았다.

대신 그들에게 나는 동물원을 좋아하지 않는다고 말했다. 이것은 사실이었다. 어릴 적 부모님이 서울의 창경원(창경궁) 동물원에 데리고 갔을 때 나는 호랑이, 원숭이, 그리고 펭귄을 보면서 그들이 하루 종일 작은 우리와 통에 갇혀 밀실공포증을 얼마나 느꼈을지, 응시당하고 물건취급 당하는 것이 얼마나 굴욕적일지를 생각했었다.

"동물원을 왜 좋아하지 않습니까?"

학생들이 눈을 크게 뜨고 물었다.

"나는 뭔가가 가둬져 있는 것을 보고 싶지 않아."

우리가 '갇히다'라는 뜻의 'trapped'라는 단어를 막 배운 직후였다. 그들은 알겠다는 의미로 모두 끄덕였다.

"감옥에 있는 것 같다는 말씀입니까?"

"그래. 나는 모든 것이 자유로워지기를 원해. 나는 할 수만 있다면 모든 동물들을 풀어 놓고 싶어."

내가 그 단어를 말했을 때 나는 나 스스로 허용했던 수준보다 훨씬 더 감정적이 되었다는 것을 깨달았다. 그러나 나는 그들이 그 나이에 동물원에서 보낸 그날에 대해 계속 이야기했던 바로 그 이유가 우리 교사들이 아무리 살 만한 것이 없더라도 일주일에 한 번씩 평양의 가게에 가는 기회를 붙잡는 것과 똑같은 이유였다는 것을 알았다. 나는 그들 또래의 미국 대학생들이 그들만큼 동물원을 즐기는 것을 상상도 할 수 없었다.

우리 대화가 어색해질 때마다 분위기를 바꾸는 학생이 늘 있었다.

"배영택 아시잖습니까?"

박준호가 물었다.

"글쎄, 우리 버스가 그 애 아파트를 바로 지나쳤습니다. 영택이는 아주 슬퍼했죠. 그 애는 우연히 누군가가 거기 있을까 하고 창문을 뚫어져라 바라보고 있었습니다. 그 애의 가족은 우리가 거기를 지나가는지 전혀 모르고 있었는데 말입니다."

다른 학생은 그들이 만경대에서 단체 사진을 찍었는데 이 사진은 모든 부모들에게 개별적으로 보내질 것이라고 말했다. 학급별 소대장의 부모에게 사진들이 건네지면 부모들이 돌아가며 사진을 각 가정으로 보내 줄 것이었다. 이 모든 것이 이상하게 보였다. 이 견학이 갑자기 주선된 이유, 그 증거물이 모든 학생 가족에게로 배달되는 이유가 있음에 틀림없었다.

저녁 식사 후 나는 둘러막힌 복도를 걸어 내 방으로 왔다. 나는 풀어 놓은 미친개가 노동자들을 물었다는 소식을 들은 이후 더 이상 밤에 혼자 밖으로 걸어 다니지 않았다. 복도는 불이 없는 터널 같았고 길을 찾느라 플래시를 써야 했다. 나는 거의 모든 소재가 금지돼 있어 그 개들에 관해 애인에게 e메일을 쓸까 생각했지만, 그가 나무가 들어선 길가에 '개를 통제해 주세요'라는 표지판이 도처에 널려 있고 사람들이 애견들을 위해 산책시켜 주는 사람이나 돌봐 주는 사람을 고용하기도 하는 브루클린에 있다는 생각이 났고, 그가 나의 이런 상황을 이해할까 싶었다. 대신 담요를 푹 뒤집어썼더니 잠시 동안 야생 개들은 밖에서 자유롭게 방황하고 있는 반면에 나는 동물원 안 우리에 갇혀 있는 동물들 중 하나가 된 것처럼 느껴졌다.

17

루스는 중국에서 사서 가져온 포크와 나이프의 사용법을 가르치기 시작했다. 거기서 우리는 모두 숟가락과 젓가락을 사용했고 그것에 대해 의문을 가져 본 사람은 없었다. 그렇지만 그녀는 학생들에게 '국제적인 사람'이 되어야 할 때라고 설명했다. 매번 식사를 시작할 때 그녀는 자신의 식탁에 함께 앉은 학생들에게 공손하게 말했다.

"우리 식당에 오신 것을 환영합니다. 미안합니다만, 당신들의 숟가락과 젓가락을 압수하고 대신 이것들을 드릴 수밖에 없습니다."

그들 대부분이 포크와 나이프를 써 본 적이 없어서 그것으로 뭘 해야 할지 당황해했다. 칼로 썰 만한 고기도 거의 없었고 밥을 퍼먹는 데는 숟가락을 쓰는 것이 익숙했다. 학생들과 함께 있는 루스를 지켜보는 것은 어느 정도는 「마이페어레이디」라는 영화에서 헨리 히긴스 교수가 엘리자 두리틀이라는 가난한 꽃 파는 소녀를 레이디로 만들려고 교육시키는 장면을 보는 것 같았다. 어떤 학생들은 웃음을 참지 못해 킥킥거렸고 다른 학생들은 혼란스러워하고 당황해했다. 한 학생이 나중에 우스갯소리를 했다.

"루스 교수님과의 식사는 식사가 아니라 수업입니다. 우리는 영어로 말하고 듣는 것에 집중하면서 포크와 나이프를 써야만 합니다. 한

번에 해야 하는 일들이 너무 많습니다. 그래서 머리가 아픕니다!"

교과서 읽기 수업의 요즘 주제는 사랑이었다. 나는 전쟁 중의 불가능한 사랑을 다룬 「나치 치하의 사랑」이라는 제목의 단편을 가르쳐야만 했다. '나치' '집단수용소' 같은 어휘를 검토하면서 그들이 자신들의 위대한 수령이 히틀러나 스탈린에 거의 비등하게 현대 시대 최악의 독재자 중 하나로 여겨진다는 것을 짐작하지 않을까 생각했다. 아침에 마르타가 빈칸에 동사를 넣으라고 해 놓고 'Love _ kind. Love _ patient(사랑 _ 온유. 사랑 _ 오래 참는)……'이라고 써 놓은 문법 연습 종이를 내게 건넸다. 담당관들의 허가를 받은 것이었다. 나는 재빨리 훑어보았다.

"이건 80년대 유행가 아닌가요?"

내가 물었다. 이 순간 나 자신이 어디에서 누구와 말하고 있는지를 깜빡했다.

"이건 성경에서 그대로 따온 건데요!"

마르타가 말문이 막힌다는 듯 겨우 말했다.

나는 즉각 "나도 알아요. 그렇지만 노래에서 나온 것이기도 해요!"라고 둘러댔다. 그녀가 나를 진지하게 바라보더니 "어떤 노래죠?"라고 묻는 걸로 보아 그녀는 80년대를 기억하기엔 너무 어렸고 그래서 다행이었다. 나는 담당관들이 이것을 허가했을 때 이 인용문이 성경에서 나온 것이라는 걸 알아차리지 못했을 것이라는 생각이 들었다. 이런 연습문제를 내 줄 생각을 해낸 마르타로서는 위험한 일이었다. 우리 모두는 하고자 하는 일이 있어 이곳에 와 있었다.

마르타는 학생들에게 사랑에 관해 써 보라고 시도해 보았지만 절대로 가능하지 않았다고 내게 말했다.

"모든 학생들이 이야기 속에서 모두를 죽여 버리네요. 그들은 죽음에 사로잡혀 있어요. 이것이 그들의 문화인지 아니면 단지 남자아이들이라서 그런 건지 모르겠어요."

그들의 문화는 일하는 곳도 '전투장'이라고 부르는 식이었다. 시내 곳곳에서 나는 이 단어를 보았고 심지어는 큰 식당의 뒷문에도 이렇게 씌어 있어서 나중에 학생들에게 물어봤더니 그는 "식당 종업원들이 음식을 준비하는 곳이라는 의미"라고 설명했다. 남한에서는 '반장'이라고 하는 것을 거기서는 '소대장'이라고 했다. 교실도 '소대'라고 했다. 그들은 전쟁 노래를 부르며 단체로 행진했다. 그들의 문화는 남한 사람과 미국 사람을 죽이라는 가르침과 지독하게 끔찍한 장면에 대한 묘사로 흠뻑 젖어 있었고, 어쩌면 미국 젊은이들이 폭력영화나 비디오게임에서 본 행위를 흉내 내는 것과 똑같이 그들도 무심코 그런 메시지들을 밖으로 쏟아 내고 있는 듯이 보였다. 그들 모두가 유일한 실질적인 사랑은 조국에 대한 사랑이라는 데 공감하기 때문에 다른 종류의 사랑에 대해 토론하는 것은 무의미했다.

"너희들은 적국에서 온 누군가와 사랑할 수 있니?"

내가 물었다.

"아닙니다!"

그들은 소리쳤다.

"너희들은 적국에서 온 누군가와 친구가 될 수 있니?"

"아닙니다!"

그들은 다시 소리쳤다.

"그럼 나는?"

내가 나중에 식사를 하면서 물었다. 대놓고 곤혹스럽게 하는 것은 불공평하지만 나는 궁금했다. 한 학생이 대답했다.

"선생님은 우리의 선생님이기 때문에 다릅니다."

포크와 나이프를 소개하는 것은 실패였다.

"어떤 때는 이곳이 정말 짜증스러워요."

구내식당에서 교사와 대학원생 전용 줄에 서 있는데 루스가 말했다. 아침 식사 시간에 그녀는 2반의 한 학생이 포크와 나이프 사용을 거부했다고 말했다. 그러자 다른 학생도 거부했다. 그녀는 그들이 젓가락이 없는 외국에서 외국인과 식사를 해야만 하는 날에 대비하게 하려는 것이라고 그들에게 설명했다. 그러나 그들은 국제적인 사람이 되는 것에 관심이 없다는 반응을 보였다. 그런 것이 그들에게는 중요하지 않다고 했다. 그들은 막무가내였다. 결국 그녀는 "너희가 만일 다른 사람을 존중하지 않으면 그들도 너희를 존중하지 않을 거야"라고 말해 주었다. 이제 그녀는 점심에 함께 식사할 다른 학생들도 거부하는 것을 걱정하고 있었다.

그녀의 말을 들으면서 나는 리언 파네타 미국 국방장관이 CNN아시아에 출연해 북한에 대해 비슷한 감정을 토로하던 것을 떠올렸다. 그는 제네바에서 곧 열릴 미국과 북한 간 당국자 대화를 기다리면서 기자회견을 통해 북한의 핵 확산이 "무모하고 도발적"이라고 말하고 그 행동이 "상승작용과 대치의 가능성으로 이끌 뿐"이라고 말했다.

작게 보면 유사한 드라마가 이곳 평양 낙랑구역의 한구석에서도 일어나고 있었는데, 북한의 미래의 지도자들이 외국인 교사들에게 휘둘리는 것을 거부한 것이었다. 마르타는 고개를 흔들며 말했다.

"이걸 보니 그들과 우리 사이에 분단의 골이 얼마나 깊은지 알겠어요."

3반 학생들도 포크와 나이프 사용을 거부했다. 그 후 루스가 내 사무실로 와서 낙심했다고 말했다. 거부는 단체로 명확하게 이뤄졌기 때문에 그녀는 아마도 학생들이 최근 생활총화 시간에 담당관들이 있는 자리에서 이 문제를 제기했던 것이 아닐까 하고 생각했다.

"역시 문제는 분단이에요"라고 마르타가 다시 말했다.

중간고사가 가까워지면서 나는 주말 가게 나들이 때 초콜릿을 찾으러 갔다. 우리는 특별한 경우에 전원에게 똑같이 나눠 주는 조건이라면 학생들에게 선물을 주는 것이 허용되었다. 불행하게도 내가 여기저기 마음대로 쇼핑할 수 없는 처지여서 개별 포장된 작은 초콜릿 100개로 말하자면 선택의 여지가 별로 없었다. 매장의 많은 제품들은 품질을 알 수 없었다. 유효기간이 지났거나 거의 다 됐거나 또는 라트비아의 과자처럼 내가 그 상품과 연관 지어 본 적이 없는 나라들에서 온 것이었다. 스위스 초콜릿을 보기는 했지만 터무니없이 비쌌거니와 이 학생들이 좋은 초콜릿과 나쁜 초콜릿을 구별하지 못하기 때문에 술을 마시지 않는 사람에게 비싼 좋은 와인을 주는 셈이라는 한 교사의 지적도 있었다. 그때만큼 허시의 키세스나 소형 스니커즈

바가 몹시 그리웠던 적이 없었다.

초콜릿을 찾다 보니 아버지가 떠올랐다. 전쟁 중 아버지의 가족은 서울에 살았고 바로 나의 어머니 가족들처럼 포탄이 떨어지면서 피난길에 올랐다. 아버지에 따르면 그들은 차로 피난을 갈 만큼 행운이 따르지 않았다. '행운'이라는 단어가 나오면 나의 어머니는 평소와 달리 침묵하곤 했다. 나의 어머니는 아마도 차를 타는 대신 걸어가기만 했더라면 오빠를 잃지 않았을 것이라고 생각했을 터였다. 대신 나의 아버지가 자신의 추억에 잠기곤 했다. 그는 가끔 자신에게 초콜릿을 줬던 어떤 미군 병사의 이야기를 했다.

"초콜릿이 금 같았지. 아니, 금보다도, 어쩌면 다이아몬드보다도 더 귀했을 거야. 그 맛을 아직도 잊을 수가 없어."

그는 미소 짓는 미군이 작은 조각을 던져 주고 그가 바로 받았던 기억을 떠올렸다. 그는 당시 여섯 살이었다. 그 기억은 그에게 친근했고 끔찍한 3년간 전쟁의 희미한 전경을 배경으로 너무나 또렷했다. 그가 기억해 낸 것은 친절이었지만 그 묘사가 나는 불편했다. 나는 아시아의 가난한 어린이들을 구해 주는 영웅적인 미국인들이 나오는 영화들을 너무 많이 보면서 컸고 동정받는 쪽인 내 아버지의 유년시절을 떠올리기가 싫었다.

그러나 수십 년 후 여기서 나는 북한의 소년들에게 주려고 초콜릿을 사는 미국인 모습을 한 나를 발견했다. 유일하게 적당한 것이 말레이시아에서 만든 작은 밀크 초콜릿이었는데 물을 탄 맛에 인위적으로 단맛을 낸 캐러멜이었다. 메어리는 "그것들이 모두 그런 식이고 코코아 함유량은 적어요. 하지만 나는 중국 출신이라서 그런 것에 익숙합니다"라고 말했다. 어쨌든 학생들은 그걸 좋아하는 것 같았고 이것이 시험일의 긴장감을 덜어 주었다.

두 반, 총 50명의 학생들이 시험을 함께 치렀고 첫째 시간과 둘째 시간 사이에 나머지 두 반이 시험을 치르러 오기 전에 교사들은 학생들이 서로 대화하지 못하도록 확실히 해야 했다. 컨닝이 드물지 않기 때문이었다. 그 뒤 나는 학생들에게 시험이 어떻더냐고 물었다. 여러 학생이 독해는 어려웠지만 지문들이 재미있었고 특히 청바지에 관한 것이 그랬다고 말했다. 그들은 레비 스트로스에 관해, 그리고 그가 어떻게 골드러시 기간에 청바지를 만들어 금 채굴자들에게 판매하기 시작했는지에 관해 다룬 짧은 글을 말하고 있었다. 시험 문제는 담당관들의 허가를 받았는데도 메어리가 걱정했던 것이 바로 이 글이었다.

한 학생이 말했다.

"저는 청바지가 애초에 채굴자들을 위해 만들어진 것이란 것은 몰랐지만 도저히 이해할 수 없는 한 가지는, 찢어진 청바지가 어째서 패션이라는 겁니까?"

시험 문제의 지문에는 찢어진 청바지라는 언급이 없었고 나는 평양에 온 외국인 관광객이 그런 것을 입었을 리는 거의 없다고 생각했다. 그가 어디선가 보았을 것인데 어쩌면 금지된 DVD에서 보았을 가능성이 가장 높았다. 나도 어느 정도는 그와 똑같이 '멋져 보이려고 왜 멀쩡한 천을 찢는가?' 하는 의문을 가져 본 적이 있었다. 그러나 서양 패션의 유행을 분석하려면 다른 수많은 정보를 필요로 했는데 내가 그런 정보를 주는 것은 허가되지 않았다. 대신 나는 많은 미국 사람이 쓰지만 그들은 전혀 쓰지 않는(교사들이 모자를 빌려준 운동회 날을 제외하고는) 야구 모자를 예로 들어 가며 서양 문화에서의 캐주얼복에 대한 견해들에 대해 설명을 시도했다. 그는 대답했다.

"그게 우리와 다른 점입니다. 우리는 야구 모자가 우아하지 않다고 생각해서 안 씁니다."

학생들이 얼마나 치열하게 경쟁적인지를 감안하면 시험 다음 날은 교사들에게 힘든 날이었다. 우리가 가는 곳마다 시험에 관한 질문이 쏟아졌다. 학생들은 틀렸다 싶으면 완전히 낙담했다. 그들의 끝없는 질문을 수용하기 위해 루스는 오후 특강을 열어 프로젝터를 가져다가 파워포인트로 구두시험 채점 방식을 정확히 설명하기로 결심했다. 특강이 끝나고 루스가 내 사무실에 들렀는데 몹시 화가 나 있었다. 그녀는 채점 방식을 설명하기 위해 열심히 노력했지만 학생들은 낮은 점수에 화를 내며 그녀가 끝내기도 전에 단체로 나가 버렸다.

"아주 버릇이 없네요."

그녀가 말했다.

"내가 영어를 아무리 가르쳐 봤자 그들이 사회성이 완전히 부족하고 나아지려는 노력조차 하지 않는다면 대체 다 무슨 소용이 있나요?"

그녀는 속이 상해서 의자에 더 깊이 기댔다. 과일은 물론 말린 과일조차 귀한 이곳에서 내게는 아주 소중했던 말린 살구를 그녀에게 권했다. 그녀는 하나를 입에 집어넣고 몹시 불쾌한 표정으로 말했다.

"그들은 영어를 배우고 싶다고 말은 하는데 우리를 좋아하지는 않아요. 그들의 태도는 '우리에게 필요한 영어만 내놓고 이쪽으로는 건너오지 말라'는 식이죠. 그러나 아무것도 안 주면 아무것도 기대할 수 없죠."

그것은 원초적인 모순이었다. 북한은 구석으로 뒷걸음질친 나라였다. 그들은 개방을 원하지 않았지만 생존을 바란다면 포용 쪽으로 움직이는 것 외에는 선택이 없었다. 그들은 고립주의, 그리고 미국인과 남한 사람을 처단하겠다는 희망에 나라의 기초를 세웠고 그러면서도 영어를 배우고 외국의 돈으로 자식들을 먹여 살리기를 원했다.

학점 때문에 혼비백산한 학생들은 짝을 지어 나를 보러 왔고 순식간에 사무실이 꽉 찼다. 그들은 교과서가 혼동될 뿐 아니라 따분해서 영문 독해 점수를 올리는 것이 어렵다고 말했다. 교과서는 구식이었다. 평양과기대는 중국 교육에 대한 심오한 믿음을 가져 중국에서 승인된 시험과 교재만 허용했는데, 그것들은 때로는 낡은 것이었다. 예를 들어 교과서에 나오는 한 독해문은 '외모로 판단하기'라는 것인데 무엇인가를 2달러짜리 수표로 지불하려고 하는 여성과 거지처럼 입고 있던 그녀에게 귀찮게 신분증을 보여 달라고 하는 대신 그녀를 밖으로 쫓아 버린 점원에 관한 이야기였다. 이런 문장들은 내가 주석을 달아야 했다. 나는 학생들에게 사람들 대부분이 개인수표가 아니라 신용카드로 물건을 산다고 말해 줬다. 여름학기 때 케이티는 자신의 신용카드를 보여 주면서 그것으로 물건 값을 치렀다고 말했는데 그들은 이해했다고 주장하면서도 신용카드를 쓰려면 IP주소를 사용해야만 하느냐고 되물었다.

또한 그들이 'guy'라는 단어를 '깡패'라는 뜻으로 생각했을 만큼 북한 사전은 믿을 수 없었다. 한 학생은 여름 학기에 강의하면서 거의 모든 문장을 'you guys(너희들)'라는 말로 시작했던 미국인 교수 때문에 매우 당황했다고 말했다. 때로는 학생들이 영국식 또는 한물간 단어나 표현을 사용했다. 그들은 "저는 TV를 보고 있었는데 재미가 있어서 hip hip hurrah(만세)라고 소리쳤습니다!" 또는 "교수님, 밖에는 비가 like cats and dogs(들어붓듯이) 내립니다"라고 말하거나 'portage(수송)' 같은 단어를 꺼냈다. 나는 최대한 자주 고의로, 학생들이 그것에 대해 물어봐 주기를 바라면서, 그들 앞에서 킨들을 열어 사전에서 이런 단어들을 찾아보았다. 여태 아무도 말하지 않았지만 그들은 호기심을 갖고 이것을 바라보았다.

어느 날 오후 두 학생이 '블록버스터'라는 단어에 관한 질문을 갖고 내 사무실에 나타났다. 그들의 사전은 일종의 폭탄으로 정의했다. 그들은 '블록버스터 무비'라는 단어가 폭탄에 관한 영화나 전쟁영화를 의미하는지를 물었다. 이 단어의 가장 보편적인 정의는 "상업적 성공"이라고 설명하자 그들의 얼굴이 밝아졌다.

"「라이언 킹」과 같이 말입니까?"

「라이언 킹」은 「펭귄; 위대한 모험」과 함께 그들이 본 적이 있다고 말한 또 하나의 미국영화였다. 나는 무수한 블록버스터 영화가 있으며 그것들 중 일부는 만화영화보다 그들 또래가 훨씬 더 즐길 수 있는 게 많다고 말해 주고 싶었다.

또 한번은 한 학생이 찾아와 항공여행과 관련이 있는 교재 속의 문구들에 관해 물었다. 그는 "이코노미 클래스가 뭡니까?"라고 물었다. "비행기 안에서 경제 수업을 합니까?"

비록 북한은 그런 것이 없는 척하지만 '성분'이라는 비공식 계급제도 아래 그곳에도 존재하는 등급의 개념을 나는 힘들여 설명했다. 하지만 쾌적함의 수준에 따라 돈을 더 낸다는 개념은 여전히 설명하기 어려웠다.

한번은 한 학생이 '생물학적 부모'의 뜻을 물었다. 나의 학생들은 입양이라는 것을 이상하게 생각했다. 그들은 왜 누군가가 낯선 아이를 맡아 자신의 아이라고 주장하는지를 이해하지 못했다. 내가 어떤 사람들은 아이를 가질 수 없거나 세상에 부모를 필요로 하는 고아들이 많기 때문에 생물학적 자녀를 갖는 것보다 입양하는 것이 낫겠다는 생각을 한다고 설명하자 학생들은 즉각 반응했다.

"그러면 아기로서는 얼마나 슬프겠습니까. 부모가 너무 가난하다는 이유로 고아원에 아기를 갖다 주고 부유한 미국 사람이 아기를 산다니 말입니다."

나는 아마도 그들이 중국 아기들을 입양하는 미국인들에 대한 부정적인 선전을 배웠을 것으로 생각했다.

많은 학생들이 '여성학'의 개념에 대해 혼란스러워했다. 어떤 학생들은 여성들이 요리와 화장을 배우는 전공이라고 추측했다. 그것이 여성의 권리와 관련이 있다는 것을 배운 뒤 그들은 자신들의 나라에서는 이런 전공은 필요하지 않다고 말했다. 그들에 따르면 여성 평등권은 김일성이 여성은 "사회주의 혁명 건설에서 수레의 한 바퀴"라고 선언했던 1946년에 공식화되었다. 이것은 여성을 국가 건설의 동력 중 하나라고 했던 북한의 선전 문구를 말한 것이었다.

또 한번은 그들이 여성들만, 대학 졸업 후에만 장신구를 착용한다고 내게 말했다.

"왜 여성들만 하지? 남자들은 어때?"

내가 물었다.

"그들은 결혼반지를 안 끼나?"

그들은 아니라고 말했다. 그들은 멀쩡한 남자가 반지를 끼고 있는 것을 남에게 보여 준다는 생각에 기겁을 하는 듯했다.

"미국 남자들은 장신구를 합니까?"

그들이 물었다.

"귀고리까지도 합니까?"

"어떤 사람들은 하지. 대부분 젊은이들이긴 하지만."

그들의 눈이 휘둥그레졌다. 한 학생이 말했다.

"미국에는 제가 이해하지 못할 이상한 것들이 있습니다. 아기를 사서 입양하는 것, 장신구를 착용하는 남자 말입니다!"

그러고는 그들이 질문했다.

"힙합과 테크노는 어떻습니까?"

다른 것과 달리 그리 낡지 않은 회화 교재에 그것이 한 번 나왔는데 그들로서는 이해할 수 없었다. 나는 오직 위대한 수령에 관한 노래만 들어 왔거나 최소한 그것만 들었다고 고백했던 사람들에게 힙합을 어떻게 설명해야 할지 몰랐다. 나는 이것이 젊은 사람들이 좋아하는 음악의 한 종류이면서 그 이상의 것, 패션과 언어를 포함해 젊은이의 문화를 여러 면에서 표현하는 하나의 태도라고 말했다. 그러나 나조차도 그 설명에 불만족했고 결국 나는 그것이 어쩌면 학생들이 직접 경험해 봐야만 하는 어떤 것이라고 말했다. 그러자 한 학생이 고개를 끄덕이며 말했다.

"그렇습니다. 우리는 보기 전에는 진실로 이해하지 못합니다."

그러나 '사회보장 공제'라는 단어보다 더 그들을 헷갈리게 한 것도 없었다. 그들은 '공제'라는 단어는 이해했지만 나머지가 미스터리였다. 그들은 세금에 대해서도 혼란스러워했는데 나는 이것이 수업과 관련이 있기 때문에 이번에 논의하는 것이 더 안전하겠다고 생각했다. 그래서 나는 미국인의 세금은 그들의 보수에서 떼어 저소득층, 장애인, 퇴직자를 포함한 사회적 약자에게 혜택을 주는 프로그램을 지원하는 데 쓰인다고 설명했다. 북한 사회의 우월성에 관한 그들의 주장이 북한에서는 모든 것이 무료라는 것이었기 때문에 나의 설명은 그들을 혼란스럽게 했다. 그러나 그들은 내가 자신들에게 거짓말을 하지 않는다는 것을 알 만큼 이제는 나를 신뢰했다. 나는 사회보장제도가 정확히 사회 구성원의 안전을 보장한다는 말 그대로이며 자본주의의 사회주의적 측면으로 생각하면 될 것이라고 설명했다. 나라의 모든 사람이 그것에 기여하되 개인별 기여는 그의 소득에 기초했다고. 그들은 고개를 끄덕였지만 나는 그들이 얼마나 이해를 했는지 확신하지 못했다. 교과서에서 튀어나오는 '여권'이나 '보험' 같은 단어를 그들에게 이해시키는 것도 거의 불가능했다.

그들에게 온 세상, 가능성들로 넘쳐흐르는 측량할 수 없이 다양한 세상, 아랍의 젊은이들이 소셜 미디어의 힘을 활용해 썩은 정권을 뒤집어 버리는 곳, 그들만 빼고 모두가 인터넷으로 연결돼 있는 곳, 스티브 잡스의 죽음이 중국처럼 금욕주의적인 나라도 움직일 수 있는 세상을 어떻게 설명해야 했을까? 거기에서 보면 이 세상은 완전히 접근 불가능하게 보였다. 하지만 어렴풋한 실마리는 도처에 있었고 심지어는 과거에 중국에서 허가된 구식 영어 교과서의 여러 쪽에도 있었다.

그때 한 학생이 말했다.

"이 모든 것, 국제적이 되는 것에 관한 이 모든 것들이 흥미롭습니다. 그러나 우리 중에 일부는 국제적이 되는 것을 원치 않습니다. 루스 교수님과의 일처럼 말입니다."

그는 루스와 2반, 3반 간에 있었던 사건을 말하고 있었다. 그는 역시 거부했던 4반의 친구들에게 "왜 너희들은 루스 교수를 긴장시키고 민망하게 만들었니?"라고 물어보았다고 말했다. 하지만 그 역시 포크와 나이프를 사용하는 것이 번거로웠다고 고백했다.

"우리 음식을 먹을 때는 그것이 매우 어렵습니다."

내가 그것을 한번 써 보라고 요청받는 것이 한국의 정체성에 무례한 것으로 보였느냐고 묻자 그는 아니라고 대답했다. 전에 나의 반이었고 지금은 2반에 속한 학생 두 명이 식사 중에 그 이야기를 꺼내면서 반 친구 몇 명이 반응했던 방식에 당황했다고 말했다. 그들 중 일부는 불쾌하게 여겨졌다고 했고 일부는 아니었다고 해서 그들이 알기도 전에 그 문제는 통제 불능 상태가 돼 버렸다. 2반이 단체로 포크와 나이프 사용을 거부했고 다른 반이 뒤따랐다.

"루스 교수님이 결국 포기하셨습니다!"

자신도 불쾌했다고 했던 또 다른 학생이 소리쳤다. 이것은 내가 개별 학생들이 무엇인가에 저항하는 것을 본 아주 드문 시간 중 하나였고, 개인적인 소리를 듣고 실력자와는 물론 서로 의견이 일치하지 않는 것을 본다는 것은 하나의 위안이었다. 하지만 그들은 여전히 무엇이든 단체로 행동했기 때문에 포크와 나이프 사용 거부도 전원이 함께했다.

며칠 후 루스는 내게 자신은 포기하지 않았다고 말했다. 담당관이 그녀의 사무실에 들러 학생들에게 포크와 나이프를 밀어붙이는 것을 중단하라고 제안했다.

"그건 시작하기 전부터 승인을 얻은 거였어요."

루스는 분개하여 주장했다.

"그들이 좋다고 했어요. 나는 계획서를 그들에게 제출해야 했고 그들이 승인했어요. 우리는 먼저 허락을 받지 않고는 그런 일을 할 수 없잖아요. 학교는 오히려 너그러워요. 더 보수적인 쪽은 학생들이에요."

그녀는 상처받은 듯했고 얼마 동안 포크와 나이프 사건은 계속 캠퍼스의 화제가 되었다.

18

　하루하루 어디서 본 듯이 재연되는 생활이 우리의 드문 외출까지로 확산되었다. 교사들은 가을에도 여름처럼 산, 교회, 몇몇 국가적 주요 관광지로 단체여행을 가게 되었다. 내가 가장 가고 싶었던 곳은 한국의 옛 수도 개성이었다. 그곳은 비무장지대(DMZ)와 공동경비구역(JSA)에서 단지 8km 떨어져 있었고 판문점을 북한 쪽에서 볼 수 있는 유일한 곳이었다. 담당관들과 책임 교사들과 감시원들로서는 방문자뿐들만 아니라 차량에 대해서도 여행허가증을 신청해야 했기에 여행을 허가받는 일이 복잡했고 이것은 보통 몇 주는 걸렸다. 여행은 감시원들과 선교사들 사이에 많은 언쟁을 유발했다. 토요일이면 감시원들은 생활총화라는 비판 시간을 가졌고, 게다가 DMZ는 토요일은 유엔군의 통제 하에 있었으며 북한 측으로부터 진입하는 경우에는 개방되지 않았다. 일요일은 교사들이 예배를 보기 때문에 안 됐다. 결국 여행은 우리 대부분이 수업이 있어서 갈 수 없는 금요일로 조정되었다.

　개성 대신에 우리는 2박 여행을 가게 되었는데 이번에는 금강산 관광특구였다. 그곳은 남한 관광객을 위해 1998년부터 남한 자본으로 개발되고 운영된 남북한 프로젝트로 북한 병사가 무작위로 쏜 총에 맞아 남한의 가정주부가 사망한 2008년 이후 남한 관광객의 접근이 없었던 곳이었다.

도로 사정이 나빠 여행은 오가는데 각각 8시간씩 걸렸다. 길을 따라 우리는 엔진에서 회색 연기가 뿜어 나오는 채로 길 한쪽에 멈춰 서 있는 트럭과 버스들을 여러 대 보았다. 이런 광경이 너무 잦아서 나는 고장 난 차량 숫자를 세다가 10에서 그만두었다. 평양 교외로 한 시간을 가서 우리 버스도 고장이 났을 때 누군가가 거기서 파는 불량 연료 때문이 틀림없다고 나직이 말했다.

대체 버스가 배치되었고 약 한 시간 후에 우리는 길을 갔다. 고속 도로를 따라 나타나는 경치는 이전 여행에서와 똑같았다. 양측에 농지 외에는 아무것도 안 보이는 채로 5분이나 10분을 달리고 나니 나는 멀리서 똑같은 모양의 집들과 그들의 위대한 수령의 초상화가 있고 학교처럼 보이는 더 높은 건물, 그리고 '우리의 위대한 김일성 동지는 영원히 우리와 함께하신다'는 표어를 붙인 높은 탑을 볼 수 있었다. 마치 똑같이 복사된 듯이 같은 모양의 집합 건물들이 계속 나타났다. 한 곳에서는 캠퍼스의 김일성학 연구실과 똑같은 간판을 붙인 건물을 보았다. 그 순간 나는 평양과기대도 이런 마을들의 또 하나의 변형에 불과했다는 것을 깨달았다.

원산 시를 통과하는데 갑자기 바다가 나타났고 내 가슴이 뛰었다. 이곳, 동해는 전혀 때 묻지 않았다. 빽빽하게 들어차고 과도하게 개발된 남한 측에서 보는 것과는 아주 달랐는데 그곳은 남쪽으로 차로 한두 시간이면 갈 정도로 가까웠다. 해안선은 호텔, 콘도, 술집, 간판들도 없이 그 자체만 있었고 우리는 일제히 탄성을 질렀다. 그곳은 아름다웠지만 해변이나 물에 누구도 들어가도록 허가된 것 같지 않았고 그래서 으스스했다. 그 절대적인 진공상태는 다른 설명이 필요 없었다.

우리는 금강산관광특구까지 두 시간을 더 달렸는데, 그곳은 남한 관광객들이 더는 찾아오지 않았기 때문에 유령마을 같았다. 중국인과 조선족들이 간혹 눈에 띄기는 했지만 많지 않았다. 그날 저녁 모든 곳의 전기가 나갔고 식사를 할 수 있는 유일한 곳은 호텔 옆 식당이라고 들었다. 식탁마다 분홍색과 흰색의 바비큐용 고기를 가득 담은 작은 접시들이 놓여 있었다. 알고 보니 잘게 썬 흑돼지였는데 시장에서 곧 내다 버릴 무엇인가로 보였다. 수프는 미지근했고 생선 비린내가 강했다.

나는 김 총장의 비서로 베이징에서 온 조선족 여자 옆에 앉았다. 그녀의 집안은 원래 북한 태생이었고 친척들이 여전히 이곳에 있었다.

"여기 사는 사람들이 중국에 사는 우리보다 더 부유했었지요."

그녀는 소련이 존재했었고 북한 경제가 훨씬 좋았던 70년대, 80년대를 떠올리면서 말했다.

"우리가 어렸을 때 나의 어머니는 부모님을 방문해 이곳에서 의류와 가정용품 등 아주 많은 물건들을 가져왔어요. 지금은 반대입니다. 이곳의 친척들이 항상 돈을 달라고 하기 때문에 우리는 그들과 연락하는 것도 부담스럽죠."

나는 북한에 친척이 있는 다른 조선족에게서 비슷한 불평을 들은 적이 있다. 하지만 그들은 늘 모두가 한 가족이기 때문에 북한 친척들이 원하는 것은 되도록 갖다 줄 수밖에 없다고 했다.

식사 후 일부 교사들은 활기를 띠었고 한 명 한 명 일어나 노래를 부르기 시작했다. 처음엔 「어메이징 그레이스」를 다 같이 불렀다. 이어 한국계 미국인 교사가 일어나 말했다.

"저는 보통 이런 유행가는 부르지 않는데, 오늘은 최진희의 노래를 부르겠어요. 리 선생, 이 노래 아시죠? 여기 모두 최진희 아시지요?"

최진희는 노년층에 유명한 남한 가수다. 리 선생은 대답을 하지 않고 나가 버려 우리 대부분이 얼떨떨해했다. 그러자 다른 교사가 일어나 「우리는」이라는 남한의 포크송을 불렀다. 바로 다른 감시원인 한 선생과 북한 운전사 두 명이 걸어 나갔다. 그때 나이 든 한 교사가 북한 사람들은 남한 노래를 들으면 처벌받을 수 있다고 설명했다.

"저 사람들을 내쫓아 버리려면 우리가 뭘 해야만 하는지 이제 알겠네."

다른 교사가 말했다.

다음 날 아침 우리 모두는 만물상에 오르기 시작했지만 나는 고소공포증이 있어 야외주차장에서 다른 사람들이 돌아오기를 기다렸다. 운전사 두 명이 나와 함께 기다렸는데 중국인 관광객 일행이 안내원들과 함께 산에 올라가고 남은 다른 운전사 두 명도 있었다. 내가 늘 어디든 갖고 다니는 랩톱컴퓨터를 꺼내자 그들은 내 주위에 몰려들어 바라보더니 금세 흥미를 잃고는 도로에 앉았는데, 거기에는 다른 운전사들이 포커를 치면서 사이먼과 가펑클의 암시장 CD에 틀림없는 것을 가장 높은 볼륨으로 듣고 있었다. 그들이 틀었다가는 처벌받을 수 있는 1960년대 미국의 상징적인 노래를 고른 것이 이상하게 생각됐다. 잠시 동안 내가 「험한 세상의 다리가 되어」가 배경으로 터져 나오는 데서 랩톱을 들고 벤치에 앉아 있다 보니 미국의 평범한 가을날 같았다. 그러나 벤치에 '위대한 수령 김일성 동지께서 친히 사용하신 긴의자(1973. 8. 19.)'라는 서명이 있는 것을 보고는 나는 즉각 일어나 옮겨 앉을 만한 바위를 찾았다. 그때 나는 주위의 모든 바위들에 위대한 수령의 어록이 새겨져 있는 것을 보았다(이 산에 이런 명판이 4,000개에 이르는 것으로 보도되었다). 그리고 곧 사람들이 언덕에서 내려오기 시작했고 운전사들은 즉시 북한 노래로 바꿨으며 곧바로 그 오후의 마법은 풀렸다.

돌아오는 길에 우리는 원산을 한 번 지나쳤는데 풍경은 역시 황폐했다. 나는 사람들이 고속도로 위에서 쪼그려 앉아 있다가 버스가 가까이 가야만 움직이는 것을 보았다. 가끔 두세 명이 앉아 이야기를 하고 있었고 때로는 더 많은 사람들이 둥그렇게 앉아 무언가를 먹고 있었다. 그들이 노견이나 인적이 끊긴 외떨어진 길 위에 앉아 있는 광경은 이해가 안 됐지만 이제는 분명해졌다. 이것은 그들의 카페였고 그들의 공원이었다. 그들이 사는 곳 가까이에 있는 쭉 뻗은 텅 빈 고속도로는 그들이 바깥세상의 증거를 보는 유일한 장소였다. 그들은 세상과 연결되어 있음을 느끼기 위해 포장도로 위에 앉아 있었다.

우리에게 허락된 또 다른 여행은 한국의 신화적인 시조 단군과 지금의 북한에 존재했던 옛 왕조인 고구려의 시조 동명왕의 무덤들이었다. 위대한 수령이 '조선 인민의 왕'이라는 소리를 끊임없이 들으면서 고대 왕들의 무덤에 가 보니 약간 이상했다. 한번은 마르타가 영국 왕실의 결혼을 다룬 뉴스를 활용하는 강의를 고안했었다(나의 제자들에 따르면 북한에서의 결혼식은 보통 집에서 이웃들과 함께 저녁 식사를 하는 것이었고 웨딩드레스나 반지 교환은 없었다). 학생들은 윌리엄이나 케이트에 대해 들어 본 적이 없어서 나는 영국은 여왕이 있다고 설명하면서 어느 나라에 여전히 왕이 있느냐고 물었다. 그들은 "일본!"과 "캄보디아!"와 "조선!"이라고 대답했다. 내가 한국의 왕조는 1910년에 끝났는데 그들의 왕이 어디 있느냐고 묻자 그들은 모두 "금수산태양궁전!"이라고 외쳐 댔는데 그곳은 김일성이 기괴하게 살아있는 것처럼 보이게 방부 처리돼 누워 있는 곳이었다.

그러나 알고 보니 금수산태양궁전은 북한의 왕이 잠든 유일한 곳이 아니었으며 이제 우리는 그곳으로 가는 중이었다. 일단 시 경계를 벗어나면 우리는 검문소에서 두 차례 정지당했다. 텅 빈 고속도로는 우리가 사과농장에 갈 때 탔던 것과 똑같은 길이었다.

"나는 여기 근처에 살았었는데 열다섯 살 때 김일성대학 건설에 동원되었지."

버스에서 내 옆에 앉았던 한 한국인 노인이 말했다. 원래 북한 출신들은 누구든 들어주는 사람에게 갑자기 그런 식의 고백을 했다. 한국전쟁이 터졌을 때 이 사람은 나의 외삼촌이 사라졌던 때와 같은 열일곱 살이었다. 그는 네 아이들 중 외아들이었고 가족은 그에게 먼저 남쪽으로 향하게 하고 이어 나머지 가족들이 곧 따라가기로 했다. 그래서 그는 홀로 도망쳤는데 그의 가족들이 합류하기 전에 삼팔선이 막혀 버렸다. 1980년대 그는 평양을 방문하는 길을 찾았고 그의 부모를 두 차례 만날 수 있었는데 매번 그는 부모 집에서 겨우 하룻밤

만 함께 지내는 것이 허용됐다. 지금 그의 가족은 여동생 하나를 빼고는 모두 죽었으며 그들의 방문은 고려호텔의 식당에서 몇 시간씩으로 제한되었다. 그러나 이 방문의 비용이 너무 컸다. 그는 만남을 허가하고 주선해 주는 북한 관리에게, 감시원과 운전사에게, 그리고 이곳에 사는 모두가 빈곤했던 까닭에 그의 가족들에게 돈을 줘야 했다.

나는 여기서 지내는 것이 편안한지, 특히 옛 모습 그대로여서 어떤 감회가 드는지 그에게 물었다.

"아니, 전혀 아니야."

그는 고개를 흔들며 말했다.

"이곳은 이제 내게는 고향이 아니야. 평양과기대는 내 가족들이 사는 곳과 아주 가깝지만 나는 그들과 연락할 수 없어. 전화를 거는 것조차 허용되지 않아. 마음대로 옛날의 그 장소에도 가 볼 수 없어. 내가 주님의 자식이지만 나도 사람인지라 이 땅에 그 많은 것을 바쳐 온 것이 이렇게 원망스러울 수가 없어."

속삭임이 열기를 띠어서 나는 감시원들이 우리 대화를 듣지는 않는지 버스 앞쪽을 흘낏거렸다. 우리는 무덤에 도착했고 나는 그와 다시 말하지 않았다.

단군과 동명왕의 유적이 발굴되고 1993년 김일성에 의해 왕릉들이 세워졌다. 단군릉은 꼭대기가 약간 평평한 피라미드 같은 모양으로 시멘트 벽돌을 대량 쌓아 올린 것이었다. 무덤에는 방문객들은 없었고 안내원과 경비원뿐이었다. 안내원 설명의 초점은 항상 그렇듯이 위대한 수령이었다. 헐벗은 언덕들에 둘러싸인 수천 년 전 곰의 아들 무덤은 신기루처럼 비현실적으로 보였다.

동명왕릉은 뚜렷이 닮은꼴로 보였다. 주변에 아무도 없는 또 하나의 깔끔한 무덤이었다. 작은 박물관 역할을 하는 근처 석조건물 안에는 현대적이고 만화 같은 벽화들이 있었는데 고구려 미술과 전혀 닮은 점도 없고 오래된 것으로 보이지 않는데도 불구하고 발굴된 것이라고 말했다.

무덤 옆의 작은 절도 역시 1993년에 다시 지어진 것이었다. 오후 내내 우리를 기다렸다는 듯이 스님이 홀로 문에서 우리를 맞았다. 남한에서 본 것 같은 회색이 아니라 얇고 붉은 승복은 티베트 풍으로 보였다. 예불당에는 황금빛 부처가 있었고 스님은 촛불을 켜기 위해 안으로 들어갔다. 이곳에는 신도들이 없다는 것만 빼고는 우리가 안내된 평양의 교회와 같이 이 절은 무대장식의 분위기가 났다. 선교사들 대부분은 들어가기를 거절했다.

여기에도 경계는 존재했다. 아마도 그것은 우리의 가장 큰 두려움, 즉 남에 대한 두려움이었다.

19

11월이 오면서 밤바람이 얼음을 품어 따가워졌다. 평양과기대는 본격적인 겨울이 되기 전에는 기숙사 난방을 틀지 않아 나는 보온을 위해 보온내의, 털 윗옷 그리고 솜털코트를 겹겹이 입었다. 저녁에는 담요를 두 겹으로 뒤집어썼고 깨어 있기엔 너무 추웠기 때문에 억지로 일찍 잠자리에 들었다. 노동자 네 명을 물었던 미친개들은 쥐약에 쓰러졌고 루스에 따르면 북한인 직원들이 잡아먹었다. 이제 개들은 사라졌고 나는 다시 혼자 밖으로 걸어 다니고 싶었지만 저녁이면 너무 추워져서 우리 모두는 밀폐된 통로를 이용했다. 어느 밤에는 학생들 발소리의 메아리가 길고 어두운 복도로 번져, 나는 거의 「해리포터」 영화 속 호그와트 성의 어둑어둑한 통로에 있는 듯했다.

그러나 마당을 가로질러 매일 밤 보초를 서는 여섯 명의 학생들을 볼 때면 나는 편안함만 찾는 미국인처럼 느껴졌다. 이런 날씨에 보초를 서는 것은 영하의 기온에 몇 시간을 서 있는 것을 말했다. 보초를 서는 학생들은 카키색 군복과 파카를 입고 다른 학생들보다 조금 일찍 식사를 하러 왔다. 그들은 확실히 엄숙한 분위기였고 나와 눈을 거의 마주치지 않았다. 마치 곧 전쟁터에 나가는 듯했다. 가끔 내가 말을 붙이려 했지만 그들은 아주 심각해 보였고 말없이 묵묵히 먹기만 했다. 나는 그들이 시베리아의 추위 속에서 밤새 밖에서 서 있어야 한다는 것에 단순히 우울해진 것인지 아니면 이것을 성스러운 의무로 여기고 있고 내가 갑자기 미국 제국주의자로 보여 나와 대화하는 것이 불쾌하다고 느낀 것인지 판단할 수가 없었다. 그들이 내게 말한 것은 단지 "그랬습니다" "예, 춥습니다" "조금 그렇습니다" 같은 것이었고 추위는 상관없다고 했다. 그러고는 그들은 함께 급하게 나가곤 했다.

물론 여성 경비원들도 고통을 받았겠지만 이들은 나의 제자들이었고 나는 이들이 텅 빈 빌딩 앞에서 얼어붙는 것을 원하지 않았다. 가끔 나는 그들과 악수하면서 "그 사람은 죽었어! 그는 1994년에 죽었고 너희는 그를 위해 밤새 밖에서 서 있을 필요가 없어!"라고 말하고 싶었다.

아마도 그들은 모르겠지만, 우리는 공자의 유산을 공유했고 나는 이것이 북한판 조상숭배 의식이 아닌가 생각했다. 만일 그랬다면 그것은 너무나 성실하게 위대한 수령에게 바쳐진 것이 되어서 그것이 더 이상 유교정신의 유산으로 인식될 수 없었다. 게다가 그들은 어느 순간 공격받을 수 있고 침략에 맞서 스스로를 방어할 수 있도록 준비해야만 한다고 믿도록 교육받았다. 거기서 나는 일종의 스파이로서 폭탄을 설치하는 것이 아니라 생각들을 심기를 희망하고 있었다. 그들은 유일한 조상을 위해 신전을 지킬 임무가 있었고 나는 나의 임무가 있었다.

찬 기운이 깊어가면서 거의 매일 전기가 나갔다. 어떤 날 아침에는 모닝커피를 위해 주전자를 켰다가 전기가 끊어진 것을 발견하곤 했다. 아니면 잠자기 전에 양치를 하는데 욕실이 깜깜해지기도 했다. 나는 플래시를 3개 가져왔는데 가장 작은 것은 밤에 내 방을 찾아올 수 있게 열쇠고리에 달아 놓았고 더 큰 두 개는 침대맡과 사무실에 두었다.

불이 나가면 어둠이 갑자기 그리고 완전히 깔려 손에 잡힐 듯했다. 어떤 날은 사무실에서 학생들과 함께 앉아 과거분사와 과거완료분사의 차이점을 검토하려다 갑자기 방이 어두워져 버렸고 그러면 으레 하던 대로 나는 즉각 손을 뻗어 플래시를 찾았고 플래시를 촛불처럼 써서 계속했다. 내가 복도에 플래시를 들고 서서 학생들이 저녁을 먹으러 구내식당으로 가는 길을 찾도록 한 날도 많았다. 정전을 예측할 수 없다는 점이 수업 계획을 짜는 걸 어렵게 했다. 우리 모두가 프린터 하나와 복사기 하나를 함께 썼다. 전기가 나가면 우리는 하나도 쓸 수 없었고 가끔은 막판에 강의 내용을 바꿔야 했다. 하지만 나는 방문객이었고 이런 불편이 단지 일시적이라는 것을 알았기 때문에 정전이 하나의 모험처럼 느껴진 순간도 있었다.

어느 날 저녁 우리가 식사 후 걸어서 돌아오고 있었는데 한 학생이 한국말로 "전등이 들어왔습니다!"라고 외쳤고 우리는 모두 밝게 불이 들어온 방으로 돌아갈 수 있게 돼 기뻐했다. 그때 그는 내게 영어로는 어떻게 말하는지를 물었고 나는 다른 표현들에 대한 즉석 강의를 했다. 그들은 '불이 다시 들어왔다' '불 나갔다' 그리고 '불 들어왔다' 의 영어 표현처럼 매일 사용할 수 있는 실질적인 구문을 배우는 것을 좋아했다.

"뉴욕에서도 이렇게 불이 나갑니까?"

한 학생이 질문했다.

"아니, 절대"라고 나는 머리를 흔들며 대답했다.

몇몇이 어색하게 웃었고, 나는 내 대답이 냉담하게 들렸을까 걱정했다. 나는 마지막 대형 정전사태가 몇 년에 있었는지 기억을 더듬었고 그것에 관해 이야기해 줄까 생각했다. 그러나 그때 나는 그들에게는 이런 정전이 일상적으로 일어나는 일인데 나의 도시 전체가 정전 때문에 그렇게 크게 야단법석을 떨었다는 것이 오히려 더 이상하게 여겨지겠다는 생각이 들었다. 그래서 나는 침묵을 지켰는데 한 학생이 "교수님은 교수님의 나라에서 월세를 내고 있는데 전기 값도 내야만 합니까?" 하고 물었다. 나는 이것을 예상했다. 그들은 바깥세상의 삶이 더 좋게 들리는 어떤 것을 지적받을 때마다 모든 것을 공짜로 해 주는 위대한 수령의 배려를 언급했다. 그래서 나도 이렇게 대답했다.

"그래, 맞아. 우리는 전기 값을 내야 하지만 여기서는 공짜라고 알고 있단다."

나는 이 공짜 전기가 전국 어디로나 공평하게 흘러가지 않는다는 것을 지적하지 않았다. 그들은 안도하는 듯 보였고 나를 동정에 가까운 시선으로 바라보다가 자랑스럽게 말했다.

"예. 저희에게는 그게 공짜입니다."

그 순간 나는 그들이 환상에 그치더라도 자신들의 우월성에서 위안을 찾는 것에 안도했다.

많은 학생들이 그곳만큼 뉴욕도 추운지 가끔 물었고 나는 대답했다. "그래, 대체로 똑같아. 그러나 여기가 조금 더 춥게 느껴지네."

그들은 겨울이 혹독한 곳에서 온 내가 그곳이 극심하게 춥다고 느끼는 것에 어리둥절해하는 것 같았지만, 나는 뉴욕에서는 대부분 난방이 풍부하기 때문에 그만큼 춥게 느껴지지 않는다는 것을 그들에게 말할 수 없었다.

전기가 들어올 때면 나는 외로움을 쫓기 위해 TV를 켜 놓았다. 루스가 옷걸이를 나의 TV에 안테나처럼 연결해 줘 어떤 날 밤에는 조선중앙TV, 조선교육문화TV(KECN), 만수대TV 등 현지 채널을 볼 수 있었다. 그러나 KECN은 매일 두세 시간만 방송하는 것으로 알려져 아무리 틀어도 볼 수가 없었고 주말에만 평양시민을 위해 방송하는 만수대TV도 마찬가지였다. 그래서 실제로는 작동하는 채널은 단 하나로 오후 5시경에 시작해 오후 11시경에 끝났다.

7시에는 25분짜리 뉴스 프로가 있었는데 거의 전적으로 김정일 뉴스였다. 생방송은 없었고 그가 공장들을 방문한 오래된 사진들뿐이었으며 그가 그런 상황에서 했을 것으로 보이는 말들을 뉴스 프로 진행자가 그대로 따라 읽었다. 다음은 30분짜리 음악 프로로 가라오케 형식으로 가사가 화면에 나왔다. 노래들은 「혁명의 수뇌부 결사옹위하리라」 같은 제목이었고 북한 주민들을 '포탄과 총알'로 묘사했다. 그런 뒤 드라마나 영화 시간이 있었고 김정일의 최신 동정을 다루는 다른 뉴스 프로그램으로 이어졌다. 이것이 나의 학생들이 매일 밤 본다고 말했던 뉴스였다. 물론 광고는 없었지만 뉴스 중 화면을 가득 채우는 김정일 어록이 가끔 나왔다. 또 다른 음악 프로그램이 이어졌는데 어느 날 밤에는 김정일 찬양 노래에 맞춰 아코디언을 연주하는 남자들을 방송했다. 그다음에 '조국평화통일위원회 보고'라는 특집 프로가 나왔다. 매일 밤 방송 진행자는 "닥쳐라" 그리고 "호들갑 떨지 말고 진실을 말하라"는 등 이상한 구어체를 써 가며 남한과 미국을 질타하는 독백을 내보냈다.

어떤 점에서는 그들의 뉴스를 보는 것이 라디오 드라마나 오디오 북을 듣는 것과 더 흡사하게 느껴졌다. 동작은 많지 않았고 대신 앵커가 과장된 연기를 하는 연극배우처럼 위대한 수령의 움직임을 아주 복잡하고도 세세하게, 시청자들의 마음에 김정일이 극도로 생생해지도록 멜로드라마 톤으로 묘사했다. 그가 웃는 방식에서 시선의 정확한 각도에 이르기까지 그의 모든 움직임에 대한 이상한 집착은 단 하나의 주제만 존재했기 때문이었다. 어쩌면 병들어 누워 있을 한 사람에 대해 말할 게 많지 않다 보니 그의 마지막 생애의 갖가지 장면을 분석하면서 시간을 채운 것 같았다.

내가 기억하기로 위대한 수령을 포함하지 않는 유일한 국제 뉴스는 태국의 홍수에 대한 언급이었는데, 완전히 폐허가 된 지역과 물에 떠내려가는 사람들의 사진들을 방송했다. 나머지 시간에 해설자들은 김정일을 묘사하며 영광스런 형용사들을 모두 갖다 붙여 그가 "대단히 위대하고" "아주 위대하며" "가장 위대하다"고 했다. 전달하려는 내용은 학생들의 주체 교육은 물론이고 「로동신문」과 똑같았다. 나는 학생들의 노트를 한 번 보았는데 한 페이지에는 '우리의 위대한 장군 동지의 위대한 업적'이라는 제목이 붙어 있었다.

학생들이 좋아하는 대화 소재는 1936년에 출간된 러시아의 니콜

라이 오스트로프스키의 소설 『강철은 어떻게 단련되었는가』를 각색한 중국 드라마였다. 그것은 밤 8시 30분에서 9시 30분까지 방영되었다. 기숙사 한 층에 한 대씩 있는 텔레비전 앞에 100명의 신입생 중 최소한 60명이 모였다. 그들은 그게 파티 같다고 말했다. 철강은 주인공의 성격에 대한 은유이며 드라마는 대단히 도덕적이라고 그들은 내게 말했다. 러시아와 중국은 그들의 동맹이었으므로 그들은 그 나라들의 문화를 이해했고 거꾸로도 마찬가지였다. 예를 들어 북한 영화 「꽃 파는 소녀」가 중국에서 방송되었을 때 모든 중국인들이 집에서 그것을 보느라 거리가 텅 비었다는 이야기를 들었다고 했다. 나는 중국에서 요즘 유행하는 것은 더 이상 낡아빠진 북한 영화가 아니라 성형수술로 더 예뻐지고 서양인형 같이 생긴 배우들이 등장하는 화려한 남한 드라마라고 말해 줄 용기가 없었다. 1972년에 선보인 「꽃 파는 소녀」는 일제강점기에 가난한 농부가 당한 박해를 그린 것이었다. 이것은 영원한 주석 김일성에 의해 쓰였다고 하는 가극을 각색한 것으로 당시 열일곱 살이었고 김정일의 정부 중 한 명으로 소문난 홍영희가 주연으로 등장했다. 나는 이 영화를 한 번 보았는데 너무 느리고 구식이라서 끝까지 볼 수가 없었다.

나는 그들이 좋아하는 드라마를 본 뒤 식사하면서 토론해 보겠다고 약속했다. 하지만 지난번의 「강철의 시대」를 보려고 했는데 너무 재미없었기 때문에 이번 것이 더 낫냐고 물었다. 대부분이 그렇다고 말했지만 한 학생은 "글쎄 말입니다. 우리는 그 외에 다른 것은 없습니다"라고 말했다. 이것이 그들 중 누군가가 처음으로 부족을 인정한 것이었다.

이제 돌아온 지 한 달이 넘어가자 항상 감시당한다는 기분에 나 자신도 지쳐 가고 있었다. 마치 모래가 얼굴에 부어지는 듯, 산 채로 묻힌 듯한 느낌이었다. 똑같이 반복되는 나날은 멀미와도 같은 메스꺼움을 주기 시작했다. 이것을 떨쳐 버리기 위해 나는 춥지만 드물게 햇살이 있던 오후에는 농구를 해 보기도 했다. 나는 여름에 학생들이 쓰던 공들이 너덜너덜해지고 바람이 빠진 것을 보고는 학생들에게 주려고 뉴욕에서 축구공과 농구공을 사 왔다. 우리가 그런 선물을 담당관들에게 건네주면 이들이 적당한 때에 학생들에게 나눠 주게 돼 있었다. 그러나 나는 담당관들이 이것들을 갖고 전해 주지 않을까 봐 걱정이 됐다. 집에서 나는 여름학기에 학생들의 가장 잘 나온 사진 세트 50장을 인화한 뒤 돌아오자마자 학생들에게 주라고 담당관에게 제출했었다. 몇몇 학생들은 고맙다고 했지만 대부분은 이 화제를 피했고 나는 학생들이 그 사진을 보관할 수 있게 허락받았다는 것을 확신하지 못했다. 그것 때문에 나는 수 주 동안 학생들에게 공을 직접 줄 수 있는 기회를 엿보았다.

어느 날 오후 내가 가르치는 두 반이 모두 농구 코트에 있는 것을 보고 방으로 달려가 새 공들을 움켜쥐고 밖으로 나왔다. 그 뒤 나는 소대장들에게 슬그머니 건네주고는 "헤이, 혹시 이것 필요하니? 나 쓰려고 산 건데 나는 운동할 시간이 많지 않네"라고 말했다. 공 전달은 그렇게 간단했고 그들은 남은 학기 동안 그 공들을 사용했다.

나는 가끔 그들과 함께 운동을 했지만 대부분은 교사용 자재함에서 공을 꺼내 와 그들이 낮잠을 자는 시간이나 주말에 혼자서 드리블을 했다. 코트는 학생 기숙사 바로 아래 있었고 가끔은 내가 운동을 할 때 창문에 바짝 붙어 웃고 있는 얼굴들을 보기도 했다. 그들은 내가 드물게 공을 넣으면 몇 개인지 세어 보는 것을 좋아했다. 이것은 곧바로 식사 때 이야깃거리가 되었다. 한 학생은 "교수님, 점점 좋아지고 있습니다. 전에는 50개 중 하나였는데 지금은 10개 중 하나인 것 같습니다. 어제 저는 교수님이 164개의 슛 중 32개를 성공시키는 것을 보았습니다"라고 말했다. 다른 학생은 농담 삼아 이렇게 말했다. "교수님, 나날이 발전하고 있습니다. 하지만 더 잘하실 수 있습니다. 교수님은 저에게 영어를 가르치고 저는 교수님에게 농구를 가르쳐 드리면 어떻겠습니까?"

어떤 날에는 그저 너무 춥거나 학교 배수시설이 거의 평양 도심만큼이나 나빴고 물웅덩이가 여기저기 있었던 까닭에 코트가 너무 젖어 있어서 운동하기가 어려웠다. 그렇게 텅 비고 황량한 날들은 더 길게 느껴졌다. 이제 오후 4시 30분이면 어두워졌고 그러잖아도 적적한 콘크리트 캠퍼스는 더욱 공허했다. 초겨울 희미한 회색빛은 무자비했고 주말은 더더욱 우울했다. 식사 때 학생들을 보긴 했지만 나는 수업이 없었고 기대할 거라고는 토요일의 시장 나들이와 일요일의 예배였다.

"시장 안에서조차 여러 사람이 우리를 감시하고 있어요"라고 메어리가 나에게 경고했다.

"누가 보고할지 모르는데 우리를 곤란에 빠지게 할 어떤 일도 하지 말아요."

내게 했던 경고는 뒷전으로 하고 메어리 자신이 조그만 떡을 사서 시장을 배회하며 소매치기를 하던 누더기 차림의 아이들에게 나눠 주었다. 그녀는 빨리 걸어가며 그들의 손에 음식을 흘려 넣고는 계속 걸어갔기 때문에 아무도 눈치채지 못했다. 나는 그녀가 보고될까 봐 걱정했다.

주말 밤이면 나는 훨씬 더 무기력감에 빠졌다. 전화, 영화 구경, 식당 등 바깥세상에서는 당연하게 여겨지던 작은 것들이 그리웠다. 나는 캠퍼스에서 맥이 빠진 채 지냈고 가끔은 루스의 방을 지나가며 들여다보기도 했다. 그녀가 문장을 베껴 넣고 구절에 밑줄을 쳐 펼쳐 놓은 노트와 함께 두툼한 성경책이 늘 탁자 위에 놓여 있었다. 선교사들 대부분이 성경을 읽고 저녁에 모여 그것에 대한 각자의 생각을 나누며 그렇게 시간을 보냈다. 선교사들 사이에도 교파가 있었기 때문에 성경공부 모임에는 전체 교사들이 참석하지는 않았고 그래서 나의 결석은 용인됐다. 그런 루스를 보며 나는 그녀가 편안해 보인다고 생각했다.

어느 날 밤 우리가 저녁 식사 후 걸어서 돌아오는데 한 학생이 물었다.

"뉴욕에서는 혼자 사십니까?"

북한에도 혼자 사는 사람이 있는지 잘 몰랐지만 나는 그렇다고 대답했다. 그러자 다른 학생이 물었다.

"여기에 계시는 동안 아파트는 어떻게 하셨습니까?"

나는 그들에게 거기에 내 친구가 살고 있다고 말했다.

"집세는 어떻게 합니까?"

그가 물었다.

"여기 있으면서 어떻게 냅니까?"

나는 인터넷을 통해 납부되도록 정리해 놓았다고 대답했고 평소처럼 그들은 고개를 끄덕였다. 그들은 우리의 인터넷이 자신들의 인트라넷이라고 생각했지만 아마도 그들 중 일부는 둘 사이에는 진실로 차이가 있다는 것을 이제 알아차리기 시작한 것 같았다.

다른 학생이 내가 뉴욕의 어느 쪽 출신이며 거기서 갱들을 많이 마주쳤는지를 물었다. 그는 그 주에 뉴욕의 갱들에 대해서 물어본 세 번째 학생이었다. 내가 그에게 그런 갱들에 관해 어디서 들었는지 물었더니 그는 영어회화 교과서에 「뉴욕의 갱들」이라는 영화가 언급돼 있다고 말했다. 그들이 되풀이하기를 좋아했던 또 하나의 표현은 '빅 애플'이었다. 그때 다른 학생이 "브루클린은 어떤 곳입니까?" 하고 물었다. 그에게 브루클린은 교과서에서 골라낸 이상한 단어일 뿐이지만 그곳은 나의 애인이 사는 곳이었고 갑자기 그에 대한 그리움이 밀려왔다. 나는 그 자리에 잠시 멈춰 섰다. 구내식당과 기숙사 중간쯤이었다. 멀리 굴뚝이 있었고 연기가 피어올랐다. 저만치에서 평양 시내의 깜박이는 빛이 보였다. 나는 브루클린에서 참 멀리도 있었다.

20

"짝은 있어요?"

데이비스 부인이 나에게 물었다. 그녀의 남편은 교내 의사였고 부부 모두 50대 초반의 한국계 미국인 선교사들이었다. 나는 며칠동안 독감에 걸려 아팠던 리상우를 잠깐 보러 갔었다.

"여기서 당신은 짝이 필요해요."

그녀가 말했다. 결혼한 부부로서는 서로 점검하는 것이 쉽지만 미혼자로서는 한 번 실수가 위험할 수도 있다고 그녀는 말했다.

"당신이 하는 모든 것을 조심해요. 왜냐하면 그들은 매처럼 당신의 모든 발걸음을 지켜보고 있거든요."

그녀는 이어갔다.

"그들은 우리들 중에 스파이가 있을까 우려하고 있어요."

나는 내가 일종의 스파이라는 것을 알고 있었지만 또 다른 누가 있었을까?

그러자 그녀는 자신과 남편이 저녁에 어디에 있든 간에 감시원들이 응급상황이 되면 즉각 위치를 찾아낸다고 내게 말했다. 그들이 다른 교사 방에 놀러가 있어도 감시원이 위치를 알아내 그쪽으로 구내전화를 걸기도 했다. 그들이 중국 연변과기대에서 일했던 90년대에 그들 친구의 e메일 계정들이 해킹되었는데 북한은 가끔 중국과 똑같은 수법을 사용했다. 그래서 그들은 이 곳에 오기 전에 친구들에게 자신들끼리만 교류할 새로운 e메일 주소를 만들라고 요청했다.

존슨 부인도 내게 비슷한 이야기를 했다. 봄에 그녀는 감시원 중 한 명에게 통일상점에서 신라면 한 박스를 사다 달라고 요청했다. 왜냐하면 신라면이 공식적으로는 금지된 남한 제품이었기 때문에 이것은 일종의 비밀거래였다(평양과기대 상점에서는 지원 교사들이 남한 교회에서 기증한 옷들을 학생들에게 나눠 주기 전에 옷 위의 라벨을 잘라 내야 했다). 그러나 감시원들은 때로는 구하기 어려운 물건들을 갖다 주겠다고 제안했고 감시원들에게 주는 수수료를 좀 더해 가격을 정하는 것이 양해되고 있었다. 사실 뉴욕 다운타운에서 마리화나를 살 수 있는 것만큼이나 쉽게 중국에서 포장된 신라면을 암시장에서 살 수 있었다. 남한의 또 다른 라면 브랜드인 삼양라면은 때때로 인도주의 단체들로부터 오는 꾸러미에 들어 있다가 시장으로 흘러갔기 때문에 역시 찾기 쉬웠다. 하지만 신라면이 더 인기 있는 브랜드였다. 한 학생은 자신이 좋아하는 음식이 라면인데 그냥 라면이 아니라 오직 신라면이라고 자랑스럽게 말했다. 신라면이 남한에서 가장 유명한 것이기 때문에 아마도 이곳에서도 선호하는 것 같았다.

어쨌든 감시원은 존슨 부인에게 박스를 들고 와서는 실수든 고의로든 그녀에게 잔돈을 다 주지 않았고 존슨 부인은 이를 데이비스 부인과 전화로 의논했다. 그런데 몇 분 안 돼 그녀의 문에 노크 소리가 났고 감시원은 불쾌한 얼굴로 자신을 의심하는 것이 기분 나쁘다며 거기 서 있었다. 그가 그들의 전화 통화를 모두 엿들었던 것이다.

데이비스 부인과 존슨 부인은 내게 조언을 해 준 친절한 부인들이었는데 그렇게 한 데는 내가 이곳이 너무 힘들어서 돌아오지 않을까 봐 걱정이 된 것도 한 이유였다. 그곳은 교사가 부족했다. 그들 중 일부는 끊임없는 감시 때문에 오래 버텨 내기 불가능했기 때문이다. 사업을 하다 은퇴해 대학원생에게 경제학을 가르친 홍콩 출신의 한 교사는 봄에는 돌아오지 않겠다고 말했다. 그는 김 총장을 자신의 교회에서 우연히 만나 선발되었는데 미리 이야기를 듣지 못해 여기저기 자유롭게 돌아다니지 못한다는 것을 몰랐다. 그가 나의 귀국 비행기가 언제냐고 물어 12월 20일이라고 대답하자 그는 "좋겠네요. 나는 12월 21일입니다"라고 말했다. 그는 집에 갈 수 있는 날짜를 손꼽아 기다리고 있다고 말했다. 그는 중국에서 한 방에서 무려 열 명씩 자고 삼형제가 바지 두 벌만 갖고 교대로 입을 정도로 가난한 곳에도 가 보았지만 이곳이 그가 경험한 최악이라고 말했다. 나는 그에게 왜냐고 물었다.

"이곳은 자유가 전혀 없어요."

그는 한숨을 쉬었다.

"그들이 우리를 계속 감시하고 우리가 말하는 모든 것을 녹음하고 우리에 관한 자료를 수집하는 것을 늘 알겠고 내내 기분이 너무 나빠요. 한순간도 편하지가 않아요. 끔찍한 음식과 모든 물자의 부족은 이해하겠지만 정말 부족한 건 그게 아니에요. 기본적인 인간의 존엄성, 여기는 그게 없어요."

우리 모두가 피해망상에 걸렸고 그럴만한 충분한 이유가 있었다. 그러나 인간은 회복력이 있으며 또한 잘 잊어버린다. 나는 때로는 내가 계속 해 나갈 수 있도록 스스로 의지를 발휘해 잊어버리게 한 것인가 생각했고 나의 학생들도 똑같이 하는지 궁금했다. 나는 기숙사 책상 위에 USB를 놓아 두고 나갔다가 나중에 기억을 하고는 공황상태에 빠진 적도 여러 번 있었다. 나는 점점 주의하지 않게 돼 가고 있었다. 그곳에서 한달이 지나니까 감옥이 때로는 집처럼 느껴졌다.

교내 양호실에서 나는 김용석이 정맥주사용 수액을 꽂아 놓은 리상우 옆에 앉아 영어 교과서를 펼쳐 놓고 있는 것을 보았다. 학생들 간의 '짝' 제도는 대단히 엄격했다. 짝들은 모든 시간을 같이 보내는 것 같았다. 그들은 함께 앉아 함께 먹었고 때로는 걷거나 교실에 앉아 있을 때도 손을 잡고 있었다. 한 학생이 발목이 삐어 잠깐 절뚝였지만 목발은 필요하지 않았는데도 언제나 어딜 가든 그의 짝이 곁에서 부축했다. 상우를 위해 구내식당에서 매끼 식사를 양호실로 날라다 주고 병상 곁에서 그가 빼먹은 학업을 도와주면서 수업시간 이외의 모든 시간을 함께한 사람은 용석이었다. 그는 상우 옆의 간이침대에서 며칠 밤을 지내기까지 했다.

나는 그들의 짝 제도에 감동받기도 했고 불안해지기도 했다. 여름에서 가을 학기로 가면서 학급을 재배치해 짝도 대부분 바뀌었고 학생들은 종전의 짝들과 더 이상 함께 있지 않았다. 용석은 여름에는 황재문의 짝이었지만 이제는 그들이 같은 반임에도 불구하고 오직 상우에게만 헌신했다. 새 학기 초 우정의 변화는 어쩌면 당연할 수 있었겠지만 이곳에서는 학교가 지정 좌석과 방 배정을 통해 짝을 맺어 주었다. 상호간의 충성심은 무한한 것 같아 보였고 바로 그것이 동맹을 하룻밤 새 바꿀 수 있는 그들의 능력을 묘하게도 비정한 것으로 보이게 만들었다.

그러나 모든 짝들이 서로 아주 좋아하는 것은 아니었다. 어떤 학생들은 그저 의무로 여기고 최소한만 하는 듯했다. 그들은 어느 하나가 아프거나 하찮은 일로 도움이 필요할 때 서로를 위해 있었고 공부할 때와 식사할 때 함께 앉았다. 그러나 그때 말고는 항상 서로를 꽉 붙잡고 있지는 않았다. 모두가 손을 잡고 있거나 계속 함께 웃지는 않았다. 새로운 반으로 바뀐 나의 학생들 중 몇몇은 엄밀히 따지면 규칙 위반인데도 종전의 같은 반 짝들과 함께 앉기도 했다. 여기에도 사람 사이의 이끌림 같은 것이 있었다.

아마도 공동생활이 그들의 외로움을 달래 주었겠지만 거기엔 약점도 있었다. 개인 사생활이 없었고 계속 함께 붙어 있는 것이 병을 더 쉽게 번지게 했다. 난방이 결코 충분하지 않았기 때문에 많은 학생들이 감기나 독감에 자주 걸렸고 이것은 가끔은 그들의 짝들도 바로 병에 걸린다는 것을 의미했다. 그러나 그들은 젊었고 빨리 회복되는 것 같았다.

리상우는 나를 보자 일어나 앉아 기쁜 미소를 지었다. 마루 위에 여러 개의 매트리스가 있고 벽 쪽으로 테이블이 있는 방은 형광등불 아래 크고 텅 비어 보였다. 그곳은 음산했기 때문에 나는 그가 짝과 같이 있는 것을 보고 기뻤다. 그의 침대 옆에는 남한 제품인 대형 임페리얼 분유통이 있었는데 이것은 내가 알기로는 판매가 금지되었거나 비쌌다. 그곳에는 구내상점에서 파는 사과향 탄산수 병이 담긴 종이박스도 있었다.

"그게 다 뭐야?"

내가 묻자 상우는 얼굴을 붉혔다.

"학급 동무들이 가져왔습니다. 동무들이 다 너무 잘해 줍니다."

탄산수 병 개수로 보건대 거의 모든 학급 친구들이 그에게 하나씩 사 준 것 같았다. 이런 것은 통상 있는 일이 아니었다. 학생들은 평양 과기대로부터 얼마 안 되는 돈을 포인트로 받아 구내상점에서 학용품과 간식을 샀다. 이런 전표 제도는 식량배급표 제도와 비슷했다. 전표가 떨어지면 부모가 추가로 돈을 보내 주는 것으로 보였다. 모든 학생이 상우에게 탄산수 한 병을 주는 것은 사치스럽게 보였는데 그들은 앞서 다른 학생이 몇 주 동안 아팠을 때는 똑같이 하지 않았다. 상우가 단지 더 인기 있다고 할 수도 있었다. 그는 영어 회화를 반에서 거의 누구보다도 잘했다. 약 180cm로 키가 커서 대단히 부러움을 샀고 농구만 아니라 공부도 아주 앞서갔다. 가장 중요한 건 아마도 그가 아주 막강한 집안 출신이라는 것이었다. 나는 그의 편지들의 자세한 내용, 우리의 대화, 그의 아버지가 해외에 있다는 사실 등에서 그런 것들을 알게 되었다.

학생들 사이에서 최고 중의 최고였지만 그가 거의 중국에서 수입된 것으로 보이는 나일론 스웨터를 입고 누워 있는 것을 보면서 순간 나는 그를 미국의 거대한 몰로 쇼핑하러 데려갈 수 있으면 얼마나 좋을까 생각했다. 물질적 상품이 무엇인가를 낮게 해 준다고 생각하는 것이 바보 같았지만 그 순간에는 그가 애처롭게 그런 허름한 스웨터를 입고 분유통 곁에 있는 것을 보는 것이 싫었다. 나의 바람은 아주 간단했다. 나는 나의 제자들을 위해 따뜻하고 좋은 옷들과 신선한 우유를 원했고 어두워질 때면 불이 들어오기를 원했고 아니면 최소한 그들 모두를 위해 충분한 플래시와 배터리를 원했다. 나는 추위를 피할 충분한 난방과 아직도 자라고 있는 소년들을 위한 더 신선한 음식을 원했다. 그들의 기본적인 수요 즉 빛, 난방, 영양식을 충족시키는 것이 그들에게 자유를 주는 것만큼 중요하게 보였던 시간이었다.

어느 날 오후, 농구 숫 연습을 하고 돌아오는데 루스의 방문이 조금 열리더니 그녀가 들어오라고 내게 손짓을 했다. 나는 인사만 하고 계속 걸어가야 했지만 나도 사람이 그리웠었나 보다. 나는 내가 그들 중 하나가 아니라는 사실을 자꾸 잊었다.

"일요일에 관한 건데요!"

그녀가 아주 밝게 이야기해서 그 순간 나는 아마 오는 일요일의 단체 여행이 다가오고 있나 생각했지만 사실은 그 전 주 일요일을 의미했다.

"당신이 성찬식에 참석한 것을 보았는데 그건 옳지 않다고 생각해요."

그녀는 내가 나의 출신 교회에서도 성찬식을 참석하느냐고 물었다. 이 말에 나는 불안해졌다. 나는 최악의 상황에 대비하면서 아니라고 말했다. 그녀는 잠시 생각하더니 말했다.

"당신이 예수 몸의 일부를 당신에게로 받아들이는 것을 믿지 않는다면 당신은 빵을 받아들여서는 안 돼요. 당신이 이것을 받아들이면서 믿지 않으면 당신에게 해가 될 것이기 때문에 나는 단지 당신을 걱정해서 이런 이야기를 하는 거예요. 이런 것이 미신처럼 들릴 수도 있다는 것을 알지만 그렇지 않아요."

그때 그녀는 내가 나의 제자들을 사랑하지만 내가 거기 있는 이유가 순전히 주님을 이 땅으로 모시고자 하는 자신의 이유와는 다르다는 것을 안다는 이야기를 꺼냈다. 그녀는 주님은 인간을 위하는 방법과 구상을 갖고 있으며 인간들을 깨워 주님의 은총을 받을 준비를 하게 하는 것이 자신의 책무라고 말했다.

"왜냐하면, 수키 씨, 여기서의 인생은 일시적인 것이니까요. 그들은 하늘에서 주님의 영접을 받을 것입니다."

나는 아무 대답도 해서는 안 되고 그녀가 더 묻기 전에 자리를 떠야만 한다는 것을 알았지만 그 순간 믿을 수 없게 화가 치미는 것을 느꼈다. 나는 그녀가 북한 주민의 고통을 적당히 깎아 평가하는 것으로 느꼈다. 수 주 동안 침묵을 지키는 것은 너무나 무리였고 마침내 나는 조절능력을 잃었다.

"그래서 당신이 생각하기에는 이게 모두 일시적 삶이니까 북한 주민들이 수용소에서 썩어 가도 좋다는 말인가요?"

루스는 깜짝 놀란 것 같았지만 나는 계속 이어갔다.

"뉴질랜드로 귀국하기 전 훌륭한 기숙사에서 한 학기 동안 교사로 있는 당신의 일시적인 삶은 기본적으로 정부의 노예들인 이 사람들의 삶과는 다른 종류의 일시적인 삶이라고 나는 생각해요. 만일 그들을 기다리는 천국에서의 영생이 그렇게 대단하다면 여기서 고통받는 수백 만 명은 집단자살이라도 해야만 하는가요? 집단수용소가 어떻게 생긴지도, 그들의 삶이 어떤 건지도 모르면서, 어떻게 나에게 이것이 일시적이라고 감히 말하는 거죠?"

이 말을 꺼내자마자 나는 후회했다. 나는 내가 불필요하게 거칠었다는 것을 알았지만 우리 사이의 간격이 심연처럼 느껴졌다.

루스는 나를 불쌍하게 바라보더니 머리를 흔들었다. 그녀가 뭔가 말하기 시작했지만 나는 피곤하다고 말하고 바로 방을 나왔다. 나는 깊은 분노를 느꼈고 진정하기 위해서는 혼자 있고 싶었다. 이 말싸움으로 나는 몹시 우울했고 밤에 한숨도 잘 수 없었다.

다음 일요일, 나는 예배를 빼먹고 방에서 울며 시간을 보냈다. 그러고는 애인에게 e메일을 쓰려고 했지만 그가 흥미로워 할 내용이나 내가 자유롭게 쓸 수 있는 것은 아무것도 없었다. 우리 삶은 멀어지고 있었다. 그는 내가 그립지만 자신도 역시 바쁘다고 썼다. 갤러리 오프닝 행사, 영화 상영회, 디너파티가 있었다고 했다. 나는 그에게 미친개들에 대해, 그것들을 직원들이 잡아먹은 것에 대해 말할까 다시 생각해 보았지만 그가 그것을 보고 마음만 상할 것이고 누구든 내 e메일을 검열하는 사람이 이런 것을 좋아하지 않을 것이라는 걱정이 들었다. 거기서는 개를 잡아먹는 것이 평범한 일이었기 때문에 그들이 이 대목을 못마땅해 할 것으로 내가 특별히 걱정했던 것은 아니었지만 다만 내가 일하는 환경에 대해 불평하는 것처럼 들릴까 봐 두려웠다.

나는 그에게 루스가 나의 믿음에 대해 정면으로 문제를 삼았다고, 나의 보호막이 날아가 버렸다고, 북한 사람들이 아니라 선교사들이 나를 내쫓을 가능성이 있다고 말하고 싶었다. 나는 그에게 나의 어마

어마한 두려움과 외로움에 관해 말하고 싶었지만 설명할 방도를 찾지 못했다. 나는 e메일에 한스 크리스티안 안데르센의 동화 속 인어 공주와 나 자신을 비교해 볼까 했다. 그녀는 두 다리를 위해 목소리를 넘겨줬고 나는 거기 있기 위해 목소리를, 가슴속에 있는 말을 풀어 놓을 자유를 포기했다고. 그러나 내가 의미한 바를 그가 읽어 낼 수 있을지 의문이 들었다. 마침내 내가 그를 그리워하고 보고 싶어 하는 것은 중요한 것이 아니라는 생각이 들었다. 내가 거기 있는 한 그는 더 이상 관련이 없었다. 사랑이 나를 구원할 수는 없었다.

21

11월 둘째 주, 여러 포대의 마늘과 배추가 점심시간에 트럭으로 배달돼 왔고 여러 학급이 밖으로 불려 나와 짐을 내렸다. 그들은 마늘을 구내식당으로 날랐고 학생들과 교직원들이 연 이틀 한 시간 이상씩 껍질을 까는 데 매달렸다. 그래서 이제 김장 주간이라는 것을 알게 되었다.

남북한 모두 늦가을이면 대부분의 가정이 겨우내 계속 먹을 김치를 충분히 장만한다. 이 전통은 채소를 1년 내내 즉시 구할 수 없었던 시절인 천년 이상 전에 시작되었다. 내가 아이일 적에 김장철은 늘 잔치 분위기였다. 동네 아줌마들은 배추, 무, 고추, 파, 마늘, 생강, 말린 새우, 멸치 같은 재료들을 사들이느라 갑자기 바빠졌다. 그러고는 한자리에 모여 배추와 무를 씻고 소금에 절여 김치 여러 통을 담갔다. 웃음과 수다, 신바람이 늘 번져 있는 시간이었다. 나는 고추양념이 뚝뚝 떨어지는 새로 담근 겉절이 한 입을 기다리며 어머니 주위에서 맴돌았다. 아삭아삭한 배추와 익지 않은 양념의 그 짜릿한 맛은 겨울이 오는 첫 신호로 나의 기억에 아로새겨졌다. 담근 김치는 독에 넣어 천천히 발효되도록 바깥에 두었다. 톡 쏘는 맛이 점차 배어 가는 김치는 길고 혹독한 한국의 눈 쌓인 겨울 밤 내내 우리 건강을 책임졌다.

나는 정말 오랫동안 김장을 잊고 살았다. 미국으로 이주한 후 나의 어머니는 일주일에 7일을 일했으며 김치를 점점 덜 담갔고 그래서 우리는 상점에서 사 온 김치를 그럭저럭 먹고 살았다. 김칫독을 내놓을 정원이나 발코니가 없는 것은 차치하고 1년 내내 채소 대부분을 신선하게 먹을 수 있으니 한 번에 김치를 많이 담글 이유가 없었다. 그런 내가 이곳 평양에서 자신들 집의 김장을 담근 추억을 즐겁게 나눠 가며 소매를 걷어붙이고 주저 없이 도와주고 있는 수백 명의 북한 청년들과 함께 김장용 마늘을 까고 있었다.

한 학생은 계단을 올라가 여러 통의 물을 날라 주면서 어머니를 도왔다고 말했다.

"배추 150kg을 씻으려면 물이 많이 들어갑니다."

그 이야기는 그의 가족이 엘리트에 속해 있는데도 집에 물이 안 나온다는 것을 의미했다. 다른 학생이 자신과 부모만 있어 가족이 적었기 때문에 80kg만 필요했다면서 끼어들었다.

그때 그들은 나에게 정부에서 가정에 김장거리를 몇 kg이나 배급하느냐고 물었다. 나는 김장은 현대 세대에 사라져 가는 전통이며 뉴욕 시는 각 가정에 배추를 나눠 주지 않는다는 말은 차마 하지 못하고 나의 어머니가 더 이상 김장을 담그지 않는다고만 말했다. 그들은 혼란스러운 듯 보였고 나의 가족이 겨울에 어떻게 김치를 구하느냐고 물었다. 나는 미국은 크고 지역에 따라 날씨가 다르다고 설명하고 다른 여러 나라와 무역을 하기 때문에 겨울에도 모든 종류의 음식을 구할 수 있다고 말해 줬다. 나는 북한과 중국의 무역을 예로 들어 그들의 이해를 도왔다.

나는 그들의 김장하는 방식이 혼란스러웠다. 각 가정마다 양념이 조금씩 다르고 각자 나름의 조리법이 있는데 고추와 무와 파는 어떻게 하는 것인가? 한 학생은 배급이 각각 다르다고 설명했다. 예를 들어 올해는 수확이 좋지 않아 가정마다 배추가 충분하지 않았고 그래서 어떤 사람들은 추가로 필요한 것을 구입했을 거라고 했다. 학생이 무엇인가의 결핍을 인정한 것은 이번이 두 번째였다.

나는 김장과 자동차 사고의 연관성을 듣고 놀랐다. 학생들 이야기로는 11월에는 배추 수송 트럭이 너무 많고 교통사고의 위험성이 아주 높아져 정부가 위험한 달로 여긴다는 것이었다(5월도 익사 사고 위험이 급증해 위험한 달로 쳤다). 평양 거리조차 차들이 많지 않다는 것을 감안할 때 배추 수송 트럭과의 충돌이라는 발상은 억지스러워 보였다.

마늘 까기 이틀째에 나는 펜실베이니아 주립대학의 폭동 소식을 들었다. CNN아시아에서는 미국 학생들이 아동 성폭행 혐의로 기소된 코치를 조사하지 않은 유명 감독의 해임에 반발해 방송사 취재 차량을 뒤엎어 버리는 장면이 생방송으로 나왔다. 이 추문은 국제뉴스의 톱기사였고 앵커는 미국 문화에서 대학 미식축구의 중요성과 그것이 창출하는 돈의 중요성을 되풀이 강조했다. 그는 아동 성폭행을 멈추게 하기보다 돈에 더 관심을 두는 문화를 전적으로 부끄러워하면서 "수입이 거의 수십 억 달러!"라고 말했다. 세계적으로 훨씬 더 급한 뉴스가 많은 상황에서 방송국의 이런 손가락질은 특정한 선정적인 뉴스를 과도하게 보도하는 문제의 진정한 핵심으로 보였다. 이탈리아에서는 베를루스코니가 17년 만에 하야했고 그리스 총리는 이제 막 사임했다. 리비아는 카다피의 사망 이후 혼란에 빠져 있었다.

그러나 화면을 채운 것은 만취한 미국 대학생들이 축구팀을 응원하며 맥주병을 휘두르고 주먹을 휘두르는 장면들이었다.

나중에 구내식당으로 들어가 즐겁게 마늘을 까며 올해는 어머니를 돕지 못하게 돼 죄송하다고 말하는 같은 또래의 북한 대학생들의 얼굴을 마주하는 것이 오히려 생소했다. 몇몇은 일어나 바닥의 마늘 껍질을 쓸어 냈다. 다른 학생들은 마늘이 우연히 버려지지 않는지 껍질들을 자세히 살펴보았다. 조리담당이 나와서 껍질을 그만 까고 수업 준비를 하라고 말했어도 많은 학생들이 모두가 도와주면 더 쉽고 더 빠르다고 공손하게 말하면서 일을 계속했다.

담당관들에 대한 수업이 그 주에는 취소되었지만 점심 식사 때 나는 몇 사람이 평소처럼 양복이 아니라 운동복을 입고 있는 것을 보았다. 내가 어디 갔다 왔느냐고 묻자 한 사람이 집에서 김장하는 데 쓸 배추를 충분히 얻기 위해서 교사용 협동농장에서 일하고 왔다고 말했다. 그는 당황한 듯 보여서 나는 슬쩍 물어보았다.

"동료들과 일하는 것이 재미있었나요?"

그는 고개를 흔들며 "그저 그렇습니다"라고 말했지만, 이는 그의 말투로 보면 "전혀 아닙니다"였다. 이들은 긍지가 있는 사람들이었고 육체노동을 했다는 것을 인정하는 것을 수치스러워하는 듯 보였다. 그들 중에는 김책공대와 김일성대학의 전 학과장들도 있었고, 대학의 영어 교수 출신으로 영어가 완벽에 가까워 그가 왜 영어를 직접 가르치지 않는지, 나의 수업에 들어와서 그가 무엇을 할 수 있을지 의문을 가졌던 신참 담당관도 있었다. 또 다른 담당관은 이렇게 말했다.

"재미없습니다. 일만 많답니다. 무거운 물건을 들어 나르는 일이 많습니다. 이런 것은 여자들에게는 쉽지만 남자들에게는 좋지 않습니다."

그들의 문화는 여성비하주의였다. 한 학생이 전 대학에서 기숙사에 살았는데 평양과기대와 다른 점 하나는 거기엔 여학생들이 있었다는 점이라고 말했다. 그는 그곳이 과학대학이었고 여학생은 과학을 잘 못해서 자신의 반에는 여학생이 두 명뿐이었다고 말했다. 어쨌든 그가 여학생들에게 자신의 셔츠를 내주면 그녀들은 매우 만족해했다고 말했다. 나는 이것이 농담이거나 추파를 던지는 행동이겠거니 생각했지만 그는 이렇게 설명했다.

"그래서 그녀들은 제 셔츠를 빨아 올 수 있었습니다! 평양과기대에서는 제가 셔츠만 아니라 양복과 바지까지 세탁해야 하니까 아주 힘듭니다. 집에서는 그런 것들은 어머니와 누나가 빨았습니다."

그날 오후 늦게 나는 도서실에 들러 인터넷실의 창문을 들여다보았다. 컴퓨터 앞에는 대학원 2년차 학생들이 학과장 출신으로 나의 강의를 듣는 담당관과 함께 앉아 있었다. 그들은 구글 검색 방법을 배우는 중인 것 같았다. 나는 전 학과장에게 인사를 하러 안으로 들어갔다. 그는 컴퓨터 용어를 검색했는데 60만 히트 이상이 산출됐다. 대학원생이 그것이 검색 결과의 숫자라고 설명했다. 전 학과장은 그 숫자가 무엇을 의미하는지 모르는 듯 보였고 학생은 되풀이 설명했다.

"60만 건 이상이라고?"

그는 크게 놀라서 말했다. 나는 학생들이 검색하고 있는 것을 담당관이 감시를 하고 있는 것인지 의문이 들었다.

대학원생들은 자신들이 접속했다는 것을 포함해 인터넷에 관해 아무것도 발설하지 않겠다는 엄중한 명령을 받고 있었다. 한 주임 교수는 그녀의 대학원생 중 하나가 만성 두통을 호소했다고 말했지만 그녀는 이것을 사상적 혼란으로 생각해 데이비스 부인이 병원에서 그의 관자놀이에 손을 얹어 체온을 잴 때 그를 위해 몰래 기도해 줄 것을 제안했다. 그러나 우리는 대학원생들에게 인터넷 접속이 실제로 얼마나 허용되는지를 알 수 없었다. 우리 컴퓨터 학과장은 그들이 연구논문에 관련된 아주 쉬운 질문들을 계속 가져오는 것을 보면 그들의 접속이 매우 제한되고 있음에 틀림없다고 말했다.

인터넷실 밖에서는 나의 학부생들이 책상에 있거나 인터넷 접속이 안 되는 보통 컴퓨터를 사용하고 있었다. 여러 학생들이 나에게 와서 김장을 담그는 것이 남자가 아닌 여자들 몫이기 때문에 자신들 집의 김장을 한 문장으로 세세하게 표현하라고 내가 내 준 숙제가 너무 어렵다고 말했다. 그들이 모르는 단어가 많았고 묘사에서도 막혔다. 그들이 인터넷 검색을 할 수 있었더라면 숙제는 쉬웠겠지만 그것은 선택 가능한 것이 아니었다.

일반 컴퓨터에는 롱맨 사전, 캠브리지 러너스 사전, 옥스퍼드 사전, 한글판 백과사전, '주체'라는 기록물 같은 몇 가지 애플리케이션만 있었다. 내가 컴퓨터 앞에 앉아 최근 사용 프로그램을 열었더니 '김정일과 김일성 주체 학습'이라는 단어가 나왔다. 또 한 명의 읽기와 쓰기 담당 교사인 메어리는 『위대한 개츠비』 『폭풍의 언덕』 『전쟁과 평화』『로빈슨 크루소』 등 약 6종의 고전소설들을 컴퓨터에 올려 놓을 수 있게 허가를 받아 놓았다. 그러나 학생들은 그것들이 어렵고 너무 오래된 것 같아서 읽지 않는다고 말했다. 이들 것들 이외의 자료는 많지 않았다.

그럼에도 학생들은 컴퓨터를 좋아하는 듯했다. 그들은 에세이를 컴퓨터로 작성하지는 않았다. 타자 치는 방법을 몰랐고 프린터도 없었기 때문에 타자 치기는 소용이 없었다. 영어사전이 어려워 한글사전을 사용하는 것을 선호했으면서도 그들은 주로 사전만 사용했다. 이 나라의 과학과 기술 분야 최고 학생들이 화면을 우두커니 응시하는 장면은 너무 애처로워 나는 갑자기 슬픔이 뒤섞인 분노에 사로잡혔고 바로 그 방을 떠났다.

나는 학생들과의 관계의 유형을 서서히 깨닫게 되었다. 우리 관계가 진전되었다고 생각하고 약간 긴장을 푸는 순간 그들은 아니나 다를까 뒤로 물러났다. 이것은 예측 불가능한 (그리고 아이러니하게도 아주 예측 가능한) 것으로 악명 높은, 남북 관계가 개선되는 듯할 때면 때로는 남한을 마구 몰아세우는 북한 정부의 행위와 닮아 보였다. 그래서 나는 학생들이 무엇을 언제 말하라고 지시를 받은 것처럼 갑자기 우리 대화가 과거의 대화와 재방송처럼 반복돼도 더 이상 놀라지 않았다.

"저는 싱가포르로 갈 수 있었지만 우리 조국을 사랑해서 여기 머물기로 결정했습니다."

소대장 하나가 저녁 식사 때 말했다. 식사 때 학생이 이런 이야기를 꺼낸 것은 연속 다섯 번째였다. 학생들은 매번 유학을 허가하는 시험에 합격했지만 북한에서 공부하는 것이 더 좋아 유학 기회를 뿌리쳤다고 말했다. 두 학생은 베이징의 칭화대학을 자신들이 합격했던 곳으로 말했고 정부가 등록금과 기숙사비를 대겠다고 제안했지만 거절하고 평양과기대에 왔다고 주장했다. 다른 두 학생은 독일에 갈 기회가 있었지만 가지 않는 것을 선택했다고 말했다.

때로는 이야깃거리를 억지로 꾸민 듯했다. 식사 중에 다뤄야 할 목록이라도 있는 듯이 갑자기 "화제를 바꾸면 어떻겠습니까?"라는 말을 해 가며 어떤 주제를 꺼내기도 했다. 이것은 그들에게 불편한 방향으로 대화가 흘러가는 경우 그들을 도와주었는데, 예를 들면 교환학생 프로그램에 대해 대화를 나눌 때면 학생이 내가 가 본 나라 수를 묻는 식이었다.

나는 여름에는 이런 화제를 피했고 10월에도 거의 말을 꺼내지 않도록 주의를 기울였다. 그러나 11월에는 점점 신경을 쓰지 않게 되었고 학생들을 더 믿게 되면서 그들에게 내가 가 본 나라 수를 대강 이야기했다. 한발 더 나아가 유럽 도시들이 얼마나 아름다웠는지, 그들에게 세계를 볼 기회가 오기를 내가 얼마나 바라고 있는지를 말했다. 그때 나는 흥분해서 이렇게 덧붙였다.

"아, 물론. 아시아 도시들도 아름답지. 교토처럼."

나는 일본이 이들의 적이라는 것을 떠올리고는 금세 말문을 닫았다.

잠시의 침묵 뒤 한 학생이 물었다.

"우리 도시는 어떻습니까? 우리 도시도 아름답다고 생각하십니까?"

이 질문이 이번에는 나를 잠시 멈추게 만들었다. 내 눈에 평양은 아름답지 않았다. 그곳은 콘크리트 빌딩들과 굶주린 듯하고 누더기를 입은 사람들로 가득한 단조롭고 황량한 도시였다. 그러나 내 눈에 더 추하게 보인 것은 평양의 물질적 특징이 아니었다. 다만 평양이 상징하는 것 때문이었다. 그곳은 내게는 세계에서 가장 흉한 도시였고 지평선 위로, 차창 밖으로 멀리서 볼 때마다 나는 낙심하곤 했다. 평양은 그 나라의 나머지가 노예가 돼서 그 도시를 먹여 살리는 것 같은 북한의 사나두였다. 그곳은 탐욕스럽고 피를 빨아먹는 괴물이었고 나는 가끔 이것이 연기 속으로 사라지기를 바랐다. 그러나 이곳은 나의 외삼촌이 열일곱 살에 홀로 끌려왔을지도 모르는 도시였고 나의 외할머니가 죽는 날까지 꿈꿔 왔던 도시였다. 이곳은 나의 학생들 집이고 모든 북한 주민의 희망 도시였다. 그들이 바라는 전부는 전기가 들어오고 차와 전차와 버스가 다니고 문명을 맛볼 수 있는 이곳으로 들어와 사는 것이었다. 내가 평양이 정말로 가장 아름다운 도시라고 선언해 주기를 기다리면서 기대감에 가득 찬 얼굴로 나를 바라보는 어린 학생들의 건너편에 앉아 나는 약간의 거짓말을 할 수밖에 다른 선택이 없다고 느꼈다. 그래서 나는 "어쩌면. 어떤 부분은"이라고 말했다. 내 대답이 실망스러웠고 이것은 가슴이 미어질 듯한 일이라는 것을 나는 알았지만 대안이 없었다. 늘 그렇듯이 식탁에 있던 한 학생이 이렇게 말을 꺼냈다.

"그럼 화제를 바꾸는 것이 어떻겠습니까?"

나는 최근에 학생 전부가 여성인 서울의 이화여대에서 1년을 보낸 사실을 흘림으로써 나의 불만족스런 반응을 보충했다. 보통 내가 서울을 언급하면 그들은 "거기서 태어나셨습니까?" 같은 것을 제외하고는 아무것도 묻지 않았다. 이것은 분명히 금지된 화제였다. 그러나 그들이 부끄러워서 시선을 내리깔기는 했지만 국경 건너편에 있는, 전원이 여자인 대학의 매력은 그들의 관심을 자극한 듯했다. 이화는 미국의 웰슬리 같은 곳이지만 물론 그런 비교는 그들로선 의미가 없을 테니 나는 그들에게 이 학교가 남한에서 유명하고 그곳의 여학생들은 좋은 가정의 훌륭한 여성들이라고 간단히 말해 줬다. 그들은 내가 계속하기를 바라는 듯 나를 쳐다보았다. 마침내 한 학생이 소심하게 물었다.

"그 여학생들은 예뻤습니까?"

나는 고개를 끄덕이며 말했다.

"그럼. 서울에서 제일 예쁜 여학생들이지. 평양의 나의 젠틀맨들에게 어울릴 만큼 멋지고."

이 말이 앞서 그들의 마음을 상하게 했던 것의 보상은 되지 못했지만 그들 모두가 키득거렸다. 한 학생이 물었다.

"그들도 소대장이 있습니까?"

이 생각이 너무 터무니없어서 나는 웃으려다 겨우 참았다. 나는 남한 대학들에는 소대장이 없고 소대 간부들도 확실히 없으며 학생들이 교실이나 구내식당에 행진해서 가지도 않는다는 것을 말해 줄 수 없었다. 그래서 나는 이렇게만 대답했다.

"글쎄, 그들은 대부분 캠퍼스에서 살지 않아. 이화여대생들은 개별적으로 오고 가고 그래서 소대장도 없어."

곧바로 겨울로 접어들어 땅은 가끔 진창이 됐다가 얼어붙었기 때문에 정원 일은 더 힘들어졌다. 날씨 상황에도 불구하고 그들이 일을 해야만 하는 것에 대해 내가 걱정하자 한 학생이 장화가 있어서 문제 없다고 사무적으로 말했다. 그는 그들이 각종 협동농장 일을 하면서 자랐다고 말했다. 모든 북한 주민은 '식목'월인 10월에 나무를 심었고 모든 평양 주민들은 겨우내 정원 일을 하도록 명령을 받았다. 정원 일은 가끔은 땅파기와 물 끌어올리기가 포함된 노동을 순하게 부르는 말일 뿐이었다. 일주일마다 시내를 관통해 장을 보러 갈 때 목도리와 장갑을 착용하고 길과 강둑 위에서 잔디와 덤불을 손보는 사람들을 늘 보았던 이유가 이제 이해가 됐다.

한 학생은 겨우 다섯 살 때 양동이로 물을 날랐던 것을 기억했다. 그가 너무 자랑스럽게 말해서 나는 그가 이것을 애국주의적 행동으로 생각하고 있다는 것을 알 수 있었다. 그는 게다가 정원 일은 겨우 서너 시간 밖에 걸리지 않아 운동할 짬이 나지만 마루나 화장실 청소는 더 오래 걸려 놀 시간이 주어지지 않는다고 말했다. 그래서 그들은 정원 일을 더 좋아한다고 했다.

그 주에 학생들은 얼어붙는 추위 속에서 땅에 구덩이를 파느라 세 시간을 보냈다. 그 전 주에는 네 시간이 걸렸다. 학생들은 그 일이 자신들에게 좋다고 내게 계속 확언했지만 어떤 학생들은 무척 피곤했다고 이제는 인정했다. 한 학생은 평양과기대에 오기 전에는 이처럼 힘든 일을 해 본 적이 없다고 말했다.

창 밖으로 바람이 매섭게 몰아치는 밤이면 나는 밤새 밖에서 보초를 서는 학생들을 생각했다. 그들 누구도 자신을 적절히 보호해 줄 든든한 코트 같은 것이 없었다. 그들의 위대한 수령은 항상 태양에 비유되었다. 김일성의 생일은 태양절이었고 김정일은 "21세기의 태양"으로 불렸다. 그러나 그 태양에서 온기는 나오지 않았다. 마침내 어느 날 밤 내가 저녁을 먹으면서 그 추위에 대한 걱정을 털어놓았더니 그들은 처음으로 마지못한 듯 설명했다.

"저희에게는…… 네…… 아주 힘듭니다. 그러나 이것은 우리 당을 돕고 강성대국을 건설하는 크나큰 영광이어서 이런 일을 하는 것이 행복합니다."

식탁에 있던 모든 학생들이 고개를 끄덕여서 나는 평양과기대에 오기 전에도 이런 일을 했는지 물었다.

"네, 저희는 이전 학교에서도 이렇게 했습니다."

나는 대학 전에는 어땠는지 물었다.

"네, 저희가 열셋, 열네 살 때 이후로 계속했습니다. 우리나라에서는 누구라도 이걸 하면서 큽니다."

보초 임무의 주기는 개인의 직업적 위치에 달려 있었지만 그들은 이 임무를 평생 수행한다고 했다. 여성들도 마찬가지였지만 한 번 출산을 하면 이것을 계속하지 않아도 됐다.

내가 의심했던 대로 이런 임무는 내가 견학 중에 길가를 따라 보았던 마을마다 존재했다. 김일성학 연구실로 알려진 사원 같은 건물들은 세계 전역의 교회나 맥도날드처럼 그 나라 모든 마을마다 존재했다.

22

'에세이'는 그해 가을 학생들 사이에서 가장 두려워했던 단어였다. 최종 성적을 계산할 때 이것이 시험만큼 중요하기 때문에 그들은 에세이를 써야만 하는 것에 대해 아주 스트레스를 받았다. 그들은 자신만의 논점을 제시해야 했고 논지와 요약을 제출해야 했다. 내가 어떻게 돼 가느냐고 물으면 그들은 한숨을 쉬며 "재앙"이라고 말하곤 했다.

나는 이들이 과학자로서 언젠가 자신들의 이론을 증명할 논문을 써야만 할 것이므로 에세이의 중요성을 강조했다. 그러나 실제로는 모든 것이 위대한 수령에 달려 있었기 때문에 그들의 세계에서 증명될 것은 아무것도 없었다. 그들의 작문 실력은 그들의 연구 실력만큼이나 멈춰 있었다. 증거를 갖춰 주장을 지지하는 개념이 없다 보니 작문은 어쩔 수 없이 하나도 증명된 적이 없는 그의 업적에 대한 끝없는 반복으로 채워졌다. 그들의 신문 기사들을 슬쩍 훑어보면 처음부터 끝까지, 나아가는 것도 없고 걸어가는 것도 아닌, 제자리를 맴도는 음색만 나왔다. 시작도 끝도 없었다.

그래서 논지, 도입, 지지하는 자세한 내용을 포함한 본문, 결론으로 된 기본적인 3문단 또는 5문단 에세이는 그들에게 완전히 이질적인 것이었다. 그들이 가장 이해하기 어려웠던 개념은 도입이었다. 나는 그것이 '안녕'하면서 손을 흔들며 인사하는 것 같다고 말해 줬다. '안녕하십니까?'를 어떻게 재밌는 방식으로 표현하고 그래서 독자를 '낚도록' 말할까? 나는 다른 예문들을 많이 보여 줬지만 여전히 그들은 오피스아워에 나타나 고개를 흔들며 "그런데, 이 '낚시'는…… 이게 무엇입니까?"라고 물었다.

어느 날 오전, 내가 교실로 들어서는데 그들이 "우리가 일본을 이겼습니다!"라고 한목소리로 외쳤다. 국가대표팀 천리마가 월드컵 예선전에서 일본의 사무라이 블루 팀을 막 꺾었는데 이 경기는 김일성 경기장에서 열렸고 TV로 생중계되었다고 했다.

여기서는 일본에 대한 분노가 일본이 반세기 이상 전에 한국을 식민지화했을 당시만큼 생생하게 남아 있었다. 학생들은 국가대표팀 스트라이커 정대세와 맨체스터 유나이티드로 스카우트된 또 한 명의 선수에 대해 활기 넘치고 자랑스럽게 이야기했다. 그들은 정 선수가 사실은 일본에서 나고 자라고 살면서 북한에 대한 충성심을 갖고 있는 사람들을 지칭하는 '자이니치(재일) 조선인'이라는 점은 인정하지 않았다. 그들의 눈에는 자이니치 조선인들은 불구대천의 원수인 일본인이었지만 필요한 때에는 그들을 북한 사람으로 여겼다(가장 유명한 자이니치 조선인은 2004년에 사망한 고영희이다. 김정일의 여러 배우자들 중 한 사람이었고 김정은의 어머니인 그녀의 낮은 출신 성분은 분칠이 되어 있으며 "위대한 조선 선군의 어머니"로 알려져 있다). 나는 그것에 대해 한 마디 할 만큼 어리석지는 않았다.

"축하해!"

나는 밝은 목소리로 말했다.

"천리마가 월드컵으로 브라질에 간다면 대단하겠지?"

그들은 모두 미소 지으며 고개를 끄덕였다.

그날 오후 나는 인터넷을 검색해 보고 북한이 이미 탈락했으며 결과도 오래전에 발표됐음을 알게 되었다. 일본과의 경기는 예정된 것이어서 했을 뿐이었다. 학생들이 이것을 인정하지 않았거나 그들도 진실을 모르고 있던 것이었다. 그것만이 아니라 나는 그 경기가 생중계되지 않았다는 것을 알았다. 경기가 끝나자마자 정부가 자신의 팀이 이긴 것을 확인했을 때 방송이 된 것이었다. 한 학생은 승리한 경기만 보는 것은 재미없다고 내게 말했다. 더구나 내가 온라인으로 아무리 열심히 찾아봤어도 맨체스터 유나이티드에서 뛰는 북한 축구 선수에 관한 언급은 전혀 없었다. 항상 그렇듯이 그들의 정부가 잘못된 정보를 뿌렸고 나의 학생들 주장은 현실적인 근거가 없었으며 그래서 나는 그들이 자신들의 논지를 뒷받침할 것을 기대하기 어려웠다.

하지만 대학원생들이 내게 말했듯이 하루에 서너 시간씩 인터넷을 사용하기 시작했기 때문에 나의 학생들은 뭔가 부족하다는 것을 깨닫게 되었다. 식사 때 나는 운동회 때 찍은 학생들 사진을 보여 주기 위해 랩톱을 꺼냈다. 그들은 자신들의 사진을 보는 것을 좋아했고 항상 자신들의 얼굴을 줌인해 달라고 했다. 넉살 좋은 학생은 "좋습니다. 제일 잘 생기게 나온 사진!"이라고 말했다.

"교수님, 저걸로 인쇄하시면 됩니다!"

나는 스크린 세이버를 맨해튼의 스카이라인으로 바꿔 놓아 그들이 무심결에 그것을 잠깐 스쳐 가듯 볼 수 있게 했다. 그리고 가끔 포토 부스라고 불리는 귀여운 프로그램을 열어 놓아 작은 분홍색 하트가 스크린에서 아래위로 움직이는 동안 우리가 함께 앉아 있는 사진을 찍었다.

"저것들은 뭡니까? 왜 작은 분홍색 물건이 저렇게 움직이는 겁니까?"

그들은 이렇게 외치다가 웃음을 터뜨렸다. 내가 그들이 단순한 기쁨을 표현하는 걸 보기를 즐긴 것은 어쩌면 그들이 태어나서부터 전사들이라고 배웠기 때문이었을 것이다.

그들은 더 공개적으로 감탄을 표현하기 시작했다.

"저는 이렇게 얇은 컴퓨터를 본 적이 없습니다!"

한 학생이 내 랩톱에 대해 말했다. 다른 학생은 그때까지 맥 컴퓨터에 대해 들어본 적이 없다면서 이것이 윈도와 똑같은 것이냐고 물었다. 나는 스티브 잡스에 대한 지난번 수업의 기억을 되살리게 했다. 어떤 학생들은 내 사전이 특이하다고 말했고 나는 킨들은 사전이 아니라 전자사전이 수천 개 단어를 갖고 있듯이 수천 권의 책들을 담을 수 있는 전자기기라고 말해 줬다.

한 학생이 자신의 전공이 정보기술이어서 나의 컴퓨터가 매우 궁금하다고 말했다. 그는 전에 다니던 대학에서 인트라넷의 책임을 맡고 있었고 졸업 후에 조선컴퓨터센터에서 일을 하고 싶어 했다. 그는 평양과기대로 편입하지 않았다면 3학년 때 해킹을 배웠을 것이라고 덧붙였다. 내가 그에게 해킹에 관한 실제 과목이 있느냐고 묻자 그는 전 대학에 있던 악명 높았던 똘똘한 2학년 학생 이야기를 들려줬다. 어느 날 그 학생이 정부 시스템을 해킹해 접속해서 자신의 모든 점수를 올려놓았다. 정부 관리가 알아냈지만 그 학생이 워낙 똑똑해서 그가 높은 점수를 유지하게 해 주기로 결정했다. 이 이야기의 교훈은 해킹은 범죄지만 잘만 해내면 용서가 될 수 있다는 것으로 보였다.

그 학생은 나의 맥북이 인터넷에 연결돼 있는지 물었다. 학생들은 내가 조깅을 할 때 아이팟을 듣고 있는 것을 보았고 한 학생은 그것으로 인터넷에 접속할 수 있는지 내게 물어보기도 했다. 인터넷에 접속할 수 있는 기기를 가진 것으로 충분치 않으며 신호에 연결해야만 한다는 것을 그들은 이해하지 못했다. 나는 할 수 있는 대로 설명한 뒤 그의 나라를 제외하고는 공원이나 카페를 포함해 실제로 어느 곳에서든 어떤 컴퓨터로든 인터넷에 접속할 수 있다고 덧붙였다. 나는 내가 이것에 대해 말해서는 안 된다는 것을 알았지만 더 이상 침묵을 지키지 못했다.

곧 한 명 한 명씩 묻기 시작했다.

"오늘 인터넷으로 영화를 보셨습니까?"

"얼마나 오래 영화를 볼 수 있습니까?"

"얼마나 많은 영화를 볼 수 있습니까?"

"글쎄, 무한대를 생각해 봐."

나는 그들이 이해할 수 있도록 애쓰면서 이렇게 말했다.

"인터넷은 어느 정도 무한대와 같아. 방문할 수 있는 웹 사이트가 수십만 개, 골라 볼 수 있는 영화가 수만 개나 있어."

그들은 고개를 끄덕였고 또다시 끄덕였다. 그들은 늘 끄덕였다.

가장 똑똑한 학생들 중 하나인 송승진이 자신이 알코올에 관한 정보를 찾는 것을 내가 도와줄 수 있는지 물었다. 그는 술의 장점과 단점에 대해 쓰고 싶은데 자신은 술을 마시지 않으며 자료를 찾는 법을 모른다고 했다. 그는 평생 의학정보로 둘러싸여 살아온 의사의 아들이었고 자신도 의사가 되려는 포부가 있었지만 술의 효능에 관해 실마리를 잡지 못하고 있었다. 그의 제안은 자신을 위해 내가 인터넷에서 자료를 찾아 달라는 것으로 나는 알아차렸다.

그들은 자신들이 갖지 않은 지식을 갖고 있는 우리와 살고 있었고, 우리가 숙제로 리포트를 써 오라고 하거나 식사 때 대화를 하면서 일부 지식을 알아 올 것을 요구하고 있기 때문에 정보의 진공이 더 이상 무시할 수 없는 불편함이 돼 가고 있었다. 서양 문화의 산물인 우리는 이러한 진공이 배움의 진정한 방해물이라는 점을 일깨워 줬다.

하지만 정보의 오류와 정보의 부족이 그들에게 에세이 쓰는 법을 가르치는 데 유일한 문제는 아니었다. 그들의 스토리텔링에서는 결론이 항상 예측 가능했다. 한 예로 우리는 여름 학기 때처럼 대회를 열어 학생들에게 짤막하고 독창적인 촌극을 제시하도록 경쟁을 시켰다. 일부 학생들을 지도한 루스가 어느 날 오후 질문이 있다면서 내 사무실로 머리를 쑥 내밀었다. 나는 한동안 그녀를 피했지만 그녀가 나를 자신만큼 독실하지는 않은 기독교인으로 여기는 것으로 보아 나의 보호막이 정말로 날아가 버리지는 않은 것으로 보여 안심이 됐다.

"미국에서는 장기를 파나요?"

그녀가 물었다.

나는 고개를 흔들며 말했다.

"아뇨, 그것은 불법인데요."

그녀는 자신이 가르치는 한 학생이 미국에서 장기를 사고파는 것을 무서워하다가 북한에 와서 위대한 수령의 배려로 병원들이 무료라는 것을 알고 깜짝 놀란 사람에 관한 촌극을 하려는 생각이라고 설명했다.

4반은 불길에 갇혀 있는 두 사람을 구조하고 위대한 수령에 관한 노래를 부르는 소방수들에 관한 촌극을 공연했다. 우승팀의 촌극은 해설자의 설명을 곁들여 영원한 주석 김일성이 영웅적으로 지도한 한국의 독립 이전 시대를 배경으로 농민에 대한 지주들의 야만성을 그린 것이었다. 끝날 때는 전 출연진이 노동당을 고마워하는 노래를 불렀다. 그들이 갑자기 당에 감사했던 정확한 이유는 불분명하였지만 모든 촌극들이 줄거리에 관계없이 그들의 수령이나 당에 감사하는 노래로 끝을 맺었다.

자료를 활용한 수업이 여기서는 불가능해서 대신 나는 학생들에게 빌 클린턴이 모든 학교가 인터넷으로 연결되게 하는 것이 얼마나 중요한가에 관해 말한 것을 인용해 1997년에 발표된 간단한 에세이를 읽도록 했다. 이것은 대학 교육에 관한 현행 교과서의 주제와 연결되었기 때문에 담당관들로부터 허가를 얻어 냈다. 나는 그들이 얼마나 뒤떨어져 있는지에 관해 그들 스스로 감을 잡기를 기대했다. 나는 마크 저커버그, 페이스북, 트위터를 언급한 「프린스턴 리뷰」 「뉴욕타임스」 「파이낸셜타임스」 그리고 「하버드 매거진」 등의 최신 기사 4건도 함께 제공했다. 하지만 어떤 기사 꼭지도 그들의 반응을 이끌어 내지 못했다. 저커버그가 대학 기숙사에서 꿈꾸었던 그 무엇으로 1,000억 달러를 벌었다는 문장조차도 그들의 관심을 끌지 못한 것 같았다. 그들이 글 내용을 거짓말로 여겼을 가능성도 있었다. 아니면 어쩌면 자본주의적 시각이 그들을 불쾌하게 했었을 수도 있었다.

다음 날 오피스아워에 여러 학생들이 들렀다. 그들은 모두 에세이 주제를 바꾸고 싶어 했다. 묘하게도 그들이 제안한 새로운 주제는 모두가 미국 사회의 해악과 관련이 있었다. 한 학생은 미국과 일본 중학교의 체벌에 관해 쓰고 싶다고 말했다. 또 한 학생은 IQ 측정에 기초해 아이들의 미래를 결정하는 미국 정부 정책이 금지돼야 한다고 주장하고 싶어 했다. 세 번째 학생은 미국에서 국민이 총기를 자유롭게 소지하도록 허용하는 제도의 문제점을 다루고 싶어 했다. 넷째 학생은 바이오 연료가 유해한데 미국이 최대생산국이라고 말했다. 다섯째 학생은 주제를 이혼으로 바꾸고 싶어 했다. 그에 따르면 북한은 이혼이 없지만 미국의 이혼율은 50%가 넘고 이혼은 범죄와 정신병을 유발했다.

"그럼 결혼해서 얼마간 살아 보니 불행하다면 여기서는 어떻게 하지?"

내가 물었다. 그 학생은 나를 멍하니 바라보기만 했다. 또 한 학생은 맥도날드가 얼마나 몸에 해로운지를 쓰고 싶어 했다. 그러고는 내게 "그런데 맥도날드는 어떤 음식을 만듭니까?" 하고 물었다.

한 학생은 어떤 나라에 컴퓨터 해커가 가장 많은지를 묻더니 그것이 미국이라고 배웠다고 말했다. 이 질문은 나를 당황하게 했는데 내가 북한이 저지른 사이버범죄에 관해 CNN아시아의 뉴스를 막 본 뒤라서 특히 그랬다. 나는 컴퓨터 범죄는 어느 곳에서나 누구에 의해서나, 심지어 여행객에 의해서도 저질러질 수 있으며 그래서 진원지로 한 나라를 지목하기는 어렵다고 말했다.

논지 문장으로 들어와서, 나는 한 학생이 '핵무기의 유해한 영향에도 불구하고 미국과 같은 일부 국가들은 이를 계속 개발하고 있다'고 쓴 것을 발견했다. 그는 북한의 핵무기 개발과 실험이 국제사회의 걱정거리라는 것을 모르는 듯했다. 또 다른 학생은 특히 아프리카에서, 특히 영국과 미국 같은 부국도 기근 문제를 갖고 있기 때문에, 기근은 해결하기에 불가능한 문제라고 썼다. 또 한 학생은 돈 때문에 사회가 비윤리적 행위를 하게 되는 과정을 주제로 선택했다.

한 가지는 분명했다. 그들이 미국을 비난하는 것으로 에세이 주제를 바꾸기로 단체로 결정한 것은 저커버그에 관한 기사 때문이었다. 내가 자극을 주려고 의도한 것을 그들은 네가 자랑하려는 것으로 보고 업신여김을 당했다고 생각했던 것임에 틀림없었다. 수 세대 동안 그들에게 스며들었던 민족주의로 인해 너무나 깨지기 쉬운 자존심은 열등감이 되어 그들은 자신을 제외한 세계의 나머지를 인정하기를 거부하는 시민들로 만들어졌다.

그들의 인식을 확장하려는 나의 노력은 계속 역효과를 냈다. 내가 숙제로 내 준 김장에 관한 문장은 설교와 독선적인 장광설 무더기로 이어졌다. 학생들 거의 절반이 김치가 세계에서 가장 유명한 음식이며 다른 모든 나라들이 부러워한다고 주장했다. 한 학생은 미국 정부가 김치를 1996년 애틀랜타 올림픽의 공식 음식으로 지정했다고 썼다. 내가 그에게 자세히 묻자 그는 모두가 이 사실을 알고 있고 자신의 한글 교과서가 그렇다고 하므로 이것을 증명할 수도 있다고 말했다. 인터넷을 잠깐 찾아보니 일본 제조업체가 김치를 일본 음식이라고 주장하면서 올림픽 공식 음식으로 제안했다가 거부당한 일이 있었다고 나왔다. 어쨌든 이런 소식이 그들에게는 왜곡된 형태로 전달되어 이제는 일반적인 지식으로 통하게 된 듯했다.

내 학생들의 잘못된 정보 조각들을 고쳐 주는 것은 아주 힘들었고 가끔은 위험지대로 흘러 들어감을 의미했다. 마르타는 "안 돼요. 그것은 손대지 말아요. 만일 그들의 책에서 그것이 사실이라고 했다면 당신은 그것이 거짓말이라고 말할 수 없어요"라고 말했다.

가끔 그들은 내가 왜 흰쌀밥을 많이 먹지 않느냐고 물었다. 그들은 매끼마다 식판에 밥을 산더미처럼 쌓았지만 나는 언제나 조금씩만 담았다. 나는 흰쌀밥도 좋아하지만 항상 즐기는 것은 아니라고 설명했다. 그들은 밥과 그들의 국민적인 음식인 냉면이 아니면 내가 어떤 음식을 먹는지 물었다. 나는 예를 들면 신선과일로 만든 스무디와 에그 베네딕트에 관해 정확하게 말할 수 없었고 그래서 그들이 들어 본 두 개의 서양요리, 스파게티와 핫도그의 이름을 댔다. 나는 북한 사람들이 국제무역박람회에서 줄을 서 있는 것을 보고 그들이 북한식 소시지를 즐긴다는 것을 알고 있었다. 그러자 한 학생은 '김장' 숙제에서 '핫도그와 스파게티를 김치보다 더 좋아하는 조선 사람들은 김치의 우수성을 망각하여 조국에 부끄러움을 가져온다'고 썼다. 그 무엇도 그들의 호전적인 고립을 극복할 수 없을 것으로 보였다. 더구나 모든 길이 단 하나의 결론으로 통하기 때문에 이러한 태도는 토론의 여지도 전혀 없었다. 나는 학생의 글에 '스파게티와 김치 둘 다 좋아하는 것은 왜 불가능할까?'라고 써서 돌려주었다.

루스는 포크와 나이프 실험에 실패했고 응원을 받지도 못했음에도 불구하고 여전히 학생들에게 서양 문화에 대해 교육하고 싶어 했다. 그녀는 학생들이 다른 형태의 노래들을 경험하도록 하기 위해 다프트 펑크라고 불리는 테크노 듀오가 부른 「어라운드 더 월드」라는 노래와 힙합밴드 루츠의 노래들을 다운받았다. 담당관들은 교과서와 관련이 있다는 이유로 이것을 허가했지만 학생들은 모두 이 노래를 싫어했다. 좋아하지는 않았어도 그나마 싫어하지 않은 유일한 것은 비틀즈의 「예스터데이」를 비롯한 로큰롤이었다. 몇몇 학생은 "힙합은 말로만 돼 있고 테크노는 단지 비트일 뿐입니다. 지루합니다!"라고 말했다. 또 다른 학생도 고개를 흔들면서 "구역질이 납니다!"라고 동조했다. 다른 학생들도 끼어들어 이렇게 말했다.

"그것은 우리의 영원한 주석 김일성 동지가 일본 제국주의자들을 상대로 사용한 폭탄에 관한 우리 노래 「연길폭탄」과 비슷합니다. 이 것도 모두 말로 돼 있지만 오래전에 만들어졌습니다. 아주 오래된 노래입니다. 그러니까 우리는 미국인들보다 앞서가고 있는 겁니다."

에세이에 관한 여러 번의 수업 후 한 학생이 저녁 식사 때 말했다. "오늘 오후 저희 사회과학 수업 때 이상한 일이 생겼습니다."

그들은 주체 수업에 대해 결코 먼저 말을 꺼내지 않았기 때문에 나는 집중해서 들었다.

그 학생은 계속했다.

"우리는 에세이를 써야만 했습니다!"

그들은 보통 조선말로 짧은 작문을 했으며 전에는 그것을 에세이로 생각해 본 적이 없었는데 이제는 그렇게 생각하게 됐고 그러다 보니 이상한 느낌이 들었다고 말했다.

"무엇이 그렇게 이상했지?"

내가 물었다.

"저도 모르겠습니다."

그는 뭔가 생각하는 듯 잠시 쉬면서 천천히 말했다.

"제가 그것을 에세이라고 생각하니 이제는 그것이 다르다는 것을 알게 되었습니다. 영어와 조선말로 하는 글쓰기가 매우 다르지만 그래도 같은 점도 있어서 저는 쓰면서 에세이 구조를 계속 생각했고 그러자 이상하다는 생각이 들었습니다."

나는 그에게 더 캐묻지 않았지만 이해가 됐다. 주체에 관한 작문을 에세이처럼 접근하는 것은 틀림없이 대단히 혼란스러웠을 것이다. 물론 그들이 위대한 수령이 단독으로 수백 편의 오페라와 수천 권의 책을 쓰고 나라를 구하고 기적 같은 숫자의 일들을 해냈음을 증명하기를 원하지 않는 한 그의 나라에서는 증명도 없고 견제와 균형도 없었다. 그들의 전체 시스템은 캐물으라고 고안된 것이 아니라 비판적 사고를 짓누르기 위해 고안되었다. 그래서 논지가 증명되어야만 하는 에세이의 양식은 그들의 체제와는 현저하게 대조를 이뤘다. 에세이의 필자는 자신의 논지에 반대되는 주장을 인정하고 그것들을 논박한다. 이곳에서는 반대는 선택 가능한 것이 아니었다.

나는 그를 주시하면서 또다시 아픔의 감정을 느꼈다. 아마도 이것은 단지 시작일 것이었다. 그 질문들을 그들은 갖게 될 것이었다. 그들은 그 질문들을 묻게 될 것이 틀림없었다. 그들이 질문할 수 있다는 것을 생각도 하지 못했기 때문에, 또는 질문한다는 것은 그들이 그들의 체제에서 더 이상 존재할 수 없음을 의미했기 때문에, 그들이 묻지 못하고 있었음을 알게 될 그 질문들을.

23

추수감사절이 다가왔다. CNN아시아에 따르면 미국에서의 소식은 떠오르는 후보 허만 케인에 관한 것이었고 그가 성희롱으로 고소당했다는 것으로 이어졌다. 헤드라인 기사 하나는 '주님이 내게 대통령에 출마하라고 했다'였다. 이것은 내게 익숙했다. 내가 다른 교사들에게 왜 평양과기대에 왔냐고 물으면 그들은 모두가 비슷한 대답을 했다.

"주님이 나를 이곳으로 데려왔다."

내가 그들에게 여기서 얼마나 더 있을 거냐고 물으면 많은 사람이 대답했다.

"주님이 내가 여기에 있기를 원하는 대로. 그는 전지하시고, 그가 결정하십니다."

이것은 신은 나름의 설계가 있고 북한 주민의 고통은 그들이 천국으로 나아가는 일시적인 단계라는 루스의 주장을 생각나게 했다. 나의 학생들이 '강성대국' 건설에 필수적인 순교의 형태로 재해석되는 기근에도 불구하고 또는 오히려 기근 때문에 위대한 수령을 따르도록 배웠던 것과 똑같은 방식으로, 수용소는 예수의 이름으로 봉사하는 목적이 되었다. 비슷하게도 고난의 행군은 그들을 악마로 취급하는 바깥세상에 대항하도록 그들을 단결시키는 데 도움을 주는 통과의례가 되었다.

비록 루스가 나에게 이따금 열리는 성찬식에 참가하지 말라고 말했음에도 나는 일요 예배에 돌아왔다. 점심 때 한 학생이 물었다.

"오늘 오전에는 무엇을 하셨습니까?"

나는 잠시 더듬거리다가 "글쎄, 교사회의"라고 대답했다. 나는 숨을 돌렸다.

"일요일에도 회의가 있습니까?"

그들의 눈이 커졌다.

"어디서 하십니까? 기숙사에서 하십니까?"

캠퍼스에서의 모든 것이 어느 곳에서나 눈에 들어오며, 그들이 단체로 몇 시간 동안 보이지 않으면 무슨 일이 있는가 하고 우리가 걱정하듯이 그들도 우리에 대해 똑같이 걱정할 것이 틀림없었다. 나는 가능한 한 최대로 정직하게 우리는 가끔 교사 여행 같은 자잘한 것들, 얼마를 낼지, 누가 갈지 등에 관해 논의하기 위해 회의를 한다고 대답했다. 그들은 납득한 것 같지는 않았지만 고개를 끄덕였다.

기온이 날마다 떨어졌다. 어떤 날은 강의할 때 손가락들이 분필을 잡기에 감각이 없을 정도로 얼어 있었다. 우리 모두는 교실에서조차 항상 겨울 코트를 입었다. 나는 여전히 치마를 입어야 해서 팬티스타킹을 두 겹으로 신었다. 나는 추수감사절이 아니라 한국의 추석을 축하하면서 컸고 칠면조를 먹지 않음에도 불구하고 추수감사절이 다가왔기 때문에 집 생각이 더 났다. 식사 때 학생들은 내 마음이 가라앉는 것을 감지할 수 있기라도 한 듯이 우스운 이야기를 하며 내 관심을 끌려고 애썼다.

어느 날 저녁 내 반의 엉뚱한 학생인 장민수가 곧 결혼하는 누나 이야기를 했다. 그녀는 스물일곱 살이었고 창광원의 수영장에서 일했다. 그녀는 대학에서 남자를 만났는데 그도 그곳에서 일했다. 아마추어 권투선수인 그는 착한 사람이었지만 '외모가 지독히도 못났다'고 민수가 자세히 묘사하기 시작했다. 키는 작고 뚱뚱했으며 코는 너무 커서 얼굴 전체를 덮을 정도였고 입은 너무 내려가 턱의 바닥에 붙어 있었으며 눈은 너무 떨어져 있으면서 깨진 유리조각 같았다고 했다. 최악인 것은 그의 눈썹이 너무 희미해 사실상 없었다고 해도 과언이 아닐 정도였다. 민수는 그와 첫인사를 나눴을 때 눈썹이 없는 사람을 처음 봤기 때문에 놀랐다고 말했다. 이 남자는 민수 누나의 집 앞에서 매일 아침 기다리곤 했다. 민수 누나는 눈과 코에 성형수술을 해서 아주 예뻤다.

지금까지 여러 학생들이 성형수술이 드물지 않다고 말했고 북한 사람들과 오랫동안 함께 일해 왔던 나이 든 한 교수도 현지 여성들은 성형수술을 미모를 돋보이게 하도록 정부가 내려 주는 보상의 하나로 여기고 있다고 전해 주었다. 지난번에 방문했을 때 나는 남한에서 가장 흔한 쌍꺼풀 수술을 받은 듯 보이는 평양의 여성들을 가끔 본 적이 있었다.

또 다른 학생 박세훈은 여자 친구 이야기를 꺼냈다. 여름 학기에 그들 모두가 그의 여자 친구는 없다고 주장했지만 그 장벽들이 이제야 조금씩 허물어지고 있었다. 그는 전에 다니던 대학에 여자 친구가 있었고 그가 평양과기대로 떠날 때 매우 슬퍼했는데 지금은 새로운 여자 친구가 있으며 아마도 '성공적으로 여학생을 만나는 방법'에 관해 내가 내 준 숙제 덕분인 것 같다고 말했다. 그는 수업을 기억했고 방학 때 인민대학습당에서 여학생을 사귀게 돼 그 후 매일같이 만났다고 했다. 다른 학생들은 모두 웃으면서 그가 농담을 한다고 말했지만 그는 단호했다. 그녀는 예뻤고 평양외국어대학 학생이었는데 그가 영어도 잘하고 아주 멋있게 생겨 그에게 반했다고 했다는 것이었다. 나는 그에게 집에 머문 짧은 기간에 여자 친구를 찾을 수 있게 된 것이 인상 깊었다고 말했다. 다른 학생들은 발작적으로 웃으면서 말했다.

"선생님, 이 친구는 여자를 꿰차는 데 소질이 있습니다!"

그날은 홍문섭의 생일이었고 학생들은 축하해 주기 위해 기숙사의 한 방에 오후 7시 30분에 모이기로 했다. 보초 당번 6명을 제외하고 모두들 문섭을 위해 순서대로 노래를 불러 주고 TV방에 모여 중국 드라마를 볼 예정이었다. 나는 문섭에게 어머니가 보통 생일 선물로 무엇을 주느냐고 물어보니 그는 테디 베어라고 말했다. 그는 약 10개가 있다고 했다. 다른 학생 김용석은 생일 때마다 부모가 시계를 주었지만 건망증이 심하고 마지막 하나까지 잃어버렸다고 말했다. 결국 그의 아버지는 시계 사 주는 것을 그만뒀다. 지난 생일날 그의 아버지는 "너에게 시계를 주느니 개한테나 주겠다!"라고 말했다. 그때 어머니가 시장에서 개고기를 사 와 그가 좋아하는 단고기국을 끓여 주었다고 그는 말했다. 다른 학생은 어머니가 자신의 근육통을 낫게 하려고 피부에 붙이고 있으라며 고양이 살코기를 주었다고 말했다. 그들은 사내아이들답게 역겨운 묘사를 재밌어 했다. 그들은 내가 고기를 그리 좋아하지 않는다는 것을 알고는 내가 세세한 내용에 메스꺼워 하는지를 보려고 나를 흘끔흘끔 쳐다봤고 마침내 나는 "오케이,

이젠 됐어. 그만"이라고 말했다. 이 말에 식탁에 있던 모두가 웃음을
터뜨렸다.

그때 난데없이 창민이 물었다.

"미국인들은 인종차별주의자입니까?"

그는 교과서에서 이것에 대한 글을 읽고 만일 백인 미국인이 내가
그들과 닮지 않았다는 이유로 나를 괴롭히지 않을지 걱정했다고 말
했다. 나는 누군가를 곤경에 빠뜨릴 수 있다는 평소의 두려움 때문이
아니라 이것이 복잡한 질문이어서 잠시 말을 멈추었다. 그는 순수하
게 궁금해했고 나는 이 화제에 관해 할 말이 많았다. 그러나 내가 대
답하기 전에 그는 계속했다.

"검은 사람들은 어떻습니까?"

그의 말은 아프리카계 미국인을 의미했다. 그들은 평양과기대에
오기 전에는 자신들 이외의 다른 인종은 본 적이 없었으며 평양과기
대에도 흑인 교사는 없었고 백인만 있었기 때문에 그것은 그들에게
는 매우 추상적인 개념이었다. 나는 그가 외국인 교사들과 상대적으
로 짧은 시간만 함께 보내고도 이런 일을 생각하기 시작했다는 것이
인상 깊었는데, 민섭은 재빨리 그에게 조용히 하라고 했다.

"지루해! 화제를 바꿔. 그것은 우리 삶과는 아무런 관계가 없어."

늘 이런 식이었다. 즉각 논의는 중단되었다. 그러나 그들은 젊었고
또한 그들에게 거의 아무런 일이 일어나지 않았기 때문에 새로운 정
보의 파편들은 그들과 함께 남아 있었다. 예를 들어 한 학생이 물었다.

"「해리포터」의 저자인 J. K. 롤링은 유명한 작가입니까?"

그러자 다른 학생이 물었다.

"호그와트는 멋진 곳입니까?"

그리고 또 다른 학생이 말했다.

"퀴디치는 재미있는 것 같습니다."

마치 그들이 책을 읽었거나 영화를 본 것처럼 들렸지만 물론 둘 다 불가능했다. 보아 하니 그 이야기는 봄 학기에 배운 교과서의 한 곳에 짤막하게 소개되었는데도 그들은 그것을 생생하게 기억했다. 나는 그들에게 「해리포터」 영화 한 편을 보여 줄 꿈을 꾸기 시작했다. 그래서 나는 마르타가 「해리포터」 3편을 갖고 있다고 말할 때 나의 행운을 믿을 수 없었다. 우리는 기말고사 후 1학년 학생 전체를 대상으로 영화의 날 행사를 가질 예정이었고 나는 담당관들에게 「해리포터」를 허락받아 학생들에게 보여 주자고 제안했다.

하지만 루스가 우리 대화를 우연히 듣고는 교사들이 이미 「나니아 연대기」를 골라 놓았다고 내게 말했다. 나는 「해리포터」를 추가해 두 편을 동시 상영하거나 아니면 아예 바꾸면 어떻겠느냐고 제안했다. 루스는 안 된다고 했다. 「나니아」는 기독교적인 메시지가 있어서 선정된 것이라고 그녀는 설명했다. 어떤 교사들은 「해리포터」의 메시지에 동의하지 않았다. 게다가 그녀는 「해리포터」가 북한이 개방될 때 학생들이 가장 먼저 접하게 될 것이라고 생각했다. 메어리와 상의했더니 그녀도 나의 소망은 불가능하다고 말했다.

"영화는 영향력이 있어요. 담당관들이 「해리포터」에 대해 문제라고 보지 않을 수 있지만 우리는 문제라고 봐요. 「나니아」가 선정된 이유가 있어요. 주님이 그렇게 말하고 있어요."

그녀는 천정을 가리키면서 말했다.

어떤 새로운 정보든 이중의 문지기를 돌파해야 했다. 내가 팝문화라고 본 것을 선교사들은 이단이라고 보았고 담당관들도 그럴 수 있어서 어떤 정보든 학생들에게 전달되려면 이중으로 검열을 받았다. 그런데도 그들의 신이 해리포터 이야기가 현대 역사상 어떤 것보다도 빠른 속도로 전 세계로 퍼지도록 허용한 것은 무슨 이유일까.

학생들과의 어떤 대화들이 매우 가벼워서인지 아니면 우리가 함께 나눈 기쁨 때문인지 나는 식판을 치우고 주위가 막힌 춥고 어두운 복도를 따라 교사 기숙사로 걸어가면서 유난히 가슴이 무겁다고 느끼곤 했다. 그들로부터 멀어지는 걸음을 뗄 때마다 그 순간에 우리 위로 비춰진 희망의 빛이 하나씩 차단된 듯 느껴졌다. 내 방에 오자마자 나는 학생들과의 나날들을 되돌아보면서 세세한 것들을 검토해 보고 그것을 적어 보았다. 그리고 무엇인가 대단히 잘못되어 간다는 괴로운 감정, 불안감, 거의 육체적인 자극에 충격을 받았다.

북한에 있는 것은 몹시 우울했다. 달리 설명할 방법이 없었다. 봉쇄된 국경은 38도선에만 있지 않았고 도처에, 개개인의 마음에서, 과거를 봉쇄하고 미래를 질식시키고 있었다. 내가 이 소년들을 사랑하면 할수록, 또는 사랑하기 때문에 우리 사이의 장벽은 무너뜨릴 수 없으며 그뿐 아니라 결국 영속적일 수밖에 없다는 것에 납득돼 가고 있었다. 이것이 나를 너무나 슬프게 해서 얼어붙은 새벽에 소년들이 단체 운동하는 소리를 듣고 잠에서 깼을 때 나는 눈을 다시 감고 잠을 다시 청하지 않도록 애를 써야만 했다.

24

"매일매일 그저 기다리고 있는 것 같습니다."

한 학생이 저녁을 먹으며 말했다. 그들은 감정을 거의 표현하지 않는데 나도 그와 같이 느껴서 이렇게 말했다.

"나도 그래."

"김수키 교수님도 똑같이 느끼신다는 말씀입니까?"

그가 외쳤다. 그는 내가 동감을 표시하니까 놀란 것 같았다.

나는 고개를 끄덕였다.

"너는 무엇을 기다리고 있니?"

내가 물었다.

"어머니 아버지를 보는 것입니다. 물론!"

그가 큰 미소를 지으며 말했다.

그들은 공부에 대해 걱정하고 있었다. 그들은 과학 및 기술담당 교사들이 도착하기 전까지는 영어만 계속하도록 돼 있었다. 학생들이 평양과기대에 처음 와서부터 그때까지 전공 공부를 손 놓은 지 1년 반이 됐다. "걱정이 됩니다"라고 한 학생이 고백했다.

"그렇게 오랜 동안 전공 공부를 손 놓고 있어도 되는 건지 잘 모르겠습니다."

이번 학기 마지막 작문 숙제로 누구에게든 편지를 써 보라고 했다. 그것은 5문단 에세이 숙제를 너무 어려워하는 그들에게 휴식을 줄 겸 휴대폰 사용 금지나 금연 같은 주제를 다룬 에세이들을 읽고 점수를 매기는 것이 너무 지루해 나 자신에게도 잠깐 휴식을 주는 것이었다. 나는 숙제를 하나 더 주면 학생들이 작문을 영원히 싫어할까 봐 걱정했는데 의외로 그들은 좋아하는 것 같았다. 한번 읽어 보니 이유를 알 수 있었다.

많은 학생들이 그들의 어머니에게 편지를 썼다. 진심 어린 편지였다. 한 학생은 이렇게 썼다.

어머니께.
날이 점점 빨리 저물수록 어머니 생각이 더 납니다. 그러나 그러면 저의 공부에 부담이 되어서 집 생각을 떨치려고 노력합니다. 저는 매일 잠자리에 들기 전에 어머니 사진을 봅니다. 그리고 어머니가 아들을 자랑스러워하게 하고 싶습니다.

어떤 학생들은 일요일이면 일할 때 힘이 나도록 어머니 사진을 온종일 갖고 있다고 썼다. 어떤 학생들은 영어를 마스터하는 데 실패해서 가족들에게 수치를 가져다줄까 걱정하고 있다고 썼다. 편지들의 내용은 비슷했지만 똑같은 진실의 소리를 내고 있었다. 소년들은 외로워하고, 두려워하고 있었다.

친구들에게 편지를 쓴 학생들은 자신들의 좌절감에 대해 평소답지 않게 털어놓았다. 한 학생은 '지긋지긋하다'고 썼다.

'네가 건설현장에서 일하고 있다는 것을 나는 안다. 나는 내 인생에 대해 불평했던 것을 후회하고 있지만 나는 하루 일과가 지긋지긋하다. 똑같은 시간에 일어나 똑같은 시간에 먹고 영어 공부만 하러 방을 나선다. 성적 때문에 스트레스를 받는다.'

다른 학생은 '나는 영어만 공부하고 있고 알고리즘 기초도 잊어버렸다'고 썼다.

여러 학생이 에세이 작문에 관해 친구들에게 말했다.

'나는 전공은 배우지 않고 있고 대신 영어를 많이 공부한다. '에세이'가 뭔지 아니?'

'가장 어려운 과제 중 하나는 작문 시험에 통과하고 에세이를 써서 읽기와 쓰기 담당 김수키 선생님을 감동시키는 일이야. 영문 에세이는 조선말로 쓰는 것과는 완전히 달라. 처음에 쓸 때는 너무 혼란스러워서 하나를 끝마칠 수 있을 것으로 생각하지 못했다. 하지만 더 많이 배울수록 에세이가 더 매력적으로 느껴졌고 에세이를 통해서 나는 사람들의 마음을 바꿀 수 있겠어.'

'여기 좋은 교수님이 많은데 특히 김수키 교수님은 나와 가까워. 그분은 우리에게 에세이를 가르쳐 주셨어. 에세이 쓰기는 모든 사람이 오르기를 무서워하는 산꼭대기에 오르는 것이라고 나는 생각한다.'

어떤 학생들은 건설현장의 주소를 적어 가며 그곳에 있는 친구들에게 썼다.

'네가 만수대길의 건설 현장에 있는 것이 너무 힘들 것으로 걱정이 된다. 친구야, 나는 너를 항상 생각하고 있다.'

'8월에 네가 큰 폭발음과 함께 빌딩들이 무너지는 비디오를 내게 보여 줬지. 아주 멋진 장면이었어. 이제 너는 그곳에 현대식 교육 빌딩을 짓고 있겠구나. 내가 너와 함께 일할 수 없어서 미안하다.'

'겨울은 더 깊어 가고 공사현장에서 힘들겠구나. 너는 아마 감기에 걸렸을지 몰라. 너는 세계에는 한 사람이지만 나에게는 네가 세계라는 걸 기억해라.'

친구와 가족에 쓴 편지에서 그들은 마지막으로 만났던 것을 언급했는데 보통은 1년 이상 이전이었다. 그들은 생일처럼 그들이 건너뛴 행사를 입에 올리면서 연락하지 못한 데 대해 사과했다. 그러나 그들은 편지 쓰기가 허용되지 않는다고 말하지 않았다. 대신 자신들을 탓했다.

'어머니 생신에 어머니를 생각합니다. 편지를 쓰지 못해 죄송하지만 제가 게으르다는 걸 어머니도 아시잖습니까.'

'동무야, 너의 생일날 전화를 걸지 못해 미안한데, 영어 숙제가 너무 많았다.'

'3년 동안이나 내 연락을 받지 못할 줄은 생각하지 못했을 거야. 네가 아픈지, 잘 지내는지 모르겠다. 내일 이 편지를 받고 놀랄 텐데, 편지를 쓰지 못한 것은 미안하지만 시험들로 바빴단다.'

어떤 학생들은 여자 친구에게 편지를 쓰거나 편지에서 이들의 이야기를 했다. 한 학생은 그녀의 미모에 관해, 그리고 그녀를 얼마나 보고 싶어 했는지, 겨울 방학 때 얼마나 보고 싶은지를 썼다. 다른 학생은 친구에게 편지를 쓰면서 여자 친구 이야기를 했다.

'활달한 내 여자 친구는 볼링을 좋아한다. 별명이 '수다쟁이 참새'인 너의 여자 친구는 뭘 좋아하니? 멋진 천사에게 내 안부를 전해 주렴.'

다른 학생은 자신의 여동생과 데이트를 했다가 헤어진 친한 친구에게 썼다. 그의 편지는 오랫동안 알고 지내다 어리석은 짓 때문에 남자가 여자와 헤어졌고 여자는 마음 아파했던 두 사람 간의 연애를 묘사했다. 그는 겨울 방학 때 집에 가면 두 사람이 웃고 있는 것을 볼 수 있도록 여동생을 용서해 주라고 친구에게 말했다. 나는 그가 외동아들이고 여동생이 없다는 것을 알고 있었기에 이것은 자신의 전 여자 친구에게 자신들의 상황에 대해 쓴 위장 편지인 것처럼 보였다.

가장 자세하게 쓴 편지는 다른 학생들만큼 회화 실력이 좋지 않은 학생의 것이었다. 그는 과묵하고 수업에 거의 참여하지 않았기 때문에 그가 비밀이라고 말하면서 아주 긴 편지를 건넸을 때 내심 놀랐다.

나는 열여섯 살 때 너를 처음 만났지. 너는 열네 살이었고. 나는 너의 집에서 수학을 가르쳐 줬고 너의 부모가 좋아하셨지. 그런데 너는 이사를 가 버렸고 나는 너를 찾을 방법도 몰랐는데 어느 날 네가 전화를 걸어 대학입시를 치르고 있다고 말했어. 나는 네가 합격했는지 알아보느라 매일 너에게 전화를 걸었단다. 그리고 나는 너에게 나오라고 했고 우리는 자주 만났지. 나는 너를 집에 바래다 주었고 너는 나를 바래다 주었어. 스케이트장에서 마지막으로 만났는데 우리는 싸웠어. 내가 미안해. 다음에 내가 집에 가면 네가 원하는 걸 해 줄게. 너는 나에게 러시아어를 가르쳐 줄 수 있어. 나는 너에게 영어를 가르쳐 줄게. 큰 배는 천천히 떠난다. 그러니 나를 기다려 줘.

그는 추신을 덧붙였다.

'김수키 교수님, 그녀는 실존 인물입니다.'

그러고는 그녀의 이름을 써 놓았다.

한 학생은 3년간 보지 못했던 군대에 있는 형에게 썼다. 다른 학생은 케이티에게 운동회 날에 관해 쓰면서 모든 학생들이 재미있었으면서도 그녀의 안녕을 생각했다고 썼다.

'우리는 마음속에서나마 당신과 함께 달렸습니다.'

그들의 경계심에도 불구하고 편지에 묻어나는 것은 깜짝 놀랄 정도의 부드러움과 깊은 진실함이었다.

'저는 제 마음속에 있는 것을 쓸 기회가 생겨 기쁩니다.'

많은 학생들이 이렇게 썼다. 이런 감옥 같은 생활은 그들에게 영향을 미쳤다. 그들은 자신의 감정을 표현할 대상들로부터 차단되어 있었다. 수신인에게 배달되지 않을 것이라고 그들도 알고 있는 이 편지들은 그들의 유일한 배출구였다. 비록 그들의 언어가 아닌 언어로 씌어졌고 점수가 매겨질 숙제로 쓴 것이지만 그들은 진짜 편지로 여기고 숙제를 받아들였다. 그리고 단 한 명도 위대한 수령이나 '강성대국'을 꺼내지 않았다.

그중에는 나를 향해 쓴 문제의 편지도 있었다. 강선필에게서 온 이 편지에서 그는 몇 주 전에 김장에 관해 쓴 숙제를 내게 보여 주기 위해 오피스아워에 들렀고 내가 슬쩍 보더니 그에게 "오케이"라고 말했다고 깨알같이 자세히 썼다. 그러나 그가 페이퍼를 돌려받아 보니 겨우 87점을 받았다. 그는 이것을 배신이라고 여겼다. 편지의 일부분은 이랬다.

저는 실망했고, 당신이 변덕스러우며 저를 속인 것은 아닌지 생각했습니다. 그 뒤 저는 수 일 동안 속상한 마음에 화가 났습니다. 물론 성적 때문에 교수님을 비난하는 것은 받아들일 수 없는 일입니다. 하지만 저는 학생의 존경심과 기대감을 무시하는 것이 적절하지 않다고 생각했습니다. 당신은 제가 버릇없고 당신을 비난한다고 생각하겠지만 저도 당신을 속이고 기분이 좋은 척하고 싶지는 않습니다. …… 당신이 저를 젠틀맨이 아니라고 생각할지라도 저는 정직하게 쓰고 싶습니다.

'Sincerely(진실한)'이라는 맺음말 대신 그는 한글로 '한때 당신을 존경했던 학생으로부터'라고 썼다.

성적이 우수한 학생 중 한 명인 선필은 자기 자리를 잃을까 불안해했다. 어려서부터 그는 제1학교들에 선발되었다. 나는 그의 감정을 거의 읽을 수 없었고 그래서 감정이 매우 많이 섞인 그의 편지를 받고 놀랐다. 또한 그는 영어 숙제에 한글로 서명을 했는데 이것은 허용된 것이 아니었다. 그때 이후로 그는 나와 눈을 맞추지 않았고 수업 시간에 아무런 노력도 하지 않았다. 결국 내가 그에게 오피스아워에 찾아오라고 했다.

예상했던 대로 그는 짝인 신동현과 함께 왔다. 그는 눈에 띄게 골이 난 듯 앉았고 분위기는 긴장되었다. 그러나 다른 학생들이 질문하러 들어와 그곳에 그가 없는 듯이 행동했다. 갑자기 그들 모두가 그를 차단한 것처럼 보였다.

"쟤들의 질문에 다 답해 주실 때까지 기다리겠습니다."

그가 내게 나직하게 말했다.

모두 나가고 나와 그와 그의 짝만 남았고 우리는 대화를, 아니 내가 그에게 말하기 시작했다. 나는 그에게 그가 나를 '변덕이 심하다'고 생각하고 자신이 배신당했다고 여기는 것을 이해한다고 말하고 그러나 내가 그를 의도적으로 속이려고 한 것이 아니기 때문에 그의 비난으로 상처를 받았다고 말했다. 그는 한마디도 하지 않고 조용히 앉아 있었다. 동현은 우리 대화가 들리지 않는다는 듯 문 옆에서 서 있었다. 나는 선필이 거의 눈물에 젖어 있는 것을 볼 수 있었다.

"제가 조선말로 하는 것을 허락받고 싶습니다."

이윽고 그가 말했다.

내가 학생들에게 그렇게 하도록 하는 것이 통상적으로는 허락되지 않았지만 나는 그렇게 해도 된다고 말했다. 어떤 학생이든 우리의 공통된 제1언어로 내게 말한 것은 이번이 처음이었다.

"저는 여름에 교수님을 만나 대단히 감명 받았습니다. 교수님은 문단에 관해 가르쳐 주셨으며 에세이를 가르치겠다고 약속하셨기에 저는 무척 기뻤습니다. 교수님이 돌아오겠다고 말씀하셨을 때 저는 교수님이 돌아오지 않는 상황을 가정해 그 말을 믿기가 무서웠고 교수님이 가을 학기에 실제로 돌아왔을 때 저는 기쁨에 넘쳤습니다. 그래서 저는 교수님의 도움이 실제로 필요하지 않았는데도 매일 오피스 아워에 찾아왔습니다. 저는 교수님에게서 배우고 싶었고 무엇보다도 저는 교수님을 존경했습니다. 저는 저의 도움 요청을 처리하는 교수님의 방식에 실망했던 것 같습니다. 교수님은 그것이 괜찮다고 말했지만 교수님이 저에게 낮은 점수를 줄 거였다면 진심으로 오케이를 의미한 것은 아니었습니다. 만일 교수님이 저의 작문이 좋았다고 생각하지 않았다면 왜 그것이 오케이라고 말씀하셨습니까?"

그것은 이유 있는 항변이었다. 나는 그를 속상하게 한 것을 사과했고 그가 내 눈 앞에서 페이퍼를 휙 내보이며 내 의견을 구했을 때 다른 다섯 명의 학생들이 내 관심을 끌려고 하고 있었다고 설명했다. '오케이'라는 단어로 나는 그 페이퍼가 충분히 좋다는 것을 의미했지만 그것이 더 좋아질 수 없다는 것을 의미한 것은 아니며 그것을 더 개선시키는 것은 그의 책임이라고 말했다. 나는 그의 보모가 아니었고 학생들이 점수를 올리는 것을 도와주려고 오피스아워를 만든 것도 아니었다. 단지 내가 오케이라고 말했다고 해서 그가 그것을 최종적인 대답으로 받아들이는 것을 나는 바라지 않았다. 나는 그에게 자신만의 견해를 가져야만 했다고 말해 줬다. 그는 평생 반에서 톱을 지켜 온 스무 살짜리 사나이였다. 나는 그의 견해, 스스로에 대한 평가, 책임을 요구할 수 있는 그의 능력을 존중한다고 말했다. 나는 진심으로 말했고, 말을 하면서 감정적이 돼 가고 있음을 느꼈다. 이 나라에서는 스스로 생각하는 능력을 키우라고 장려한 적이 없겠지만, 나는 그가 그래야만 한다는 것을 알기를 바랐다.

그는 고개를 끄덕였고 한참을 쉬었다가 내가 그와 그들 모두가 말하기를 바랐던 바를 그대로 말했다.

"듣는 모든 것을 그대로 믿는 것이 버릇이 돼 버렸던 것 같습니다."

그때 그는 교사와 갈등을 일으킨 것은 이번이 생애 처음이라고 말하면서 이렇게 덧붙였다.

"저는 제가 그렇게 할 수 있고 그만큼 하고 싶어서 교수님에게 저의 감정을 표현했다고 생각합니다. 저는 교수님과 제가 이번 갈등을 통해서 더 가까워졌다고 믿습니다."

나는 동의하면서 화해를 제안했다.

"그래. 그것은 우리들의 문화 차이에서 나온 작은 갈등에 지나지 않아."

그러자 내내 조용히 있었던 동현이 말했다.

"그러나 저희는 교수님이 우리와 다르다고 생각해 본 적이 없습니다. 서로 환경은 다르지만 교수님은 우리와 똑같습니다. 우리는 교수님이 우리와 같다고 생각하고 있다는 것을 교수님이 아시기를 원합니다."

25

어느 날 밤 저녁 식사 때 전수영이 맹장을 세밀하게 그린 그림을 갖고 내게로 왔다. 그는 다른 학생이 해부학 용어의 영어 표현을 내게 물었더니 내가 인간 해부학에 관해 지식이 많지 않다고 대답했다고 들었다고 했다. 그래서 수영은 도서관에서 몇 시간 걸려 영어로 관련 용어들을 모두 찾아냈고 내게 보여 줄 차트를 그렸다. 진정 무엇인가에 흠뻑 빠져 이야기하는 그를 지켜보자니 흐뭇했고 나는 아들이 학교에서 새로 배워 온 것을 설명하는 것을 지켜보는 어머니처럼 뿌듯한 마음으로 콩나물과 배춧국을 먹는 시늉을 하던 것을 멈추고 수저를 내려놓았다.

그러자 그의 옆에 있던 리대성이 딱 끊었다.

"이건 저녁 식사가 아니라 의대 수업 같습니다. 그가 이야기하는 것이 너무 지루합니다. 쟤는 의학 전공이지만 우리는 아닙니다. 마치 외국어 같습니다. 영어도 아니고 다른 외국어 말입니다. 그러니 혼자 중얼거리라고 말해 줍시다."

우리는 모두 웃음을 터뜨렸다.

바로 그때 나는 식당을 가로질러 내가 아는 한 얼굴을 보았다. 그는 미국인 동료로 내가 2008년 뉴욕 필하모닉의 방북을 취재하던 때에 처음 만났던 특파원이었다. 그는 그 이후 평양에 다시 들어가기 위해 애쓰고 있었고 그 목적으로 평양과기대 김 총장의 환심을 사 왔다. 나는 그에게 인사를 해서는 안 된다는 것을 알고는 갑자기 두려운 생각으로 꽉 찼다. 그도 나를 보았지만 내가 선교사 교사로 가장하여 거기에 있는 것을 알고는 베테랑 기자답게 슬그머니 눈길을 돌렸다. 비록 그와 나의 시선이 한순간 마주치기는 했지만. 나는 누군가가 알아차렸을지 걱정돼 즉각 시선을 아래로 돌렸다. 그러나 여기서는 모든 것이 파악됐다. 나의 식탁에 함께 있던 학생들이 내가 무엇을 쳐다보는가 하고 자신들의 뒤를 쳐다봤다. 대성이 물었다.

"저 남자 분을 아십니까? 그가 누구입니까?"

나는 어깨를 으쓱했다.

"아마도 새로 온 선생님이 아닐까?"

웃는 얼굴로 그가 대답했다.

"글쎄요, 너무 늦었습니다. 학기가 거의 끝나 가고 우리는 집에 갈 것이잖습니까!"

소년들은 웃음을 터뜨렸다. 나는 마치 나 자신을 들킨 것처럼 심장이 빨리 뛰었지만 그제야 다시금 침착해진 것을 느꼈다.

이제 학생들은 겨울 방학 때 집에 가는 것에 관해 이야기했지만 수영은 평양과기대에 더 남아 있기를 원한다고 말했다. 그가 자신은 향수병에 걸리지 않았으며 여기 있는 것이 더 좋다고 주장하자 대성은 눈을 굴리며 "말도 안 돼"라고 끊어 버렸다.

그때 그것이 뭐가 그리 우습게 들렸는지 모르지만 우리 모두는 아주 재밌어했다. 아마도 그가 말한 태도 또는 그의 얼굴 표정 아니면 우리의 나날들이 너무 지루해서 아주 작은 것이라도 우리를 웃겨 주었던 때문인 것 같았다. 아마도 그것은 한 학생이 언젠가 말했던 것과 비슷했다. 60명이 함께 TV드라마를 보면 무조건 즐거웠기 때문에 어떤 드라마냐 하는 것은 중요하지 않았다고. 아니면 아마도 그 취약한 순간에 나는 나의 학생들과 함께 피난처를 찾았던 듯했다. 순간 내가 진정으로 속해 있고 내가 작가로 살아가는 바깥세상이 평양의 구내식당으로 들어왔는데, 이것이 조화되지 않아 우리 모두가 고립된 가운데 내가 마치 북한 젊은이들과 개인적인 농담을 나누는 이 세계로부터 끌려 나가는 것을 원치 않는 것처럼 불안함을 느꼈다.

그때 대성이 수영을 가리키면서 말해 내 정신이 돌아왔다.

"조선인이라면 누구나 어머니를 그리워합니다. 모든 학생들이 향수병에 걸려 있습니다. 그러나 여기 이 괴짜는 향수병이 아니라고 합니다. 그러니 이것이 외국어 같다는 겁니다. 이런 경우에 우리는 얘가 혼자 중얼거린다고 말할 수 있습니다!"

우리 모두는 다시 뒤집어졌다.

그때 수영이 나를 보더니 물었다.

"교수님, 봄 학기에 저희들을 가르치러 다시 오십니까?"

지난 주 그들은 연속적으로 이 이야기를 했다. 우리는 일식에 관해 이야기했는데 그들은 전날 밤 달을 보면서 김수키 교수가 봄에 돌아오기를 빌었다고 말했다. 내가 그들에게 주말에 뭘 했느냐고 물었더니 그들은 김수키 교수가 봄에 돌아오겠다고 말해서 행복했다고 대답했다. 이런 반복된 질문에 내가 할 수 있는 답은 최선을 다하겠지만 약속은 할 수 없다는 것이었다. 나는 그때 내가 버텨 내고 돌아올 수 있을지 확신하지 못했다. 그래서 나는 대신 그들이 겨울방학 때 무엇을 할 것인지 되물었다.

12월 24일이 김정숙의 생일이었기 때문에 학생들은 그녀에게 경의를 표한다고 했다. 1991년 그날은 김정일이 북한 인민군 최고사령관에 추대된 날이어서 그들은 그것 역시 축하했다. 이날은 2월 16일 김정일의 생일, 4월 15일 태양절로 알려진 김일성의 생일과 함께 그들의 가장 중요한 공휴일 중 하나였다. 이런 날에는 어린이들은 책가방과 장난감 등 당에서 주는 선물을 받았다. 1월 1일은 모두가 일찍 일어나 두 위대한 수령들의 동상에 가서 경의를 표했다.

한 학생이 자신의 집에서 태양절과 설날 등 일년에 두 차례 파티를 한다고 말했다. 지난해 친구 20명이 놀러 와서 함께 눈사람을 만들었고 떠들고 맥주를 마시면서 밤을 새웠다. 이것은 학생들이 술을 마셨다고 처음으로 털어놓은 것이었다. 다른 학생은 겨울에 가족이 다시 모인다고 말했다. 그의 대가족이 전국에 흩어져 있다가 한 해의 어느 날 함께 모이는데 장소는 어느 친척 집이 사용 가능한지에 달려 있었다.

"그러나 우리는 평양의 친척집에서는 모이지 않습니다. 왜냐하면 거기 들어가려면 모두가 특별허가증이 필요하기 때문입니다."

그는 덧붙였다. 학생이 여행의 제약에 관해 말하는 것을 들은 것은 이것이 처음이었다.

방으로 돌아와 나는 평양과기대에 온 나의 기자 친구가 방문객들이 으레 묵는 교사 기숙사에 짐을 풀었을 것이라고 생각했지만 그것은 상관없었다. 연락할 방법이 없었다. 내게 일어나는 일들을 그에게 말할 수 없었고 그도 자신의 소식을 내게 이야기할 수 없었다. 이 체제에서 우리는 서로를 아는 것이 허용되지 않을 뿐이었다. 그는 아마도 여기서 며칠 머물다가 떠날 것이다. 그는 지켜보는 것이 허용된 것만 볼 것이고 떠나라고 하면 떠나고 이 정부가 보라고 허가한 지정된 조각에 관해서만 쓸 것이었다. 그것은 이곳의 진실에 가까운 것이 아니었고 그는 그것을 알겠지만 그가 더 찾아내기에는 무력할 것이었다.

이것들 중 나의 일상생활과 관계가 있는 것은 아무것도 없었고 내가 이렇게 빨리 나의 마음속 생각을 내려놓을 수 있었다는 것이 이상했다. 하지만 그 순간 우리는 다른 세계에 속해 있었기 때문에 그가 나타난 것은 상관없었다. 이러한 깨달음은 놀라웠다. 그것은 나의 학생들이 나를 어떻게 보는지 또는 평양 시민들의 텅 빈 시선 뒤에 무엇이 있을 수 있는지에 대해 조금이나마 느끼게 해 주었다. 외국인 방문객은 그들의 고통을 달래 주는 것은 고사하고 그들의 세계에 절대로 침투할 수 없었다. 한 사람도 대본에서 벗어나 본 적이 없었다.

다음 날 그 기자가 '우연히' 나의 사무실을 지나쳤다. 문은 열려 있었고 그는 '우리가 대화를 나눌 수 있는 장소가 있어?'라고 쓰인 노트 패드를 내밀었다. 그는 평양과기대에 관해서 많이 이해하지는 못했지만 우리가 큰 소리로 말하는 모든 것이 녹음된다는 것은 알고 있었다. 나는 즉각 의심을 살 것이기 때문에 내 사무실로 그를 들여놓지 못했다.

대신 나는 가까이 다가가서 속삭였다.

"다른 교사들이 지켜보고 있어."

그는 입만 벌려 단어를 말했다.

"믿을 수 없군."

"여기 얼마나 오래 있을 거야?"

내가 물었다.

"목요일까지. 5일간의 비자야."

그가 대답했다. 그날은 화요일이었다.

"좋아요. 좋게 들리네요."

나는 문가에 서서 복도 쪽을 내다보며 말했다. 누구든 언제라도 걸어올 수 있었지만 돌아다니는 사람은 아무도 없었다. 나는 재빨리 생각해야만 했다. 그는 가방에 노트패드를 이미 집어넣었는데 바로 그때 나는 그가 기침을 하는 것을 알아챘다. 그래서 나는 주머니에서 종이를 꺼내 이렇게 썼다. '아침 식사는 오전 6시 반이지만 일찍 도착하면 감시원들이 쳐다보지 않는 가운데 일부 학생들과 함께 앉아서 그들과 이야기할 수 있어.' 그때 나는 그것을 그에게 건네며 "당신은 기침을 하는데 종이가 필요하지 않나요?"라고 말했다. 그는 그것을 받으며 "그래요. 고마워요"라고 말했다.

대화는 이런 식으로 진행될 수 있었고 나는 "봐서 기뻤어"라고 속삭였다.

그는 고개를 끄덕이며 걸어갔지만 그를 다시 보는 것은 나를 불안하게 했다. 나는 갑자기 걱정이 되고 심란해졌다. 나는 이곳에서 벗어나 나의 문명으로 돌아가고 싶었다. 그와 내가 같은 건물에서 잠을 자고 같은 구내식당에서 식사를 하고 우리의 연락은 몇몇 감시당하는 몇 마디로 제한돼 있었다. 아마도 이것이 북한에서 태어난 나이든 교사들이 돌아와서 수십 년간 보지 못했던 부모와 형제들과도 연락할 수 없는 무력감에 관해 이야기하면서 느꼈던 소회를 짧게 경험한 것이었겠다. 모든 것이 당신을 예속시키기 위해, 당신의 의지를 붙잡아 두기 위해 설계되었다. 우리는 정부에 의해 조정되었다. 경험 많은 외국 기자조차도. 나조차도.

그가 계단을 따라 사라져 버리자 나는 학생들과 인터뷰하라고 말한 것을 후회했다. 그가 학생들을 곤경에 빠뜨리면 어떻게 하나? 나는 나의 제자들에게 배신자가 된 것처럼 느껴졌고 나의 혼합된 충성심이 나를 혼란스럽게 했다. 그의 방 호수를 재빨리 물어봤더라면 좋았을 것이라는 생각이 들었다. 나는 그에게 골탕 먹이는 질문으로 학생들을 옭아매지 말라고 간곡히 부탁하고 싶었지만 이런 의사를 전달할 방도를 생각해 낼 수 없었다.

그때 나는 루스의 사무실 문이 열려 있는 것을 보았다. 그녀는 기숙사와 사무실에서 모두 나의 옆방에 있었다. 벽들은 극도로 얇았고 그녀는 말소리를 모두 들었을 것이 틀림없었다. 나는 몇 분을 피해망상 공포 속에서 보냈다.

내가 무슨 말을 했던가? 혹시 우리가 친구인 것이 티가 났던가?

'좋게 들리네요'라고 내가 말했었지.

'다른 교사들이 지켜보고 있어.'

'봐서 기뻤어.'

내가 '다른 교사들이 지켜보고 있어'라고 속삭인 것이 확실했다. 그러나 루스는 말하기와 듣기를 가르쳤다. 그녀의 듣기는 다른 사람들보다 더 정확했다. 또한 나는 내가 '봐서 기뻤어'라고 조용하게 말했는지, 불쑥 말했는지를 확신하지 못했다. '봐서 기뻤어.' 나는 이렇게 작고 악의 없는 문구 하나가 이처럼 무자비하게 나를 계속 물고 늘어질 수 있을지 깨달은 적이 결코 없었다.

마침내 나는 그녀의 사무실로 들어갔다. 그녀는 일에 파묻혀 있었다. 내가 되는 대로 수업에 관해 몇 가지 물어보자 그녀가 고개를 들어 쳐다보았는데 그녀의 얼굴에서는 아무 것도 알아낼 수가 없었다.

후에, 한참 후에 우리 둘 다 북한에서 안전하게 돌아온 뒤에 그 기자는 내게 이렇게 e메일을 보냈다.

그곳은 무시무시했어. 그곳을 보니 기트모가 휴양관광지처럼 느껴지더군. …… 기트모는 알카에다 전사들과 이슬람 극단주의자들을 위한 수용소인데, 그들은 축구장이 있고 평양과기대의 아이들보다 훨씬 잘 먹어. 하나는 대학이고 다른 하나는 수용소인데 말이야. 한밤중에 캠퍼스에서 빠져나가려는 학생에게 행운이 있기를. …… 그때 거기서 내가 감기에 걸려 김 총장이 차에 태워 캠퍼스 클리닉으로 갈 때 우리는 농구 코트를 지났고 나는 네가 헤드폰을 끼고 아이들이 농구 경기하는 것을 지켜보고 있는 걸 보았어. 네가 겪었을 고통을 알기에 내가 하고 싶었던 것은 그저 네게 말을 건네는 것이었지. 하지만 그러지 못했어.

26

기말고사와 크리스마스가 다가오면서 축복처럼 느껴진 두 가지 일이 벌어졌다. 첫째, 영화의 날을 위해 선정된 「나니아」가 담당관들에의해 거부되었다. 이 영화는 봄에는 허가돼 상영되었기 때문에 동료교사들은 이것으로 인해 어리둥절해하고 있었는데 담당관들은 교사들이 이 특정한 영화를 고집하는 것에 의심을 품기 시작했던 것으로보였다.

그리고 두 번째 일이 생겼다. 놀랍게도 「해리포터와 아즈카반의 죄수」가 나의 영어 수업에 허가되었다. 다른 영화를 찾아보고 허가를받을 시간이 거의 없었기 때문에 교사들은 기말고사와 같은 날 열리는 영화의 날에 1학년 전체에 「해리포터」를 보여 주는 외에 다른 선택이 정말로 없어 보였다. 이 소식은 순식간에 캠퍼스에 돌았다.

"우리가 정말로 「해리포터」를 보게 됩니까?"

"우리가 해리와 헤르미온느와 론, 모두를 볼 것입니까?"

"우리가 퀴디치도 봅니까?"

한 명씩 내게 달려와 똑같은 것을 물어보았다. 이 뉴스는 그들을사로잡았다. 마술 소년에 관한 이야기는 그들에게는 추상적인 개념일 뿐이었고 그것에 기초를 둔 영화를 보게 되리라는 것을 그들은 믿지 못했다. 그들에게 매력적인 것은 그들이 실제로 전혀 몰랐던 줄거리가 아니라 세계의 모두가 그것을 보고 좋아했으며 그것이 진정한 블록버스터라는 사실이었다. 해리포터 행차에 가담할 수 있게 된 뜻밖의 기회는 그들로 하여금 그들에게는 항상 거부돼 온 세계에 포함된 것으로 느끼게 해 줬다. 그들은 이것에 관한 모든 것을 알고 싶어 했고 식사 때마다 나는 해리포터 현상을 설명해야만 했는데, 총 일곱 편의 영화가 완성되었고 아역배우들이 커서 나의 학생들 또래가 되어 대학에 다니고 있었기 때문에 때늦은 것은 틀림없었다.

교사들은 행사를 위해 팝콘을 만들어 줄 계획을 세웠다. 그들은 중국에서 전자레인지로 조리할 수 있는 종류의 것들을 가져왔다. 알고 보니 성급했었지만, 나는 학생들에게 초콜릿 케이크를 구워 주겠다고 말했다. 여름에 베스는 자신의 학생들에게 브라우니를 구워 주었는데 그 후 학생들은 탄복하면서 브라우니 이야기를 곧잘 했다. 한 학생은 그것이 평생 맛본 것 중에서 최고였다고 말했다. 문제는 내가 초콜릿 케이크 또는 다른 것을 한번도 구워 보지 않았다는 것뿐 아니라 100명의 학생들이 먹을 수 있는 양의 케이크를 만들어야만 한다는 것이었다.

나는 인터넷에서 레시피를 찾아보고는 평양에서는 재료를 찾을 수 없다는 것을 금세 알게 되었다. 일부 교사들이 베이킹파우더와 바닐라 추출액을 가져왔다. 정작 문제는 버터와 코코아 분말이었다. 상점에서 파는 것은 마가린뿐이었고 구할 수 있는 코코아는 인스턴트 분말주스뿐이었다. 나는 그냥 초콜릿을 잔뜩 사서 녹여 보기로 결정했다. 이것으로 진짜 초콜릿 케이크를 만들어 내지는 못하겠지만 초콜릿 향이 나는 빵이라도 없는 것보다는 나을 것 같았다. 학교 부엌 말고는 오븐이 없었으므로 나는 빌려 쓰도록 허락을 받았지만 내가 전에 보았던 오븐과는 전혀 달랐다. 북한에서 100명의 학생을 위해 초콜릿 케이크를 굽는 과업은 내가 상상했던 것 이상으로 훨씬 복잡한 일이었다.

초콜릿 케이크로 뒤덮인 다가오는 영화의 날에 대한 흥분은 오래 가지 못했다. 메어리가 몹시 화가 난 채 나의 사무실로 쳐들어왔다. "나는 나의 어떤 학생에게도 결코 그따위를 보여 주지 않을 겁니다"라고 그녀는 소리를 질러 댔다.

"우리 학생들에게 그런 더러운 쓰레기를 보여주고 싶어 안달을 하는 이유가 뭐죠?"

여느 때는 온순한 이 여인은 화가 나서 몸이 떨리는 것이 보일 정도였다.

"당신은 어떤 부류의 기독교인이죠? 그런 이단에 학생들을 노출시키려는 우리의 결정에 전 세계 기독교인이 뭐라고 하겠어요?"

나는 믿음에 있어서 가장 원리주의자인 메어리를 제외한 다른 교사들 모두가 흥분할 정도는 아니었지만 영화 선정에 대해 묵인했다는 소식을 듣지 못했었다. 다른 선교사들이 독실한 기독교 가정에서 태어난 것과는 달리 조선족인 메어리는 연변과기대 졸업생이었으며 학생 시절 교의를 배웠다. 이것을 보니 만일 나의 제자 가운데 누구라도 북한이 개방되는 어느 날 그녀처럼 돼 버리지 않을지 걱정이 되었다.

나는 그녀에게 「해리포터」 책을 읽었거나 영화를 한 편이라도 보

았는지 물었다. 이것은 어리석은 질문이었다. 내가 「해리포터」를 초
자연에 매력을 느끼는 어린이들의 구미에 맞추기 위해 던져 준 몇 가
지 마술로 나쁜 놈들과 싸우는 한 꼬마에 관한 전형적인 이야기라고
보았을지라도 메어리에게 그것은 악마의 화신이었다. 그녀는 영화의
날 행사를 완전히 취소할 것을 혼자 요구해야 하는 일이 생기더라도
그런 것은 전혀 보지 않을 것이며 우리 학생들에게도 보여 주지 않을
것이라고 되풀이했다. 그러고는 다른 영화필름을 찾기 위해 부리나
케 가 버렸다.

몇 시간 후 그녀는 자신의 사무실에서 긴급회의를 소집했다. 그녀
는 다른 교사들에게서 되는대로 몇 개의 DVD를 겨우 구해 왔다. 「인
디아나 존스와 수정 해골 왕국」은 너무 폭력적인 것으로 보였다. 「마
다가스카」는 만화영화였고 학생들은 이번에는 만화영화가 아닌 다른
것을 보고 싶다는 각별한 희망을 내비쳤었다. 그녀는 「블라인드 사이
드」가 훌륭한 기독교적인 가치를 갖고 있기 때문에 이것을 좋아했는
데 다른 교사들은 부적절한 러브신이 들어있을 수 있다고 생각했다.
「타이타닉」도 마찬가지였다. 결국 메어리는 「반지의 제왕」을 추천했
다. 마르타는 거기에도 마법사가 나오고 그것은 3시간 40분짜리라고
지적했다.

회의 내내 교사들이 메어리가 시원치 않게 골라 온 DVD를 쳐다보
는 동안 내 심장은 빠르게 뛰었다. 나는 그것들 중 하나가 「해리포터」
를 대신해서 선택될까 봐 두려웠다. 나의 학생들이 너무나도 그것을
보고 싶어 하고 있어서 그들에게 사실은 보지 못하게 됐다고 말할 엄
두가 나지 않았다. 또한 이번이 우리가 함께하는 마지막 주여서 이

영화는 그들을 바깥세상의 무엇인가에 노출하게 하는 나의 마지막 기회로 보였다. 그래서 메어리에게 나는 교사로서 학생들과의 약속을 절대로 깨지 않을 것이라고 단호하게 말했다. 메어리도 똑같이 단호하게 그것을 보여 주도록 결코 허용하지 않을 것이라고 대답했다. 메어리와 내가 목소리를 높이기 시작하자 회의에 참석한 다른 교사들은 머쓱해져서 서로 얼굴만 쳐다볼 뿐이었다. 긴장이 너무 높아져 결국은 둘 다 울음을 터뜨렸다. 마침내 영어과 학과장 베스가 중재해서 우리는 타협에 이르게 되었다. 그녀는 즉각 단체 e메일을 보내 모든 교사들로부터 DVD를 모아 영화의 날을 위해 다른 영화를 선정해 담당관들의 허가를 받기로 했으며 나는 기말고사 후 12월 19일 나의 마지막 수업의 한 부분으로 내가 가르치는 두 반 중 한 반에 「해리포터」를 보여 주는 것이 허용됐다.

이것은 불만족스런 타협이었지만 나는 스물다섯 명에게라도 이 영화를 보여 주는 것이 아무에게도 보여 주지 못하는 것보다는 여전히 낫다는 것을 알았다. 나는 몇 시간 고민하고 운 끝에 1반을 골랐는데, 그들이 먼저 「해리포터」를 물어본 학생들이었기 때문이었고 영어를 쓰지 않는 사람들이 따라잡기에 상당히 어려운 영화를 4반보다는 1반이 더 이해할 것이기 때문이었다.

이것이 12월 17일 영화의 날에 「해리포터」 대신에 「아바타」가 선정되게 된 전말이었다. 시험은 전기가 나간 때문에 예정 시각인 오전 8시보다 늦게 시작했다. 겨울 아침은 음울해 우리가 교실의 커튼을 모두 열어 버린 뒤에도 학생들은 희미한 빛 아래서 시험지를 거의 들여다볼 수 없었다. 우리는 밖이 더 밝아지기를 기다렸는데, 마술처럼 눈이 내리기 시작하더니 마치 황폐한 땅에서 일어나려는 것들을 무엇이든 뒤덮으려는 듯 그 마지막 날 하루 종일 눈이 내렸다. 일단 시험이 끝나자 학생들은 사진을 찍으러 밖으로 뛰쳐나왔고 눈은 계속 내렸다. 소년들은 카메라 앞에서 교사들 옆자리를 차지하려고 다퉈대면서 어린애들처럼 행복해 보였다.

그때 우리 누구도 그날이 정말로 한 시대의 마지막 날이었다는 것을 몰랐다. 소식이 이틀 뒤인 12월 19일까지 알려지지 않았지만 그날은 김정일의 생애 마지막 날이었다.

그날 오후 늦게 「아바타」를 보여주기 위해 나는 애를 써 가며 초콜릿 향이 살짝 나는 아주 얇은 빵을 구웠는데 소년들이 무척 좋아하는 것 같았다. 한 학생은 이것은 '결단코' 브라우니는 아니라고 콕 집어서 내게 말했지만, 그들이 난생 처음으로 특수효과를 넣은 할리우드 블록버스터를 보기 위해 모이는 사이에 케이크는 금세 잊혀졌다.

27

그곳에서의 마지막 주에 나는 토하는 꿈을 꾸었다. 늘 도로 저 멀리에 보였던, 침묵으로 뒤덮인 마을의 모습들, 밴 차창 밖의 수척한 얼굴들을 토해 냈고 모든 건물들, 모든 살아있는 생명체, 소리를 낮춘 모든 숨결에 낙인을 찍는 쇠도장처럼 붙어 있는 위대한 수령의 표어들과 위대한 수령의 노래들 그리고 위대한 수령의 초상화들을 토해 냈다. 꿈에서 나는 내 마지막 날의 마지막 조각을 검은 비닐 쓰레기봉지에 던져 넣었는데 이것이 너무 무거워서 교사 기숙사 바로 옆의 구덩이에 버리기 위해 두 손으로 끌고 가야만 했다. 나는 시베리아 바람 속에 홀로 서서 결코 굴복하지 않고 죽음을 거부하면서 숨을 쉬는 것처럼 보이는 비닐봉지를 내려다보고 있었다.

그러다가 일어나 보니 오전 5시 40분이었다. 밖은 최고로 어두웠지만 나는 학생들이 깨어 있는 것을 알았다. 5시 50분까지 그들은 밖에서 "조국 통일"을 외치며 줄지어 달렸다. 아주 일찍 일어나 소망을 외치며 밤에 달리는 것은 건강에 좋다고 그들은 식사 때마다 한목소리로 주장했다. 나의 꼬마 병정들은 또한 꼬마 로봇들이기도 했다. 그들은 단체로는 어쩔 수 없이 정답을 반복해 대답했고 매주 생활총화 때 검토를 받아야 했지만 개별적으로는 그들의 목소리가 낭랑하게 울려 퍼졌다.

"매일이 똑같다."
"하루하루가 기다림이다."
"나는 지긋지긋하다."

2011년 12월 19일 월요일 오전, 나는 1반에 「해리포터」를 보여 줬다. 그것은 감동적인 아침이었지만 내가 4반을 화나게 하고 있다는 것을 알았다. 영화가 시작되고 잠시 후 옆 교실에서 자율학습을 하도록 지시받은 다른 반의 아이들 몇몇이 창문으로 들여다보기 시작했다. 결국 노크 소리가 나서 나는 1반에는 영화를 계속 보라고 말하고 걸어 나갔더니 복도에 여러 명의 학생들이 있었다.

"저희도 영화를 보고 싶습니다, 선생님."

그들은 말했다. 4반 소대장도 거기 있었는데 내가 4반 선생이기도 한데 자기들 반은 영화를 보여주지 않는 이유를 알고 싶다고 했다. 나는 한 반만 선정한 것은 내 결정 권한을 넘어선 일이었고 그것이 내 생애 어떤 것보다도 나를 속상하게 했으며, 만일 내가 할 수만 있다면 모두에게 영화를 보여 줬을 것이지만 나는 그런 권한이 없는 일개 교사일 뿐이라고 설명했다.

"나를 용서해 주겠니?"

나는 감정을 주체하지 못해 눈물을 흘리며 이렇게 말했다.

결국 한 학생이 말했다.

"선생님, 저희도 이해합니다. 저희는 영화를 보고 싶을 뿐입니다.

아시다시피 저희는 기회가 많지 않잖습니까."

그러자 4반 소대장이 말했다.

"걱정 마십시오, 교수님. 저희는 선생님을 이해합니다. 영화가 끝난 뒤 저희 반으로 선생님을 초대하고 싶습니다. 깜짝 놀랄 선물이 있습니다."

깜짝 선물은 알고 보니 노래들이었다. 「못 잊을 나의 스승」과 그들이 어렴풋이 알고 있던 지방 민속노래로 8월 방학 때 그들이 찾아낸 가사를 작별 선물로 종이에 깔끔하게 써 놓은 「숙이의 노래」였다. 그들은 이 노래들을 함께 불렀고 내게 마지막 부탁을 했다.

"조선말로 저희에게 뭔가 말해 주시겠습니까?"

나는 영어 교사라서 모국어로 이야기하는 것이 불허되고 있다는 것을 그들이 알면서도 이런 부탁을 해서 깜짝 놀랐다. 그러나 왜 그랬는지 순간 이해가 됐다. 그들은 내가 돌아오지 않을까 봐 걱정이 됐고 말로 하는 표현을 넘어 더 가까운 무언가를 함께 나누기를 원했던 것이다.

그래서 나는 그들에게 한국말로 "감사합니다"라고 했다.

그러고는 이렇게 한국말로 했다.

"시간이 허락하는 동안 여러분들의 선생님이 되게 해 주어서 정말 감사합니다. 제가 여러분들을 가르친 것보다 훨씬 더 많이 여러분들이 저를 가르쳐 줘서 감사합니다. 아주 오랫동안 저는 여러분 한 명 한 명 얼굴과 이름을 제 마음속에 소중하게 넣어 두고 많이 그리워할 것입니다. 그리고 멀리서 여러분 모두가 훌륭하고 멋진 젠틀맨으로 자라기를 바랄 것이고 늘 자랑스러워할 것입니다."

그리고 나는 한국식으로 고개를 숙여 인사를 했다. 우리는 작별인사를 나눴다. 나는 내가 돌아오지 않을 것을 알았고 그래서 눈물을 멈출 수 없었다.

내가 말하고 싶은 것은 여전히 아주 많았고 더구나 나는 여전히 그들을 실망시키는 것을 아주 끔찍한 일로 여겼지만, 나의 마지막 점심은 1반과, 마지막 저녁은 4반과 예약돼 있었으므로 나중에 더 잘 설명할 수 있다고 생각했다.

구내식당에 오전 11시 30분에 가 보니 그들 대부분이 점심 식사를 평소보다 일찍 마치고 이미 일어나고 있었다. 1반의 몇몇 학생들이 나를 향해 손을 흔들면서 말했다.

"교수님, 여기 앉으십시오. 식사 마치실 때까지 저희가 기다리겠습니다."

한 학생이 학생 전원이 12시 특별회의에 소집되었다고 설명했다. 나는 그들이 오후에 뭔지 모를 회의를 가끔 했기 때문에 이 회의가 무엇에 관한 것인지 묻지 않았다.

그들은 믿을 수 없을 정도로 재밌게 본 「해리포터」로 여전히 들떠 있었다. 그들은 헤르미온느가 해리에게 스네이프 교수의 수업을 위해 자신이 늑대인간에 관한 에세이를 마무리해야만 한다고 말하는 장면을 특히 좋아했다. 그들은 헤르미온느와 해리도 에세이를 좋아하지 않았다는 것이 재미있었다고 했다.

그러나 그들은 회의에 가야 했고 다음 날 아침에 내가 떠나기로 돼 있다는 것에 속이 상해서 「해리포터」를 이야기할 시간이 많지 않았다. 한 학생이 말했다.

"교수님이 떠나신다고 해서 저희는 며칠 동안 몹시 슬펐습니다."

그들은 다시 물었다.

"교수님, 다음 학기에 돌아오실 겁니까?"

나는 내가 다시 돌아올 수 있게 허가가 날지 정말로 확신하지 못하고 있지만 돌아오지 못하더라도 언젠가 인터넷 접속이 되면 우리는 스카이프로 연락할 수 있다고 솔직하게 말했다. 그들은 조용히 있었고 사려 깊어 보이는 한 학생이 진지하게 말했다.

"아마도 언젠가 제가 유엔 대표단이 될 수 있다면 그때 제가 뉴욕에 가서 직접 만나 뵙겠습니다!"

그들이 회의에 가기 위해 일어나 걸어 나갈 때 한 학생이 마지막으로 돌아보며 말했다.

"교수님, 언제 다시 볼 수 있겠습니까? 얼굴을 마주 보면서 말입니다."

나는 그들의 어린애 같은 고집에 웃음을 터뜨리면서 말했다.

"이봐, 젠틀맨들. 나는 아직 가지 않았고 저녁에도 여기 있을 거야. 그러니 그때 보자."

그 말에 그들은 미소를 지으며 떠났고 우리들 중 누구도 우리가 다시 만나지 못할 것이란 걸 몰랐다. 최소한 그렇게는.

내가 농구를 하다가 발목이 골절된 한 학생을 보러 학교 양호실에 잠깐 들러 교사 기숙사로 향한 것은 정오가 조금 안 된 시각이었다. 그의 짝이 시험 때문에 평소처럼 그와 함께 머물러 있을 수 없게 되면서 나는 그를 보살펴 왔다. 그는 어떤 회의에도 참가할 수 없었고 이것 때문에 속상해하고 있는 것을 알았다. 그는 나를 보자 반색을 했고 우리는 그가 방학 때 무엇을 할지를 이야기했지만 그는 대화를 계속 같은 질문으로 되돌렸다.

"교수님, 그래서 내년 봄에 돌아오실 겁니까?"

우리 둘 다 IT 빌딩에서 열린 특별회의에서 학생 전체가 김정일의 사망 소식 발표를 지켜보고 있었다는 것을 알지 못했다.

약 20분 뒤 마르타가 나의 사무실 문에 노크하더니 말했다.

"곧바로 회의에 오셔야만 해요."

문을 열자 그녀는 목소리를 낮추고 천정을 가리키면서 속삭였다.

"그가 죽었어요."

나는 교사 전원이 뉴스를 듣고 있던 특별실로 달려갔고 학생들이 자신들의 위대한 수령의 사망 소식을 듣자마자 단체로 김일성학 연구실을 향해 달려갔다는 것을 알게 됐다. 우리 연락교사는 우리가 원한다면 그곳에 가서 조의를 표할 수 있다고 우리에게 알려 줬다.

내 방으로 돌아와 조선중앙TV를 켰더니 사망 발표를 반복해서 보여 줬다. 검은 한복차림의 앵커는 책상에 앉아 눈물을 흘리며 전국에 뉴스를 전했다. 김정일 노동당 총서기 겸 국방위원장 겸 조선인민군 총사령관이 현지지도 여행 중 야전열차에서 심장발작으로 고통을 겪었다고. 그는 밤낮으로 일해 왔고 육체적 정신적으로 피로했으며 이는 그의 강성대국 건설과 인민의 행복, 조선의 통일, 그리고 전 세계

각국의 독립을 위한 압도적인 노력과 관심에 의해 초래된 것이었다고. 그는 주체 100년 12월 17일 오전 8시 30분에 사망했다고.

창문으로 내다 보니 일부 학생들이 김일성학 연구실에서 나오는 것이 보여 밖으로 달려 나갔다. 담당관 한 명이 내가 빌딩으로 다가가는 것을 보고 잠깐 망설이다가 나를 에스코트해서 안으로 들어가게 했다. 나는 전에 안에 가 본 적이 없었고 나중에 알고 보니 우리 연락교사 외에 다른 교사들은 누구도 그날 그곳에 들어가지 않았다. 하지만 그 순간 내 생각은 온통 슬퍼하는 학생들뿐이었다. 죽은 사람은 그들의 아버지였고 수개월간 그들을 가르쳤고 사랑했던 내가 할 수 있는 최소한의 것은 그들의 슬픔을 같이 나눔으로써 나의 경의를 보여 주는 것이었다.

내부에서 나는 향을 태우는 냄새를 맡을 수 있었다. 김정일의 대형 초상화 양쪽 옆에 몇몇 학생들이 한 줄로 서 있었다. 이것은 익숙한 광경이었다. 한국의 상가에서 아들들이 문상객들이 절을 하고 초에 불을 붙이는 것을 맞이하면서 이렇게 서 있었다. 나는 내가 초상화 앞에서 잠깐 묵념하면서 서 있어야 하는 것을 알았다. 내게 절을 하라는 압력은 없었고 나는 하지 않았다. 나는 우는 학생은 보지 못했지만 분위기는 엄숙하고 장례식장 같았다. 나가는 길에 나는 몇몇 학생을 지나쳤지만 아무도 눈을 마주치지 않았다. 그들은 얼굴을 떨어뜨리고 내 옆으로 똑바로 걸어갔다. 오후 내내 이런 식이었다. 나는 그들이 캠퍼스 어느 곳에 있을 것이라는 것을 알았지만 사방이 이상하게도 텅 비어 있는 듯했다. 이리저리 걸어 다니는 몇몇 학생들도 고개는 들지 않았다. 고개를 들더라도 눈을 마주치지 않았다. 저녁 식사는 취소되었다. 대신 학생 기숙사로 빵이 배달될 것이며 교사들은 각자 방에서 갖고 있는 음식들을 먹으라는 발표가 있었다.

여행 가방을 꾸리고 TV를 보는 외에 할 일은 없었다. 앵커는 10일간의 애도기간을 발표했고 12월 28일 열릴 장례식의 세부내용을 전달했다. 각 도 중심도시에서 장례식을 하고 모든 주민은 하루에 3분간 묵념을 올리라는 지시가 내려졌다. 이때 조포를 쏘고 선박들은 애도하는 기적을 울리며 조기를 내걸게 돼 있었다. 일체 가무와 유희, 오락을 하지 않으며 외국인의 조문은 받지 않는다고 했다. 모든 보도가 대를 이어 강성대국을 건설하는 김정은 대장을 돕는 데 손길을 보탬으로써 위대한 수령을 추모한다는 주민들의 다짐으로 끝났다.

나는 방에서 왔다 갔다 했다. 사망 보도조차도 TV의 메시지는 순환식이어서 같은 정보와 사진을 반복해서 전했다. 나의 비행기는 다음 날 오전으로 예정돼 있었고 한 순간 나는 전국이 내 눈 앞에서 모두 폐쇄되었기 때문에 비행기가 뜨지 않을 수 있겠다는 걱정이 들었다. 나로서는 학생들에게 연락할 방도가 없었고 밤은 길었다. 나는 저녁 식사 때 학생들에게 돌려주겠다고 말했던, 점수를 매긴 에세이가 한 더미 남아 있었다. 그러나 그때 나는 그들을 다시 못 볼 것 같았고 그래서 페이퍼들을 팔에 끼고 닫힌 복도를 따라 병원으로 갔다. 완전히 깜깜했고 누구도 마주치지 않았다. 양호실도 텅 빈 것 같았지만 어두운 구석에서 나는 에어 매트리스 위에서 흐느껴 우는 동그랗게 말린 형상을 보았다. 그것은 아픈 나의 학생이었다. 내가 그의 이름을 부르자 그는 겨우 움직였고 나는 아무 말 없이 에세이 더미를 침대 곁에 두고는 안타깝다고 말했다. 그는 몸을 돌리지 않았다.

다음 날 아침 6시 30분, 나는 구내식당으로 달려갔다. 버스는 우리를 7시에 태워서 공항으로 갈 예정이었지만 나는 나의 학생들이 거기 있다면 마지막으로 한 번 더 보고 싶었다. 그들은 정말로 거기 있었으나 고개를 들지 않았다. 그들의 눈은 퉁퉁 붓고 빨갰으며 얼굴에는 표정이라고는 없었다. 그들에게서 생명이 빨려 나간 듯했다. 나는 애도 기간 중에는 그들 사이에서 더 이상 환영받지 못할 것이란 걸 알았고 그래서 식판을 들고 구내식당의 다른 쪽에 가서 그들을 바라보며 앉았다. 다시는 못 볼 아름다운 나의 아이들을 하나하나 바라보고 또 보았다. 나는 그들이 숟가락을 들어 입으로 가져가는 것을 지켜보았다. 마치 위대한 지도자를 잃은 이 세계에서 내가 더 이상 존재하지 않는다는 듯이 그들이 식판을 들고 내 쪽으로 눈길을 주고도 나를 알아보지 못하는 것을 나는 지켜보았다. 하지만 나는 그들 중 누구라도 고개를 들어 그들의 세계가 이제 변했으며 어쩌면 더 좋게 바뀌었을 수도 있다는 것을 알아차리지 않을까 하면서 그들을 계속 쳐다보았다.

평양의 영어 선생님

초판 1쇄 인쇄 2015년 1월 15일
초판 1쇄 발행 2015년 1월 20일

지은이 수키 김
옮긴이 홍권희

펴낸이 김연홍
펴낸곳 디오네

출판등록 2004년 3월 18일 제313-2004-00071호
주소 121-865 서울시 마포구 성미산로 187
전화 02)334-3887 **팩스** 02)334-2068

ISBN 979-11-5774-047-5 03840